SPENCER QUINN

Ein echt harter Knochen

W0267800

Buch

Chet ist der liebenswerteste Hund der Kriminalliteratur: Er hat Humor, ein großes, mutiges Herz und einen untrüglichen Jagdinstinkt, vor dem kein Verbrecher sicher ist.

»Bernie und ich haben einen neuen Fall. Und der scheint ganz schön kompliziert zu sein. Und gefährlich. Wir sollen ein verschwundenes Schulmädchen wiederfinden, die 15-jährige Madison Chambliss. Bernie hat mir erklärt, dass sie möglicherweise entführt worden ist … Mit der Ruhe ist es also erst mal vorbei. Ausführliche Nickerchen, Bellkonzerte mit Nachbarhund Iggy oder einem Tennisball hinterherzujagen – dazu bleibt jetzt kaum noch Zeit. Dafür habe ich viel zu viel zu tun. Denn es gilt nicht nur, Madison zu finden, sondern auch eine wunderbare Frau für Bernie. Mein Herrchen sieht in letzter Zeit nämlich ein wenig einsam und traurig aus. Aber keine Angst: Auf Chet ist immer Verlass!«

Nicht nur Krimifans aus aller Welt lieben die charmanten und spannenden Fälle von Bernie & Chet, auch Spencer Quinns Autorenkollegen zeigen sich einhellig begeistert: »Sehen Sie zu, dass Sie diesen einmaligen Krimi in die Pfoten bekommen!« *Stephen King*

Autor

Spencer Quinn ist bereits mit seinem hinreißenden Hundekrimidebüt *Ein echt harter Knochen* der Sprung in die vordersten Ränge der *New-York-Times*-Bestsellerliste gelungen. Und auch seine weiteren spannenden Fälle für Chet, den charmanten Detektiv auf vier Pfoten, und sein treues Herrchen Bernie Little finden sich regelmäßig dort wieder. Spencer Quinn lebt mit seinem Hund Audrey in Cape Cod.

Mehr Informationen über Spencer Quinn und die *Chet*-Krimis:
http://www.chetthedog.com/

Außerdem lieferbar:

Auf sie mit Gebell (im Blanvalet Paperback, 0438)

Spencer Quinn

Ein echt harter Knochen

Roman

Aus dem Englischen übersetzt
von Andrea Stumpf
und Gabriele Werbeck

blanvalet

Die Originalausgabe erschien unter dem Titel
»Dog on It« bei Atria Books,
a division of Simon & Schuster, Inc., New York.

Dieser Roman ist 2011 unter dem Titel
»Bernie & Chet«
im Penhaligon Verlag erschienen.

FSC
www.fsc.org
MIX
Papier aus verantwortungsvollen Quellen
FSC® C014496

Verlagsgruppe Random House FSC-DEU-0100
Das FSC®-zertifizierte Papier *Holmen Book Cream*
für dieses Buch liefert Holmen Paper, Hallstavik, Schweden.

1. Auflage
Taschenbuchausgabe Mai 2012
bei Blanvalet, einem Unternehmen
der Verlagsgruppe Random House GmbH, München
© 2009 by Spencer Quinn
© der deutschsprachigen Ausgabe 2011 by Penhaligon Verlag,
in der Verlagsgruppe Random House GmbH, München
Umschlaggestaltung und -motiv: bürosüd°, München
Lektorat: Urban Hofstetter
Herstellung: sam
Satz: Buch-Werkstatt GmbH Bad Aibling
Druck: GGP Media GmbH, Pößneck
Printed in Germany
ISBN 978-3-442-37476-2

www.blanvalet.de

Kapitel 1

Ich roch ihn – oder vielmehr seine Fahne – sogar noch bevor er die Tür aufmachte, aber mein Geruchssinn ist auch ziemlich gut, wahrscheinlich besser als Ihrer. Der Schlüssel stocherte am Schloss herum, fand endlich das Schlüsselloch. Dann öffnete sich die Tür und herein kam leicht schwankend Bernie Little, der Gründer und Mitbesitzer (seine Exfrau Leda hatte sich mit dem Rest aus dem Staub gemacht) der Little Detective Agency. Ich hatte ihn schon in einem schlimmeren Zustand gesehen, aber nicht oft.

Er brachte ein schwaches Lächeln zustande. »Hey, Chet.«

Ich hob den Schwanz und schlug damit einmal auf den Teppich, nur so, um meine Meinung kundzutun.

»Ich bin ein bisschen spät dran, tut mir leid. Musst du raus?«

Aber nein, wieso denn? Bloß weil meine Backenzähne bereits unter Wasser standen? Doch dann dachte ich mir: Was soll's, er hat's nicht leicht, und ich ging zu ihm und drückte meinen Kopf an sein Bein. Er kraulte mich zwischen den Ohren, grub seine Finger tief in mein Fell, so wie ich es mag. Ah. Könnte ich davon noch ein bisschen mehr haben, den Hals runter vielleicht? Ich zog die Schultern hoch, um ihm einen Hinweis zu geben. Ja, gut. Sehr gut.

Wir gingen hinaus, Bernie und ich. Vor dem Haus standen drei Bäume, mein Lieblingsbaum war der große schattige, unter dem man ganz wunderbar ein Nickerchen halten konnte. Ich hob das Bein. Wow. Ich hatte gar nicht gemerkt, dass ich mich in einer dermaßen verzweifelten Lage befand. Lautes Plätschern tönte durch die Nacht, und eine Zeit lang vergaß ich alles andere und ließ mich von dem Geräusch einlullen. Schließlich schaffte ich es, den Strom zu stoppen – keine leichte Sache – und ein bisschen was aufzuheben für den Felsbrocken am Ende der Einfahrt und den Holzzaun, der unser Grundstück von dem des alten Heydrich nebenan trennte, nicht zu vergessen den einen oder anderen Spritzer zwischen den Latten hindurch. Ich tue nur meinen Job, aber was den alten Heydrich angeht – da fang ich lieber gar nicht erst an.

Bernie sah zum Himmel hinauf. Was für eine tolle Nacht – ein leichtes Lüftchen, jede Menge Sterne, im Canyon funkelten Lichter, und was war das? Ein neuer Tennisball mitten auf dem Rasen. Ich ging hin und schnupperte daran. Keiner von meinen und auch von niemandem, den ich kannte.

»Lust auf ein bisschen Apportieren?«

Ich stieß den Ball mit der Pfote an. Wie kam das Ding bloß hierher? Ich war zwar den ganzen Tag eingesperrt gewesen, aber ich hatte die Ohren offengehalten, abgesehen von den kurzen Phasen, in denen ich hin und wieder ein bisschen weggedöst war, versteht sich.

»Los, bring den Ball, Chet.«

Eigentlich hatte ich keine Lust, mich störte der fremde Geruch, der daran hing.

»Komm schon.«

Andererseits konnte ich Bernie nichts abschlagen. Ich leckte ein-, zweimal über den Ball, damit er meiner wurde, dann trug ich ihn zu Bernie und ließ ihn vor seine Füße fallen. Bernie holte aus und warf den Ball canyonaufwärts.

»Owei – wo ist der denn hin?«

Wo ist der denn hin? Konnte er das wirklich nicht sehen? Ich war jedes Mal wieder überrascht, wie schlecht er sah, kaum dass die Sonne untergegangen war. Ich rannte dem Ball hinterher, der weithin sichtbar mitten auf der Straße auf und ab hüpfte, stieß mich mit den Hinterbeinen ab und schnappte ihn mir, während ich durch die Luft segelte, so wie ich es am allerliebsten mache, dann wirbelte ich blitzschnell herum, flitzte mit gesenktem Kopf und flatternden Ohren zu Bernie zurück, bremste im letzten Moment ab und ließ den Ball vor seine Füße fallen. Wenn Sie etwas kennen, das mehr Spaß macht, dann lassen Sie es mich wissen.

»Na, hast du ihn in der Luft erwischt? Ich konnte es von hier aus nicht sehen.«

Ich wedelte mit dem Schwanz, einmal hin, einmal her, nicht dieses übertriebene, endlose Wedeln, das alles Mögliche bedeuten kann, wobei mir manchmal selbst nicht ganz klar ist, was eigentlich.

»Gut gemacht.« Er hob den Ball auf und wollte gerade erneut ausholen, als langsam ein Auto die Straße entlanggefahren kam und vor uns hielt.

Das Fenster glitt herunter und eine Frau streckte ihren Kopf heraus. »Ist das hier Nummer dreizehn-drei-nullneun?«

Bernie nickte.

»Ich suche Bernie Little, den Privatdetektiv.«

»Sie haben ihn gefunden.«

Sie öffnete die Tür und machte Anstalten auszusteigen, als ihr Blick auf mich fiel. »Macht der Hund was?«

Bernie versteifte sich.

Ich spürte es, er stand ja direkt neben mir. »Kommt drauf an, was Sie damit meinen.«

»Sie wissen schon. Ist er friedlich? Beißt er? Ich habe ein bisschen Angst vor Hunden.«

»Er tut Ihnen nichts.«

Natürlich nicht. Aber die Idee hatte sich in meinem Kopf festgesetzt, so viel stand fest. Ich merkte es daran, dass mir plötzlich das Wasser im Maul zusammenlief.

»Gut. Man kann ja nie wissen.«

Bernie murmelte irgendetwas vor sich hin, so leise, dass nicht einmal ich es verstand, aber ich wusste, dass ich seine Meinung teilte, egal, was es war.

Sie stieg aus dem Auto aus, eine große Frau mit langen blonden Haaren, die nach Blumen und Zitronen roch, und außerdem war da noch ein Hauch von etwas anderem, das mich an das erinnerte, was den Weibchen unter meinesgleichen nur hin und wieder passierte. Wie mochte es wohl sein, wenn es die ganze Zeit da war? Wahrscheinlich machte es einen verrückt. Ich sah hoch zu Bernie, der sie nicht aus den Augen ließ, sich über die Haare strich … oh, Bernie.

»Ich weiß gar nicht, wo ich anfangen soll. So etwas ist mir noch nie passiert.«

»Was?«

Sie rang die Hände. Hände waren das Befremdlichste an den Menschen, und das Beste: Man konnte so gut wie alles herausfinden, wenn man sie beobachtete. »Ich wohne drüben in El Presidente.« Sie deutete vage in eine Richtung.

El Presidente: War das da, wo die Kanalisationsrohre hinführten? Ich war nicht besonders gut darin, mir Straßennamen zu merken – abgesehen von unserer Straße, der

Mesquite Road –, aber was machte das schon? Ich brauchte sie nicht, um mich zurechtzufinden.

»Mein Name ist Cynthia Chambliss. Ich arbeite mit einer Frau zusammen, der Sie mal geholfen haben.«

»Wer ist diese Frau?«

»Angela DiPesto.«

Na prima. Ich erinnerte mich an endlose Nächte, die wir im Auto vor irgendwelchen Motels im gesamten Bundesstaat verbracht hatten. Wir hassten Scheidungssachen, Bernie und ich, und früher hatten wir solche Aufträge immer abgelehnt. Aber jetzt steckten wir in einem finanziellen Engpass, wie Bernie es nannte. Ehrlich gesagt, ich wusste nicht so genau, was Engpass bedeutete, aber egal, was es war, es weckte Bernie mitten in der Nacht, brachte ihn dazu, aufzustehen und durchs Haus zu laufen, manchmal zündete er sich sogar eine Zigarette an, obwohl er sich so viel Mühe gegeben hatte, aufzuhören.

Bernie verzichtete darauf, etwas über Angela DiPesto zu sagen, und nickte nur kurz. Bernie war ein großer Nicker. Mir fielen auf der Stelle vier verschiedene Arten von Nicken ein, die er draufhatte, jede davon leicht zu verstehen, wenn man erst einmal wusste, worauf man achten musste. Dieses spezielle Nicken bedeutete: Fehlschlag.

»Angie hat Sie sogar in den höchsten Tönen gelobt – wie Sie es diesem Kotzbrocken von Ehemann gezeigt haben.« Sie schüttelte sich leicht. Ich kann das viel, viel besser. »Na ja, und als das dann passiert ist, und weil Sie sozusagen um die Ecke wohnen und überhaupt … egal, jetzt bin ich jedenfalls hier.« Sie wippte vor und zurück, so wie es die Menschen tun, wenn sie sehr nervös sind.

»Als was passiert ist?«

»Die Sache mit Madison. Sie ist verschwunden.«

»Madison ist Ihre Tochter?«

»Habe ich das nicht gesagt? Tut mir leid. Ich bin so durcheinander, ich weiß gar nicht, was …«

In ihren Augen begann es zu glitzern. Das war immer ziemlich interessant, die Sache mit dem Weinen; nicht das Geräusch – da konnte ich mithalten –, aber das Tränenzerdrücken, wie Bernie es nannte, vor allem wenn Leda es tat. Sie gerieten aus der Fassung, die Menschen, und dann kam Wasser aus ihren Augen, besonders bei den Frauen. Was hatte es damit auf sich? Bernie starrte auf den Boden, scharrte mit den Füßen; er wusste auch nicht damit umzugehen, obwohl auch aus seinen Augen einmal Wasser gekommen war. Ich hatte es selbst gesehen, nämlich an dem Tag, an dem Leda Charlies Sachen zusammengepackt hatte. Charlie war ihr Kind – das von Bernie und Leda –, und er wohnte jetzt bei Leda und kam nur zu Besuch. Wir vermissten ihn, Bernie und ich.

Diese Frau, Cynthia? Chambliss? Wie auch immer sie hieß – ich habe, ehrlich gesagt, immer Probleme damit, mir Namen zu merken, und manchmal entgehen mir auch noch andere Sachen, wenn ich das Gesicht des Menschen, der spricht, nicht ganz genau sehen kann –, sie nahm ein Taschentuch aus einem kleinen Täschchen, das sie mit sich herumtrug, und betupfte damit ihre Augen. »Tut mir leid.«

»Keine Ursache. Wie lange ist Madison schon weg?«

Die Frau setzte zu einer Antwort an, die ich aber nicht hörte, da in diesem Moment in den Büschen auf der anderen Seite der Einfahrt etwas raschelte. Ehe ich mich's versah, war ich auch schon in den Büschen, schnüffelte herum, vielleicht buddelte ich auch ein bisschen herum, aber wirklich nur ein bisschen. In der Luft hing irgendein Geruch, Frosch oder Kröte oder … owei: Schlange. Ich mochte Schlangen nicht, ich mochte sie ganz und gar …

»Chet? Du buddelst hier doch hoffentlich kein Loch, oder?«

Ich zog mich aus dem Gebüsch zurück und trabte zu Bernie. Huch, mein Schwanz klemmte ja schuldbewusst zwischen meinen Beinen. Ich reckte ihn in die Höhe, unschuldig.

»Braver Junge.« Er tätschelte mir ausgiebig den Kopf. Ah.

Die Frau klopfte nervös mit dem Fuß auf den Boden. »Sie wollen mir also nicht helfen?«

Bernie holte tief Luft. Seine Augen sahen müde aus. Die Fahne verflog allmählich. Bald würde er schläfrig werden. Ich fühlte mich selbst ein bisschen schläfrig. Gegen einen kleinen Happen hätte ich auch nichts einzuwenden gehabt. Vielleicht lagen noch ein paar von den Kaustreifen in der obersten Schublade neben der Spüle, die mit dem Barbecue …

»Das habe ich so nicht gesagt. Ihre Tochter ist heute nach der Schule nicht nach Hause gekommen. Das heißt, sie ist noch nicht einmal acht Stunden weg. Die Polizei nimmt nicht einmal eine Vermisstenanzeige auf, bevor ein ganzer Tag vergangen ist.«

Mit acht Stunden hatte ich Schwierigkeiten, aber was ein ganzer Tag war, das wusste ich genau, das war vom Aufgehen der Sonne über den Hügeln hinter der Garage bis zum Untergehen der Sonne hinter den Hügeln auf der anderen Seite.

»Aber Sie sind nicht die Polizei.«

»Stimmt, und wir sind auch nicht immer derselben Meinung, aber in diesem Fall schon. Sie sagten, Madison ist im zweiten Jahr an der Highschool. Das heißt, sie ist wie alt? Sechzehn?

»Fünfzehn. Sie ist in der Begabtenförderung.«

»Meiner Erfahrung nach vergessen Fünfzehnjährige manchmal, zu Hause anzurufen, vor allem, wenn sie irgendeinem spontanen Einfall folgen, zum Beispiel ins Kino zu gehen oder auch nur herumzuhängen oder eine Party zu feiern.«

»Morgen ist Schule.«

»Selbst wenn morgen Schule ist.«

»Aber sie ist doch hochbegabt.«

»Das war Billie Holiday auch.«

»Wie bitte?« Die Frau sah ihn verwirrt an; das Gesicht eines verwirrten Menschen ist fast so hässlich wie das eines wütenden. Ich verstand das mit Billie Holiday auch nicht, aber wenigstens wusste ich, wer sie war – diese Sängerin, die Bernie immer hörte, vor allen wenn er mal wieder schlecht gelaunt war.

Obwohl niemand begriff, wovon er redete, wirkte Bernie zufrieden mit sich, als hätte er einen Punkt gemacht. Das erkannte ich an dem Lächeln, das kurz über sein Gesicht zog und schon wieder verschwunden war. »Ich sage Ihnen was. Wenn Sie bis morgen früh nichts von ihr gehört haben, rufen Sie mich an.« Er hielt ihr seine Karte entgegen.

Sie warf einen finsteren Blick darauf, rührte sie nicht an. »Bis morgen früh? Sechsundsiebzig Prozent aller Vermisstenfälle werden in den ersten zwölf Stunden gelöst oder …«, ihre Augen wurden wieder feucht und ihre Stimme klang, als wäre ihr etwas im Hals stecken geblieben, »… überhaupt nicht.«

»Wo haben Sie das denn gehört?«

»Ich habe es nicht *gehört* – ich habe im Internet nachgesehen, bevor ich hergefahren bin. Sie scheinen nicht zu begreifen, dass Madison so etwas noch nie getan hat und es auch nie tun würde. Wenn Sie mir nicht helfen wollen, vielleicht können Sie mir dann wenigstens einen Kollegen empfehlen.«

Eine andere Detektei empfehlen? War das schon jemals vorgekommen? Ich wurde aus dem Ausdruck auf Bernies Gesicht nicht schlau.

»Falls es um die Bezahlung geht, brauchen Sie sich keine Sorgen zu machen. Ich zahle, was Sie verlangen, und lege noch eine dicke Belohnung drauf, sobald Sie sie gefunden haben.« Sie griff wieder in dieses Täschchen, zog eine Rolle heraus, zählte ein paar Geldscheine ab. »Reichen fünfhundert als Vorschuss?«

Bernies Blick wanderte zu dem Geld und blieb dort. Den Ausdruck, der jetzt auf seinem Gesicht lag, hätte jeder vom anderen Ende des Canyons aus deuten können. Er dachte wahrscheinlich an den finanziellen Engpass. »Erst mal würde ich mir gern ihr Zimmer ansehen.« Wenn Bernie nachgab, dann tat er es schnell und bedingungslos. Das hatte ich bei Leda tausendmal erlebt.

Sie gab ihm das Geld. »Fahren Sie hinter mir her.«

Bernie verstaute die Geldscheine tief in seiner Hosentasche. Ich rannte zu unserem Auto – ein altes Porsche-Cabrio, die Karosserie war sandgestrahlt worden und wartete, mittlerweile schon ziemlich lange, auf die neue Lackierung – und sprang über die Tür auf der Beifahrerseite auf meinen Sitz.

»Hey, haben Sie gesehen, was Ihr Hund da gerade gemacht hat?«

Bernie nickte, das stolze, zufriedene Nicken, mein Lieblingsnicken. »Deswegen nennt man ihn auch Chet the Jet.« Na ja, Bernie nannte mich manchmal so, allerdings nicht sehr oft.

Im Canyon heulte ein Kojote, nicht weit weg von der Rückseite des Hauses. Darum würde ich mich später kümmern müssen. Auf einmal war ich kein bisschen müde mehr. Und Bernie schien es auch so zu gehen, als er den Zündschlüssel umdrehte: Er konnte es kaum erwarten loszulegen. Wir gingen in der Arbeit völlig auf, Bernie und ich.

Kapitel 2

Eins zu den Menschen: Sie berauschen sich gern. Damit haben wir es bei unserer Arbeit immer wieder zu tun. Sie trinken Alkohol, sie rauchen dies und das, sie schlucken Pillen, sie stechen sich sogar mit Nadeln – uns ist nichts fremd. Aber worum es bei einem solchen Rausch eigentlich ging, hatte ich nie richtig begriffen, und ich hatte mir lange den Kopf darüber zerbrochen. Was hatte es damit auf sich? Bis schließlich eines Tages der Groschen fiel. Was machte ich auf der ganzen weiten Welt am liebsten? Auf dem Kopilotensitz Porsche fahren, je weiter, desto besser. Hoch aufgerichtet dasitzen, das Gesicht in den Wind halten, bis es völlig aus der Form geriet und Bilder und Gerüche – vor allem Gerüche – so schnell vorbeisausten, dass ich gar nicht alles mitbekam. Der Rausch der Geschwindigkeit: Ich wusste, wie es war, berauscht zu sein, war es schon viele Male gewesen. Wie jetzt zum Beispiel, als wir hinter Cynthia Chambliss, Mutter der möglicherweise verschwundenen Madison, unsere Straße entlangfuhren. Ich sah alle möglichen Dinge ganz schnell vorbeiflitzen: einen Mann, der den Müll rausbrachte – *kommt morgen die Müllabfuhr? Ja!* Ich fand die Müllabfuhr toll –, meinen Kumpel Iggy, der direkt hinter der Tür stand und Wasser aus seinem Napf trank und sich zu unserem Porsche umdrehte, ein bisschen zu spät, sodass er mich nicht mehr sehen konnte, typisch Iggy, und dann …

»Chet – warum bellst du denn?«

Ich hatte gebellt? Huch. Musste Iggy gemeint haben. Und dann: ein Kaninchen mit weißem Schwanz, das stocksteif auf dem Rasen von jemandem saß. Im Mondlicht leuchtete der weiße Schwanz wirklich sehr weiß. Mir stellte sich das Fell auf dem Rücken auf.

»Chet! Sitz!«

Ich setzte mich. Früher war ich ein berüchtigter Kaninchenjäger gewesen, das dürfen Sie mir glauben. Und einmal – o ja: Es geht wirklich.

»Was ist denn mit dir los?«

Nichts, nichts war mit mir los; ich war nur völlig berauscht, das war alles. Ich zog meine Zunge zurück ins Maul. Der Wind hatte sie total ausgetrocknet; sie fühlte sich eher wie eines von den Handtüchern an, die ich hin und wieder auf dem Boden in der Waschküche fand. Diese Handtücher verbuddelte ich gern hinten im Garten neben dem großen Felsbrocken, aber Handtücher zu verbuddeln war gar nicht so einfach. Die Kaustreifen dagegen, das war eine andere Sache, leicht zu verbuddeln und … Moment mal. Mich streifte eine schwache Erinnerung an einen Kaustreifen, den ich verbuddelt, aber noch nicht wieder ausgebuddelt hatte, neben dem Orangenbaum am Zaun vom alten Heydrich. Vielleicht war er noch da!

Ich sah hinauf zum Mond und schmiedete Pläne, als wir in eine Einfahrt einbogen und hinter dem Auto von Cynthia Chambliss stehen blieben.

Ich sprang hinaus. Das Pflaster war noch warm von der Hitze des Tages. Ich roch Wasser in der Nähe, die Swimmingpool-Sorte. Wir folgten Cynthia zum Eingang eines Hauses, das wie unseres aussah und wie die meisten Häuser im Tal, nur war es erheblich größer.

Cynthia drehte sich zu Bernie. »Der Hund kommt mit rein?«

»Warum nicht?«

Die Haut an ihrer Stirn, zwischen den Augen, zog sich zusammen. Das bedeutete nichts Gutes. »Ich hatte noch nie einen Hund im Haus.«

Bernie musterte das Haus. »Es ist nie zu spät.«

Die Haut zog sich noch mehr zusammen. »Verzeihung?«

Bernie lächelte. Er hatte viele verschiedene Lächeln. Diese Sorte lief für mich unter *Zähne blecken.* Ich machte es ihm nach. Für einen Menschen hat Bernie ganz nette Zähne, aber es entspricht nur der Wahrheit, wenn ich sage, dass sie mit meinen nicht zu vergleichen sind. »Es ist gut möglich, dass wir ihn brauchen, Ms Chambliss. Vermisste Kinder – das ist Chets Spezialität.«

Sie starrte mich an. »Er sieht viel zu aggressiv aus, um in der Nähe von Kindern zu sein.«

An dieser Stelle wäre es angebracht gewesen, mein Maul zu schließen. Das war mir schon klar, aber aus irgendeinem Grund ging es nicht zu, sondern vielleicht sogar noch weiter auf. Außerdem fing ich an zu hecheln, wurde immer aufgedrehter.

»Er ist niemals aggressiv; nur wenn es angebracht ist.« Bernie tätschelte mir den Kopf. Tätschel, tätschel. Ich beruhigte mich wieder. »Schließlich ist Chet ein ausgebildeter Polizeihund.«

»Wirklich?«

»Er schloss als Bester seiner Klasse an der K9-Hundeschule ab.«

Das war ein bisschen übertrieben, weil ich in Wahrheit gar nicht abgeschlossen hatte. So waren Bernie und ich ja überhaupt erst zusammengekommen, aber das ist eine lange Geschichte, zu der ich vielleicht noch komme, falls sich die Gelegenheit ergibt.

»Wenn das so ist …« Cynthia öffnete die Tür.

Wir gingen hinein.

Vogeldreck. Ich roch es sofort, säuerlich und eklig, so wie die Vögel selbst. Wäre ich eklig, wenn ich am weiten blauen Himmel herumschweben könnte? Niemals.

Wir folgten Cynthia durch ein großes Zimmer mit Fliesen auf dem Boden, die sich angenehm kühl anfühlten, und dann weiter durch einen Flur zu einer geschlossenen Tür. Unterwegs entdeckte ich einen Kartoffelchip – er lag gut sichtbar an der Wand – und schnappte ihn mir im Vorbeigehen; geriffelt, meine Lieblingschips.

An der Tür hing ein Schild mit einem Blitz. Bernie las vor, was darauf stand.

»Hochspannung. Betreten verboten.«

»Madisons Sinn für Humor«, sagte Cynthia.

Sie öffnete die Tür, wir gingen hinein, und da war der Vogel. Er hockte in einem Käfig, der von der Decke hing.

»Che-et.« Bernie dehnte meinen Namen, wie er es immer tat, wenn er sich Sorgen über das machte, was als Nächstes passieren könnte. Klar, wenn man meine Sprungkraft bedachte – ich war auf der K9-Hundeschule der beste Springer in meiner Klasse gewesen; das hatte ja überhaupt erst zu dem ganzen Ärger geführt, an den genauen Hergang konnte ich mich allerdings nicht erinnern, nur daran, dass Blut vorkam –, wie hätte ich da nicht über die eine oder andere Möglichkeit nachdenken sollen? Aber das würde ich jetzt nicht ausprobieren, oder? Wir waren schließlich bei der Arbeit. Tätschel, tätschel. »Braver Junge.«

Der Vogel – grün mit schuppigen gelben Beinen und

Füßen und einem komischen stachligen Kamm auf dem Kopf – gab ein entsetzliches Krächzen von sich.

»Haben Sie das gehört?«, fragte Cynthia.

»Was?«

»Er hat ›Madison ist supercool‹ gesagt. Sie hat es ihm beigebracht. Er kann auch noch andere Dinge sagen.«

Moment mal. Cynthia behauptete tatsächlich, dass er – dieser glupschäugige Knasti – sprechen konnte? Das kaufte ich ihr nicht ab.

»Sein Name ist Cap'n Crunch.«

Cap'n Crunch stieß den Kopf vor und zurück, eine hässliche, eidechsenartige Bewegung, und gab erneut dieses entsetzliche Krächzen von sich. Es endete mit einem schrillen Kreischen, das in den Ohren wehtat. Ein Blick zu Bernie sagte mir, dass er dieses Kreischen nicht hörte. Bernie bekam einiges nicht mit, ja, aber man musste ihn trotzdem bewundern: Er ließ sich von seinen Behinderungen nicht unterkriegen.

»Was kann er denn sonst noch sagen?«

O Bernie, bitte.

Cynthia näherte sich dem Käfig. »Come on, baby.«

Kreisch, kreisch.

»Haben Sie das gehört?«

»Was?«

»›Light my fire.‹ Er hat ›Light my fire‹ gesagt, als ich ›Come on, baby‹ sagte.«

Aha.

Auf Bernies Gesicht lag jedoch dieser Ausdruck, ganz ruhig, die Augen dunkel, und das bedeutete, dass irgendetwas sein Interesse geweckt hatte. »Was noch?«

Cynthia klopfte gegen den Käfig. Ihre Fingernägel waren lang und glänzten. »Cap'n Crunch? Willst du was trinken?«

Kreisch, kreisch.

»›Einen Doppelten, bitte‹?«, riet Bernie.

»Stimmt«, sagte Cynthia.

»Ziemlich beeindruckend.« Im Ernst? Ein Vogel, der angeblich ›Madison ist supercool‹ ›Light my fire‹ und ›Einen Doppelten, bitte‹ sagte? Was war daran beeindruckend? Entging mir da was? Bernie drehte sich zu mir. »Chet! Warum knurrst du denn?«

Ich knurrte nicht. Aber ich verdrückte mich trotzdem und setzte mich neben den Fernseher. Er stand auf einem kleinen Tisch.

Im selben Moment nahm ich einen Geruch wahr, den ich aus meiner Zeit auf der Hundeschule kannte, und richtig – da unter dem Tisch lag es: ein kleiner Plastikbeutel mit Marihuana.

Bernie warf mir einen Blick zu. »Um Himmels willen, Chet. Hör auf zu bellen.« Er wandte sich wieder an Cynthia. »Spricht Madison viel mit dem Vogel?«

»Die ganze Zeit. Sie hat ihn schon ewig. Für sie ist er wie ein Mensch.«

Bernie klopfte an den Käfig. Seine Fingernägel waren kurz, völlig abgekaut. »Wo ist Madison?«, fragte er.

Der Vogel blieb still. Im ganzen Zimmer blieb es still. Bernie und Cynthia beobachteten den Vogel. Ich beobachtete Bernie. Manchmal machte ich mir Sorgen um ihn. Wenn wir auf einen Augenzeugenbericht von Cap'n Crunch zählten, war der Fall aussichtslos.

»Gute Idee«, sagte Cynthia. Sie blickte zu Cap'n Crunch hinauf. »Wo ist Madison?«, fragte sie, und als der Vogel weiter schwieg, fügte sie in flehendem Ton hinzu: »Come on, baby.«

»Light my fire«, sagte Cap'n Crunch. Dieses Mal hörte ich es auch.

»Geben Sie mir einen Überblick«, sagte Bernie. »Ich würde gern eine Chronologie erstellen.«

»Was heißt das?«

Das hätte ich auch gern gewusst. Bernie benutzte manchmal schwierige Wörter. Wenn es nach ihm gegangen wäre, hätte er wahrscheinlich von früh bis spät die Nase in ein Buch gesteckt; aber angesichts der Unterhaltszahlungen für Frau und Kind und der fehlgeschlagenen Investition in eine Firma, die Hosen mit Hawaiihemdmustern herstellte – er hatte eine Schwäche für Hawaiihemden –, ging es nicht nach Bernie.

»Der zeitliche Ablauf«, sagte er. »Wann haben Sie Madison zuletzt gesehen?«

Cynthia sah auf ihre Uhr. Sie war groß und golden. An den Handgelenken und am Hals hatte sie noch mehr Gold, und an den Ohren auch. Ich hatte ein paarmal an Gold geleckt und machte mir nicht viel daraus, allerdings war Silber schlimmer. »Viertel nach acht«, sagte Cynthia. »Als ich sie an der Schule abgesetzt habe.«

»Welche Schule?«

»Heavenly Valley High.«

»Die kenne ich nicht.«

»Sie ist ziemlich neu, ein Stück nördlich von den Puma Wells. Mein Exmann arbeitet dort, er ist Bauunternehmer.«

»Ihr Exmann ist Madisons Vater?«

»Ja. Wir sind seit fünf Jahren geschieden.«

»Haben Sie ihn angerufen?«

»Natürlich. Er hat sie nicht gesehen.«

»Sie haben das Sorgerecht?«

Cynthia nickte. »Sie verbringt hin und wieder ein Wochenende bei Damon, jedes zweite Weihnachten, so in der Art.«

Bernie holte Block und Stift hervor. »Damon Chambliss?«

»Keefer. Ich habe wieder meinen Mädchennamen angenommen.«

Mädchenname? Was war das gleich noch mal? Dauernd änderten sie ihre Namen, diese Menschen. Ich verstand das nicht. Ich war Chet, schlicht und einfach Chet.

»Heißt Madison mit Nachnamen Chambliss?«

»Ja.«

»Und bei der Scheidung war sie ungefähr zehn?«

»Ja.«

»Wie hat sie es verkraftet?«

Cynthia hob die Schultern, senkte sie wieder: das Achselzucken. Manches Mal hieß das, jemandem war etwas egal – schwer zu begreifen –, aber war das eines dieser Male? »Sie wissen ja, was man sagt.«

»Was sagt man denn?«

»Für Kinder ist eine Scheidung besser als eine schlechte Ehe«, sagte Cynthia.

Bernie blinzelte. Es war nur eine winzige Bewegung, leicht zu übersehen, aber ich wusste, woran er dachte: an Charlie und seine eigene Scheidung. Wenn es um Ehen und Scheidungen geht, dürfen Sie mich nicht fragen. Da, wo ich herkomme, ist das beides unbekannt.

»Aber«, sagte Cynthia, »ich verstehe nicht, was das alles mit Madisons Verschwinden zu tun hat.«

Ich verstand es auch nicht genau.

»Ich will mir nur ein Bild machen«, sagte Bernie. Einer seiner Lieblingssprüche; in den meisten Fällen wirkte er wie eine Zauberformel.

»Tut mir leid«, sagte Cynthia. »Ich wollte Ihnen nicht in Ihre Arbeit reinreden. Es ist nur …« Ihre Augen wurden schon wieder feucht. Einmal war eine von Ledas großen, dicken Tränen auf den Boden getropft und ich hatte sie probiert. Salzig, das hatte mich sehr überrascht. »Es ist nur … o Gott, wo ist sie bloß?«

Bernie sah sich um, entdeckte eine Packung Taschentücher auf dem Schreibtisch und gab ihr eins. »Wann wurde Ihnen klar, dass sie verschwunden sein könnte?«

»Als sie nicht nach Hause kam. Sie fährt mit dem Bus. Ich bin hier, aber nachmittags muss ich arbeiten – ich bin selbstständig.«

»Was machen Sie?«

»Ich entwerfe elektronische Grußkarten.«

»Elektronische Grußkarten?«

»Ich kann Sie auf meine Liste setzen, wenn Sie wollen«, sagte Cynthia. Sie nahm sich noch ein Taschentuch, schnäuzte sich. Ihre Nase war winzig, nutzlos, ganz anders als meine, aber trotzdem fragte ich mich unwillkürlich, wie das wohl sein mochte: schnäuzen. Aus heiterem Himmel fing meine Nase an zu jucken. Cynthia und Bernie sprachen noch eine Weile über den Bus, aus dem Madison nicht ausgestiegen war, wo sie überall angerufen hatte, in der Schule, bei Madisons Freundinnen, ihrem Exmann, aber ich hörte nicht richtig zu, weil mich dieses merkwürdige Gefühl in meiner Nase in Anspruch nahm.

Und dann: »Warum fletscht er denn die Zähne?«

»Ich glaube nicht, dass er die Zähne fletscht«, sagte Bernie. »Sieht eher so aus, als würde er mit der Nase wackeln. Chet? Alles in Ordnung?«

Wie peinlich. Ich schüttelte mich, das ist immer gut, wenn man so tun will, als sei nichts gewesen, und rückte ein Stück näher zu Bernie, wachsam, mit aufgerichtetem Schwanz.

»Alles in Ordnung mit ihm«, sagte Bernie.

Cynthia sah mich komisch an. »So einen Hund habe ich noch nie gesehen.«

»Was meinen Sie damit?«

»Seine Ohren. Eins ist schwarz und das andere ist weiß.«

Tat man das, sich über das Aussehen anderer auslassen? – Nein. Das wusste doch jeder. Ich beschloss auf der Stelle, Cynthia nicht zu mögen. Ein Blick zu Bernie, und mir war klar, dass er sie auch nicht mochte.

»Ich brauche ein paar Dinge von Ihnen«, sagte er. Seine Stimme klang kühl, nahezu frostig. »Adresse und Telefonnummer von Ihrem Exmann, von Madisons Freundinnen, von anderen Leuten, die in ihrem Leben eine Rolle spielen – Sporttrainer, Lehrer und so weiter. Plus ein gutes Foto von ihr.«

»Sofort«, sagte sie und verließ das Zimmer.

Bernie drehte sich zu mir und kam mit gesenkter Stimme zur Sache. »Irgendwas gefunden?«

Ich ging zum Fernsehtisch und streckte den Kopf vorstehhundmäßig vor. Bernie kniete sich hin, fischte das Marihuanabeutelchen hervor. Er wog es in der Hand und schob es dann wieder unter den Tisch.

»Gut gemacht.« Tätschel, tätschel – und ein rasches Kraulen zwischen den Ohren. Ah.

Cynthia kam zurück, gab Bernie ein Blatt Papier und ein gerahmtes Foto von einem Mädchen mit Pferdeschwanz. Auf Pferde konnte ich gut verzichten, aber Pferdeschwänze mochte ich. »Hat Madison einen Freund?«, fragte Bernie.

»Nein.«

Bernie sah sich im Zimmer um. »Dann wäre es das fürs Erste«, sagte er. »Jetzt brauche ich nur noch etwas mit Madisons Geruch.«

»Ihren Kopfkissenbezug?«

Bernie ging zum Bett und zog einen Kopfkissenbezug ab, der für mich rosa aussah, obwohl ich Bernie zufolge kein Experte bin, was Farben angeht. Ich schnupperte daran, machte Madisons Geruch aus: jung, weiblich, mit einem Hauch von Honig, Kirschen und so einer sonnenfarbenen Blume, die ich manchmal am Straßenrand stehen sah. Bernie legte den Kopfkissenbezug zusammen und verstaute ihn in einer Tüte.

»Ich melde mich bei Ihnen«, sagte er. »Wenn Sie etwas hören, rufen Sie mich sofort an, egal zu welcher Uhrzeit.«

»Danke. Ich bin Ihnen wirklich sehr dankbar.« Cynthia führte uns durch den Flur zur Tür. »Angela DiPesto war ganz begeistert von Ihnen.«

Bernie blieb stehen und drehte sich zu ihr um. »Sie sagten, Sie arbeiten mit ihr zusammen?«

»Ja, richtig.«

»Was hat sie mit elektronischen Grußkarten zu tun?«

»Sie hat die Software für mich geschrieben.«

»Angela DiPesto?«

Cynthia nickte und öffnete die Tür. Ein Mädchen kam den Weg entlang, ein Mädchen mit Pferdeschwanz und Rucksack. Ihr Gesicht lag noch im Schatten, aber ich wusste sofort, wer sie war, vom Geruch her.

»Madison?«, sagte Cynthia. Sie schlug die Hand vor den Mund, eins der Dinge, die die weiblichen Menschen manchmal machten und die männlichen nie. »Mein Gott – wo bist du gewesen?«

Leise, an niemand Bestimmten gerichtet, sagte Bernie: »Ich brauche was zu trinken.«

Aus dem Haus ertönte die heisere Stimme von Cap'n Crunch. »Einen Doppelten, bitte.«

Kapitel 3

Madison roch genauso wie ihr Kopfkissenbezug, nur dass dem Geruch jetzt noch Schweiß beigemischt war; Schweiß und ein bisschen Marihuana. Schweiß, Menschenschweiß, ist eine spannende Sache. Da gibt es die Sorte, die von körperlicher Anstrengung kommt und einen frischen, scharfen Geruch hat. Dann gibt es die Sorte, die von zu wenig Duschen kommt, weniger frisch, mit beigemischten nichtmenschlichen Komponenten. Die Sorte, die von Angst kommt – und die ich jetzt roch –, liegt irgendwo dazwischen.

Cynthia ging hinaus, packte Madison am Handgelenk. »Wo warst du? Ich bin fast verrückt geworden.«

»Ich …«, setzte Madison an, dann bemerkte sie Bernie und hielt inne.

»Das ist Mr Little. Er ist Privatdetektiv.«

»Privatdetektiv?«

»Ich war außer mir vor Sorge.«

»Um Himmels willen, Mom. Du hast einen Privatdetektiv engagiert?«

»Wo warst du? Antworte mir!«

Madison biss sich auf die Lippe. Das machen sie manchmal. Was es bedeutet? Schwer zu sagen, aber es fällt mir immer auf. »Es ist nicht meine Schuld. Mr Rentner hat es vorgeschlagen.«

»Mr Rentner? Wovon sprichst du eigentlich?«

»Ach komm schon, Mom – mein Geschichtslehrer. Der, dem mein Aufsatz über …«

»Schon gut, schon gut, was ist mit ihm?«

»Er hat gesagt, wir sollen uns diesen Film über Russland ansehen.«

»Du warst im Kino?«

»Es gab eine Sondervorstellung in der North Canyon Mall. Nur heute und morgen. Ich habe mir den Film angesehen und dann noch ein bisschen rumgetrödelt, bis mich jemand nach Hause mitgenommen hat.«

»Wer?«

»Ein Junge aus der Abschlussklasse – du kennst ihn nicht.«

»Wie heißt er?«

»Tim irgendwas. Ich kenne ihn eigentlich auch nicht.«

Cynthia starrte Madison an, den Kopf ein bisschen nach hinten gelegt, da ihre Tochter größer war als sie. »Warum hast du nicht angerufen?«

»Tut mir leid, hab ich vergessen.«

»Ich habe dich eine Million Mal auf dem Handy angerufen.«

»Ich habe es ausgeschaltet, Mom. Kino – Handy, verstehst du?«

»Sprich nicht in diesem Ton mit mir.«

Madison blickte zu Boden. Eine Weile blieb es still. Dann sagte Cynthia: »Lass uns reingehen.« Sie drehte sich zu Bernie. »Vielen Dank für Ihre Mühe.«

»Keine Ursache«, sagte Bernie. »Ich freue mich, dass sich alles in Wohlgefallen aufgelöst hat.« Er sah Madison an. »Ich bin selbst ein großer Fan von russischen Filmen. Was lief denn?«

»*Dr. Schiwago*«, sagte Madison. »Wir nehmen gerade die Russische Revolution durch.«

»*Dr. Schiwago* ist einer meiner Lieblingsfilme«, sagte Bernie. Wir sahen uns oft Filme an, Bernie und ich, obwohl ich mich an den hier nicht erinnern konnte. Um die Wahrheit zu sagen, passte ich nicht besonders gut auf, es sei denn, einer meinesgleichen spielte mit, auch wenn es nur eine kleine Rolle war, wie in *Besser geht's nicht* zum Beispiel oder *Ghostbusters II.* »Meine Lieblingsszene ist die auf dem Tennisplatz«, fügte Bernie hinzu.

»Ja«, sagte Madison. »Das war cool.« Dann machte sie etwas Überraschendes: Sie kam näher und tätschelte mich, sehr sanft und freundlich. »Netter Hund«, sagte sie.

Sie gingen ins Haus. Wir fuhren heim.

Es war spät. Bernie entdeckte im Kühlschrank ein übriggebliebenes fertiges Steak. Er schmierte Steaksauce drauf, schnitt es in der Mitte auseinander, und wir nahmen einen kleinen Imbiss zu uns. Bernie machte sich ein Bier auf und setzte sich an den Tisch.

»Ich habe ein schlechtes Gewissen, weil ich ihr nicht mal angeboten habe, die Fünfhundert zurückzugeben.«

Ich kaute mein Steak. Ich mag Steak, könnte meinetwegen jeden Tag in meinem Napf liegen.

»Wenn da nicht diese eine Sache wäre, Chet. Weißt du, was ich meine?«

Ich sah von meinem Napf hoch. Möglicherweise hing mir auf der Seite ein Stück Fleisch aus dem Maul.

»In *Dr. Schiwago* gibt es keine Szene auf einem Tennisplatz.«

Bernie klappte seinen Laptop auf. Ich ging zu meinem Wassernapf.

»Warte, ich geb dir frisches Wasser.«

Bernie füllte den Napf an der Spüle, warf sogar ein paar Eiswürfel rein. Ah. Ich mag Eiswürfel. Er ging zurück zu seinem Laptop. »Jawoll. *Dr. Schiwago* läuft in der North Canyon Mall, in diesem kleinen Saal ganz hinten. Und Mr Ted Rentner unterrichtet an der Heavenly Valley High Geschichte.« Er seufzte. O ja, das Seufzen, auch spannend: Je jünger die Menschen waren, desto seltener taten sie es meiner Erfahrung nach. »Zwei Arten von Lügen, Chet. Die große Lüge, völlig unverhohlen, und die kleine, die sich zwischen ein paar Wahrheiten versteckt. Das Mädchen ist verdammt gut.« Er schüttelte die Flasche mit der Sauce, gab noch ein bisschen davon auf sein Steak. »Hat Cynthia nicht gesagt, sie wäre in der Begabtenförderung?«

Keine Ahnung. Ich zerbiss einen Eiswürfel. Ein tolles Gefühl an den Zähnen, und dann wirbelten lauter kleine Eissplitter in meinem Maul herum und kühlten mich ab. Abendessen – und sei es auch nur ein schneller Imbiss wie jetzt – war etwas, auf das wir uns immer freuten, Bernie und ich.

Er klappte seinen Laptop zu. »Andererseits ist sie wohlbehalten wieder zurück. Das ist das Wichtigste. Aber du verstehst auch, warum ich es andererseits nicht ganz so schlimm finde, das Geld genommen zu haben?«

Klar. Wir brauchten dringend Geld. Unsere Finanzen waren ein Desaster: Ehefrauenunterhalt, Kinderunterhalt, Hawaiihosen und fast keine Aufträge außer Scheidungssachen. Bernie redete ständig davon, beinahe jeden Abend. Eine Ameise, eine von diesen saftigen schwarzen, kam unter dem Herd vor und versuchte an mir vorbeizuflitzen. Was bildete die sich ein? Ich musste kaum meine Zunge bewegen. Bernie erklärte immer wieder, wie wichtig Proteine waren.

Bernies Schlafzimmer – ganz schön unordentlich, überall verstreut Klamotten, Bücher, Zeitungen – lag hinten raus, mit Blick auf den Canyon. Er schlief in dem großen Bett, das er früher mit Leda geteilt hatte. Damals hatte ich in der Küche geschlafen, jetzt schlief ich auf dem Boden am Fußende des Betts. Irgendwo unter all dem Kram befand sich ein schöner weicher Teppich.

»Nacht, Chet.«

Ich schloss die Augen. Allmählich wurde es kühler; Bernie hatte die Klimaanlage ausgeschaltet und die Fenster aufgemacht. Im Canyon war jede Menge los – Kojotengeheule, Rascheln, ein schriller Schrei, der abrupt aufhörte. Bernies Atem wurde ruhiger und gleichmäßiger. Er stöhnte ein- oder zweimal im Schlaf, dann murmelte er etwas, das wie »Wer weiß?« klang. Ein Auto fuhr die Straße entlang. Dem Geräusch nach zu urteilen, schien es langsamer zu werden, als es sich dem Haus näherte. Ich hob den Kopf. Das Auto fuhr vorbei, das Motorengeräusch wurde immer leiser, bis es schließlich ganz verschwand. Ich stand auf, drehte mich einmal im Kreis und legte mich wieder hin, streckte die Beine. Ein weißes Ohr, ein schwarzes Ohr? Na und? Wenig später stromerte ich durch den Canyon, jagte im Mondschein Kojoten, Eidechsen und Nabelschweine – im Traum, versteht sich. Im wirklichen Leben war der Canyon Sperrgebiet für mich, es sei denn, ich war mit Bernie unterwegs. Aber er vertraute mir. Zumindest musste ich nicht mit einem elektrischen Zaun klarkommen wie der arme alte Iggy.

Ich wachte von Bernies Schnarchen auf. Im Zimmer war es dunkel bis auf einen schwachen silbernen Streifen zwischen den Vorhängen. Ich stand auf – ich fühlte mich gut, ziemlich hungrig, ein bisschen durstig – und ging zum Bett. Bernie lag auf dem Rücken; außer seinem Gesicht, vom Kinn aufwärts, war nichts von ihm zu sehen. Seine

Stirn war voller Falten, so wie immer, wenn er angestrengt über irgendein schwieriges Problem nachdachte. Unter seinen Augen lagen dunkle Ringe; er sah müder aus als vorhin, als er ins Bett gegangen war. Ich legte meinen Kopf auf die Decke.

Ein Auto kam die Straße runter. Dieses Mal fuhr es nicht vorbei, sondern blieb leise quietschend stehen. Eine Tür wurde zugeschlagen. Allein von diesem Knall her war ich mir ziemlich sicher, wer es war. Ich trabte aus dem Schlafzimmer, durch die Küche und weiter ins Wohnzimmer. Das Fenster ging zur Straße raus, und richtig, da war Leda, und sie kam mit großen Schritten aufs Haus zu. Charlie saß im Auto und starrte aus dem Fenster.

Ich rannte ins Schlafzimmer.

»Chet, um Himmels willen.« Bernie packte die Decke und versuchte mich daran zu hindern, sie ihm wegzuziehen. »Lass mich in Ruhe, ich schlafe.«

Dingdong. Die Haustür.

Bernie setzte sich auf. »Ist da jemand?«

Dingdong.

»Chet! Was zum Teufel soll das? Geh vom Bett runter.«

Ich stand auf dem Bett? Und stupste Bernie mit der Pfote an? Huch. Ich sprang runter. Bernie stand auf, zog seinen Morgenmantel über, den mit den vielen Löchern und ohne Gürtel. Er ging rasch aus dem Zimmer, die Haare in alle Richtungen abstehend, kräftiger Mundgeruch. Ich lief hinterher. Bernie öffnete die Tür, blinzelte ins Licht. Leda hatte helle Augen, die Farbe des Winterhimmels. Sie sah Bernie an, seine unordentlichen Haare, seinen Morgenmantel, dann mich, dann wieder Bernie. Bernie stand einfach nur mit offenem Mund da.

»Macht es dir Spaß, mich derart in Verlegenheit zu bringen?«, fragte sie.

»Hä?«, sagte Bernie.

Ich verstand es auch nicht. Ich hatte schon immer Schwierigkeiten gehabt, Leda zu verstehen, selbst wenn ich so dicht vor ihr stand wie jetzt und jede Bewegung ihrer Lippen sehen konnte, jede Regung in ihrem Gesicht.

Sie zerrte ein Blatt Papier aus der Tasche, hielt es ihm hin.

»Was ist das?«, fragte er.

»Ein Brief von der Schule offensichtlich.«

Bernie starrte den Brief an, seine Augen wanderten darüber. »Der Scheck fürs Schulgeld?«, fragte er. »Aber ich bin sicher, dass noch genug Geld auf dem Konto war. Ich habe sogar …«

Leda entriss ihm den Brief wieder. »Mach dir keine Gedanken – Malcolm hat sich darum gekümmert.«

Malcolm war ihr Freund. Ich hatte ihn bloß einmal gesehen. Er trug Flip-Flops und hatte lange knochige Füße und lange knochige Zehen.

»Das heißt, du schuldest ihm Geld.«

»Aber ich verstehe nicht …«

Ich trabte zum Auto. Charlie öffnete die Tür. Ich sprang hoch, leckte ihm ausführlich das Gesicht.

»Chet the Jet! Wie geht's dir?«

Prima, war mir noch nie besser gegangen. Charlie streichelte meinen Rücken.

»He, was ist das?« Er zupfte an meinem Fell. »Du hast eine Zecke.« Eine Zecke? Das hatte ich gar nicht gemerkt, aber jetzt spürte ich, wie er sie rausholte: ein leichtes Zwicken und dann ein winziges, geräuschloses Plopp, äußerst befriedigend. Charlie hielt die Zecke hoch, ein grässliches aufgedunsenes Ding. »Widerlich«, sagte er und warf sie in den Rinnstein.

Ein starker Luftzug wehte durch das Auto, sehr angenehm. Zuerst merkte ich gar nicht, dass er von meinem wild wedelnden Schwanz stammte. Charlie lachte. Das ist das schönste Geräusch, das Menschen machen, ohne Ausnahme, und das Lachen eines kleinen Menschen ist das allerschönste. Charlie hatte ein rundes Gesicht und eine lustige Mischung an Zähnen, manche groß, manche klein.

»Ich habe den Wagen gerade erst gesaugt.« Plötzlich stand Leda hinter mir.

»Chet haart nicht«, sagte Charlie.

»Alle Hunde haaren.«

Ich sprang aus dem Auto. Leda sah mich wütend an. Wenn Leda auftauchte, war alles immer so hektisch. Das mit dem Haaren ist ein Riesenproblem, das weiß ich schon, aber Menschen haaren auch: Ständig fallen Haare und alles mögliche andere von ihnen runter, das können Sie mir glauben.

Bernie kam näher, den Morgenmantel fest um sich gewickelt.

»Hi, Charlie.«

»Hi, Dad.«

»Er kommt zu spät in die Schule«, sagte Leda.

»Bis Samstag.«

»Können wir zelten gehen?«

»Klar, warum nicht?«

»Weil es fünfunddreißig Grad heiß werden soll«, sagte Leda. Sie stieg ein.

»Wiedersehen.«

»Wiedersehen.«

Da fuhren sie, die Sonne spiegelte sich in der Heckscheibe, Bernie winkte.

Bei all der Aufregung hatte ich gar nicht mitbekommen, dass noch ein Auto vor unserem Haus gehalten hatte. Eine

Frau war ausgestiegen und beobachtete uns. Bernie drehte sich zu ihr um. »Bernie Little?«

»Ja?«

»Hi, ich bin Suzie Sanchez.« Sie kam näher, streckte die Hand aus. Bernie schüttelte sie, hielt dabei mit der anderen Hand seinen Morgenmantel zu und sah die Frau mit hochgezogenen Augenbrauen an. Er hatte dunkle, kräftige Augenbrauen, die eine ganz eigene Sprache sprachen. »Ich komme von der *Valley Tribune*«, sagte sie. »Ich hoffe, ich habe mich nicht im Datum geirrt?«

»Im Datum?«

»Es geht um den Artikel, über den wir gesprochen haben – ein Tag im Leben eines Privatdetektivs im Valley. Lieutenant Stine vom Metro Police Department hat Sie empfohlen.«

»Oh«, sagte Bernie. »Stimmt, ja.« Hatte ich davon schon mal was gehört? Vielleicht, vielleicht auch nicht. Bernie sah auf seine nackten Füße hinunter. »Ich bin ein bisschen spät dran, tut mir leid«, sagte er. »Infolge … unvorhersehbarer Ereignisse. Bin gleich wieder da.«

Suzie Sanchez' Blick wanderte zur Straße, in die Richtung, in die Leda davongefahren war. »Nur keine Hektik. Ich habe den ganzen Tag Zeit.« Sie sah mich an. Ihre Augen leuchteten, dunkel und glänzend wie die Arbeitsplatte in unserer Küche. »Was für ein hübscher Hund! Ist das Ihrer?«

»Das ist Chet.«

»Darf ich ihn streicheln?«

»Sie wissen nicht, worauf Sie sich einlassen.«

Suzie Sanchez lachte, nicht ganz so nett wie Charlies Lachen, aber ziemlich nah dran. Sie kam herüber, hielt mir ihre Hand hin – sie roch nach Seife und Zitronen –, und dann kraulte sie mich zwischen den Ohren, wo es mich genau in dem Augenblick anfing zu jucken. Ah.

»Mag er einen Hundekeks?«

Mochte ich einen Hundekeks? Was war denn das für eine Frage? Sie griff in ihre Handtasche und zog einen in Form eines Knochens raus, Größe L.

»Sie schleppen Hundekekse mit sich herum?«

»Als Reporterin läuft man dauernd Hunden über den Weg«, sagte sie, »und nicht alle sind so nett wie Chet.«

Sie hielt den Hundekeks in meine Reichweite. Wahrscheinlich war es besser, nicht gierig danach zu schnappen, das passte vermutlich nicht so ganz zu meinem netten Auftreten. Das sagte ich mir gerade, als – schnapp!

Suzie Sanchez lachte erneut. Ich verschlang den Hundekeks mit zwei Bissen, vielleicht auch nur einem. Die Sorte kannte ich überhaupt nicht, die beste, die ich jemals zwischen die Zähne bekommen hatte. Was für ein Leben!

»Darf er noch einen haben?«, fragte sie. »Ich habe eine ganze Schachtel voll im Wagen.«

Ein starker Luftzug umwehte mich.

Kapitel 4

Observationen: So was hatte ich schon eine Million Mal gemacht. Na gut, vielleicht nicht eine Million. Um die Wahrheit zu sagen, weiß ich nicht so genau, was eine Million ist, wie viel genau – oder irgendeine andere Zahl, wenn wir schon dabei sind –, aber dank Bernie habe ich eine ungefähre Ahnung. Eine Million ist viel, wie *eine Menge Kies,* eine andere Lieblingszahl von Bernie, vielleicht sogar noch mehr.

»Das ist aufregend«, sagte Suzie.

Wir saßen zu dritt nebeneinander, Bernie, Suzie Sanchez und ich. Wir hatten einen Pick-up, den wir für Observationen benutzten, alt, schwarz, unauffällig. Er hatte vorne eine durchgehende Sitzbank, deshalb saß ich in der Mitte; das war nicht so gut, weil mir der Spiegel die Sicht versperrte, aber ich bin keiner von den Nörglern.

»Inwiefern aufregend?«, fragte Bernie.

»Zu wissen, dass jeden Moment irgendetwas Dramatisches passieren kann.« Suzie deutete mit ihrem Kaffeebecher auf ein Bürogebäude auf der anderen Straßenseite. Wir waren im Valley, aber fragen Sie mich nicht, wo. Das Valley dehnt sich ewig in jede Richtung aus, und ich war mir zwar ziemlich sicher, dass ich aus jeder davon den Weg nach Hause finden würde, aber Sie würden doch nicht verstehen, welche Methode ich dabei anwende.

Bernie riss einen kleinen Beutel auf, schüttete den Inhalt

in seinen Kaffee und rührte mit einem Bleistift um. »Dramatisch würde ich es nicht nennen. Nicht unbedingt.«

»Aber eine Scheidung kann ein ganzes Leben auf den Kopf stellen, oder nicht? So etwas bezeichne ich als dramatisch.«

Bernie nickte, ein langsames Nicken mit abgewandten Augen, ein Nicken, das hieß, dass sie seine volle Aufmerksamkeit hatte. Seine Augen wanderten zurück, an mir vorbei zu ihr, dann sah er wieder weg. »Haben Sie selbst schon eine Scheidung hinter sich?«

»Nein«, sagte sie. »Aber meine Eltern sind geschieden, deshalb kenne ich mich mit dem Auf-den-Kopf-Stellen aus.«

Bernie nippte an seinem Kaffee. Ich hatte Kaffee ein- oder zweimal probiert, und ich begriff das ganze Getue darum nicht. Mein Getränk war Wasser: jedes Mal wieder köstlich, ohne Ausnahme. »Sie sind also … äh … verheiratet?«, fragte Bernie.

Aus den Türen des Bürogebäudes kamen jetzt Leute. Ich wusste, was das bedeutete: Mittagspause. Ich bekam allmählich selbst ein bisschen Hunger, obwohl ich eigentlich der Frühstück-und-Abendessen-Typ bin; fragen Sie mich nicht, warum – hab ich mir bei Bernie angewöhnt.

Jetzt mussten wir besonders gut aufpassen, damit uns der Mann, den wir beobachteten, nicht in der Menge abhandenkam. Aber Bernie passte nicht besonders gut auf, er passte sogar überhaupt nicht auf. Genau genommen starrte er auf seine Hände – Bernie hatte große, kräftige Hände, ein oder zwei seiner Finger waren ein bisschen krumm. Keine Ahnung, was er da gerade machte. Wartete er auf Suzies Antwort auf seine Frage? Konnte es das sein? Und Suzie sagte auch etwas, aber ich bekam nicht mit, was, weil in diesem Augenblick hinter zwei Frauen auf der anderen Straßenseite unser Mann auftauchte. Bernie war viel besser als ich, was Gesichter anging, vor allem aus der Entfernung, aber wir beschatteten diesen Mann schon seit Tagen, und er hatte einen großen schwarzen Schnurrbart, der sein Gesicht in zwei Hälften teilte, deshalb war er leicht zu erkennen.

»Warum knurrt Chet denn so?«, fragte Suzie.

»Ich weiß …« Endlich hob Bernie den Kopf und sah aus dem Fenster. »Das ist er – Justin Anthony III.«

»Der sieht ja schon verdächtig aus«, sagte Suzie.

Bernie lachte. Was war daran lustig?

Justin Anthony III. stieg in einen riesigen Geländewagen, vielleicht einer von diesen Hummers, die Bernie so verabscheute, oder auch nicht – das Erkennen von Automarken war eine weitere schwache Seite von mir. Sie rochen alle gleich. Er fädelte sich in den Verkehr ein. Wir folgten ihm.

Bernie fuhr so, dass immer ein oder zwei Autos zwischen uns und dem Objekt waren – Objekt war unsere übliche Bezeichnung für jemanden, den wir beschatteten. Ich richtete mich auf, schließlich stellte ich mich hin, damit ich mein Gesicht möglichst nah an die Windschutzscheibe halten konnte.

»Chet. Setz dich gefälligst hin. Schau, was du mit dem Spiegel gemacht hast.«

Aber … ich setzte mich.

»Und hör auf zu hecheln.«

Daran konnte ich nun allerdings nichts ändern.

Suzie zog ein Notizbuch aus der Tasche. »Also, in diesem Fall geht es darum, dass Ihre Klientin, Mrs Justin Anthony III. …«

»Sie haben doch hoffentlich nicht vor, die richtigen Namen zu verwenden?«

»Nur Ihren.«

»Und den von Chet. *Seinen* richtigen Namen können Sie auch nehmen.«

»Ist das die Abkürzung für irgendetwas? Chester?«

Chester? Das war ein Name? Jetzt sag bloß nicht, mein richtiger Name ist Chester.

»Einfach nur Chet«, sagte Bernie.

Uff.

Suzie schrieb etwas in ihr Notizbuch. »Also Ihre Klientin hat den Verdacht, dass ihr Mann sie betrügt?«

»Aber sie kann es nicht beweisen. Wenn sie es kann, steht sie im Fall einer Scheidung viel besser da.«

»Sind die Leute reich?«

»Reich würde ich nicht gerade sagen. Er ist Börsenmakler und sie macht Gutachten für Immobilien.«

»Ein typisches Paar aus dem Valley.«

Bernie lachte wieder. Warum? Keine Ahnung, aber es hörte sich schön an.

»Und was sagt Ihnen Ihre Intuition?«, fragte Suzie. »Betrügt er sie oder nicht?«

»Er betrügt sie«, sagte Bernie.

»Aber Sie beschatten ihn jetzt schon seit einer Woche, ohne dass etwas dabei herausgekommen wäre. Was macht Sie so sicher?«

»In neunundneunzig Prozent der Fälle hat die Ehefrau recht mit dem Verdacht, dass ihr Mann sie betrügt.«

»Wie kommt das?«

»Sie spüren es irgendwie.«

Suzies Stift flitzte über das Papier. »Und umgekehrt? Ehemänner, die ihre Frau in Verdacht haben?«

»Die haben zu fünfzig Prozent recht, höchstens.«

»Ja?«, sagte Suzie. »Wie das?«

»Vielleicht haben Männer eine lebhaftere Phantasie.«

»Sie nehmen mich auf den Arm.«

Ich sah mir Bernies Arm an. Er berührte Suzie noch nicht einmal, hatte beide Hände am Lenkrad. Es folgte keine weitere Erklärung – nicht, dass mich gerade dieses Thema interessiert hätte oder irgendetwas anderes von dem Hin und Her, schließlich waren wir bei der Arbeit –, denn in diesem Augenblick bog der Geländewagen in eine schmale Straße ein und hielt vor einen langgestreckten, niedrigen Gebäude mit vielen Türen und einem großen Kaktusschild.

»Das Saguaro Motor Inn?«, sagte Suzie. »Meine Schwester und ihre Freundinnen sind letztes Jahr hier abgestiegen.«

»Ein ordentliches Motel in einer sicheren Gegend«, sagte Bernie und fuhr rückwärts in eine Parklücke auf der gegenüberliegenden Seite des Parkplatzes. »Immerhin ist er Börsenmakler.«

Justin Anthony III. stieg aus seinem Auto, ging durch eine Tür am Ende des Gebäudes und kam mit einem Schlüssel in der Hand wieder raus. Er ging den ganzen Weg zurück bis zum anderen Ende und verschwand dort hinter einer Tür.

Bernie holte sein Diktaphon hervor und sprach leise hinein. »Zwölf Uhr zweiundzwanzig, das Objekt Justin Anthony III. betritt Zimmer Nummer siebenunddreißig im Saguaro Motor Inn, 6371 East Pico Road.«

Wir warteten. »Stört es Sie, wenn ich rauche?«, fragte Bernie.

»Sie rauchen?«

»Nein. Eigentlich nicht.« Er zündete die Zigarette nicht an. Einerseits wusste ich aus erster Hand, wie Menschen sagen – wenn sie vier Pfoten hätten, würden sie vermutlich anders darüber denken –, wie sehr er sich anstrengte, um aufzuhören, andererseits mochte ich den Geruch.

»Wie lange kennen Sie Lieutenant Stine schon?«, fragte Suzie.

»Einige Jahre.«

»Er hält große Stücke auf Sie.«

Bernie nickte, eine winzige Bewegung. Dieses winzige Nicken mochte ich am liebsten: Es bedeutete, dass Bernie sich freute.

»Er hat gesagt, dass Sie in West Point waren.«

»Hm-hm.«

»Dazu gehört einiges, überhaupt angenommen zu werden.«

Bernie schwieg. Wir beobachteten die Tür. Ich konnte zwar die Nummer sehen, zwei kleine Metallstücke, aber ich musste Bernie glauben, dass sie siebenunddreißig bedeuteten.

»Welche Rolle spielt Baseball dabei? Lieutenant Stine hat so etwas erwähnt.«

»Ich habe ein bisschen gespielt. In dem Jahr fehlte ihnen ein Werfer. Sonst hätten sie mich nie genommen.«

»Sie haben als Werfer für die Army gespielt?«

Wieder ein Nicken, dieses Mal nicht mehr ganz so glücklich.

»Ich liebe Baseball. Zu welcher Sorte Werfer haben Sie gehört, Kraft oder Technik?«

»Kraft, wenn Sie so wollen, bis ich mir den Arm ausgerenkt habe. Damals habe ich gelernt, dass Technik nicht meine …« Er unterbrach sich. Ein kleines Auto bog mit hohem Tempo auf den Parkplatz ein und hielt neben dem Geländewagen. Eine Frau von der kurvenreichen Sorte stieg aus, ging zur Tür von Nummer siebenunddreißig, ein wenig wacklig auf ihren hohen Absätzen, und klopfte. Die Tür wurde von innen geöffnet. Ich erhaschte einen Blick auf Justin Anthony III. mit nichts an. Im selben Moment hörte ich Bernies Kamera klicken. Die Tür ging zu.

Bernie sprach in sein Diktaphon, beschrieb die Frau, hielt ihre Ankunftszeit und Marke und Kennzeichen des Autos fest. Er schoss noch ein paar weitere Fotos. Dann klappte er seinen Laptop auf, klapperte auf der Tastatur. »Der Wagen ist auf eine Ms Cara Thorpe zugelassen.« Klapper, klapper. »Sie besitzt eine Eigentumswohnung in Cooper City, arbeitet für eine Versicherung, nie verheiratet, keine Kinder, Kreditwürdigkeit sechs drei fünf.«

»Steigen wir aus?«, fragte Suzie.

»Wozu?«

»Wollen Sie nicht versuchen, Fotos durch das Fenster zu machen oder etwas in der Art?«

Bernie gab keine Antwort. Ich wandte meinen Blick einen Moment lang von der Motelzimmertür ab und sah ihn an. Die Farbe seines Gesichts hatte sich verändert, es war dunkler geworden. Das nannte man meines Wissens Erröten. Erröten war etwas, worauf Bernie bei Befragungen immer achtete: sehr wichtig, auch wenn ich nicht wusste, warum, aber an ihm hatte ich es noch nie gesehen. »Die Beweise, die wir bereits haben, sollten reichen«, sagte er.

Würde ich auch sagen. Frontale Nacktheit gehörte zu der Art von Beweis, die nicht zu übertreffen war, nicht in unserem Job. Ohne Kleider sahen Menschen einfach schuldig aus, Fall abgeschlossen; ganz anders als ich zum Beispiel, oder irgendeiner meiner Kumpel, selbst Iggy. Wir brauchen so was einfach nicht, kein bisschen. Schuhe zum Beispiel – was sollte ich mit Schuhen anfangen? Jacke und Krawatte? Also bitte.

Suzie blätterte eine Seite in ihrem Notizbuch um. »Lieutenant Stine sagte, Sie hätten den Dienst beim Metro PD vor ungefähr sechs Jahren quittiert.«

»Richtig.«

»Warum?«

Manchmal hatte Bernie so eine Art, tief durch die Nase einzuatmen – dabei gab er ein leises Pfeifen von sich – und dann durch den Mund wieder auszuatmen, langsam und leise. Genau das machte er jetzt. »Es war an der Zeit, was anderes zu machen.«

»Und auf welchen Wegen sind Sie von West Point hierher gekommen?«

»Gehört das wirklich zu Ihrer Story?«

»Dann eben inoffiziell.«

»Ich mag die Wüste«, sagte Bernie. »Die amerikanische Wüste.«

»Sie sind auch schon in anderen Wüsten gewesen?«

»Ja.«

»Kampfeinsätze?«

»Ja.«

»Was können Sie mir darüber erzählen?«

Ich spitzte die Ohren. Das war etwas, worüber Bernie nie sprach, mit niemandem. Bernie streckte seine Hand zu mir aus, richtete mein Halsband, die Metallanhänger hatten sich innen verhakt. Ah. Schon besser. »Da gibt es nicht viel zu erzählen.«

Danach blieb es lange still, abgesehen von dem leisen Kratzen, mit dem Suzie irgendetwas in ihr Notizbuch schrieb. Die Zeit verging. Meine Gedanken schweiften zu einer portugiesischen Wurst ab, die ich einmal gefressen hatte; ich konnte mich nicht mehr daran erinnern, wann und wo, aber schmecken konnte ich sie noch, jetzt und hier, mitten bei einer Überwachung.

»Was ist mit …?«, setzte Suzie gerade an, als sich die Motelzimmertür öffnete.

Justin Anthony III. erschien, vollständig angezogen. Er

strich sich über den Schnurrbart, kletterte in den Geländewagen, fuhr weg.

Bernie notierte die Zeit.

»Das war's dann?«, fragte Suzie.

»Wir warten noch, bis sie wegfährt.«

»Warum?«

»Dafür gibt es keinen bestimmten Grund. Das Zimmer war leer, als wir herkamen.«

»Um den Kreis zu schließen?«

Bernie lächelte. »Genau.« Er und Suzie wechselten einen raschen Blick; falls er irgendetwas zu bedeuten hatte, wäre es mir entgangen.

Wir saßen da und warteten darauf, dass Ms Cara Thorpe auftauchen würde. Ein Auto fuhr auf den Parkplatz, bremste, blieb neben ihrem stehen. Ein Mann mit einem Cowboyhut stieg aus. Er ging zur Tür von Nummer siebenunddreißig und klopfte. Die Tür wurde geöffnet. Der Mann ging hinein, aber bevor sich die Tür wieder schloss, erhaschte ich einen Blick auf Ms Cara Thorpe mit nichts an.

Suzie riss die Augen auf. »Sie betrügt den Mann, der mit ihr seine Frau betrügt?«

»Auf seine Kosten«, sagte Bernie. »Ich frage mich, ob sie die Minibar leertrinken.«

Suzie lachte. »Werden Sie Ihrer Klientin davon auch berichten?«

Bernie schüttelte den Kopf. »Das würde zu nichts Gutem führen.« Er drehte den Zündschlüssel. Ich meinte ein leises Quieken hinter der Tür von Nummer siebenunddreißig zu hören. Menschen quieken und manchmal Schweine, wie die Nabelschweine zum Beispiel: Ich hatte sie mehr als einmal in allernächster Nähe quieken hören. Sonst jemand? Nicht, dass ich wüsste.

Ich schlief gerne am Fuß von Bernies Bett, aber mein Lieblingsplatz für ein Nickerchen war die Frühstücksecke, unter dem Tisch mit dem Rücken an der Wand: Dort war es kühl und schattig, außerdem lag um Bernies Stuhl herum oft etwas zu fressen. Ich machte jeden Tag ein Nickerchen, manchmal auch zwei, und ich hatte mich gerade hingelegt, um eines von den längeren zu halten, als Bernie hereinkam. Ich öffnete ein Auge. Seine obere Hälfte befand sich außerhalb meines Blickfelds. Er trug Turnschuhe und Shorts; die lange gebogene Narbe an seinem einen Bein hob sich hell ab.

»Schläfst du?«

Ich wedelte einmal kurz mit dem Schwanz.

»Der Artikel ist erschienen. Über die Observation.« Das Geräusch von Papier, Rascheln, Knistern. Bernie räusperte sich; ich machte so etwas nur in Notfällen, zum Beispiel einmal, als mir ein Knochen im Hals steckengeblieben war.

»›Erwischt! Unterwegs mit einem der besten Privatdetektive im Valley, von Suzie Sanchez. Haben Sie jemals Robert Mitchum als Philip Marlowe gesehen, Raymond Chandlers supercoolen Privatdetektiv? Obwohl sie sich nicht im Entferntesten ähnlich sehen, hat mich Bernie Little von der Little Detective Agency an ihn erinnert – groß, schlurfender Gang, einer von diesen athletischen Männern, die ihre beste Zeit vor zehn, zwanzig Jahren hatten.‹«

Bernie hörte auf zu lesen. Er klopfte mit dem Fuß ein paarmal auf den Boden. »›Schlurfend‹? Was zum Teufel soll das heißen?« Sein Stuhl quietschte. Er stand auf und ging hinaus. Sehr hoch, mit einem leisen, einschläfernden Brummen flog ein Flugzeug über das Haus. Ich schloss mein Auge.

Ich war gerade am Wegdösen, als Bernie zurückkam. »Schlurfen, laut Wörterbuch – merkwürdig bewegen, die Füße nachziehen. Wie kommt sie denn da drauf? Ich ziehe die Füße doch nicht nach.« Bernie ging probeweise in der Küche auf und ab. Ich öffnete mein Auge wieder. Aus meinem Blickwinkel sah es nicht so aus, als würde er die Füße nachziehen. Manchmal humpelte Bernie ein bisschen, vor allem wenn er müde war, aber das kam von seiner Verletzung.

Er setzte sich. Papier raschelte. »›Little, den die Verfasserin dieses Berichts nebst seiner lebhaften Promenadenmischung namens Chet kürzlich während einer Observation begleitete, mag nach eigenem Bekunden keine Scheidungssachen, aber bei dieser Gelegenheit zeigte sich …‹«

Ich drehte mich um. Promenadenmischung? Was für ein Käseblatt druckte denn solche Wörter? Ich schloss mein Auge, streckte die Beine von mir, machte es mir bequem.

»Chet? Komm schon, wach auf. Zeit, uns ein bisschen in Form zu bringen.«

Was? In Form bringen? Was mich anging, bestand ich zu ungefähr hundert Prozent aus Muskeln, wie eh und je. Ich kroch unter dem Tisch hervor, streckte mich nach vorn, dehnte meinen Rücken, dann schüttelte ich mich ausführlich, bis sich mein Fell in lauter kleine Wellen legte. Vor mir stand Bernie in Shorts und Feinripp-Unterhemd.

»Wir gehen eine Runde Laufen.«

Wir beide? Wir machten ja oft Ausflüge, auf denen Bernie ging und ich lief, aber dass Bernie lief, war etwas Neues. Wir gingen zur Hintertür hinaus, durch den Garten, durchs Tor, in den Canyon. Sobald wir den Weg erreichten, der auf den Hügel mit dem großen flachen Felsen auf der Kuppe führte, fing Bernie an zu laufen, oder so etwas Ähnliches. Es war schön im Freien, die Sonne war schon hinter den fernen Bergen verschwunden, aber der Himmel war noch hell, die Luft nicht mehr so heiß. Ich rannte neben Bernie her, dann rannte ich im Kreis um ihn herum, und als mir das zu langweilig wurde, rannte ich voraus zur Hügelkuppe.

Gleich darauf entdeckte ich eine Eidechse, eine von den grünen mit den winzigen Augen! Sie sah mich auch und suchte das Weite. Ich setzte ihr nach, hatte sie schnell eingeholt, setzte mit ausgestreckten Vorderpfoten zum Sprung an und landete mitten auf ihr. Na ja, vielleicht nicht so ganz mitten drauf. Was war jetzt los? Sie war in einem Loch verschwunden, einem kleinen runden Loch im Boden. Ich fing sofort an zu graben, fand einen guten, schnellen Rhythmus für alle vier Pfoten und hatte schon bald ein großes Loch gebuddelt. Doch dann stieg mir plötzlich etwas in die Nase, ein ekelhafter Geruch mit einem Hauch von Speck, der nur eins bedeuten konnte: Nabelschweine.

Ich hob den Kopf, nahm Witterung auf. Kein Zweifel, der Geruch kam von einer Stelle etwas weiter unten am Hügel, näher am Weg. Ich sah mich um und stellte fest, dass ich ein Loch gebuddelt hatte; keine Ahnung, warum. Ich hielt die Nase an den Boden und folgte dem Geruch.

Er wurde immer stärker. Das würde ein Spaß werden! Nichts geht über Jagen, das ist einfach das Beste. Und wenn ich den kleinen Quieker erst erwischt hatte, nur er …

»Chet! Chet!«

Ich drehte mich um. Bernie lief nicht mehr, er bewegte sich überhaupt nicht mehr; er stand auf dem Weg, die Hände in die Hüften gestemmt, und seine Brust hob und senkte sich.

»Komm, wir gehen heim.«

Das war alles? Das Laufen und In-Form-Bringen war beendet? Aber genau in diesem Moment, als der Spaß beinahe schon wieder vorbei war, erspähte ich das Nabelschwein, ein dickes, fettes Examplar, und noch dazu ganz nah. Gleich darauf stürmte ich volle Pulle los, dass mir der Wind nur so um die Ohren blies. Das Nabelschwein zeigte mir die Zähne – als ob mich das aufhalten könnte! – und machte einen kleinen Schwenk zur Seite. Ich machte ebenfalls einen kleinen Schwenk, sämtliche Haare auf meinem Rücken stellten sich auf, mir war gleichzeitig heiß und kalt und …

Aua.

Ich prallte mit voller Wucht gegen einen von diesen dünnen Kakteen, die mit den Stacheln.

Zu Hause in der Küche zog mir Bernie die Stacheln mit einer Pinzette heraus, einen nach dem anderen, bei meiner Schnauze fing er an. »Ich werde in Zukunft drei- oder viermal in der Woche laufen gehen. Du wirst also ein bisschen an deinem Urteilsvermögen arbeiten müssen, wenn du mitkommen willst.«

Ohne mich laufen? Kam ja gar nicht in Frage. Klar würde ich an meinem Urteilsvermögen arbeiten, was immer das war.

Er zog noch einen Stachel heraus. Ah. Schon viel besser. Der Schmerz ließ rasch nach; ich konnte mich kaum noch daran erinnern.

»Schlurfen? Der werd ich zeigen, was …«

Das Telefon läutete. Bernie ging nicht ran, ließ die Maschine antworten. Das Lämpchen begann zu blinken, und eine Frauenstimme ertönte.

»Mr Little? Hier ist Cynthia Chambliss. Madison ist schon wieder verschwunden. Sie ist jetzt länger als einen

Tag weg. Ich habe bis jetzt nichts unternommen, weil ich daran dachte, wie es das letzte Mal war, aber jetzt mache ich mir wirklich Sorgen.«

Bernie hob ab. Er hörte zu. Seine Hände tasteten herum, fanden Zigaretten. Er zündete sich eine an.

Kapitel 5

Bernie öffnete eine Plastiktüte. »Erinnerst du dich?«, fragte er, holte den zusammengelegten Kopfkissenbezug heraus und hielt ihn mir unter die Nase.

Ich schnüffelte kurz daran: jung, weiblich, mit einem Hauch von Honig, Kirsche und dieser sonnenfarbenen Blume, die am Straßenrand wächst. Natürlich erinnerte ich mich; dass er überhaupt fragte, war schon fast eine kleine Beleidigung.

»Schau mich nicht so an«, sagte Bernie.

Ich? Wie schaute ich denn? Ich schlenderte hoch erhobenen Schwanzes auf die Terrasse und nahm einen kühlen Schluck an dem kleinen Brunnen, den Leda dort aufgestellt hatte. Das Wasser lief aus dem Schnabel eines Schwans aus Stein. Ich hatte noch nie einen echten Schwan gesehen und fragte mich gerade, ob Schwäne wohl leicht zu fangen wären, als ich Iggy bellen hörte. Sein Bellen war sehr hoch, ein verärgert klingendes Kläff-kläff-kläff. Ich bellte zurück. Kurze Stille, dann bellte er wieder. Ich bellte zurück. Er bellte. Ich bellte. Er bellte. Ich bellte. Er bellte. Wir kamen in einen guten Rhythmus und wurden immer schneller. Ich bellte. Er bellte. Ich …

Eine Frau rief: »Iggy, verflixt noch mal, hör auf, dich so aufzuführen!« Eine Tür wurde zugeknallt. Iggy war still. Ich bellte weiter. Was war das? Aus der Ferne ertönte ein Antwortbellen, ein Bellen, das ich noch nie gehört hatte.

Es klang nach einem Weibchen, aber ich war mir nicht ganz sicher. Kurze Pause. Und dann – ja: Es war eine Sie, die da bellte. Ein Bellen, das eine Botschaft in sich trug, eine Sie-Botschaft der aufregendsten Art. Ich bellte zurück. Sie bellte. Ich bellte. Sie bellte. Und dann: kläff, kläff, kläff. Da war wieder Iggy. Er bellte. Sie bellte. Ich bellte. Er bellte. Sie …

»Chet! Was soll der Krach? Komm, wir gehen.«

Bernie hielt das Tor auf. Ich raste an ihm vorbei und sprang in den Porsche. Kopilotensitz.

Cap'n Crunch saß auf seiner Stange und beobachtete uns, gab aber keinen Pieps von sich. Wir waren wieder in Madisons Schlafzimmer. Bernie stellte Fragen. Cynthia antwortete ihm, ihre Antworten halfen uns allerdings nicht weiter. Das konnte ich Bernies Gesicht ansehen, der Art, wie sich seine Augenbrauen zusammenzogen. Ich schnüffelte herum. Madisons Zimmer roch nicht mehr so wie vorher. Ich warf einen Blick unter den Fernsehtisch. Das Beutelchen mit Marihuana war verschwunden.

»Haben Sie die Polizei angerufen?«, fragte Bernie.

»Noch nicht. Ich wollte erst mit Ihnen reden.«

»Rufen Sie sie an«, sagte Bernie. Er schrieb etwas auf seine Karte. »Fragen Sie nach diesem Mann.«

»Heißt das, Sie wollen mir nicht helfen?«

»Darf ich offen sein?«

»Natürlich.« Cynthias Hände zitterten, nur ganz leicht, aber ein, zwei Sekunden lang konnte ich meinen Blick nicht davon abwenden.

»Warum setzen wir uns nicht?«, fragte Bernie.

Cynthia setzte sich auf Madisons Bett. Bernie setzte sich an den Schreibtisch. Ich setzte mich, wo ich war: auf einem weichen Teppich mit Blumenmuster.

»Ihre Tochter macht einen ziemlich intelligenten Eindruck«, begann Bernie, »und ich bin überzeugt, dass sie im Grunde ein braves Mädchen ist. Aber irgendwann fangen sie an, unabhängig zu werden und ein Leben zu führen, von dem sie ihren Eltern nicht unbedingt etwas erzählen.«

»Was wollen Sie damit sagen?«

»An dem Abend, als Madison so spät nach Hause kam und diese Geschichte von *Dr. Schiwago* erzählte«, sagte Bernie. »Es war genau das, eine Geschichte.«

Cynthia wurde bleich. Das ist das Gegenteil von Rotwerden, dabei weicht das Blut aus dem Gesicht. Allein aus der Menge von Blut im Gesicht eines Menschen ließ sich eine ganze Menge schließen. »Woher wissen Sie das?«, fragte sie.

Bernie erklärte ihr, woher er es wusste, es hing irgendwie mit Tennisplätzen zusammen; ich hatte es vielleicht schon mal gehört, aber mittlerweile wieder vergessen. Ich beugte mich ein bisschen zur Seite und kratzte mich hinterm Ohr. Ah. Das tat gut. Dann leckte ich mir ein-, zweimal übers Fell, einfach so, aus Spaß.

»Kurz gesagt, ich schätze, sie taucht bald wieder auf und präsentiert Ihnen eine neue Geschichte«, sagte Bernie.

Cynthia schüttelte den Kopf. »Sie würde nie die ganze Nacht wegbleiben, egal was passiert. Und wenn, dann wäre sie bei einer Freundin, und von denen hat sie keine gesehen – ich habe jede einzelne angerufen.«

»Haben Sie auch Tim angerufen?«, fragte Bernie.

»Welchen Tim?«

»Den Jungen aus der Abschlussklasse, der sie angeblich von der North Valley Mall nach Hause gefahren hat.«

Cynthia öffnete den Mund, schloss ihn wieder. Das sah ich immer gerne, keine Ahnung, warum.

»Und was ist mit Damon?«, fragte Bernie. »Ihrem Ex?«

»Das Schwein hat sie nicht gesehen.«

Bernie kratzte sich hinter seinem Ohr. »Sie scheinen sich … äh … nicht ganz grün zu sein.«

»Er hat meine Fähigkeiten als Mutter in Zweifel gezogen«, sagte Cynthia. »Dazu hat er überhaupt kein Recht!«

Bernie hob die Hände, dann ließ er sie wieder sinken. Das gehörte zu seiner Art, nichts zu sagen. Cynthia starrte ihn einen Moment lang an, dann brach sie in Tränen aus. Bernies Augenbrauen sprangen in die Höhe. Ich stand auf und schlug mit der Pfote nach einer Wollmaus.

»Bitte«, schluchzte Cynthia, »sagen Sie, dass Sie sie finden. Geld spielt keine Rolle.«

»Ich habe doch eben versucht, Ihnen klarzumachen, dass sie gar nicht verschwunden ist«, sagte Bernie. »Sie könnte wie beim letzten Mal jeden Moment hier reinspazieren. Und wenn sie das tut, dann rate ich Ihnen, dass Sie drei – Sie, Damon und Madison – sich zusammensetzen und …«

Cynthia schluchzte nur noch lauter. »Muss ich vor Ihnen auf die Knie fallen und darum betteln?«

»Aber nein. Nein, nein, nein«, sagte Bernie. »Gott, nein.« Es war ihm anzusehen, dass er schleunigst von hier wegwollte. Ich übrigens auch. »Ich brauche die Informationen, über die wir schon geredet haben – Namen und Telefonnummern von all ihren Freunden, allen Leuten, die in ihrem Leben eine gewisse Bedeutung haben. Treibt sie irgendeinen Sport?«

»Bogenschießen.« Cynthia tupfte sich ihre Augen trocken. »Sie war Dritte beim Upper-Valley-Turnier.«

»Wo ist ihr Bogen?«

Jetzt sprangen Cynthias Augenbrauen – zwei feine Striche, dunkler als die Haare auf ihrem Kopf – überrascht in die Höhe. Ich hatte schon öfter gesehen, dass Leute auf Fragen von Bernie so reagierten. Sie öffnete den Schrank. Der große schwarze Bogen hing an einem Haken, daneben ein Köcher voller Pfeile mit weißen Federn daran.

»Vergessen Sie nicht den Namen des Trainers und sämtlicher Mannschaftskameraden, mit denen sie näher zu tun hatte«, sagte Bernie.

Cynthia ging zum Schreibtisch, schrieb eine Liste. Bernie überflog sie.

»Wo ist Damon?«

Sie nahm den Stift noch einmal in die Hand und kritzelte mit energischen Bewegungen etwas. »Hier.«

Bernie faltete den Zettel, steckte ihn in seine Tasche und stand auf.

»Wollen Sie kein Geld?« Das Make-up auf Cynthias Gesicht war verschmiert, schwarz und grün, wie eine gruselige Halloween-Maske, der allerschlimmste Feiertag der Menschen. Aus irgendeinem Grund fing ich an, sie zu mögen.

»Das fällt alles noch unter die fünfhundert«, sagte Bernie. »Ich lasse es Sie wissen, wenn ich mehr brauche.«

Oh, Bernie.

Wir fuhren zur North Valley Mall. Bernie kurvte eine halbe Ewigkeit herum, bis er schließlich einen freien Parkplatz fand. Er schimpfte leise vor sich hin. Bernie konnte Malls nicht leiden; er hasste Einkaufen jeder Art. Wir stiegen aus, gingen zum Eingang. Bernie blieb vor einem Schild stehen. Die Wörter konnte ich nicht lesen, aber da war auch ein Bild von meinesgleichen, das dick durchgestrichen war.

»Owei«, sagte Bernie.

Wir gingen zurück zum Auto. Bernie fuhr erneut herum, bis er endlich die einzige Stelle auf dem riesigen Parkplatz gefunden hatte, die sich im Schatten eines Baumes befand.

»Bleib hier«, sagte er und tätschelte mich. »Ich bin so schnell wie möglich wieder da.«

Ich kochte innerlich, aber was sollte ich tun? Bernie konnte nichts dafür. Ich knurrte ein bisschen, dann beugte ich mich vor und nagte eine Weile an meiner Pfote, wodurch ich mich gleich ein bisschen besser fühlte. Draußen gingen Leute vorbei.

»Guck mal, Mom, der süße Hund da.«

»Geh nicht zu nah ran.«

»Darf ich ihn streicheln?«

»Bist du verrückt? Ich bin allergisch gegen Hundehaare.«

Ich mochte dieses Wort nicht.

»Und schau nur, wie er das Maul aufreißt. Das bedeutet, er ist aggressiv. Beeil dich.«

Zunächst einmal riss ich nicht das Maul auf, sondern dehnte nur meinen Kiefer, was immer höchst entspannend war. Zweitens war ich nicht aggressiv. Sie musste mich mit Nilpferden verwechseln, hässliche Viecher, die ich mal auf dem Discovery Channel gesehen hatte und mit denen ich nichts zu tun haben wollte. Ich beobachtete den weit entfernten Eingang der Mall. Bernie kam nicht heraus. Ich legte mich hin. Ein Nickerchen? Warum nicht? Ich schloss die Augen.

Ich hatte einen guten Traum, der plötzlich umkippte und schlecht wurde. Ich schreckte hoch, und da, direkt neben dem Auto, stand ein riesiger Mann, größer und breiter als Bernie. Er hatte helle Haare, vielleicht sogar weiß, aber er war nicht alt, hatte keine Falten im Gesicht. Dieses Gesicht gefiel mir überhaupt nicht. Hatte was mit den breiten Wangenknochen und den winzigen Ohren zu tun. Dann stand ich auch schon auf dem Sitz und bellte so laut ich konnte, vielleicht weil ich aus dem Schlaf aufgeschreckt worden war.

Er zuckte zusammen und sprang zurück, kein Wunder. Aber statt sich wie die meisten Leute noch weiter zurückzuziehen, blieb er stehen. Sein Gesicht verzog sich vor Ärger, und er bleckte die Zähne. Schließlich sagte er etwas, das ich nicht verstand – möglicherweise in einer mir unbekannten Sprache –, aber ich verstand, dass es etwas Gemeines war. Und dann zog er unter seinem Hemd ein Messer hervor, ein langes, mit einer glänzenden Klinge. Er bückte sich und schlitzte rasch einen der Reifen auf. Die Luft zischte heraus, und bevor ich mich auch nur rühren konnte, machte er einen Schritt nach vorne und schlitzte noch einen auf.

Im nächsten Moment war ich in der Luft, bleckte meinerseits die Zähne, und wie! Ich erwischte ihn mit einer Pfote an der Schulter. Er drehte sich ein bisschen, drehte sich weiter, zu mir herum, und stach mit dem Messer nach mir. Ich spürte, wie die Klinge durch mein Fell fuhr, aber ich achtete nicht darauf und bohrte meine Zähne in sein Bein. Er grunzte und ließ das Messer fallen. Es fiel klappernd auf den Asphalt, sprang in die Höhe und rutschte durch einen von diesen Gullydeckeln. Ich wirbelte herum, versuchte den Mann umzuwerfen. Er griff in seine Tasche, und als er die Hand wieder herauszog, lag etwas aus Metall darin. Ein Blitz zuckte in meine Richtung. Dann fing alles an zu verschwimmen.

Das Nächste, an das ich mich erinnere, ist, dass er rannte, an der Reihe von Autos entlang. Er sprang in eines davon. Ich rannte ihm nach. Das Auto fuhr an. Ich lief daneben her, die ganze Zeit bellend, mächtig sauer. Er sah aus dem Fenster und riss das Lenkrad nach links. Ich spürte einen heftigen Schlag und segelte davon.

»Chet? Chet?«

»Rufen Sie nach Ihrem Hund, Mister? Ich glaube, er ist hier.«

Ich lag auf dem Asphalt, mir war nicht besonders gut. Ein Junge starrte auf mich herunter. Bernie kam angespurtet. Ich rappelte mich hoch – er sollte mich auf keinen Fall so sehen. Ganz schön anstrengend. Eines meiner Vorderbeine versagte mir den Dienst. Ich humpelte zu Bernie.

»Oh Gott.« Bernie kniete sich hin und nahm meinen Kopf zwischen seine Hände. »Was ist passiert?«

Der Junge kam näher. »Ich glaube, er wurde von einem Auto angefahren.«

»Von einem Auto?« Bernie klang erschrocken. Er sah sich um. »Was für ein Auto?«

»Ein blaues«, sagte der Junge. »Ihr Hund ist hinter ihm hergerannt.«

»Hinter dem Auto hergerannt?«

»Ja, und dann sind sie zusammengekracht. Vielleicht hat der Mann ihn ja gar nicht gesehen. Ich glaube jedenfalls, dass es ein Mann war.«

»Wie sah er aus?«

»Ich weiß nicht genau.«

»Weißt du, was für ein Auto es war?«

»Ich habe nur gesehen, dass es blau war.«

Bernie strich über mein Fell, ganz sanft. »Mein Gott, er blutet ja.« Ich sah an seinem Blick, wie aufgebracht er war.

Ich leckte mir das Blut von der Schulter. Nicht viel, keine große Sache. Es überdeckte den metallischen Geschmack von dem Blut des hässlichen Kerls in meinem Maul.

»Hast du gesehen, was mit meinem Auto passiert ist?«, fragte Bernie.

»Ihr Auto?«, fragte der Junge.

»Da drüben.« Bernie stand auf und machte Anstalten, mich hochzuheben. Das kam ja gar nicht in Frage. Ich wich zurück. »Dann komm«, sagte er.

Wir gingen zum Porsche, Bernie, der Junge und ich. Ich humpelte fast gar nicht.

»Krass«, sagte der Junge. »Jemand hat Ihre Reifen zerstochen.« Er sah zu der Stelle, wo ich zusammengefahren worden war. »Glauben Sie, es war derselbe Typ?«

Bernie nickte. Er gab dem Jungen seine Karte. »Ruf mich an, wenn dir noch was einfällt.«

»Hey«, sagte der Junge. »Sie sind ein echter Privatdetektiv?«

Der Junge ging weg. Bernie machte ein paar Anrufe – Abschleppwagen, Versicherung, Tierärztin. Tierärztin? Nicht mit mir. Ich lief zu dem Gully und fing an zu bellen.

»Komm schon, Chet.«

Ich bellte und bellte.

»Hör auf damit. Du gehst zur Tierärztin und damit basta.«

Bernie! Schau doch mal in den Gully!

Aber er tat es nicht. Als der Abschleppwagen kam, hielt mir Bernie die Tür auf. Ich kletterte hinein, vielleicht nicht mit derselben Leichtigkeit wie sonst.

»Geht's, alter Junge?«

»Hey«, sagte der Abschleppwagenfahrer. »Klasse Hund.«

»Kann man wohl sagen«, erwiderte Bernie.

Wir bekamen neue Reifen – von der Steuer absetzbar, was immer das bedeutete, Bernie machte jedenfalls kein erfreutes Gesicht – und fuhren zur Tierärztin. Sie hieß

Amy, eine große dicke Frau mit einer netten Stimme und vorsichtigen Händen, aber ich fing immer an zu zittern, kaum dass ich im Wartezimmer saß, auch dieses Mal.

»Was ist denn mit dir passiert, mein armer Kleiner?«, fragte sie.

Sie legten mich auf einen Tisch. Ich spürte einen kleinen Stich, und dann spürte ich fast nichts mehr. Amy machte sich an mir zu schaffen.

»Seltsame Wunde für einen Autounfall«, sagte sie.

»Ach ja?«, sagte Bernie.

»Sieht eher wie ein Schnitt aus«, sagte Amy. »Vielleicht hat ihn irgendeine Chromleiste erwischt.«

Chromleiste? Kannte ich dieses Wort? Ich glaubte nicht. Aber ich bekam nicht mehr viel mit. Ich lag einfach nur still auf dem Tisch. Ihre Münder bewegten sich, Bernies und Amys, und ein sanftes Stimmengewirr hüllte mich ein. Das Zittern hörte bald auf. Ich fühlte mich gar nicht mal so schlecht.

Kapitel 6

Wir saßen im Fernsehzimmer, Bernie mit seinem Laptop auf dem Sofa, ich auf dem Fernsehsessel, das verletzte Bein auf einem Kissen. Es lief *Der Hund von Baskerville.* Ich hatte den Film schon mehrmals gesehen, öfter, als ich zählen konnte – also bis zwei in meinem Fall, zum Beispiel Bernie und ich –, aber dass sich die Leute beim Heulen des Hundes vor Angst beinahe in die Hose machten, war immer wieder schön.

Wenn ich doch auch so heulen könnte … hey!, vielleicht konnte ich es ja?

»Chet, bitte. Das machst du jedes Mal bei dieser Szene.«

Echt?

Er klapperte auf seiner Tastatur. »Ich versuche mich zu konzentrieren. Wie es aussieht, besuchen drei Tims oder Timothys die Abschlussklasse der Heavenly Valley High.« Klapper, klapper. »Und einer von ihnen ist im Bogenschützenverein. Tim Fletcher.« Er warf mir einen Blick über den Bildschirm seines Laptops zu. »Ist dir klar, was das bedeutet?«

Ich hatte nicht den Schimmer einer Ahnung.

Bernie nahm das Telefon. »Sergeant Torres von der Vermisstenabteilung, bitte.« Er sah mich noch einmal an und flüsterte: »Wie geht's dir?«

Mir? Besser denn je. Der Hund von Baskerville heulte

wieder, und Sherlock Holmes machte ein nachdenkliches Gesicht. Was für ein Heulen!

»Chet, bitte, hör auf damit! Oh, hi, Rick, nein, nein, ich habe nur mit meinem … also, ich rufe wegen dieser Frau an, Cynthia Chambliss. Hat sie sich wegen ihrer Tochter bei dir gemeldet?« Er hörte zu. »Rick? Soweit ich weiß, heißt sie Madison, nicht Meredith.« Er hörte erneut zu. »Ja, ich glaube auch, dass sie wieder auftaucht. Nur eine Kleinigkeit gibt mir zu denken. Du weißt von ihrem ersten Verschwinden, bei dem sich herausstellte, dass sie gar nicht verschwunden war?« Wieder zuhören. Dann fing Bernie an, von dem ersten Verschwinden zu berichten. Im Fernseher rauchte Sherlock Holmes eine Pfeife. Wie das wohl sein mochte, eine Pfeife rauchen? Plötzlich hatte ich Lust darauf, dass Bernie sich eine Zigarette anzündete. Das war schlecht von mir, stimmt, aber es roch so gut.

»Die Sache ist die, Rick: Madison wurde an diesem Abend in der Mall gesehen, aber sie ist nicht ins Kino gegangen, obwohl sie an der Kasse anstand. Laut meiner Zeugin – eine Kassiererin, die sie anhand eines Fotos identifiziert hat – tauchte ein junger Mann auf, und nachdem sie ein paar Worte gewechselt hatten, gingen sie miteinander weg. Und genau das, dass sie von der Kinokasse wegging, kommt mir komisch vor. Ich denke, wir sollten herausfinden, wer der Typ war.« Ich konnte die Stimme am anderen Ende der Leitung hören, sehr leise, unwillig. »Gut, dann kümmere ich mich selbst darum«, sagte Bernie. »In der Zwischenzeit würde ich sie an eurer Stelle auf die Vermisstenliste setzen. Ja, ich weiß, das widerspricht dem, was ich … aber …«

Bernie legte auf. Er stand auf, öffnete die Schiebetür, trat auf die Terrasse. Unter einem Stuhl entdeckte er eine zusammengeknüllte Zigarettenschachtel. Er fummelte darin herum und fischte eine Zigarette heraus, warf mir einen schuldbewussten Blick zu. Der arme Bernie. Das Rauchen tat ihm nicht gut, auch wenn ich nicht genau wusste, warum; dabei genoss er es. Merkwürdige Sache. Er klopfte seine Taschen ab. Ich wusste, was das bedeutete: Streichhölzer. Ich entdeckte ein Heftchen auf dem Sofa, sprang von dem Fernsehsessel und …

Oh. Mein Bein. Hatte ich komplett vergessen. Aber – so schlimm war es auch wieder nicht. Ich ging zum Sofa, schnappte mir die Streichhölzer, brachte sie nach draußen.

»Chet! Du sollst doch nicht – hey. Was hast du denn da?« Er nahm die Streichhölzer. »Guter Junge.« Er tätschelte mich. Wir setzten uns draußen hin, Bernie rauchte, blaue Rauchfahnen wehten mir um die Nase, die Nacht brach herein. Bernie nahm einen tiefen Zug. »Willst du wissen, was ich denke?«

Ich wollte.

»Wir sollten diesen ersten Abend rekonstruieren, an dem sie nicht verschwunden war, und herausfinden, was passiert ist, wohin sie gegangen ist, mit wem und warum. Vielleicht liegt da der Hase im Pfeffer.« Es war nicht ganz einfach, ihm zu folgen, und ich gab es mehr oder weniger auf, aber der Schluss ließ mich aufhorchen. Ich hätte nämlich auch gerne gewusst, wo Hasen so liegen, aber dass das im Pfeffer sein sollte? Wie kamen sie nur in diese kleinen Gläschen? Während ich mich noch mit dieser Frage herumquälte, merkte ich plötzlich, dass Bernie weitersprach.

»Was haben wir an harten Fakten?«

Also, Hasen waren eigentlich ziemlich schnell und hatten eine trickreiche Lauftechnik. Pfeffer? Keine Ahnung, vom Geschmack her war er jedenfalls nicht so mein Fall … Mehr fiel mir nicht dazu ein.

Bernie nahm einen tiefen Zug, blies den Rauch aus seinen Nasenlöchern. Ah. Das war angenehm und entspannend, hier draußen auf der Terrasse. Und was war das, das dort unter dem Grill ein winzig kleines Stück hervorsah? Konnte das sein? Ein extra Leckerbissen an diesem tollen Abend? Ja, ein vergessener Hot Dog, fast schwarz, genau so, wie ich es mag, auch wenn ich den Namen Hot Dog nie ganz verstanden hatte. Wann hatten wir das letzte Mal gegrillt? Keine Ahnung. Machten sich da etwa ein oder zwei Fliegen an dem Ding zu schaffen? Vielleicht, aber nicht mehr lange. Ich schlang ihn herunter. Mmmh. Wir hatten hier das Paradies auf Erden, Bernie und ich.

»Zwei davon, meiner Meinung nach«, sagte Bernie. »Erstens: Ein junger Mann taucht vor dem Kino auf und Madison geht mit ihm weg. Zweitens: Sie erzählt ihrer Mutter, dass Tim sie nach Hause gebracht hätte, ein Junge von ihrer Highschool. Fällt dir was auf, Chet? Ich behaupte nicht, dass er sie tatsächlich nach Hause gebracht hätte.«

Es fiel mir auf. Aber worauf er damit hinauswollte, wenn überhaupt auf etwas, blieb im Dunkeln, und abgesehen davon war mir auf einmal ein bisschen schwummrig.

Bernie zog noch einmal an der Zigarette, klopfte die Asche ab. Sie kullerte vom Wind getrieben über den Boden. Und was für ein Wind das war, der durch den Canyon wehte. So viele Gerüche, ich würde sie niemals alle unterscheiden können, aber eines war klar: Das dicke Nabelschwein war nicht weit. Das ließ mich an Schinken denken, und ehe ich mich's versah, stand ich in der Ecke der Terrasse und würgte den Hot Dog heraus.

Bernie eilte zu mir. »Chet, alter Junge, alles in Ordnung?« Er fuhr sanft über die Stiche an meiner Wunde. »Du hast doch hoffentlich keine inneren Verletzungen? Vielleicht sollten wir noch mal zur Tierärztin.«

Zur Tierärztin? Kam ja gar nicht in Frage. Schau auf den Boden, Bernie, dort siehst du einen Hot Dog, und den Rest kannst du dir dann ja wohl denken. Aber als ich nach unten sah, stellte ich fest, dass da nichts Hot-Dog-Ähnliches zu sehen war, daher wedelte ich nur mit dem Schwanz, ziemlich schnell, etwas anderes fiel mir nicht ein.

Bernie kapierte so halbwegs, was ich sagen wollte. »Guter Junge.« Er drehte den Hahn für den Gartenschlauch auf und spritzte die Ecke der Terrasse ab. Der Gartenschlauch brachte mich immer auf Touren; Bernie spritzte mich auch ein bisschen ab, höchst erfrischend. Ich schüttelte mich. Er rubbelte mit einem Handtuch über mein Fell. »Ich wollte damit sagen«, sagte er, »dass wir, ausgehend von der Annahme, dass Tim, der Bogenschütze, Madison an der Kinokasse angesprochen hat, der Sache auf den Grund gehen sollten.«

Von mir aus. Wir gingen hinein. Bernie kochte Tee. Ich bekam einen Kaustreifen. Er suchte die Nummer von Tim dem Bogenschützen heraus und rief an. Niemand nahm ab. Ich hörte, wie langsam ein Auto vorbeifuhr.

Keine Schule, sagte Bernie – es war Samstag. Auch gut. Für mich war ein Tag wie der andere. Gleich morgens fuhren wir auf den Freeway, vorbei an der North Valley Mall, nahmen eine Ausfahrt zu einer Wohnsiedlung, die wie unsere aussah, nur dass es dahinter keinen Canyon gab, sondern immer noch mehr Häuser. Vor einem der Häuser hielten wir an. Neben der Einfahrt hing ein Basketballkorb, und im Vorgarten wuchs Rasen. Bernies Augenbrauen zogen sich kurz zusammen: Er hatte einen richtigen Fimmel, was Rasen in der Wüste anging. In unserem Garten wuchs kein einziger Grashalm. Nur braunes, stacheliges Zeug, außer im Frühling.

Bernie öffnete die Tür für mich. Ich sprang hinaus und spürte dabei nur ein winziges Ziehen in der Schulter, fast nichts. Mir ging es viel besser! Wir gingen zur Haustür, wobei ich sogar ein bisschen trabte. Bernie klopfte.

Die Tür öffnete sich. Ein kleines Mädchen im Schlafanzug stand vor uns.

»Ich bin schon wach«, sagte sie. Sie hielt irgendein ausgestopftes Tier im Arm; war es tatsächlich ein …? Ja. Das war etwas, das ich nie verstehen würde. Ich verspürte nicht im Geringsten den Wunsch, einen ausgestopften Menschen mit mir herumzuschleifen.

»Ist Tim zu Hause?«, fragte Bernie.

»Timmy schläft immer ganz lange«, sagte das Mädchen. »Dein Hund ist ganz schön groß.« Sie steckte den Daumen in den Mund. Wenn ich einen hätte, würde ich das auch zu jeder sich bietenden Gelegenheit tun.

»Er heißt Chet«, sagte Bernie. »Er mag Kinder.«

»Darf ich ihn streicheln?«

»Klar.«

Sie streckte die Hand aus und berührte meine Schnauze so zart, dass ich es kaum spürte. »Er hat eine kalte Nase.«

Aus dem Haus war die Stimme einer Frau zu hören. »Kayleigh? Was tust du …?« Die Frau tauchte auf. Sie trug einen Morgenmantel und hatte Lockenwickler in den Haaren und irgendein grünes Zeug im Gesicht.

»Chet!«

Huch. Da hatte ich doch glatt geknurrt. Das war böse, aber sie war wirklich furchteinflößend.

Die Frau packte Kayleigh und zog sie weg. »Was wollen Sie?«, fragte sie.

»Ich heiße Bernie Little.« Er gab ihr seine Karte. »Ich bin Privatdetektiv und würde gerne mit Tim sprechen.«

»Privatdetektiv? Meinen Sohn?«

»Ja, Ma'am. Hier wohnt doch Tim Fletcher? Es gibt da ein kleines Problem auf der Heavenly Valley High, und Ihr Sohn weiß vielleicht etwas, das uns weiterhelfen könnte.«

»Problem? Tim hat von keinem Problem erzählt.«

»Er schläft immer ganz lange«, sagte Kayleigh.

»Kayleigh«, sagte ihre Mutter, »geh bitte rauf in dein Zimmer.«

»Will aber nicht.«

»Ich sage ja nicht, dass dieses Problem unmittelbar etwas mit Tim zu tun hat«, sagte Bernie. »Es hängt mit dem Bogenschützenverein zusammen.«

»Ist jemand verletzt worden?«, fragte die Frau. »Mit einem Pfeil?«

Kayleigh machte große Augen.

»Nicht, dass ich wüsste«, sagte Bernie. »Noch nicht. Aber wir wollen doch nicht, dass etwas passiert, oder? Denken Sie nur an die Haftung und all diese Sachen.«

Die Frau kaute auf ihrer Lippe herum. Bernie schaffte das immer wieder, besonders bei Frauen. Es bedeutete, dass wir gleich einen Schritt weiter sein würden. »Ich wecke ihn«, sagte sie. »Warten Sie doch bitte …« Sie sah sich um. Vermutlich wollte sie sagen, dass wir draußen warten sollten, aber in diesem Moment hielt der Laster eines Gärtners auf der anderen Straßenseite. »… in der Küche.« Wir machten uns auf den Weg. »Einen Moment. Sie wollen den Hund mit reinnehmen?«

»Er ist ein ausgebildeter Polizeihund«, sagte Bernie.

»Chet«, sagte Kayleigh. »Er hat eine kalte Nase.«

Wir warteten in der Küche, Bernie am Tisch, ich am Fenster. Ich hörte Stimmen von oben. Bernie stand auf, öffnete den Kühlschrank, musterte kurz den Inhalt. So war Bernie, stets auf der Suche nach Informationen. Er saß wieder auf seinem Stuhl, bevor die Frau zurückkehrte, im Schlepptau einen großen Jungen in Boxershorts und T-Shirt. Er hatte zerzauste Haare und verschlafene Augen.

»Das ist mein Sohn Tim«, erklärte die Frau.

»Hallo Tim«, sagte Bernie. »Setz dich, bitte.«

Tim setzte sich. Es gab mal eine Phase, da hatten wir, Bernie und ich, uns ständig Filme mit Zombies angesehen. Genauso bewegte sich Tim. Er bemerkte mich und sah verwundert drein.

»Mrs Fletcher?«, sagte Bernie. »Es wäre hilfreich, wenn wir allein mit Tim sprechen könnten. Es wird nur ein paar Minuten dauern.«

»Allein? Warum?«

»Verfahrensregel.« Er zuckte hilflos mit den Achseln, als er das sagte, was so viel bedeuteten sollte wie: dumm, ich weiß, aber was soll man machen? Da müssen wir beide durch. Bernie hätte einen tollen Schauspieler abgegeben; zumindest hatte das seine Mutter gedacht. Bei Gelegenheit werde ich auf sie zurückkommen.

Die Frau blinzelte und wandte sich zur Tür. »Ruf mich, wenn du mich brauchst, Tim.«

Tim grunzte etwas. Er sonderte starke Gerüche ab. Ich hielt Abstand.

Bernie lächelte Tim an, ein Lächeln, das freundlich wirkte, wenn man ihn nicht kannte. »Wie ich sehe, hat deine Mutter Kaffee gekocht. Willst du welchen?«

Tim schüttelte den Kopf.

»Ist das dein Mustang in der Einfahrt?«

Tim grunzte.

»Klasse Auto. Ich hatte auch einen, als ich so alt war wie du. Wie weit bist du – in der Abschlussklasse?«

Tim nickte.

»An der Heavenly Valley High?«

Neuerliches Nicken.

»Schon Pläne für das nächste Jahr?«

Tim zuckte die Achseln.

»Dir hängt diese Frage bestimmt schon zum Hals raus.«

Tim sah Bernie einen Moment lang an, dann ergriff er das erste Mal das Wort. »Ich habe eine vorläufige Zusage von der Universität von Arizona.«

»Gratulation«, sagte Bernie. »Gute Uni. Du hast vier der besten Jahre deines Lebens vor dir, das garantiere ich dir – solange du nicht im Kittchen landest.«

Tims Augen wirkten plötzlich viel wacher und wurden so groß wie die seiner kleinen Schwester, und er sagte schon wieder etwas: »Hä?«

»Und du wirst bestimmt Schwierigkeiten bekommen, wenn du jetzt etwas vor mir verbirgst.«

»Verbergen, Sie meinen …«

»Lass uns mit letztem Mittwochabend anfangen, als du Madison Chambliss nach Hause gefahren hast.«

Tims Mund öffnete sich und blieb einen Moment lang so.

»Ich vermute mal, mit dem Mustang.«

Tim schüttelte den Kopf. Er hatte Schlaf in den Augenwinkeln. Habe ich auch immer.

»Mit einem anderen Auto?«

»Nein«, sagte Tim. »Gar kein Auto.«

»Das verstehe ich nicht.«

»Na ja, ich habe sie nicht nach Hause gefahren.«

Bernie seufzte. Er war groß im Seufzen, hatte für verschiedene Gelegenheiten verschiedene Seufzer parat. »Das Problem ist: Sie sagt, du hättest es getan.«

»Hab ich aber nicht. Worum geht es eigentlich? Ich dachte, es hätte etwas mit dem Bogenschützenverein zu tun?«

Bernie lehnte sich zurück. Der Stuhl knarrte. »Es ist heutzutage eine prima Sache, wenn man eine vorläufige Zusage von einer Uni in der Tasche hat, keine Frage«, sagte er. »Der Pferdefuß dabei ist nur, dass die Aufnahme davon abhängt, wie du vielleicht weißt, dass dein Notendurchschnitt nicht schlechter wird. Und noch von anderen Dingen, zum Beispiel deinem Verhalten. Ein Brief ans Rektorat wegen fehlender Auskunftsbereitschaft in einem Vermisstenfall könnte sie veranlassen, sich die Sache noch mal zu überlegen.«

»Vermisstenfall?«

»Ja, das war es, was ich sagte.«

»Wer wird denn vermisst?«

»Sag du es mir.«

»Ich weiß nicht.«

»Vielleicht kommst du ja drauf.«

Tims Augen bewegten sich zur Seite. Gedanken zogen an den Augen von Menschen, das sah ich immer wieder. Bernie wartete. Ich auch.

»Maddy?«, sagte Tim.

»Volltreffer«, sagte Bernie. »Sie war jetzt schon zwei Tage nicht mehr zu Hause. Weißt du etwas darüber?«

»Nein. Das schwöre ich.«

»Wie sieht eure Beziehung aus?«

»Wir haben keine Beziehung. Wir sind nur Freunde.«

»Freunde? Du bist doch viel älter.«

»Ja, aber sie ist echt cool drauf.«

»Inwiefern?«

»Na ja, sie ist anders.«

»Inwiefern anders?«

»Klug. Witzig.«

Seine Mutter steckte den Kopf in die Tür. Keine Lockenwickler mehr, kein grünes Zeug mehr im Gesicht, aber furchteinflößend war sie trotzdem irgendwie. »Alles in Ordnung, Timmy?«

Tim flößte sie keine Furcht ein. »Geh weg, Mom.«

Sie verschwand aus meinem Blickfeld.

»Und mach die Tür zu.«

Die Tür schloss sich.

Tim starrte Bernie an. Bernie neigte ein wenig den Kopf und hob eine Augenbraue. Das war sein ermunterndes Gesicht. Es bedeutete: na los! Tim senkte die Stimme: »Maddy hat gesagt, ich soll niemandem was davon erzählen. Aber wenn sie wirklich vermisst wird …«

»Wovon nichts erzählen?«

»Dass ich sie heimgefahren habe.«

»Dann hast du es also doch getan?«

Tim nickte.

»Nach dem Kino?«

Tim schüttelte den Kopf. »Sie ist nicht ins Kino gegangen – deshalb konnte es ihre Mom auch nicht herausfinden.«

»Wo war sie stattdessen?«

Tim rieb sich übers Gesicht und sah schon weniger wie ein Zombie aus. »Sie ist in der Mall zufällig jemandem begegnet, glaube ich. Wahrscheinlich hatte sie vor, ins Kino zu gehen, oder so.«

»Wem ist sie begegnet?«

Tim sah auf den Boden. Ich auch, und dabei entdeckte ich ein paar Cheerios unter dem Tisch.

»Tim?«, sagte Bernie. »Sieh mich an.«

Tim sah ihn an.

»Wenn Leute verschwinden, findet man sie normalerweise schnell oder gar nicht.«

Tim biss sich auf die Lippe, genauer gesagt, er kaute darauf herum.

»Wir haben die ›Phase schnell‹ bald hinter uns.«

Tim holte tief Luft. »Ruben Ramirez«, sagte er.

»Wer ist das?«

»So ein Typ.«

»Ein Schüler an der Heavenly Valley?«

»War er mal. Er ist abgegangen. Hat schon eine eigene Bude.«

»Was macht er?«

Tim sah wieder nach unten. »Weiß nicht genau.«

»Und wenn du eine Vermutung anstellen müsstest?«

Tim gab keine Antwort.

»Wie wäre es, wenn ich es mal versuche?«, sagte Bernie. »Er dealt mit Marihuana.«

Tim sah auf. Er wirkte überrascht.

»Hat er sie in seine Bude mitgenommen?«

»Ja.«

»Wo ist das?«

»Keine Ahnung. Irgendwo in Modena, hinter der Rennbahn.«

»Keine Ahnung?«, sagte Bernie. »Hast du sie nicht dort abgeholt?«

»Nein. Sie hat mich angerufen und gebeten, sie an dem Lebensmittelladen auf der Almonte abzuholen.«

»Der neben der Getty-Tankstelle?«

»Genau da.«

»War sie allein?«

»Ja.«

»Du hast sie also abgeholt und nach Hause gefahren?«

»Ja.«

»Was hat sie gesagt?«

»Nicht viel.«

»Hat sie gesagt, warum sie aus Rubens Wohnung weg ist?«

Tim holte wieder tief Luft. »Er hat sie begrapscht.«
»Und dann?«
Tim zuckte die Achseln. »Sie ist abgehauen und zum Lebensmittelladen gegangen.«
»Zu Fuß?«
»Offenbar.«
»Das ist eine üble Gegend.«
»Ja.«
»Wie war ihre Laune?«
»Schwer zu sagen.«
»Was hat sie sonst noch gesagt?«
»Nur, dass ich niemandem was sagen soll.«
»War sie verstört?«
»Eigentlich nicht.«
»War sie bekifft?«
»Ein bisschen vielleicht.«
Bernie stand auf. Ich auch. Genug geplaudert. Es war an der Zeit, diesen Fall auf unsere übliche Weise zu lösen, wie zwei richtige Schnüffler eben, wofür ich ja prädestiniert war. Bernie gab Tim seine Karte. »Falls dir noch etwas einfällt, das du vergessen hast, ruf mich bitte sofort an.«
Tim nickte. »Glauben Sie, dass Ruben, na ja …?«
»Das werden wir herausfinden.«
Wir gingen. Auf dem Weg zur Tür machte ich einen kleinen Abstecher unter den Küchentisch, wo ich die Cheerios verputzte. Meine Lieblingssorte, die mit Honig.

Kapitel 7

Wir kommen jetzt nach Modena«, sagte Bernie und hupte, weil plötzlich ein tiefergelegtes Auto knapp vor uns einscherte. »Was wir hier vor uns haben, ist schlicht und einfach völlig verwüstetes Land.«

Dieses völlig verwüstete Land roch toll, fand ich: alle möglichen Sorten von Fett – fette Würste, Motoröl, Frittierfett, fettige Menschenhaare. Ich richtete mich so hoch auf, wie es der Schalensitz zuließ, und nahm mit zitternder Nase all die Gerüche auf. Wir waren bester Laune, Bernie und ich, bei der Arbeit – und zwar nicht irgendeine schreckliche Scheidung, sondern unsere Spezialität, ein Vermisstenfall. Bernie trug eines seiner schönsten Hawaiihemden, das mit dem Martiniglas-Muster. Ich trug mein braunes Lederhalsband mit den Silbernieten; zum Schickmachen hatte ich auch ein schwarzes.

»Weißt du, was das früher war, Chet? Vor gar nicht mal so langer Zeit? Ranchland, so weit das Auge reichte.«

Einmal waren wir auf einer Ranch gewesen, Bernie, Charlie, Leda, ich. Von den Pferden fang ich lieber gar nicht erst an – Primadonnen, jedes einzelne von ihnen, gleichzeitig völlig unterbelichtet und gefährlich. Da war mir Modena im heutigen Zustand lieber – fettig und pferdelos.

Wir bogen in eine Seitenstraße ein, der Asphalt rissig und voller Schlaglöcher, die Häuser auf beiden Seiten klein und heruntergekommen. Bernie hielt vor einem. Er öffnete das Handschuhfach, nahm den Revolver heraus, einen .38er Special, und steckte ihn in seine Hosentasche. Das machte er nicht oft.

»Reine Vorsichtsmaßnahme«, sagte Bernie. »Dann wollen wir mal.«

Ich sprang hinaus.

»Alles wieder gut, hm?«, sagte Bernie.

Alles wieder gut? War es mal schlecht? Wovon redete er bloß …? Ach ja. Ich schüttelte mich kurz. Bernie öffnete das Gartentor. Wir überquerten ein Stück braunen Rasen mit einer staubigen Couch mittendrauf, bei der hier und da eine rostige Sprungfeder heraussah. Bernie ging zur Haustür und klopfte.

Von drinnen war eine Stimme zu hören. »Bist du das, Decko?«

»Ja«, sagte Bernie.

Die Tür ging auf. Ein Mann schaute heraus, ein junger Mann, und riesengroß. Seine Augen, von Natur aus Schlitze, verengten sich noch mehr. Ein echt großer Typ mit Schlitzaugen: Ich konnte ihn nicht leiden, kein bisschen.

»Du bist überhaupt nicht Decko«, sagte er.

»Messerscharf beobachtet«, sagte Bernie. Ich konnte ihm nicht folgen. Welches Messer sollte er denn beobachtet haben? Wir hatten doch einen Revolver dabei. »Ich bin Privatdetektiv.« Er hielt ihm seine Karte unter die Nase. Der Mann warf nicht einmal einen Blick drauf. »Ich bin auf der Suche nach einem ehemaligen Schüler der Heavenly Valley High namens Ruben Ramirez.«

»Kenn ich nicht, nie von ihm gehört.« Der Mann wollte die Tür schließen. Bernie stellte seinen Fuß dazwischen. Diesen Schachzug kannte ich schon von Bernie, einer seiner besten.

»Nein?«, sagte er. »Wofür steht das RR?«

»Hä?«

»An der Goldkette um Ihren Hals«, sagte Bernie. »Dieses RR.«

Der Mann fasste an seine Kette, eine von diesen dicken, schweren. Sein Mund bewegte sich, aber es kam nichts raus.

»Wie wär's mit Rolls-Royce?«, fragte Bernie. »Passt zum Ambiente.«

»Hä?«, wiederholte der Typ. Ich kam auch nicht mehr ganz mit.

»Weißt du was, Ruben?«, meinte Bernie. »Nachdem wir jetzt die Vorstellungsrunde hinter uns gebracht haben, könnten wir doch reingehen, uns setzen und versuchen, ein bisschen Ordnung in die Sache zu bringen.«

»In was?«, fragte Ruben.

»In den Fall, an dem wir arbeiten.«

»Ich habe keine Ahnung, wovon Sie reden.«

»Es geht um eine vermisste Person«, sagte Bernie. Er machte einfach stur weiter; das hatte Leda nie gemocht. Ich schon. »Wie sich gezeigt hat, ist die Vermisste eine Freundin von dir, eine Schülerin von der Heavenly Valley namens Madison Chambliss.«

»Nie von ihr gehört.«

Bernie nickte, dieses Nicken, das nichts mit Zustimmung zu tun hatte. »Ich kriege langsam das komische Gefühl, Ruben, dass sie sich in diesem Moment in deinem Haus aufhält.«

Zu meiner Überraschung – und, ich bin ziemlich sicher, auch zu der von Bernie – gehörte Ruben zu diesen riesigen Typen, die auch noch flink waren. Ich sah es kaum kommen, und ich bezweifle, dass Bernie es kommen sah. Rubens Faust, größer als ein Softball –

eine Sorte Ball, mit der ich überhaupt nichts anfangen konnte – schoss wie ein Blitz nach oben und erwischte Bernie genau an der Kinnspitze. Bernie ging nicht in die Knie – es bedurfte einer Menge, bevor Bernie in die Knie ging –, aber er taumelte zurück. In dem Augenblick sah ich rot, obwohl Bernie überzeugt war, dass ich kein Rot sehen konnte. Ehe ich mich's versah, waren Ruben und ich drinnen im Haus und wälzten uns auf einem klebrigen Boden herum.

Ich bekam sein Hosenbein zu fassen. Ruben trug sehr weite Hosen – mein ganzes Maul war voll. Er schnappte sich etwas vom Boden, eine Lampe vielleicht, und fing an, mir damit auf den Kopf zu schlagen. »Ich mach dich kalt«, rief er und bedachte mich mit einer Menge Schimpfnamen. Ich knurrte und ließ nicht locker. Dann war Bernie da, zusammen mit uns auf dem Boden. Er legte seinen Arm um Rubens dicken Hals, einer seiner Spezialgriffe, und Ruben wurde schlaff.

Bernie stand auf. »Okay, Chet, lass ihn los. Komm schon, Junge, das hast du gut gemacht, aber jetzt lass ihn los. Chet?«

Ich ließ ihn los, gut, vielleicht nicht gleich. Jeansfetzen hingen mir aus dem Maul, hatten sich zwischen meinen Zähnen festgesetzt. Bernie befreite mich davon.

»Bist ein Guter. Was macht die Schulter?«

Perfekt. Ich spürte nichts mehr. Bernie drehte sich um und ging rasch durchs Haus. Ich stand über Ruben. Seine Augen gingen mit einem Flattern auf. Ich bellte ihm ins Gesicht. Er zuckte zusammen. *Da bist du nicht der Erste, Freundchen.*

Bernie kam zurück. »Sie ist nicht hier«, sagte er. »Aber du hast ein paar interessante Waffen, Ruben.« Bernie hatte in der einen Hand eine Kalaschnikow und in der anderen eine abgesägte Schrotflinte. »Und das ganze Marihuana – was meinst du? Dreißig, vierzig Pfund?«

Ruben setzte sich auf, rieb sich den Hals.

»Das kann unser kleines Geheimnis bleiben«, sagte Bernie, zog sich einen Stuhl heran und setzte sich neben Ruben, die Schrotflinte lässig auf seinen Kopf gerichtet, »das Gras, die Waffen, aber ich brauche deine Hilfe bei Madison.«

»Pfeifen Sie Ihren verdammten Hund zurück.«

»Pass auf, was du sagst«, sagte Bernie.

»Hä?«

»So spricht keiner über Chet.«

Ruben blinzelte. »Rufen Sie Ihren Hund verdammt noch mal zurück.«

»Schon besser«, sagte Bernie. »Wir lassen ja mit uns reden, Chet und ich.«

Ruben warf mir einen komischen Blick zu. Warum nur? Glaubte er vielleicht, ich ließe nicht mit mir reden?

Jedenfalls trollte ich mich, ganz wie Bernie wollte. Und während ich mich trollte, bemerkte ich einen angebissenen Burger auf der Küchentheke, einen doppelten mit Käse. Ich rührte das Ding nicht an. Kaum vorstellbar, aber ich hatte einfach keine Lust.

Bernie tippte Ruben mit dem Schrotgewehr ganz leicht auf die Schulter. »Madison Chambliss«, sagte er. »Rück raus mit der Sprache.«

»Was wollen Sie denn wissen, Mann?«

»Fang einfach mit der Kinokasse in der North Valley Mall an.«

Ruben zuckte die Achseln. »Ich bin da rumgehangen, hab die Zeit totgeschlagen, und da kam sie an und hat ›Hi, Ruben‹ gesagt.«

»Du kanntest sie also schon.«

»Ja.«

»Woher?«

»Hä?«

»Von der Schule?«, fragte Bernie. »Warst du in derselben Klasse?«

»Wie, Klasse? Nee.«

»War sie eine Kundin?«

Ruben sah zu Bernie, dann zu mir. Ich verspürte plötzlich den Drang, ihn ein bisschen ins Bein zu zwicken.

»Ja«, sagte Ruben. »Sie ist eine Kundin. Sie kam an und hat mich begrüßt. Dann haben wir ein bisschen geredet, sie hat mich wegen was angehauen … Also sind wir hier vorbeigegondelt.«

»Und?«

»Sie hat ein Tütchen gekauft.«

»Und dann hast du sie nach Hause gefahren?«

»Ja.«

»Wo wohnt sie?«

Ruben antwortete nicht. Ich rutschte langsam auf sein Bein zu, ohne das Hinterteil vom Boden zu heben.

»Oder hast du sie an der Mall abgesetzt?«, fragte Bernie.

»Ja, an der Mall.«

»Soll ich dir mal was verraten?«, fragte Bernie. »Deine Zukunft sieht nicht allzu rosig aus.«

»Hä?«

»Gut, weiter im Text. Wann hast du sie das letzte Mal gesehen?«

»Hab ich doch gesagt. Das war das letzte Mal.«

»Wie wäre es mit vor zwei Tagen?«

»Vor zwei Tagen?«

»Donnerstag«, sagte Bernie. »Der Tag, an dem Madison verschwunden ist.«

»Sie ist verschwunden?«

»Darf ich dir einen Rat geben?«, fragte Bernie. »Nur wirklich kluge Leute sollten so tun, als wären sie schwer von Begriff.«

»Ich kapier echt nicht, um was es geht, Mann.«

Jetzt war ich nur noch einen klitzekleinen Satz von ihm entfernt. Meine Zähne entblößten sich von ganz allein.

»Ich möchte wissen, was du getrieben hast«, beharrte Bernie, »seit Donnerstagmorgen.«

»Donnerstagmorgen?«, fragte Ruben. »Da war ich noch im County.«

»Was soll das heißen?«

»Die hatten mich eingebuchtet, Mann. Die haben mich Mittwoch in der Nacht wegen Geschwindigkeitsübertretung angehalten und festgestellt, dass ich gesucht werde. Ich bin erst seit ein paar Stunden auf Kaution raus.«

Bernie sah ihn lange an. Dann legte er das Gewehr zur Seite und holte sein Handy hervor. »Mist, kein Empfang.«

»Hier, nehmen Sie mein Telefon«, sagte Ruben.

Bernie nahm es. Er wählte eine Nummer. »Gina? Bernie Little hier. Ich muss wissen, wann genau ihr in den letzten Tagen einen gewissen Ruben Ramirez in Gewahrsam hattet.«

Wir warteten. Ruben starrte auf meine Zähne. Der Drang, ihn zu beißen – das passierte mir ja selten, aber wenn, dann aber hallo –, wurde stärker.

»Danke, Gina.« Bernie unterbrach die Verbindung und gab Ruben das Telefon zurück. »Deine Geschichte scheint zu stimmen.«

»Wie wär's mit einer kleinen Entschuldigung?«

Bernie lachte. Ich fand Bernies Lachen toll. Ich kenne da einen Trick: Ich renne wie verrückt im Garten rum, das bringt ihn immer zum Lachen.

»Was ist denn daran so lustig?«, fragte Ruben.

Bernie hörte auf zu lachen. Er klopfte mit dem Schrotgewehr auf Rubens Schulter, dieses Mal fester. Ruben zuckte zusammen. »Hörst du mir überhaupt zu?«, fragte Bernie.

»Ich war im County. Was zum Teufel …?«

»Das hatten wir schon«, sagte Bernie. »Wie ist Madison von hier nach Hause gekommen?«

»Das habe ich Ihnen doch gerade gesagt«, entgegnete Ruben. »Ich hab sie gefahren.« Oder irgendwas in der Art. Ich verstand es nicht richtig, weil sich in diesem Moment meine Kiefer plötzlich um Rubens Bein schlossen. Nicht fest, kein Blut oder so, aber das Riesenbaby gab einen Schrei von sich, als hätte ich ihn in Stücke zerfetzt. »Okay, okay, ich hab sie nicht gefahren. Pfeifen Sie Ihren verdammten Köter zurück.«

»Pass auf, was du sagst.«

»Oh Mann, jetzt machen Sie schon.« Er wand sich auf dem Boden hin und her.

»Chet?«

Ich ließ los, aber es kostete mich einige Mühe.

»Gönn dir eine kleine Pause, Chet.«

Bernie hatte recht. Ich ging ein bisschen herum, schnappte mir geistesabwesend den Burger.

»Wenn du sie nicht gefahren hast«, fragte Bernie gerade, »wie ist sie dann nach Hause gekommen?«

»Sie ist einfach gegangen, mehr weiß ich auch nicht.«

»In dieser üblen Gegend hier? Warum sollte sie das tun?«

»Keine Ahnung.«

»Denk nach«, sagte Bernie. »Wir würden es wirklich gerne wissen, Chet und ich.«

Ruben sah zu mir rüber, ihm stand die Angst deutlich

in den Augen. Ich leckte mir den Ketchup von den Lippen. »Es ist nichts passiert«, sagte er. »Ich war ein bisschen anlehnungsbedürftig, und sie war nicht in der Stimmung.«

»Du siehst mir nicht gerade anlehnungsbedürftig aus.«

Ruben runzelte die Stirn, als hätte er etwas Neues über sich erfahren, über das er erst einmal nachdenken müsste. »Ich hab sie nicht angefasst«, sagte er. »Kaum. Sie ist einfach gegangen.«

»In welche Richtung.«

»Almonte.«

»Du hast ihr also hinterhergesehen?«

»Ich hab nicht ihr hinterhergesehen«, sagte Ruben. »Da war dieses komische Auto.«

»Was war daran komisch?«

Ruben hob seine breiten Schultern und ließ sie wieder sinken. »Es war nicht von hier.« Er sah zum Fenster; über eine der Scheiben war Klebeband geklebt. »Vielleicht hat der Typ sie mitgenommen.«

»Welcher Typ?«

»So ein Blonder, in dem Auto. Als sie vorbeiging, ist er ausgestiegen und hat die Hand ausgestreckt.«

»Er hat die Hand ausgestreckt?«

»Na ja«, sagte Ruben, »damit sie stehen bleibt. Aber sie ist nicht stehen geblieben. Wenn ich es mir recht überlege, kann es sogar sein, dass sie losgerannt ist. Richtung Almonte.«

»Und der Blonde?«

»Er ist wieder ins Auto gestiegen und weggefahren.«

»Ihr nach?«

»Weiß nicht mehr.«

»Denk nach.«

Ruben kniff die Augen zusammen. Die Zeit verging.

Bernie seufzte. »Was war das für ein Auto?«

»Ein BMW«, sagte Ruben. »Deswegen habe ich es ja überhaupt bemerkt.«

»Modell?«

»Kenn ich mich nicht mit aus.«

»Farbe?«

»Blau.«

Wenn Bernie sich wegen irgendetwas Sorgen machte, zogen sich seine Augenbrauen zusammen, und seine Augen schienen in sein Inneres zu blicken. Das geschah jetzt. Auf dem Weg zurück zum Auto setzte ich am Gartentor eine Markierung und vielleicht noch an ein, zwei anderen Stellen.

Wir versuchten unser Glück bei dem Lebensmittelladen auf der Almonte. Niemand dort erinnerte sich an Madison. Ich fing auch langsam an, mir Sorgen zu machen, keine Ahnung weswegen.

Kapitel 8

»Folgendes Szenario ist vorstellbar«, sagte Bernie; keine Ahnung, wovon er redete. »Das ist zwar schlüssig, aber ich wünschte, es wäre es nicht.« Ich verstand nur noch Bahnhof. Wir fuhren unsere Straße, die Mesquite Road, hoch. Ich entdeckte Iggy, der mich von seinem Fensterplatz aus beobachtete. Er entdeckte mich auch und bellte, ein Bellen, das ich nicht hören konnte. Iggy rannte hinter der Scheibe hin und her. Ich reckte mich in meinem Schalensitz in die Höhe und drehte mich mit aufgestellten Ohren in seine Richtung. Dann war er außerhalb meines Blickfeldes.

»Stell dir vor«, sagte Bernie gerade, »dass jemand zweimal versucht hat, sie zu entführen. Madison hat möglicherweise überhaupt nicht mitgekriegt, was das erste Mal vor Rubens Haus vor sich ging. Vielleicht hielt sie es für die typische Anmache von irgend so einem Widerling. Aber selbst wenn es ihr Angst gemacht haben sollte, und ich glaube nicht, dass es so war – hat Tim Fletcher nicht gesagt, sie wäre nicht verstört gewesen?«

Bernie hielt inne und sah mich an. Tim Fletcher? Wer war das noch mal?

»Angst oder nicht, entscheidend ist, dass sie es ihrer Mutter nicht erzählen wollte, weil dann die ganze Dr.-Schiwago-Geschichte aufgeflogen wäre. Ahnst du, worauf das hinausläuft?«

Nein. Aber wie kam es, dass Ruben Ramirez nicht der

Bösewicht war? Er sah so aus und roch auch so wie viele der Bösewichte, die wir zur Strecke gebracht hatten.

»Es läuft darauf hinaus«, sagte Bernie, »dass das keine spontane Tat war, sondern eine gut geplante Entführung. Wer es war auch, hat beim ersten Mal versagt, als sie von Ruben wegging, und sie beim zweiten Mal erwischt; wie und wo, müssen wir noch herauskriegen. Und wenn das stimmt, suchen wir nach einem blonden Mann in einem BMW. Einem blauen BMW laut Ruben – der allerdings nicht der verlässlichste Zeuge ist.« Er hielt inne. Automarken, Farben: beides nicht gerade meine stärksten Seiten, auch wenn ich Blau kannte, die Farbe des Himmels und von Charlies Augen. Bernie bog in die Einfahrt. »Und war das Auto an der Mall nicht …?«

Er unterbrach sich. Bei all dem Gerede von Autos stand plötzlich eines in der Einfahrt, groß und schwarz, mir unbekannt.

Bernie parkte auf der Straße. Aus dem großen schwarzen Auto stieg ein Mann aus und kam auf uns zu. Wir stiegen auch aus. Der Mann war ungefähr so groß wie Bernie, aber nicht so breit; er hatte ein Ziegenbärtchen, was immer ein Hingucker für mich ist, und ich starrte ihn an, als sein Geruch zu mir vordrang, der allerschlimmste Geruch auf der ganzen Welt: Katze. Der Mann in unserer Einfahrt roch nach Katze! Über und über.

»Ich suche Bernie Little«, sagte der Mann. Es gab Leute mit freundlichen Stimmen – Suzie Sanchez zum Beispiel, oder Charlie, versteht sich. Dieser Mann hatte keine.

»Steht vor Ihnen«, sagte Bernie.

Der Mann runzelte kurz die Stirn. »Ich bin Damon Keefer«, sagte er. »Ich habe erfahren, dass meine Exfrau Sie angeheuert hat, um nach meiner Tochter Madison zu suchen, ohne mich vorher zu fragen.«

»Sie hat uns angeheuert, stimmt«, sagte Bernie.

»Und?«, fragte Damon Keefer.

»Und was?«, fragte Bernie.

Fragen, Fragen. Ich hatte auch eine Frage. War da eine Katze, oder gar mehrere, in dem schwarzen Auto? Unwahrscheinlich: Katzen waren anders als unsereins nicht gerade begeistert davon, in Autos herumzufahren, eine weitere merkwürdige Eigenschaft an ihnen. Gab es etwas Schöneres, als in einem Auto herumzufahren? Ein paar Dinge vielleicht – ich dachte an das Bellen dieser geheimnisvollen Sie aus der Ferne vor nicht allzu langer Zeit –, aber sicher nicht viele. War es möglich, dass Katzen keine Ahnung hatten, wie man Spaß hatte? Ich wusste es nicht. Was ich dagegen wusste, war, dass die Wahrscheinlichkeit, dass eine Katze in dem schwarzen Auto saß, klein war, aber immerhin bestand. Und eine Katze in dem schwarzen Auto hieß eine Katze auf unserem Grund und Boden. Eine Katze auf unserem Grund und Boden? Ich hörte ein lautes Knurren und hatte irgendwie den Eindruck, dass es aus meiner Kehle kam. Ehe ich mich's versah, war ich auch schon losgerannt.

»Und was?«, sagte Damon Keefer gerade. »Ich will wissen, was Sie bislang in Erfahrung gebracht haben, ganz einfach. Ich nehme an, Sie haben sie nicht gefunden, sonst würden Sie – he! Was zum Teufel macht Ihr Hund denn da?«

Was ich da machte? Meinen Job, Kumpel. Und im Moment war mein Job, dieses Auto – das übrigens in unserer Einfahrt stand, während uns nur die Straße zum Parken blieb – auf die Anwesenheit von Katzen zu überprüfen. Wie sollte das gehen, ohne dass man die Vorderpfoten gegen die Tür stemmte, um das Gesicht ganz nah ans Fenster zu halten? Das war schlechterdings nicht möglich.

»Er zerkratzt mir den Lack!«

»Chet!«

Gute Nachricht: keine Katzen. Ich stieß mich ab, und im selben Moment hörte ich ein Geräusch, das ich nicht unbedingt als Kratzen bezeichnen würde, eher wie Kreide auf einer Tafel. Bei diesem Geräusch passierte immer etwas mit mir, das in meinem Nacken anfing. Ich erschauerte. Ich schmatzte ausgiebig. Ich fühlte mich großartig, so gut, dass ich ein bisschen im Garten herumtobte, im Kreis rannte und Haken schlug, Erdbrocken um mich herum aufspritzen ließ.

»Chet, um Himmels willen!«

Ich kam schlitternd mit durchgedrückten Beinen zum Stehen, was ich sehr gut kann, und es ist wirklich nicht leicht – versuchen Sie es einmal. Zufällig war ein Zweig in Reichweite. Ich ließ mich auf den Boden fallen, Vorder- und Hinterbeine ausgestreckt, und fing an, an dem Zweig herumzukauen. Hm, Eukalyptus, wahrscheinlich von dem Baum beim alten Heydrich rübergeweht. Sehr schmackhaft.

Bernie und Keefer standen bei dem schwarzen Auto und starrten die Tür an. »Schicken Sie mir die Rechnung«, sagte Bernie.

Ich kaute an dem Zweig. Ich konnte meinen eigenen Atem riechen. Er roch gut.

»Wozu?«, fragte Keefer. »Sie würden den Betrag doch nur heimlich auf Ihre Rechnung draufschlagen – ich weiß doch, wie das läuft.«

Bernie warf ihm einen Blick zu, den ich kaum jemals an ihm gesehen hatte. »Ich schlage nichts heimlich auf meine Rechnungen auf.«

Keefer hielt dem Blick stand, aber nicht lange. »Wie Sie meinen«, sagte er. »Sobald Sie mir Bericht erstattet haben, bin ich weg.«

»Hatten Sie schon mal mit einem Privatdetektiv zu tun?«, fragte Bernie.

»Nein, Gott sei Dank nicht«, sagte Keefer.

»Dann ist Ihnen womöglich nicht klar, dass ich nicht Ihnen Bericht erstatten muss. Ich erstatte ausschließlich meinem Klienten Bericht, es sei denn, es handelt sich um Informationen, die ich von Gesetzes wegen an die Polizei weitergeben muss.«

»Dem Klienten? Wovon zum Teufel sprechen Sie eigentlich?«

»Ich habe einen Vorschuss von Cynthia bekommen, daher ist sie meine Klientin.«

Keefers Hals wurde dick, wieder so eine komische Sache mit dem Blutdruck, aber kein Rotwerden. Dieses Anschwellen war bei den Menschen ein Hinweis auf Wut. In meiner Welt war Wut mit Lärm verbunden, aber als Keefer jetzt sprach, war seine Stimme nicht lauter, im Gegenteil – er sprach sogar noch leiser. Menschen – nicht alle, aber ein paar – konnten einen ganz schön verwirren.

»Das sagt mir nur«, sagte Keefer, »dass Sie nicht gerade ein Meister Ihres Fachs sind. Jeder halbwegs brauchbare Privatdetektiv wäre schon längst zu dem Schluss gelangt, dass jeder Cent, den Cynthia besitzt, direkt aus meiner Tasche kommt.«

Bernie? Kein Meister seines Fachs? Ich hörte auf, an dem Zweig herumzukauen, zog meine Beine an, machte mich bereit.

Bernie blieb ruhig. »Das ändert nichts an der Sache. Aber mir ist klar, dass das eine schwere Zeit für Sie ist, und wenn Cynthia mir ihre Erlaubnis gibt, werde ich Sie gerne auf dem Laufenden halten.«

»Ich brauche ihre Erlaubnis nicht, um …«

»Vielleicht könnten wir drei uns bei Ihnen treffen.«

»Bei mir? Warum bei mir?«

»Hat Madison ein Zimmer bei Ihnen?«

»Ja, aber ...«

»Ich würde es gerne sehen.«

»Warum?«

»Verfahrensregel«, sagte Bernie. »Ich versuche, Ihre Tochter zu finden.«

»Sie ist wahrscheinlich nach Las Vegas abgehauen.«

»Las Vegas?«

»Sie ist impulsiv, genau wie ihre Mutter.«

»Ist Madison spielsüchtig?«

»Ich meinte nicht Las Vegas per se«, sagte Keefer.

»Ist sie früher schon einmal weggelaufen?«

»Woher soll ich das denn wissen? Glauben Sie vielleicht, man informiert mich über solche Dinge?«

»Cynthia zufolge hat sie das noch nie getan.«

»Was soll sie sonst auch sagen?«

»Was meinen Sie damit?«, fragte Bernie.

»Sie ist eine schlechte Mutter – das ist doch wohl klar.«

»Haben Sie das Sorgerecht beantragt?«

»Nein«, sagte Keefer. »Ein Mädchen braucht seine Mutter. Zumindest habe ich das gedacht. Aber jetzt ...« Er streckte seine Hände aus, die Handflächen nach oben. Das machten Menschen, wenn sie nicht wussten, was sie sonst tun sollten. Ich kannte das Gefühl. Wenn ich an diesem Punkt anlangte und zufällig gerade im Haus war, machte ich ein Nickerchen; wenn ich draußen war, markierte ich mein Revier, was ja immer eine nützliche Beschäftigung ist.

Bernie sah Keefer auf seine nachdenkliche Art an, den Kopf ein bisschen zur Seite gelegt. Das bedeutete, dass er sich etwas Neues überlegte, einen neuen Plan entwarf. »Wissen Sie was?«, sagte er. »Rufen Sie Cynthia doch gleich an. Wir können uns auch hier treffen.«

Wir versammelten uns im Büro, Cynthia und Keefer auf den unseren Klienten vorbehaltenen Stühlen, Bernie am Schreibtisch, ich darunter. Von dort konnte ich Cynthia und Keefer von der Taille abwärts betrachten. Er trug dunkle Hosen und dunkle Schuhe mit Troddeln; sie trug Sandalen und hatte bloße Beine. Ihre Füße zeigten voneinander weg. Meine Lider wurden ganz schwer.

»Zunächst einmal«, sagte Bernie, »muss ich Ihnen eine zentrale Frage stellen.« Die Füße fingen an zu zucken, zuerst ein Sandalenfuß, dann einer mit Troddeln. »Hat einer von Ihnen eine … Lösegeldforderung erhalten?«

»Lösegeldforderung?« Sie sagten das Wort gleichzeitig, was irgendwie unangenehm klang.

»Falls dem so sein sollte, dann hat der Erpresser Sie mit einiger Sicherheit davor gewarnt, jemandem davon zu erzählen«, sagte Bernie. »Ich versichere Ihnen allerdings, dass es ein großer Fehler wäre, wenn Sie uns nicht davon erzählen würden.«

»Wen meinen Sie mit ›uns‹?«, fragte Keefer.

Bernie tippte mit dem Fuß leicht auf meinen Schwanz. »Die Agentur natürlich. Aber Sie haben meine Frage nicht beantwortet.«

»Ich habe weder einen Brief noch einen Anruf erhalten«, sagte Cynthia. »Aber was soll das überhaupt heißen?«

»Wollen Sie damit etwa sagen, dass sie tatsächlich entführt wurde?«, fragte Keefer.

Cynthias Hände verkrampften sich ineinander. »Oh Gott«, sagte sie.

»Beim gegenwärtigen Stand der Dinge kann man noch nichts Definitives sagen«, antwortete Bernie. »Haben Sie irgendwelche Feinde?«

»Ich?«, fragte Cynthia.

»Und wie sieht es mit der Geschäftskonkurrenz aus?«

Mittlerweile rang sie die Hände. »Ich begreife sie nicht als Konkurrenz, aber …«

»Mein Gott«, fuhr Keefer dazwischen, »du gestaltest elektronische Grußkarten. Er redet von richtigen Geschäften.«

Cynthia löste ihre Hände voneinander, ballte sie zu Fäusten. Eine Weile herrschte Schweigen. Dann ergriff Bernie wieder das Wort.

»Und Sie sind Bauunternehmer, Mr Keefer?«

»Ich bin Besitzer von Pinnacle Peak Homes an den Puma Wells«, sagte Keefer. »Konkurrenz gehört zum Geschäft. Aber wir entführen doch nicht gegenseitig unsere Kinder. Und Sie sollten es uns ersparen, uns solche Angst einzujagen, wenn Sie nichts als Mutmaßungen an der Hand haben.«

»Das ist nichts als eine Mutmaßung?«, fragte Cynthia.

»Man könnte es so nennen«, sagte Bernie. »Aber sie gründet sich auf neu gewonnene Erkenntnisse, die im Wesentlichen Madisons Tun und Treiben am letzten Mittwoch betreffen – als sie angeblich im Kino war.« Und er fing an, ihnen die ganze Geschichte zu erzählen. Seine Stimme wurde immer leiser. Mir wurde ganz warm und schummerig; ich war kurz vorm Wegdösen. Wie aus großer Ferne hörte ich Keefer sagen: »Haben Sie diese Theorie schon der Polizei unterbreitet?« Und Bernie antwortete aus noch größerer Ferne: »Noch nicht. Aber die Vermisstenmeldung ist bereits rausgegangen, und abgesehen davon …« Und in dem Moment überwältigte mich der Schlaf endgültig.

Als ich aufwachte, waren Bernie und ich allein. Er saß am Schreibtisch, in der Hand einen Scheck. Ich schob mich unter dem Schreibtisch hervor, streckte die Vorderbeine, klappte den Unterkiefer fast bis zum Boden runter, das Hinterteil in die Höhe gereckt. Es fühlte sich großartig an.

Bernie sah zu mir herunter. »Das hatte ich mir anders vorgestellt«, sagte er. Er wedelte mit dem Scheck. »Zwei Riesen.« Daran war ja wohl nichts auszusetzen. Ein Riese war immer schön und zwei waren noch schöner. »Das Problem ist, dass Keefer ihn ausgestellt hat. Sie sind also jetzt beide unsere Klienten. Mir wäre es lieber gewesen, weiterhin nur mit ihr zu tun zu haben. Er ist so …«

Ich hätte zu gerne gewusst, was Bernie über Keefer zu sagen hatte, aber in diesem Moment klingelte es an der Tür. Wir gingen hin und machten auf. Draußen stand Charlie mit seinem Rucksack auf dem Rücken.

»Hi, Daddy. Hi, Chet.«

Das Fenster eines auf der Straße geparkten Autos glitt nach unten, und Leda sah heraus. »Ich hole ihn morgen um zwei wieder ab«, sagte sie. »Keine Sekunde später.« Ich blickte an ihr vorbei und konnte hinter dem Lenkrad Malcolm, ihren Freund, sehen, der gerade in ein Handy sprach. Ich bellte. Warum zum Teufel sollte ich das nicht tun? Zu meiner Befriedigung stellte ich fest, dass der Freund hersah. Er hatte Angst vor mir und meinesgleichen, das erkannte ich sofort.

Charlie kam herein. Ich leckte sein Gesicht gründlich ab. Er sagte: »Huh« und grinste. »Von mir aus können wir heute zelten«, sagte er.

»Zelten?«, fragte Bernie.

»Du hast es versprochen.«

»Gut, dann wollen wir mal packen.«

Wir packten das Zelt, die Schlafsäcke, die Luftmatratzen, die Luftpumpe, die Zeltpflöcke, den Holzhammer und eine Kühltasche mit Essen und Getränken zusammen.

»Haben wir irgendetwas vergessen?«, fragte Bernie.

»Zündhölzer«, sagte Charlie.

Bernie lachte. Mein Schwanz warf etwas vom Sofatisch. Ich bemühte mich, ihn stillzuhalten.

Es dämmerte, als wir das Haus verließen. Bernie öffnete die Schiebetür zur Terrasse, und wir trugen die gesamte Ausrüstung – der Holzhammer oblag mir – in den Garten. Dort stellten wir das Zelt auf, schlugen die Pflöcke ein, pumpten die Luftmatratzen auf und breiteten die Schlafsäcke aus. Wir zelteten auf zweierlei Art – bei der einen stiegen wir ins Auto und fuhren in die Wüste, und dann gab es noch die andere, diese Art. Charlie mochte diese Art lieber, besonders wenn er plötzlich mitten in der Nacht sein richtiges Bett vermisste.

Bernie schichtete Steine zu einem Kreis auf, warf ein paar Holzstücke hinein und machte ein Feuer. Charlie grillte an einem Stock Würstchen, sein Gesicht glühte im Schein der Flammen. Bernie aß zwei, Charlie eins, ich zwei und später, als niemand zusah, das dritte, direkt aus der Packung, dazu war es doch da. Dann gab es geröstete Marshmallows, die ich nicht anrührte. Die Haut fand ich toll, aber zum Schlucken des klebrigen Zeugs innendrin musste es einen Trick geben, den ich einfach nicht herausbekam.

Das Feuer brannte herunter. Bernie sang ein Lied namens »Rawhide«. Charlie fiel ein. Ich auch, mit dem hohen Heulen, für das ich meine Schnauze gen Himmel richtete.

»Zeit, sich aufs Ohr zu hauen, Kumpels«, sagte Bernie.

Er und Charlie gingen ins Zelt. Ich rollte mich neben dem ersterbenden Feuer zusammen und starrte in die Glut. Aus dem Zelt drangen noch ein paar Worte, dann herrschte Stille. Ah, zelten. Ich schloss die Augen.

Und war schon beinahe eingeschlafen, als ich es aus der

Ferne bellen hörte. Ich hatte dieses Bellen schon einmal gehört. Das Bellen der geheimnisvollen Sie in der Ferne von neulich Abend. Dieses Mal hörte es gar nicht mehr auf. Plötzlich war ich nicht mehr schläfrig, eher hellwach. Ich war sogar schon auf den Beinen, stand am hinteren Tor, dem Eingang zum Canyon. Geschlossen, versteht sich, und hoch, so wie Bernie oder sogar noch höher. Aber habe ich schon meine Sprungkraft erwähnt? Im nächsten Moment, womöglich noch eher, fand ich mich auf der anderen Seite des Tors wieder.

Bell, bell. Ich folgte dem Klang. Alle meine Sinne waren geschärft, ich hatte mich in meinem Leben noch nie so stark gefühlt. Das würde toll werden! Das Bellen führte mich nicht in den Canyon, sondern um das Haus herum, auf unsere Straße und den Hügel runter, weg von Iggys Haus.

Ich war erst ein kurzes Stück gerannt, als ich ein Auto mit zwei Männern darin bemerkte. Es war dunkel, die nächste Straßenlaterne stand an der Ecke, aber ich kann nachts sehen, kein Problem. Und was sah ich? Der Mann auf dem Beifahrersitz hatte blonde Haare, breite Wangenknochen, winzige Ohren. Ich kannte diesen Mann, aber ja doch. Was war noch? Sein Fenster war offen und sein Arm lag auf dem Rahmen. Ich erinnerte mich nicht mehr an alles, was Bernie gesagt hatte, aber an eines erinnerte ich mich noch genau: der Bösewicht.

Ich rannte los, machte einen Satz und grub meine Zähne in seinen Ellbogen.

Der Bösewicht schrie auf. Der andere Mann, der hinter dem Lenkrad, sagte: »Boris? Was zum Teufel …?« Der Fahrer entdeckte mich, griff nach unten, zog eine Waffe hervor, ein Riesending, das ich schon mal gesehen hatte, damals auf der Polizeischule: eine Elektroschockpistole.

Dann hörte ich ein leises Plopp, etwas Leichtes traf mich im Nacken, und im gleichen Moment raste ein stechender Schmerz durch meinen Körper.

Ich fiel zuckend auf den Boden. Ich wollte bellen, nach Bernie bellen, der ja ganz in der Nähe zeltete, aber ich konnte nicht. Die Autotüren öffneten sich. Der Kofferraum klappte auf. Boris und der Fahrer – ein dunkelhaariger kleiner Mann mit Augenbrauen, die in der Mitte zusammengewachsen waren – sprangen heraus, hoben mich hoch und warfen mich in den Kofferraum.

Patsch. Der Kofferraumdeckel schlug zu. Ich konnte rein gar nichts sehen. Das Auto fing an, sich zu bewegen. Es war so eng hier drin, zum Verrücktwerden, ich trat wie wild um mich. Ich konnte nicht einmal aufstehen! Bernie! Bernie!

Das Auto fuhr jetzt ziemlich schnell. Ich hörte ein Wimmern und merkte, dass es von mir kam. Schlimm. Ich hatte nicht einmal mehr Schmerzen.

Ich lag da und versuchte, still zu sein. Nach einer Weile machte ich einen Geruch aus, den ich kannte, sehr schwach, fast an der Grenze des Wahrnehmbaren: der Geruch eines jungen weiblichen Menschen, mit einem Hauch von Honig, Kirsche und einer sonnenfarbenen Blume, die ich manchmal am Straßenrand gesehen hatte. Madison war vor mir hier gewesen.

Kapitel 9

Ich kann nachts gut sehen, so gut, dass es eigentlich keine Rolle spielt, ob es Tag oder Nacht ist, aber jetzt konnte ich zum ersten Mal in meinem Leben überhaupt nichts sehen. Das gefiel mir nicht. Außer dem Geruch von Madison gab es noch jede Menge andere Gerüche: den Geruch von Öl, den von Gummi, den von vergammelnden Abfällen. Und Geräusche, ein jämmerliches hohes Heulen. Nach einer Weile merkte ich, dass es von mir stammte. Ich stellte es ab. Daraufhin begann ich zu zittern, und ich schaffte es, auch das abzustellen. Dann lag ich einfach nur da, in völliger Dunkelheit. Aber was sollte das bringen, einfach dazuliegen und zu warten?

Ich streckte eine Vorderpfote aus, stieß gegen eine Seite des Kofferraums. War es eine gute Idee, daran zu kratzen? An irgendwelchen Sachen zu kratzen war eigentlich immer gut, aus meiner Sicht jedenfalls. Ich kratzte und spürte irgendetwas, das mich an einen Teppich erinnerte. Ich kratzte ein bisschen stärker, bald war ich mit allen vier Pfoten am Kratzen, grub meine Krallen in alles, was mir unterkam, riss irgendwelches Zeug raus – hartes Zeug, weiches Zeug, vielleicht sogar ein paar Drähte. Ein winziger Funke flog an mir vorbei, dann war alles wieder dunkel. Ich wusste nicht, warum, aber der winzige Funke schien mir eine gute Sache zu sein. Ich kratzte noch stärker.

Die Bremsen quietschten. Das Auto blieb stehen, so unvermittelt, dass ich gegen die vordere Wand des Kofferraums krachte. Eine Tür wurde zugeschlagen, dann noch eine. Ich hörte Schritte, die näher kamen. Das Auto gab ein metallisch klingendes Klopfen von sich. Außerdem konnte ich den Wind hören, der alles mit seinem Heulen übertönte.

Eine Männerstimme. »Was zum Teufel das ist?«

»Tja, sieht so aus, als hätten sich die Rücklichter verabschiedet, Boris«, sagte ein zweiter Mann. Die Stimme kannte ich: der kleine Fahrer, dessen Augenbrauen in der Mitte aufeinandertrafen.

»Verabschiedet?«, fragte Boris.

»Du weißt schon: kaputt.«

»Das ich sehe«, sagte Boris. »Ich frage, warum. Es ist deine Aufgabe, dich um Auto zu kümmern.« Oder irgendwas in der Art – Boris war schwer zu verstehen.

»Heute Morgen haben sie noch funktioniert«, sagte der Fahrer. Ich hörte etwas klopfen, wahrscheinlich die Hand des Fahrers auf der Abdeckung eines der Rücklichter. »Das muss der Hund gewesen sein.«

»Du mir willst weismachen, dass Hund macht kaputt Rücklichter?«

»Du hast ihn doch rumfuhrwerken hören.«

»Hunde machen kaputt Rücklichter, Harold?«, wiederholte Boris. »Ist nicht logisch.«

»Hä?«, sagte Harold.

Ich verstand es auch nicht.

»Soll ich den Kofferraum aufmachen?«, fragte Harold.

Das verstand ich. Ich drehte mich auf den Bauch, zog meine Pfoten unter mich, kauerte mich zusammen, sprungbereit. Das war meine Chance! In dem Augenblick, in dem der Kofferraumdeckel aufging …

»Nein«, sagte Boris. »Nicht jetzt. Wir machen auf Ranch auf.«

»Wie du willst«, sagte Harold. »Aber was machen wir mit dem verdammten Hund?«

»Keine Ahnung«, sagte Boris. »Hund macht nur Ärger.«

»Warum erschießen wir ihn dann nicht einfach und lassen ihn am Straßenrand liegen?«

»Hmmm«, sagte Boris. Es folgte eine kurze Pause. Dann fuhr er fort. »Mr Gulagow ist Meister der Logik. Er wird entscheiden.«

Ihre Schritte entfernten sich, knirsch, knirsch. Die Türen wurden geöffnet und geschlossen. Und dann fuhren wir weiter. Ich kratzte noch ein bisschen rum, aber nichts passierte. Ich legte mich hin. Die Fahrt ging holprig weiter.

Zeit verging, viel Zeit, jedenfalls kam es mir so vor, eine holprige Zeit in völliger Dunkelheit, ohne Geräusche oder Gerüche. Ich behielt die Augen offen, obwohl es nichts zu sehen gab. Es war wichtig, wachsam zu bleiben, vorsichtig zu sein. Bernie hatte da so einen Spruch: Vorsicht war die Mutter von irgendwas – ich konnte mich nicht genau erinnern, was. Meine Gedanken wanderten zu Bernie. Habe ich schon seinen Geruch erwähnt? Der beste Menschengeruch, den ich kenne, in gewisser Hinsicht sogar ein bisschen hundeähnlich. Wirklich, so gut. Nicht so wie meiner, versteht sich. Meiner war der allerbeste. Mein Geruch ist schwer zu beschreiben: eine Mischung aus altem Leder, Salz und Pfeffer, Nerzmänteln – mit Nerzmänteln kannte ich mich aus, weil Bernie einen besessen hatte, von seiner Oma, den er dann Leda schenkte – und einen Hauch von Tomate. Ich erinnerte mich an das erste Mal, als ich Bernie gerochen hatte, damals auf der K9-Hundeschule. Das war kurz vor diesem unglückseligen …

Das Auto blieb stehen. Die Türen wurden geöffnet und geschlossen. Ich kauerte mich wieder hin, sprungbereit. Aber nichts passierte. Doch, da waren Schritte, aber sie entfernten sich. Danach Stille, abgesehen vom leisen Heulen des Windes.

Was war jetzt los? Ich war so weit, bereit zu springen, bereit anzugreifen, mir die Freiheit zu erkämpfen, aber nichts davon würde passieren, wenn nicht der Kofferraum aufging. Was sollte ich machen? Mir fiel nichts ein. Außer: *Bernie.*

Ich wartete. Und wartete weiter. Ich musste bereit sein, musste wachsam bleiben. Bernie wäre stolz auf mich gewesen, wie lange ich bereit und wachsam blieb, bis meine Augenlider sehr schwer wurden.

Quietsch. Knall. Wo war ich? Was war …?

Der Kofferraum war offen, der Deckel wackelte noch. Sie hatten ihn aufgemacht! Ich hörte ihn leise scheppern, aber ich konnte nichts sehen – überflutet von gleißend hellem Licht. Aber ich konnte riechen, und ich roch viel: Männer, einer widerlicher als der andere. Jetzt. Ich sprang auf das Licht zu.

Dann Verwirrung: glänzendes Metall, Menschengesichter, eine harte Landung. Ich sprang vorwärts und prallte sofort gegen etwas Hartes. Was war das? Ich befand mich in …

Klong.

In einem Käfig? In einem Käfig. O nein.

Ich wirbelte herum, inzwischen hatten sich meine Augen an das Licht gewöhnt, zu spät. Boris schob den Riegel vor und verschloss die Tür. Ich warf mich gegen die Stäbe, bellte wütend, rüttelte am Käfig, aber es nutzte nichts. Nach einer Weile stand ich einfach nur noch da, knurrte, sah hinaus.

Drei Männer sahen zu mir herein: Boris, Harold der Fahrer und ein kleiner, aber sehr stark aussehender Mann mit einem dicken Hals, dicken Armen und Beinen und einem rasierten Kopf.

Der dritte Mann sprach als Erster. »Ein schönes Tier«, sagte er. Seine Art zu sprechen erinnerte mich ein bisschen an Boris, aber er klang nicht ganz so merkwürdig.

»Finden Sie, Boss?«, sagte Harold.

»Er mir hat viel Ärger gemacht, Mr Gulagow«, sagte Boris. »Er mich hat sogar in Arm gebissen.« Er hielt seinen Arm hoch. »Sehen Sie – Pflaster.«

Mr Gulagow sah sich den Arm von Boris nicht an. Er sah mich an. Seine Augen waren klein und farblos, und dann lagen sie auch noch unter seinen buschigen Augenbrauen im Schatten. »Vielleicht könnten wir ihn abrichten.«

»Um was zu machen?«, fragte Harold.

»Um mit anderen Hunden zu kämpfen natürlich«, sagte Mr Gulagow. »Ich glaube, in Mexiko ist man ganz versessen auf Hundekämpfe. Ich habe darüber nachgedacht, zu investieren.«

»Springt dabei raus Geld?«, fragte Boris.

»Wo gespielt wird, da ist auch Geld«, sagte Mr Gulagow. »Das kannst du dir merken, Boris.«

»Ja, Sir.«

»Ich werde es mir auch merken«, sagte Harold.

Mr Gulagow achtete nicht auf Harold. Er musterte mich. »Ja, ein schönes Tier. Hol ihm ein paar Knochen.«

»Knochen?«, sagte Boris.

»Zur Belohnung.«

»Belohnung?«, sagte Boris. »Er ist Feind.«

Mr Gulagow lächelte. Für einen Menschen hatte er riesige Zähne, und sie waren sehr hell, die hellsten Zähne, die ich jemals gesehen hatte. »Pass nur auf, Boris. Ich mache einen Freund aus ihm.«

»Mit Knochen?«

»Sicher, mit Knochen, aber nicht nur mit Knochen. Es gibt Belohnungen und es gibt Strafen. Das ist Mathematik, Boris. Belohnung plus Strafe ist gleich Ergebenheit.«

»Der Hund Ihnen ist ergeben?«

»Hundertprozentig«, sagte Mr Gulagow. »Er wird für mich leben und für mich sterben. Aber erst müssen wir ihm einen Namen geben.«

»Ich glaube, er hat schon einen«, sagte Harold. »Da, auf seinem Hals…«

Mr Gulagow sah den Fahrer scharf an, der Fahrer verstummte. »Wir nennen ihn Stalin.«

»Stalin? Wie der Kerl, der …«

»Mit diesem Namen verbindet sich eine Botschaft«, sagte Mr Gulagow. Er zündete sich eine dicke Zigarre an, sprach mit der Zigarre im Mund weiter. »Bringt Stalin nach hinten zur Scheune.«

Das alles ging ziemlich schnell, war schwer zu verstehen. Aber diesem Typen ergeben? Niemals. Und mein Name war Chet, schlicht und einfach Chet.

Sie gingen alle weg, auf irgendwelche Gebäude zu. Wir waren auch mal auf einer Ranch gewesen, Bernie, Charlie, Leda und ich – habe ich das schon erwähnt? Das hier erinnerte mich ein bisschen an diese Ranch, abgesehen davon, dass alles ziemlich runtergekommen war und es keine Pferde gab; das war mir sofort klar, weil es nicht nach Pferd roch. Hinter den Gebäuden erhob sich ein steiler, felsiger Hang, sehr hoch, mit einem Kaktus hier und da. Außer diesem Hügel gab es nichts: ringsum nur Wüste, und der Wind, der ein lautes Heulen von sich gab, als würde er ganz stark wehen, obwohl ich auf meinem Fell keinen Wind spüren konnte.

Ein Motor sprang an, und hinter einem der Gebäude tauchte ein gelber Gabelstapler mit Harold am Lenkrad auf. Gabelstapler kannte ich von einem Fall, einem Lagerhausdiebstahl, den Bernie und ich vor einiger Zeit aufgeklärt hatten. Der Gabelstapler kam näher und blieb stehen. Dann senkte sich die Gabel mit einem leisen Quietschen. Das Ding fuhr noch näher an mich ran, schob seine Gabel unter den Käfig. Harolds Gesicht war ganz nah. Ich mochte dieses Gesicht mit der einen dicken Augenbraue nicht, kein bisschen.

»Brav, Stalin«, sagte Harold.

Ich überlegte keine Sekunde, sondern sprang einfach los und stürzte mich auf ihn. An den Käfig dachte ich überhaupt nicht mehr, bis ich gegen die Stäbe knallte und auf dem Boden landete. Danach war ich ein bisschen benommen, sodass ich von Harolds Gelächter kaum etwas mitbekam.

Wir fuhren langsam auf die Gebäude zu – ein langgestrecktes niedriges Haus, eine Scheune, ein paar Schuppen – rissige Holzwände, abgeblätterte Farbe, ein, zwei zerbrochene Fenster. Harold fuhr um die Scheune herum, ließ den Käfig runter, setzte zurück und fuhr weg.

Es war sehr still. Die Sonne stieg höher. Die Temperatur auch. Ich roch kein Wasser, nicht im Käfig, nirgendwo. Ich war ziemlich durstig. Ich lief hin und her. Speichel begann mir aus dem Maul zu laufen, er schäumte sogar ein bisschen. Ich legte mich hin. In dem Moment entdeckte ich ein großes schwarzes Loch am Fuß des felsigen Hügels auf der anderen Seite und verrostete Gleise, die hineinführten. Ich wusste, was das war: eine Mine. Bernie stand auf alte verlassene Minen in der Wüste. Wir hatten jede Menge erkundet, und eins wusste ich – da drin war es kühl. Daran musste ich dauernd denken, während es immer heißer und heißer wurde.

Die Sonne ging hinter dem Hügel unter. Die Luft wurde kühler, aber das half nichts gegen meinen Durst. Meine Zunge fühlte sich dick und trocken an, wie irgendein fremdes Ding, das gar nicht zu mir gehörte. Lange Schatten breiteten sich aus. Der Himmel wurde dunkler.

Plötzlich roch ich Wasser, ein frischer, wunderbarer Geruch mit einem Hauch von Felsen und Metall. Gleich darauf hörte ich Schritte. Ich stand auf.

Mr Gulagow bog um die Ecke der Scheune. Er trug eine große Schüssel. Wasser schwappte über den Rand. Vor dem Käfig blieb er stehen, stellte die Schüssel auf den Boden. Wenn ich die Zunge durch das Gitter streckte, wäre ich beinahe hingekommen; es stand nur ein klitzekleines Stück zu weit weg.

Er sah auf mich herunter. »Hallo, Stalin. Wie geht's, wie steht's?«

Ich reagierte kein bisschen, bewegte keinen Muskel, gab keinen Mucks von mir. Mein Name war nicht Stalin.

»Du und ich, wir werden gute Freunde werden, Stalin«, sagte Mr Gulagow. »Es ist ein wenig heiß hier draußen. Hast du Durst?«

Ich rührte mich nicht.

»Hier ist Wasser. In dieser alten Mine gibt es eine Quelle mit schönem kaltem Wasser.« Er stieß mit dem Fuß gegen die Schüssel; eine kleine Welle schwappte über den Rand. »Willst du schönes kaltes Wasser? Ich kann es näher zu dir schieben, kein Problem. Du musst nur eine Kleinigkeit tun – sitz.« Er machte eine Pause. »Fertig? Stalin, sitz.«

Ich blieb stehen.

»Sitz.«

Ich richtete mich ein bisschen höher auf.

»Enttäusch mich nicht, Stalin. Du bist doch bestimmt abgerichtet worden. Du weißt doch, was ›Sitz‹ bedeutet.«

Was ich wusste, ging nur Bernie und mich etwas an.

»Eins wirst du bei mir schnell lernen – Ungehorsam lasse ich nicht durchgehen. Und ich gewinne immer.« Seine Stimme wurde lauter und sein Gesicht röter. »Sitz! Sitz! Sitz, du dämlicher Köter!«

Vergiss es.

Mr Gulagow stieß die Wasserschüssel um und stapfte davon. Als er weg war, streckte ich meine Zunge durch das Gitter und leckte etwas von der feuchten Erde auf.

Kapitel 10

Ich legte mich hin, die Zunge hing mir aus dem Maul. Ich fing an zu hecheln, konnte nicht mehr damit aufhören. Ich erinnerte mich an das eine Mal, als ich Schnee gesehen hatte. Das war bei einem Ausflug gewesen, den Bernie und ich in die Berge unternommen hatten, ich weiß nicht mehr genau, wo. Erst waren wir lange mit dem Auto gefahren. Dann waren wir losgegangen, immer höher hinauf, und plötzlich hatte so ein weißes Zeug auf dem Boden gelegen. Das war vielleicht eine Überraschung gewesen! Überall weißes Zeug. Ich war begeistert darin herumgesprungen.

»Schnee, Chet«, sagte Bernie. »Das ist Schnee.«

Ich hatte noch nie was von Schnee gehört. Ich schnupperte daran, probierte ihn, wälzte mich darin. Hu – davon bekam ich überall Gänsehaut. Bernie warf Schneebälle. Ich fing sie in der Luft. Sie zerplatzten auf meiner Schnauze. Ich rutschte herum, auf der Seite, auf dem Rücken, kreuz und quer. Wir hatten einen Mordsspaß, und danach, auf dem Weg nach unten, kamen wir an einer Stelle vorbei, wo der Schnee zu Wasser geschmolzen war und als kleiner Bach zwischen ein paar Felsen entlangfloss – gurgelte, wie Bernie es nannte. Ich hielt meine Schnauze in den Bach. Das war das beste Wasser, das ich je in meinem Leben getrunken hatte. Jetzt musste ich wieder daran denken – ich konnte sogar an gar nichts anderes mehr denken –, in dem

Käfig hinter Mr Gulagows Scheune, und ich hörte auf zu hecheln.

Es war schon ziemlich dunkel, aber noch nicht ganz, als ich sie zurückkommen hörte. Ich stand auf, fühlte mich ein bisschen komisch, nicht ganz bei mir. Dieses Mal waren es Boris und Mr Gulagow, und keiner von ihnen hatte Wasser dabei.

»Wow«, sagte Boris. »Seine Zunge sieht aus wie Holzscheit.«

»Das ist nicht so wichtig«, sagte Mr Gulagow und wedelte mit der Hand. Das wenige Licht, das es noch gab, fing sich in den großen Ringen an seinen Fingern. »Hunde können tagelang ohne Wasser auskommen.«

»Ich dachte, das ist bei Kamele«, sagte Boris.

Mr Gulagow blieb stocksteif stehen. »Soll das ein Scherz sein?«

»O nein, Sir. Kein Scherz.«

»Ausgezeichnet«, sagte Mr Gulagow. »Humor ist etwas Kompliziertes.«

»Ich werde mir merken.«

»Kompliziert und nicht für jeden etwas.«

»Ich tu's nie wieder«, sagte Boris.

»Das Scherzen übernehme ich«, sagte Mr Gulagow. »Fangen wir an.«

Sie kamen zum Käfig. Boris streckte die Hand aus. »Jetzt?«

»Jetzt.«

Boris schob den Riegel zurück, öffnete die Käfigtür. Das war ein Riesenfehler, Freundchen. Sofort war ich auf den Beinen und schoss wie der Blitz nach vorn, direkt durch die offene …

Nein, doch nicht. Ich hörte ein leises Klirren, sah etwas Metallisches aufblitzen, irgendwas packte mich am

Hals. Ich verlor das Gleichgewicht, und dann lag ich flach auf dem Boden und mein Hals wurde immer fester zugedrückt. Als ich nach oben blickte, sah ich Mr Gulagow, der direkt vor mir stand, sich nach hinten lehnte, mit voller Kraft an der Kette eines Würgehalsbands zog und dabei mit seinen riesigen Zähnen knirschte. Ich kannte Würgehalsbänder, hatte ein- oder zweimal gesehen, dass in der Nachbarschaft jemand sie einem neuen jungen Hund angelegt hatte, aber nicht so, und mir hatte überhaupt noch nie jemand ein Würgehalsband angelegt, nicht einmal in der Zeit vor Bernie. Ich kämpfte gegen die harten Metallglieder an, wand mich hin und her und wehrte mich, aber das machte alles nur noch schlimmer.

»Das macht alles nur noch schlimmer«, sagte Mr Gulagow und zog noch fester, zerrte mich hoch. Ich konnte nicht mehr atmen. Ich versuchte verzweifelt, Luft zu holen, aber ich bekam keine. »Hörst du mir jetzt zu, Stalin?« Er hielt kurz inne. Um mich herum begann alles weiß zu werden. »Sitz«, sagte Mr Gulagow.

Er bewegte seine Hände. Die Kette gab nach. Ich holte Luft, Luft, Luft. Das Halsband war jetzt zwar lockerer, aber nicht so locker, dass ich beim Atmen kein Pfeifen von mir gegeben hätte.

»Sitz.«

Ich blieb stehen. Ich hatte das Gefühl, nicht ganz ich selbst zu sein, aber ich blieb stehen.

»Vielleicht er hört schlecht«, sagte Boris.

»Nein«, sagte Mr Gulagow. »Hören tut er gut.« Er lächelte, lächelte mich mit diesen großen weißen Zähnen an. Das verwirrte mich, weil Menschenlächeln meiner Erfahrung nach immer mit irgendetwas Nettem verbunden war. Und in diesem Moment der Verwirrung zog Mr Gulagow mit einem gewaltigen Ruck an der Kette. Die Kette schnitt mir tief in den Hals, und ich sank wieder auf den Boden.

»Jetzt versuchen wir es noch mal, ja?«, sagte Mr Gulagow, nach wie vor lächelnd. Er lockerte die Kette so weit, dass ich wieder ein paar keuchende Atemzüge machen konnte. »Steh«, sagte er. Ich blieb liegen. Mr Gulagow seufzte. »Boris?«, sagte er. »Die Peitsche.«

»Normale Peitsche oder Reitpeitsche?«, fragte Boris.

»Die Reitpeitsche, denke ich.«

»Wo ist Peitsche?«, fragte Boris.

»Muss ich denn alles selbst machen?«, empörte sich Mr Gulagow. »Sperr die Augen auf.«

Boris trollte sich.

Ich lag auf dem Boden, die Zunge im Staub, und überlegte, was eine Reitpeitsche war. Mr Gulagow starrte auf mich runter. Da war etwas in seinen Augen, das mich wegschauen ließ.

»Du hast Mumm«, sagte er. »Du wirst einen guten Kampfhund abgeben, wenn ich erst mal deinen Willen gebrochen habe.«

Boris kam zurück. Jetzt sah ich, was eine Reitpeitsche war.

»Lass sie mal zu Demonstrationszwecken knallen«, sagte Mr Gulagow.

Boris machte eine rasche Handbewegung. Die Peitsche zuckte wie ein Blitz durch die Luft, knapp über meinem Kopf. Mr Gulagow zog an der Kette, zerrte mich hoch.

»Stalin«, sagte Mr Gulagow. »Sitz.«

Ich blieb stehen. Inzwischen war es völlig dunkel. Hinter dem Fenster oben in der Scheune ging Licht an. Ich sah jemanden am Fenster – ein Mädchen, und nicht nur das, ein Mädchen, das ich wiedererkannte: Madison Chambliss. Hey! Ich hatte sie gefunden.

»Boris?«, sagte Mr Gulagow. »Zeig ihm, wie es sich anfühlt.«

»Die Peitsche?«

»Was glaubst du denn, wovon ich rede?«

Madison öffnete das Fenster und streckte den Kopf heraus. »Wehe, Sie tun dem Hund etwas«, sagte sie.

Mr Gulagow und Boris blickten zu ihr hoch. »Wo ist Olga?« Mr Gulagows Gesicht schwoll an, wurde wieder rot. »Was ist los?«

Eine große Frau mit einem Haarknoten tauchte hinter Madison auf, mit in die Höhe gereckten Armen wie die Hexe in einem von Bernies alten Horrorfilmen. Sie versuchte Madison vom Fenster wegzuziehen. Madison riss die Augen auf. »Hey. Ist das nicht der Hund …?«

Dann verschwand sie aus meinem Blickfeld. In diesem Moment merkte ich, dass beinahe kein Druck mehr auf meinem Hals lag. Ich warf Mr Gulagow einen Blick von der Seite zu. Ich musste nicht erst den Kopf drehen, um jemanden von der Seite anzusehen, meine Augen standen nicht so dicht beieinander wie bei den Menschen – ein weiterer Vorteil von meinesgleichen. Mr Gulagow starrte immer noch zu dem Fenster hoch, seine Hand lag locker um die Kette, die Finger halb ausgestreckt.

Ich machte einen Satz.

»Was zum Teufel soll das?«, fragte Mr Gulagow.

Die Kette legte sich enger um meinen Hals, aber nur einen Moment lang, und dann wurde sie ihm aus der Hand gerissen. Frei! Ich rannte los, steuerte auf die hintere Ecke der Scheune zu, die Kette hinter mir herziehend. Ein Scheunentor öffnete sich und Harold kam heraus. Ich nahm einen neuen Geruch an ihm wahr, einen, mit dem Bernie und ich schon häufig zu tun gehabt hatten: den Geruch einer Pistole, die erst vor Kurzem abgefeuert worden war. Harolds Hand griff in seine Jackentasche. Hatte ich gesehen, was Pistolen anrichten konnten? Viel zu oft. Ich schlug einen Haken in die andere Richtung, aber inzwischen hatte sich Boris in Bewegung gesetzt und schwang die Peitsche über seinem Kopf. Ich schlug einen weiteren Haken und rannte in die einzige Richtung, die mir jetzt noch blieb, auf den felsigen Hügel zu. Wenn ich es schaffte, da raufzukommen, vielleicht …

»Erschieß ihn«, brüllte Mr Gulagow.

Ein Schuss knallte, und dann noch einer; eine Kugel prallte von einem Stein neben mir ab. Ich erreichte den Fuß des Hügels und rannte ohne lange nachzudenken in die Mine. Noch ein Schuss und noch einer. Ich rannte weiter; ich hatte gesehen, was Pistolen anrichten konnten.

Das schwache Licht, das von draußen in die Mine fiel, reichte noch ein kurzes Stück, dann wurde es stockfinster. Ich spürte Schwellen unter meinen Pfoten, dazwischen kalte harte Erde. Nach einer Weile blickte ich zurück. Der Eingang der Mine war in der Finsternis ein etwas hellerer, verschwommener Kreis. Dahinter sah ich die Lichter, die in der Scheune brannten. Ich blieb mit einer Vorderpfote in der Luft stehen und stellte die Ohren auf, so wie ich es immer mache, wenn ich aufmerksam horche. Stille, abgesehen vom Wüstenwind. Ich schlich mich zurück zum Eingang.

Langsam, ganz langsam. Ich kann wirklich sehr leise sein, wenn ich will: geräuschlos wie ein Schatten, sagte Bernie immer. Jetzt bewegte ich mich wie ein Schatten vorwärts, war nur noch ein paar Schritte vom Eingang entfernt. Und dann? Dann los. Ich würde nach draußen schießen, zwischen all den anderen Schatten in der Nacht verschwinden, heimwärts. Aber gerade als ich langsam den letzten Schritt machte, schlug das Ende der Kette – an die hatte ich überhaupt nicht mehr gedacht – gegen eine der Schienen.

Licht blitzte auf, hell wie die Sonne.

»Da ist er.«

Ich machte kehrt und flitzte wieder in den Schacht hinein, die Kette laut scheppernd hinter mir herziehend. Eine Pistole wurde abgefeuert und gleich darauf kam ein lautes Pling von einer der Schienen, so nahe, dass ich vor Schreck mit allen vier Pfoten gleichzeitig einen Satz in die Luft machte. Mr Gulagow, nicht weit hinter mir, rief: »Ihm nach, aber benutzt euer Hirn – es gibt nur einen Ausgang. Ihr wisst das. Das Tier weiß es nicht.«

War ich das? Das Tier? Und es gab etwas, das ich nicht wusste? Aber was? Das verstand ich nicht. Ich rannte einfach weiter, immer tiefer und tiefer in den dunklen Schacht hinein. Als ich einen Blick nach hinten warf, entdeckte ich auf den Schienen einen hellen Lichtschein, der mich verfolgte. Mein Durst, meine Müdigkeit – alles war vergessen, und ich rannte weiter. Gab es einen Menschen, den ich nicht abhängen konnte? Nein.

Hinter mir hörte ich Stimmen, weiter weg jetzt. »Folgt einfach dem Geräusch.«

Geräusch? Was für ein Geräusch? Ich war wie ein Schatten. Dann, endlich, fiel mir die Kette wieder ein. Warum vergaß ich die bloß dauernd? Ich lief ein bisschen langsamer, drehte den Kopf, biss in das kalte Metall, biss zu, so fest ich konnte. Nichts passierte. Die Kette durchzubeißen ging über meine Fähigkeiten. Ich versuchte es trotzdem weiter. Dann hatte mich der Lichtschein plötzlich eingeholt, sauste an mir vorbei. *Du darfst nicht langsamer werden, Chet.* Ich blickte nach vorn und sah, dass der Schacht hinter einer Kurve verschwand. Peng: wieder ein Schuss, der durch den Schacht hallte. Irgendetwas zischte durch das Fell an meiner Schwanzspitze, und dann splitterte in der Nähe Holz. Ich sauste los, schoss um die Kurve, zurück in die Finsternis.

Ich rannte und rannte, ich rannte, so schnell ich konnte, immer weiter, aber das Geräusch der Kette folgte mir, und bei einem Blick zurück sah ich, dass mir auch der Lichtschein folgte. Das war nicht gut. Ich brauchte etwas, aber was? Ich brauchte, ich brauchte … und dann wusste ich es: ein Loch, ein Versteck, in dem ich still liegen bleiben konnte. Aber hier gab es kein Loch, deshalb rannte ich weiter, vielleicht nicht mehr ganz so schnell wie vorher. Noch ein Blick zurück: Der Lichtschein kam immer näher, bestimmt würde er mich gleich wieder eingeholt haben. Ich versuchte schneller zu rennen, und vielleicht schaffte ich es auch, aber nach ein paar Sprüngen roch ich etwas Neues: Wasser.

Wasser.

Ich folgte dem Geruch, dem besten Geruch, den es gab – na ja, vielleicht war es der zweitbeste –, den Schacht entlang, dann verlor ich ihn plötzlich. Ich blieb stehen, schnupperte. *Nicht stehen bleiben, Chet. Lauf.* Aber ich blieb trotzdem stehen. Ich brauchte Wasser, nur ein winziges bisschen. Wieder hörte ich Stimmen, und der Lichtschein bewegte sich auf den Schienen schnell vorwärts. Ich ging ein paar Schritte zurück, den Stimmen und dem Lichtschein entgegen, und da war er wieder, der Geruch von Wasser. Er schien von der Wand des Schachts zu kommen. Ich lief hin, und der Geruch wurde stärker. Ich folgte ihm; was war das denn? Ich folgte ihm direkt in die Wand hinein? Ja: der Geruch kam aus einer Öffnung, die ich undeutlich sehen konnte, vielleicht noch ein Schacht, aber ganz schmal. In dem Augenblick, als mich der Lichtschein beinahe erreicht hatte und ich für alle zu sehen gewesen wäre, quetschte ich mich durch die Öffnung, schrammte an einem spitzen Felsen entlang oder vielleicht auch einem zerbrochenen Stück Holz. Ich kroch weiter hinein, ohne irgendein Geräusch zu machen, unter mir gab es jetzt ja keine Schienen mehr, gegen die die Kette hätte schlagen können. Gleich darauf hörte ich Harold, ganz nah.

»Warum warten wir nicht einfach am Eingang? Sie haben doch selbst gesagt, dass es nur einen gibt.«

Ich legte mich hin, verhielt mich mucksmäuschenstill.

»Wer ist hier fürs Denken zuständig, Harold?«

»Sie, Boss. Aber hier drin ist es gefährlich – diese Balken sind alle morsch.«

In diesem Augenblick hörte ich ein Knirschen, leise und ziemlich weit entfernt.

»Vielleicht hast du recht«, sagte Mr Gulagow.

Ihre Schritte entfernten sich, wurden nach und nach immer leiser, bis nichts mehr davon zu hören war. Ich blieb liegen, der Wassergeruch wurde immer stärker. Nach einer Weile kroch ich auf dem Bauch drauf zu. Jetzt konnte ich es hören, ein schwaches Tröpfeln. Ich streckte die Zunge raus und leckte an der Wand. O ja, Wasser, ah, es lief über den Felsen. Ich leckte an der Wand, leckte und leckte, füllte meinen Bauch mit kaltem Wasser, salziger, als ich es mochte, aber trotzdem wunderbar. Ich trank, bis meine Zunge wieder auf ihre normale Größe geschrumpft war, trank, bis ich nicht mehr konnte und mich langsam wieder ein bisschen mehr wie ich selbst fühlte. Danach lag ich in meinem Loch und ruhte mich aus. Es war still, das einzige Geräusch war das Pochen, das tief aus meiner Brust kam, nach und nach langsamer wurde. Meine Augenlider wurden schwer.

Kapitel 11

Wasser tröpfelte, ein beruhigendes Geräusch. Das bedeutete, dass die Spüle in der Küche wieder einmal undicht war. So etwas passierte: Bernie hatte einen Werkzeugkasten, er machte alle Reparaturen im Haus selber, manche davon immer wieder. Einmal war er mit der Hand im Müllzerkleinerer steckengeblieben und dann hatte der Sicherungskasten angefangen zu qualmen und die Feuerwehr …

Ich öffnete die Augen. Zu Hause in der Küche? Nein. Die Erinnerung kam zurück. Ich war im Minenschacht, ringsherum war es dunkel. Aber was war das? Dunkel, ja, aber nicht ganz. In der Ferne entdeckte ich einen Streifen goldenen Lichts. Ich stand auf, und in diesem Moment merkte ich, dass nicht alle Erinnerungen zurückgekommen waren: Ich hatte die Kette vergessen. Ich wälzte mich herum, rollte hin und her, versuchte das Ding loszuwerden. Aber die Kette blieb, wo sie war, um meinen Hals, und der Rest ringelte sich auf dem Boden.

Ich setzte mich hin, ganz gerade und ruhig – ich kann nämlich sehr schön sitzen, wissen Sie, Mr Gulagow –, und horchte. Außer dem Tröpfeln des Wassers war nichts zu hören. Ich leckte ein bisschen davon von der Wand und bewegte mich auf das Licht zu.

Es stellte sich heraus, dass es ziemlich weit weg war. Aber je mehr ich mich ihm näherte, desto mehr konnte ich sehen. Ich befand mich in einem schmalen Schacht, und er wurde immer schmaler, Decke und Wände kamen immer dichter auf mich zu. Als ich die Lichtquelle, einen kleinen Spalt in der Wand, endlich erreichte, musste ich auf dem Bauch kriechen. Ich schnupperte daran, roch Dinge von draußen: Mesquitebäume, Blumen und ein Geruch, der mich an Katzen erinnerte. Ich schlug mit der Pfote gegen den Spalt. Ein Stück der Wand bröckelte weg und der Spalt wurde breiter. Ich schlug noch einmal dagegen. Der Spalt wurde zu einem Loch. Als ich durchschaute, sah ich große Steine, einen vorbeirollenden Steppenläufer und in der Ferne eine große Kuppe.

Ehe ich mich's versah, fing ich an zu buddeln, schneller, als ich jemals zuvor gebuddelt hatte. Erde und Steine flogen mir um die Ohren. Bald war das Loch groß genug, dass ich den Kopf durchstecken konnte. Das tat ich auch sogleich, blinzelte ein paarmal, um den Staub in meinen Augen loszuwerden, und stellte fest, dass ich mich hoch oben an einem steilen Abhang befand, ein ganzes Stück über dem Wüstenboden. Ich versuchte mich durch die Öffnung zu quetschen, kam aber nicht weit. Ich wurde ein bisschen panisch. Meine Vorderpfoten steckten fest, aber nicht die Hinterpfoten; die fingen wie wild an zu treten. Plötzlich hörte ich ein seltsames Rumpeln, und der ganze Berg schien zu wackeln. Ich wand mich mit aller Kraft hin und her und trat, um freizukommen. Der Berg ließ ein Donnergrollen hören und schleuderte mich aus dem Loch – genau genommen, war da gar kein Loch mehr. Ich kullerte den Abhang runter, rings um mich herum flogen Erdbrocken und Steine durch die Luft.

Am Rand eines schmalen Felsvorsprungs blieb ich liegen, das Ende der Kette traf mich am Rücken, überall war Staub. Tat mir irgendwas weh? Nein: Ich war nicht durstig, ich war nicht einmal müde, nur ein kleines bisschen hungrig. Ich erinnerte mich an das kalte Steak, das Bernie und ich uns geteilt hatten, mit viel Sauce drauf. Na gut: ich war sehr hungrig.

Ich stand auf und schüttelte mich ausführlich, produzierte eine Staubwolke wie bei einem Sturm. Nachdem sie sich wieder gelegt hatte, konnte ich hinunter in die Wüste schauen. Sie hörte überhaupt nicht mehr auf, in der Ferne waren ein paar Berge zu sehen: keine Spur von Mr Gulagow oder seiner Ranch, keine Gebäude in Sicht, keine Menschen. Ich war frei! Mein nächster Gedanke galt dem Zuhause und Bernie.

Aber wo lag das Zuhause? Ich schnüffelte herum. Ich hatte auch früher schon von weit weg wieder nach Hause gefunden, indem ich einfach meinem eigenen Geruch gefolgt war; ein sehr angenehmer Geruch, habe ich das schon erwähnt? Dieses Mal führte mein Geruch aber nur den Berg hinauf, in die Mine. Das war die falsche Richtung, so viel stand fest. Ich lief an dem Felsvorsprung entlang, hielt Ausschau nach einem Weg nach unten. Es hing wieder dieser seltsame Katzengeruch in der Luft, nicht richtig Katze, irgendwie stärker. Ich entdeckte eine schmale Rinne, folgte ihr auf der einen Seite den Vorsprung hinunter und um einen riesigen Felsbrocken herum, so groß wie ein Auto. Frische Luft, nicht zu heiß, jede Menge Sonnenschein: Das war gar nicht mal so schlecht. Mein Schwanz stand in die Höhe, wachsam, wedelte ein bisschen. Alles in allem fühlte ich mich ziemlich gut, und falls ich irgendwelche Sorgen hatte, konnte ich mich im Moment zumindest nicht daran erinnern.

Und dann, ohne jede Vorwarnung, von einem leichten Lufthauch hinter mir abgesehen, wurde ich von etwas Großem und Starkem getroffen, und zwar mit einer solchen Wucht, dass ich in die Luft geschleudert wurde und ein Stück weiter unten am Abhang unsanft wieder landete. Ich rollte mich herum, blickte nach oben und sah ein riesiges katzenähnliches Tier, das auf mich zukam, ein Tier, das ich aus dem Discovery Channel kannte: ein Berglöwenweibchen. Riesige Zähne, riesige Krallen, riesige gelbe Augen – eine auf Albtraumgröße aufgeblasene Katze. Was hatte Bernie damals vor dem Fernseher gesagt? *Falls du jemals einem von diesen Biestern begegnest, darfst du alles tun, nur nicht wegrennen. Wenn du wegrennst, bist du erledigt.* Er hatte sogar – nach ein, zwei Bourbon, das tat Bernie nicht immer gut – einen Berglöwen imitiert und war auf mich losgegangen, hatte seine Finger wie Krallen gebogen und gesagt: »Bleib stehen, Chet, bleib stehen.«

Ich vertraute Bernie, glaubte ihm jedes Wort. Ich drehte mich um und rannte.

Ich rannte so schnell ich konnte, meine Pfoten berührten kaum den Boden, meine Ohren lagen flach an, und trotzdem hatte sie mich praktisch sofort eingeholt und ihre Krallen gruben sich in meinen Rücken. Wir rollten zusammen den Abhang hinunter, immer weiter bergab, Gesicht an Gesicht. Diese Augen: die Augen einer Mörderin.

Schließlich prallten wir gegen einen großen Kaktus und hörten auf zu rollen. Ich war sofort wieder auf den Beinen, sie allerdings auch. Sie duckte sich, machte sich bereit zum Sprung. Ich sah sie an und knurrte, keine Ahnung, warum, ich tat es einfach. Sie zögerte, als wäre sie sich plötzlich nicht mehr ganz sicher – Bernie hatte recht! –, und statt zu springen schlug sie mit der Pranke nach mir, das ging so schnell, dass ich nicht einmal mehr ausweichen konnte. Meine Seite tat weh, aber was war jetzt los? Sie hatte sich mit der Kralle in einem der Kettenglieder verfangen. Das verschaffte mir eine kurze Pause, eine Pause, die ich nutzte, um den Kopf herumzudrehen und sie in die Schulter zu beißen. Sie brüllte, ein schreckliches Brüllen, das wie Gewitterdonner klang. Mir stellten sich sämtliche Haare auf. Sie versuchte ihre Pranke zu befreien, zog sie mit einem heftigen Ruck zurück und ich spürte ihre gewaltige Kraft bis unter die Haut. Die Kette zerriss auf der Stelle, und sie brüllte erneut und setzte zum Sprung an. Aber schon im nächsten Moment wurde aus ihrem Brüllen eine Art Röcheln, wie ich es von Hühnerknochenunfällen kannte. Was war das denn? Hinter diesen riesigen Zähnen, tief in ihrem Schlund, erspähte ich ein Kettenglied; es musste ihr ins Maul geflogen sein. Sie wich zurück, beugte sich nach vorne, versuchte es auszuhusten. Ich machte mich rasch aus dem Staub und blickte nicht mehr zurück, bis ich die Ebene erreicht hatte: weit und breit keine Spur von ihr.

Ich folgte der Sonne: das schien richtig zu sein. Sie führte mich zu diesen fernen Bergen. Ich fiel in meinen gewohnten Trab. Wie angenehm, von dieser Kette befreit zu sein! Wenn ich erst mal anfing, konnte ich ewig so dahintraben.

Als die Sonne hinter den Bergen verschwand und es sofort kühler wurde, ging ich nur noch, und das nicht besonders schnell. Ich war hungrig, müde, durstig, alles auf einmal. Meine Zunge war wieder völlig ausgedörrt, viel zu groß für mein Maul. Zwischendurch musste ich immer mal wieder hecheln, und von Zeit zu Zeit stieg mir der Geruch von Blut in die Nase; es musste meins sein. Einmal stieß ich mitten in der Einöde auf einen Pfosten mit einem Schild dran. Ich sah es eine Weile an, und anschließend zu den Bergen. Es schien nicht so, als wären sie irgendwie näher gekommen, aber ihre Schatten waren es, und die kamen immer weiter auf mich zu.

Es wurde Nacht. Am Himmel erschienen Sterne, immer mehr, bis er voll davon war. Ich wusste, dass meine Richtung stimmte, und ging weiter. Dann entdeckte ich in der Ferne ein Licht, ein unruhiges Licht, gelb flackernd. Bald danach roch ich Rauch, und nicht nur Rauch, sondern auch Fleisch, Fleisch auf einem Grill. Ich legte ein bisschen an Tempo zu, fiel sogar in Trab. Allmählich wurde das flackernde gelbe Licht zu einem Feuer, und darum herum bewegten sich Gestalten, die wie Menschen aussahen. Ich näherte mich ihnen, blieb aber außerhalb des Lichtkreises.

Menschen, ja, und zwar von der Sorte der Biker; wir mochten Motorradfahrer nicht, Bernie und ich. Sie saßen um ein großes offenes Lagerfeuer herum, Männer und Frauen, tranken, rauchten, brieten Burger; ihre Motorräder standen neben einer alten, halb verfallenen Hütte. Wie viele Motorradfahrer? Das gehört zu den Dingen, zu denen ich nichts sagen kann.

»Hey, was ist das?«

Ich stellte die Ohren auf.

»Ein Kojote?«

Ich zog mich zurück, ich war nicht in der Stimmung für Beleidigungen.

»Nee. Sieht aus wie ein Hund.«

»Hier draußen?«

»Der hat bestimmt Hunger.«

»Hey, Köter – willst'n Burger?«

Wenig später saß ich am Lagerfeuer, kaute an einem Burger, nicht dem ersten, und schloss Freundschaft mit den Bikern. Ich änderte meine Meinung über Motorradfahrer, oder zumindest über diese Motorradfahrer. Sie waren alle sehr groß, auch die Frauen, und hatten jede Menge Tätowierungen und Piercings – beim Anblick von Piercings bekam ich jedes Mal am ganzen Körper Gänsehaut –, aber sie waren nett.

»Er sieht ziemlich fertig aus.«

»Ich frag mich, wo er herkommt.«

»Schau doch mal auf seine Hundemarke.«

»Hat keine«, sagte eine der Frauen, rückte zu mir, tätschelte mich freundlich.

Keine Marke? Owei. Ich spürte mein Halsband nicht mehr. Hatte ich es verloren? Wie war das denn passiert?

»Da ist was auf seinem Rücken«, sagte die Frau. »Könnte getrocknetes Blut sein.«

Der größte Motorradfahrer, ein riesiger Typ mit einem langen weißen Bart, beugte sich über mich, um es sich anzusehen. »Das ist nichts«, sagte er. »Du solltest mal den anderen sehen.«

Alle lachten und hörten gar nicht mehr auf.

»Hast du Durst, Köter?«

Hatte ich.

»Lust auf ein Bier?«

Eigentlich nicht. Am liebsten wäre mir Wasser gewesen, aber hier schien es keins zu geben. Jemand füllte eine alte herumliegende Radkappe mit Bier. Ich nahm einen Probeschluck. Nicht übel, wirklich nicht übel. Ich trank ein bisschen mehr davon.

»Weiter so!«, sagte einer der Biker. Er tätschelte mich. Die Frau tätschelte mich. Dann schob der große Motorradfahrer die beiden zur Seite und übernahm das Tätscheln, während er gleichzeitig ein Bier gluckerte.

Nach einer Weile fingen die Flammen an, hierhin und dorthin zu tanzen. Eine andere Frau griff unter ihr T-Shirt und zog eine Mundharmonika hervor. Der Mond ging auf. Ich heulte ihn ein bisschen an. Einer oder zwei der Biker heulten ihn auch ein bisschen an. Sie konnten ziemlich gut heulen, beinahe so gut wie ich. Jemand füllte die Radkappe nach.

Am nächsten Morgen war ich als Erster wach, mir war ein bisschen übel. Überall lagen Motorradfahrer herum und schliefen, einige von ihnen hatten nicht sehr viel an. Wie alle anderen Menschen sahen die meisten von ihnen mit etwas an besser aus. Ich lief hinter die halb verfallene Hütte und ging meinen dringendsten Geschäften nach. Als ich zurückkam, fingen die Biker an, sich zu regen. Ich roch alle möglichen menschlichen Gerüche, ein paar davon waren völlig neu für mich.

»Ich hab schon wieder 'nen Kater«, sagte einer. »Seit ich erwachsen bin, hab ich jeden Morgen 'nen Kater.«

»Da gibt's noch Bessere«, sagte ein anderer.

Der riesige Motorradfahrer mit dem weißen Bart kratzte sich ausgiebig – gute Idee: Ich kratzte mich ebenfalls –, und dann sagte er: »Packen wir's.«

»Was ist mit dem Köter?«

Der riesige Biker starrte mich an. »Wir können ihn schlecht hierlassen«, sagte er.

Der riesige Biker hatte ein riesiges Motorrad, silbern und glänzend. Die Sache endete damit, dass ich mit einem Bungee-Seil festgezurrt hinter ihm saß. Das erste Mal auf einem Motorrad! Sofort ging es mir besser, ich war wach und ausgeruht, und gegen einen Schluck Bier hätte ich auch nichts einzuwenden gehabt. Wir donnerten durch die Wüste, der Wind trieb mir die Tränen in die Augen, meine Ohren flatterten hinter mir her, seltsame Felsformationen sausten vorbei. Der Biker drehte den Kopf und rief mir etwas zu, das ich nicht verstand. Ich bellte ihm ins Ohr.

»Born to be wild«, brüllte er in den Wind. »Like a true nature's child.«

Ganz meine Meinung: Ich bellte, bis ich heiser war. Hin und wieder fuhren wir ein Stück nur auf dem Hinterrad.

Kapitel 12

Wir fuhren durch die Wüste. Und was für einen Lärm wir dabei machten! Manchmal fuhren der riesige Motorradfahrer und ich an der Spitze, manchmal blieben wir zurück, zum Beispiel, um eine Flasche Tequila rumgehen zu lassen. Die Berge kamen immer näher, und bald darauf fuhren wir auf asphaltierten Straßen, schmal zuerst, dann mit mehreren Fahrbahnen und ziemlich viel Verkehr, aber fuhren wir deswegen langsamer? Kein bisschen! Ganz im Gegenteil. We were born to be wild!

Einige Zeit später erreichten wir die Ausläufer der Berge und kamen in eine Stadt. Die ganze Gang hielt vor einer Bar – ich wusste, dass es eine Bar war, weil im Fenster ein Neon-Martiniglas hing, aber auch wegen des Geruchs nach Erbrochenem, der plötzlich in der Luft hing – und alle gingen rein, alle außer mir und dem riesigen Motorradfahrer, meinem Kumpel. Wir fuhren weiter, um eine Kurve herum und eine Seitenstraße entlang, in der nur wenige Häuser standen, einige davon mit Brettern zugenagelt. Vor dem letzten blieben wir stehen. Mein Motorradkumpel stieg ab und band mich los.

»Super Fahrt, was?«, meinte er. »Komm, Köter.«

Ich sprang vom Sitz und folgte ihm auf dem gepflasterten Weg durch ein Tor, das zum Haus führte; er schloss das Tor hinter mir. Hey! Ich konnte meinesgleichen riechen, und zwar jede Menge davon. Was für ein Ort war …?

Der Motorradfahrer öffnete die Tür, und wir gingen hinein. Jetzt standen wir in einem kleinen Zimmer mit einem Tresen und einer Frau dahinter und außerdem noch vielen anderen Gerüchen, allesamt von Angehörigen meines Völkchens. Das hatte sich Bernie ausgedacht – er sagte immer, wir wären ein Völkchen von vielen in unserem Vielvölkerstaat.

Die Frau blickte hoch. Ihr Lächeln verschwand, als sie den Biker sah.

»Kann ich Ihnen helfen?«, fragte sie.

Mein Motorradkumpel deutete mit dem Daumen auf mich. Er trug einen breiten silbernen Daumenring; der Anblick lenkte mich ab, und deshalb bekam ich wahrscheinlich bloß einen Teil von dem mit, was er sagte. »… einen Streuner aufgelesen.«

»Trägt er eine Hundemarke?«, fragte die Frau.

»Nee«, sagte der Motorradfahrer. »Sieht so aus, als hätte er 'ne schwere Zeit hinter sich, ist aber ein braver Kerl.«

»Warum behalten Sie ihn nicht? Wir könnten auf der Stelle die Impfungen erledigen und …«

Mein Motorradkumpel winkte ab. »Nee.«

»Sie wissen doch, dass nur fünfzehn Prozent der Hunde, die im Tierheim abgegeben werden, wieder zu ihren Besitzern zurückkommen?«, fragte die Frau.

Was war das hier? Ein Tierheim? Ich war schon einmal in einem Tierheim gewesen, aber das war undercover, als Bernie und ich an einem Diebstahlsfall gearbeitet hatten, den ich nie ganz durchschaut hatte. Aber ich hatte etwas über Tierheime gelernt: kein Platz, kein Auslauf und ständig ein geheimnisvolles Kommen und Gehen, meistens Gehen. Ich drehte mich zur Tür. Geschlossen, und es gab keinen anderen Ausgang.

»Nee«, sagte der Motorradfahrer.

»Und dass nur fünfundzwanzig Prozent ein neues Herrchen finden?«

»Wusste ich auch nicht.«

»Aber Sie wissen, was mit den anderen passiert?«, fragte die Tierheimfrau. Sie senkte die Stimme. »Wir hier haben zum Beispiel drei Tage Gnadenfrist, wenn Sie verstehen, was ich meine.«

Der Biker sah mich lange an. Ich wedelte mit dem Schwanz, aber nur leicht: Ich verstand nicht, was »Gnadenfrist« bedeutete, und selbst mit drei Tagen hatte ich ein bisschen Schwierigkeiten. Wieder fiel mir auf, wie groß mein Motorradkumpel war, alles an ihm bis auf seine Augen. »Ich geh dann mal wieder«, sagte er.

Er drehte sich um und ging zur Tür. Ich trabte ihm hinterher, denn eins war ganz sicher: Ich ging dann auch mal wieder. Die Frau lachte. »Ist er nicht ein kluges Kerlchen?«, fragte sie. Dann stand sie auf einmal hinter mir und legte mich an die Leine, bevor ich wusste, wie mir geschah. Sie zog nicht sehr fest, nur so, dass ich ein bisschen Druck spürte. Ich sah sie überrascht an. Als ich mich wieder zur Tür drehte, fiel sie gerade zu, und mein Motorradkumpel war weg.

»Ganz ruhig, mein Guter«, sagte die Frau. Sie ging um mich herum, kniete sich vor mich und streichelte mir den Kopf. »Du bist einer von den Hunden, um die sich jemand kümmert, das sehe ich. Wo ist dein Halsband?«

Gute Frage.

Sie kraulte mich hinter dem Ohr, einfach perfekt. Sie war eine Kraulexpertin. »Wie heißt du?«

Chet. Mein Name war Chet. Ich wohnte in der Mesquite Road, hatte einen wichtigen Job und den besten Partner der Welt.

Sie seufzte. »Hast du Hunger? Wir können dir zumindest was zu fressen geben.« Sie stand wieder auf und führte mich um die Theke herum zu einer Tür. Wir gingen durch und sofort ertönte von allen Seiten Gebell.

Ein Gang. Links und rechts kleine Räume mit Maschendraht zum Gang hin und einem von meinesgleichen in jedem, kleine, große, Männchen, Weibchen, reinrassig und keine Rasse, und alle bellten, bis auf ein Pitbull-Weibchen. Sie starrte mich mit ihren graubraunen Augen einfach nur an. Ich erinnerte mich an die Gefängnisfilme, die ich mit Bernie gesehen hatte.

»Hört auf«, sagte die Frau.

Alle verstummten. Warum? Plötzlich war mir nach Bellen zumute, und ich tat es auch. Keiner machte mit. Wir kamen zu einem leeren Raum. Die Frau führte mich hinein, nahm mir die Leine ab.

»Sch, sch«, sagte sie. »Sch. Bist ein guter Junge.«

Ich hörte auf zu bellen. Sie ging weg. Ich lief in dem kleinen Raum herum. Auf der anderen Seite gab es keine Wand, sondern einen Käfig im Freien. Ich ging hinaus. Ich konnte riechen, wer diesen Weg vor mir gegangen war, und davor. Im Käfig nebenan lag ein kleiner Dackel und schlief. Bernie nannte sie immer Würstchen. Ich mochte Dackel – Bernie sagte, Iggy hätte etwas von einem Dackel. Ich schlug mit der Pfote gegen den Zaun. Der Dackel wachte nicht auf. Ich drehte mich zu dem Käfig auf der anderen Seite. Dort lag ein Spanielweibchen, eine dicke Fliege summte um ihre Schnauze herum. Spaniels mochte ich auch: Bernie sagte, von einem Spaniel hätte Iggy ebenfalls etwas. Ich ging hinüber, schlug mit der Pfote gegen den Käfig. Das Spanielweibchen öffnete die Augen, sah mich kurz an und schloss sie dann wieder.

Die Tierheimfrau kam mit einem Napf Trockenfutter und einem Napf Wasser zurück. »Hier, bitte schön«, sagte sie. Dann ging sie wieder und schloss die Maschendrahttür hinter sich. Ich trank Wasser, das Hundefutter ließ ich stehen, hatte keinen Hunger. Ich lief wieder ein bisschen herum, dann ging ich hinaus. Der Dackel war nicht mehr da. Ich legte mich hin. Die Sonne wanderte über den Himmel, die Schatten wurden länger. Es wurde Nacht. In der Ferne hörte ich das Brummen von Motorrädern.

Ich träumte vom Meer. Ich war sogar schon einmal am Meer gewesen, nachdem wir einen Fall gelöst hatten, an den ich mich nicht mehr erinnerte, außer daran, dass ich den Bösewicht am Hosenbein gepackt hatte. Aber ans Meer erinnerte ich mich gut. Diese Wellen! Wir hatten Bodysurfing gemacht, Bernie und ich, wir waren ins Wasser gesprungen und hatten uns von den Wellen tragen lassen, ein Riesenspaß, vor allem, nachdem ich damit aufgehört hatte, ihn dauernd ans Ufer ziehen zu wollen, und auch damit, das Wasser zu trinken, weil mir davon nur schlecht wurde. Eine Welle nach der anderen rollte heran. Bernie hatte ununterbrochen gelacht. Er lernte am Strand eine Frau kennen, und er schien sie zu mögen. Während er die ganze Zeit redete, wandte die Frau keinen Blick von dem langen Rotzfaden, der ihm aus der Nase hing; grüner Rotz, glaube ich, aber Bernie sagte immer, wenn es um Farben ginge, könnte man sich nicht auf mich verlassen.

Ich wachte auf, hungrig, aber ausgeruht, ich fühlte mich gut, bereit, den Tag zu beginnen. Dann sah ich, wo ich war. Mein Schwanz sank sofort nach unten. Ich stellte ihn auf, verließ den Raum, ging hinaus in den Käfig. Das Spanielweibchen lag immer noch an derselben Stelle, ihre Augen offen. Dieses Mal wedelte sie mit dem Schwanz, nur ein ganz kleines bisschen. Ich wedelte zurück. Fliegen schwirrten um sie herum.

Ich drehte mich zu dem Käfig auf der anderen Seite, der Dackelseite, aber der Dackel war nicht mehr da. Stattdessen lief dort jetzt ein Mischling, ungefähr meine Größe, auf und ab. Er sah mich und ging sofort auf mich los, ohne eine Sekunde zu zögern. Vielleicht hatte er den Zaun nicht bemerkt. Er wurde zurückgeworfen, landete auf der Seite, rappelte sich mit einer merkwürdigen Verrenkung wieder hoch und starrte mich sabbernd an. Ich ging zurück in mein Zimmer, drehte mich ein paarmal im Kreis und legte mich hin. Hier gefiel es mir nicht.

Fressen wurde gebracht – es war ganz in Ordnung. Mein Wassernapf wurde gefüllt. Ein Mann führte mich hinter dem Gebäude spazieren. Da gab es zwar keine Bäume, aber er ließ mir jede Menge Zeit, mein Geschäft zu erledigen. Alle in dem Tierheim waren nett. Also: keine Klagen. Aber es gefiel mir trotzdem nicht.

Ein Mann mit einem Klemmbrett kam vorbei, sah zu mir herein. »Hey«, rief er jemandem zu. »Zählt der erste Tag auch?«

»Ja«, rief jemand zurück.

»Obwohl es keine vollen vierundzwanzig Stunden waren?«

»Neue Vorschrift.«

»Also bleiben ihm noch …« Der Mann schrieb irgendetwas mit seinem Stift auf und ging wieder weg. Er ließ einen Geruch zurück, den ich unangenehm fand. Ich schloss die Augen und döste weg – kein erholsamer Schlaf, sondern von der Art, die ich nicht mag: schlafen, weil es sonst nichts zu tun gibt.

»Wie wär's mit dem hier?«

Ich öffnete die Augen. In dem Flur vor meinem Raum standen ein paar Menschen und sahen mich durch den

Zaun an: die Tierheimfrau plus das, was wie eine Familie aussah – Vater, Mutter, zwei Kinder.

»Zu groß. Überleg bloß mal, was es kostet, den zu füttern.«

»Ich finde ihn süß. Sieh doch mal, was er für lustige Ohren hat.«

»Ich zahle das zusätzliche Futter von meinem Taschengeld. Bitte, Daddy, können wir ihn mitnehmen? Bitte!«

»Ich denke darüber nach.«

»Sie haben bis morgen früh Zeit«, sagte die Tierheimfrau. »Bis neun.«

Ich habe es nicht so damit, Pläne zu machen, aber in diesem Augenblick begann sich in meinem Kopf ein Plan zu formen. Schritt eins bestand darin, mit dieser netten kleinen Familie von hier zu verschwinden. Dann würden eine ganze Menge unklare Schritte kommen, und danach der letzte: nach Hause zu Bernie laufen. Ich stand auf und ging näher zu ihnen, wedelte mit dem Schwanz und versuchte, nicht so auszusehen, als würde ich sehr viel fressen.

»Schau doch, wie süß er ist, Daddy. Ach, bitte. Mom, bitte mach, dass Daddy ja sagt.«

Der Plan funktionierte, er funktionierte ziemlich gut. Ich wedelte etwas heftiger mit dem Schwanz, stellte mich auf die Hinterbeine, schlug mit der Pfote so freundlich ich konnte gegen den Maschendrahtzaun. Owei – was war das? Die nette kleine Familie wich erschrocken zurück?

»Er wirkt zu aggressiv«, sagte die Mutter.

Ich? Ich ging vom Zaun weg und stellte auf einmal fest, dass ich mit den Pfoten in die Luft schlug.

»Wir haben weiter unten noch einen, der vielleicht in Frage kommt«, sagte die Tierheimfrau. »Zum Teil Australian Terrier, glaube ich.«

»Da wollte ich immer schon mal hin«, sagte die Mutter.

»Er ist sehr sanftmütig und viel, viel kleiner. Offenbar heißt er Bumerang, aber Sie können ihn nennen, wie Sie wollen.«

Sie gingen weg, verschwanden aus meinem Blickfeld.

Ich ließ mich wieder auf alle viere nieder.

Die Zeit verging sehr langsam, aber ich wusste sowieso nie genau, wie spät es war. Meistens lag ich da, entweder drinnen oder draußen im Käfig. Der große Mischling nebenan blieb drinnen; ich konnte ihn riechen. Einmal öffnete ich die Augen und sah, wie ein Mann in einem weißen Kittel den Käfig auf der anderen Seite öffnete. Das Spanielweibchen stand langsam auf und folgte ihm nach draußen, über den ungepflasterten Hof in ein kleines Gebäude mit einer Metalltür und einem hohen Ziegelschornstein. Ihr Schwanz zeigte weder nach oben noch nach unten, sie hielt ihn gerade ausgestreckt, und das gefiel mir: Ich wusste, dass sie ein guter Kumpel wäre.

Ich schlief eine Weile, bis mich der Geruch von Rauch weckte. Das war kein angenehmer rauchiger Geruch, wie von Burgern auf einem Grill. Ich sah nach draußen, bemerkte eine dünne weiße Rauchfahne über dem Schornstein auf der anderen Seite des Hofs. Ich ging wieder zurück, legte mich in die am weitesten entfernte Ecke meines Raums, aber der Geruch verfolgte mich.

Als ich wieder aufwachte, war es Morgen. Ich hatte Hunger, aber im Übrigen fühlte ich mich gut, bereit, den Tag anzupacken. Dann sah ich, wo ich war. Ich ging hinaus in den Käfig. Der große Mischling lag da, das Gesicht von mir abgewandt, machte keinen Mucks; und auf der anderen Seite, der Spanielseite, stand jetzt ein Welpe. Sobald er mich sah, kam er zum Zaun geflitzt und steckte seine Schnauze durch, eigentlich sein ganzes Gesicht: Er war wirklich winzig. Ich ging hin und stupste ihn leicht mit der Pfote an. Er taumelte nach hinten, hüpfte hoch, steckte die Schnauze wieder durch den Zaun, bereit, das Ganze zu wiederholen. Aber in diesem Moment hörte ich draußen auf dem Hof die Stimme einer Frau, eine Stimme, die ich kannte.

»… und unsere Leser lieben Geschichten über Hunde, deshalb machen wir eine ganze Serie.« Ich kannte diese Stimme, aber wem gehörte sie?

»Und in einer der Storys soll es um Tierheime gehen?«, fragte die Tierheimfrau.

Ich lief ans Ende des Käfigs, sah hinaus und entdeckte auf der anderen Seite des Hofs die Tierheimfrau, die mit jemandem sprach, aber ich konnte nicht sehen, mit wem, weil mir ein Schuppen die Sicht versperrte.

»Genau«, sagte dieser Jemand, diese Frau, deren Stimme ich kannte. »Und Sie wurden mir wärmstens ans Herz gelegt.«

»Wirklich? Freut mich. Wo wollen Sie anfangen?«

»Vielleicht zuerst ein paar Zahlen, damit ich mir einen Überblick verschaffen kann. Danach würde ich mir gern die Hunde ansehen. Und auch ein paar Fotos machen, wenn es geht.«

»Kein Problem.« Die Tierheimfrau trat hinter den Schuppen, und jetzt konnte ich auch sie nicht mehr sehen. »Dann fangen wir mal im Büro an«, sagte sie, und ihre Stimme wurde im Weggehen immer leiser.

»Erinnern Sie mich nachher bitte daran«, sagte die andere Frau, schon fast außerhalb meiner Hörweite, »ich habe ein paar Hundekekse mitgebracht.«

»Hundekekse?«

Und dann, an der Grenze dessen, was ich noch hören konnte, vielleicht auch schon darüber hinaus, sagte die andere Frau: »Hundekekse. Ich habe eine ganze Schachtel voll im Auto.«

Hundekekse? Eine ganze Schachtel voll im Auto? Suzie! Suzie Sanchez! Ich fing an zu bellen, bellte und bellte, so laut ich konnte, warf mich gegen den Zaun, immer wieder.

Aber sie kamen nicht zurück. Stattdessen wurde die Metalltür auf der anderen Seite geöffnet. Ein Mann und eine Frau kamen heraus, beide in weißen Kitteln. »Was hat er?«, fragte der Mann.

»Ich glaube, manche von ihnen spüren es einfach«, sagte die Frau.

»Das soll wohl ein Witz sein.«

Sie näherten sich meinem Käfig. Ich hörte auf zu bellen.

»Nein, das meine ich ernst«, sagte die Frau. »Sie sind klüger, als wir ihnen zugestehen wollen.«

Der Mann schüttelte den Kopf. »Ich mag Hunde genauso wie jeder andere auch«, sagte er, »aber das ist doch nichts als sentimentaler Unsinn.«

Die Frau sah ihn finster an, was er nicht mitbekam, weil er in dem Augenblick meine Tür aufmachte. »Na, mein Alter«, sagte er. »Komm, wir …«

Ich schoss an ihm vorbei, bevor er zu Ende sprechen konnte, sprang in die Freiheit und zu Suzie San…

Nicht ganz. Die Frau schob mir eine Seilschlinge über den Kopf, als ich an ihr vorbeilief, und stemmte die Füße in den Boden, während ich sie über den Hof zog. Dann kam ihr der Mann zu Hilfe, und sie brachten mich zum Stehen.

»Wow«, sagte die Frau. »Der ist ganz schön stark.« Sie

streckte die Hand aus, um mir den Kopf zu tätscheln. Ich versuchte sie zu beißen. Sie zuckte zusammen und wich mit weit aufgerissenen Augen zurück. Sie führten mich – um genau zu sein, zerrten sie mich – zu der Metalltür und durch sie durch. Drinnen war es sehr kalt.

Kapitel 13

Es war kalt hier drin, und die viel zu grellen Lampen schienen auf Maschinen, aus denen ich nicht schlau wurde. Hören Sie mir auf mit Maschinen. Rasenmäher sind mit die schlimmsten, und die Maschinen hier, obwohl keine Rasenmäher, sahen fast genauso schlimm aus. Ich drehte mich zu der Metalltür um: geschlossen.

»Komm schon, Großer«, sagte der Mann. »Spring schön da rauf.«

Da hoch? Auf den Metalltisch? Warum sollte ich? Versteht sich, dass ich blieb, wo ich war, und mich nicht vom Fleck rührte. Die Frau streckte ihre Hand aus und tätschelte mich. Wie die andere Frau, die von der Rezeption, war sie eine echte Tätschelexpertin.

»Alles ist gut«, sagte sie. Tätschel, tätschel.

»Ich will dich nur kurz anschauen«, sagte der Mann. »Ist ruck, zuck vorbei.«

Ihre Stimmen waren sanft. Ihre Hände auch: Sie hoben mich auf den Tisch. Er war kalt, dieser Metalltisch.

»Bist ein Braver, und jetzt leg dich hin.«

Ich blieb stehen und hechelte trotz der Kälte ein bisschen.

»Leg dich hin, dann geht es dir gleich besser«, sagte die Frau.

»Dann haben wir dich eins-zwei-drei hier raus«, sagte der Mann.

Die Frau funkelte ihn wieder an. Ich hatte keine Ahnung, warum sie das tat, und es war mir auch egal. Ich war mit einer anderen Frage beschäftigt: Meinte er aus diesem Raum raus oder ganz raus, aus dem Tierheim? Ich wollte natürlich aus dem Tierheim raus. Ich war so mit dem Gedanken beschäftigt, aus dem Tierheim rauszukommen, dass ich kaum merkte, wie sie mich auf die Seite legten, ganz behutsam. Sie machten alles ganz behutsam. Sie wussten genau, wie sie mit unsereinem umzugehen hatten.

Dann wurde ich noch ein bisschen getätschelt, und auf einmal waren da ein paar Riemen, möglicherweise aus Gummi, die sie über mich zogen – und kaum dass ich es mitbekam, war ich plötzlich am Tisch festgebunden. Ich versuchte mich zu wehren, aufzustehen, um mich zu treten, irgendwie irgendwohin zu kommen, aber es ging nicht. Ich bellte. Mehr konnte ich nicht tun, daher bellte ich weiter. Aus dem Augenwinkel sah ich, wie der Mann eine Maschine heranfuhr, eine Maschine mit einem langen Schlauch und einer spitzen Nadel an einem Ende. Ich bellte aus Leibeskräften, laut genug, um das Geräusch der sich öffnenden Tür zu übertönen und beinahe auch die Stimme der Tierheimfrau.

»… und hier – oh, Entschuldigung, ich wusste nicht, dass Sie zu tun haben.«

»Kein Problem«, sagte der Mann.

»Wir können später noch mal herkommen«, sagte die Tierheimfrau.

»Nein«, sagte eine andere Frau. Ich hörte auf zu bellen. »Wahrscheinlich sollte ich so etwas auch einmal sehen«, fügte sie hinzu. Suzie! Suzie Sanchez, aber ich konnte sie nicht sehen, weil ich mit dem Rücken zur Tür an den Tisch gefesselt war.

»Wir gehen so human wie möglich vor«, sagte die Tierheimfrau.

»Das allermodernste Verfahren«, sagte der Mann. »Wären Sie so freundlich, die wegzustecken? Keine Fotos.«

»Wie lange dauert es?«, fragte Suzie.

»Wenn wir die Injektion verabreicht haben«, sagte der Mann, »dreißig Sekunden, im Höchstfall.«

»Nicht mal«, sagte die Tierheimfrau.

Dann war ein neuer Laut zu hören, tief und wild. Das war ich, ich knurrte. Die Frau in dem weißen Kittel tätschelte mich mit ihrer sanften Hand. Ich knurrte weiter.

»Ist das normal?«, fragte Suzie. »Dass sie sich widersetzen?«

»So würde ich es nicht nennen«, sagte die Tierheimfrau. »Er ist nur nicht an die Umgebung hier gewöhnt, das ist alles.« In diesem Moment spürte ich einen heftigen Stich weit oben an einem meiner Hinterbeine.

»Jetzt drehen wir nur noch dieses kleine Ventil auf und …«

»He«, sagte Suzie. »Irgendwie kommt er mir bekannt vor.«

»Der Hund?«, fragte der Mann.

»Ja, der Hund«, sagte Suzie. »Wo ist er gefunden worden?«

»Irgendwo in der Wüste, möglicherweise in New Mexico«, antwortete die Tierheimfrau. »Ein Motorradfahrer hat ihn hergebracht – kein Halsband, keine Marke.«

Ich hörte ein paar rasche Schritte, und dann erschien Suzie in meinem Blickfeld. Suzie! Sie sah prüfend und mit besorgter Miene auf mich herunter. »Chet? Bist du das?« Was für eine Frage! Musste Suzie vielleicht eine Marke am Hals tragen, damit ich sie erkannte?

Ich war an die Tischplatte gefesselt und konnte mich nicht rühren. Aber ja, ich bin's, Chet, schlicht und einfach Chet. Wie sollte ich ihr das nur begreiflich machen? – Und dann fiel es mir ein: Ich konnte mich nicht rühren, aber eins konnte ich: Ich konnte meinen Schwanz bewegen. Ich hob also ebendiesen Schwanz und schlug damit so laut wie möglich auf die Tischplatte. Der kalte Metalltisch erzitterte, der ganze Raum erzitterte.

»Fassen Sie dieses Ventil ja nicht an«, sagte Suzie.

Ich saß auf dem Kopilotensitz von Suzies Auto, zwischen uns eine Schachtel Hundekekse. Ab und zu fasste sie hinein und gab mir einen Keks, manchmal reckte ich den Hals und leckte ihr übers Gesicht.

»Was hattest du dort draußen nur zu suchen, Chet?«, fragte sie. Und: »Wo steckt Bernie?«

Ich leckte sie noch mal ab, das war alles, was mir einfiel. Sie lachte. »Hör auf damit – sonst baue ich noch einen Unfall.« Ich hörte auf, ein bisschen. Suzie roch nach Obst – Äpfeln und Erdbeeren. Ich war kein großer Obstesser, aber ich mochte den Geruch von Obst. Für einen Menschen roch Suzie sehr gut, besser als die allermeisten, die ich kannte. Es war auch Blumengeruch dabei, von diesen kleinen gelben Blumen, auf die Bienen – da fange ich lieber gar nicht erst an, von denen hatte ich wirklich genug …

Und unvermittelt musste ich an Madison denken, wie sie aus dem Gebäude an der Mine zu mir heruntersah, und an all die bösen Leute. Ich drehte den Kopf und sah aus dem Heckfenster.

Suzie blickte in den Rückspiegel.

»Ist dort hinten was, Chet?«, fragte sie.

Ich sah nur Verkehr, der sich wie immer durch die Landschaft bewegte.

»Ich hätte schwören können, dir ist gerade etwas durch den Kopf gegangen«, sagte sie. »Ich würde viel darum geben, wenn ich deine Gedanken lesen könnte.«

Meine Ohren stellten sich von ganz alleine auf, keine Ahnung, warum. Suzie gab mir noch einen Keks. Woher bekam sie nur so gute, knusprige Kekse? Ich wollte ihn in aller Ruhe genießen, schaffte es aber nicht, sondern schlang ihn mit einem Happs hinunter. Dann hielt ich meine Nase aus dem Seitenfenster. Tolle Gerüche, die so schnell an mir vorbeirauschten, dass ich sie kaum unterscheiden konnte. Ein Vogel flog vorbei, ganz niedrig. Ich konnte Vögel nicht leiden, hatte es nie geschafft, einen zu erwischen, aber bei Katzen sah das immer ganz leicht aus. Ich bellte dem Vogel hinterher, aber er schien es nicht zu bemerken, daher bellte ich noch ein bisschen. Was für ein Leben! Gab es etwas Schöneres? Erzählen Sie mir nichts.

»Chet! Was soll denn das?«

Aus purer Freude hatte ich nach dem Armaturenbrett gehauen, huch, vielleicht sogar einen kleinen Riss reingemacht.

»Das ist Leder.«

Leder kannte ich, versteht sich, wusste, wie es sich anfühlte, roch, schmeckte. Ich bekam ein schlechtes Gewissen, aber nur kurz. Dann konnte ich an nichts anderes mehr denken als daran, wie sich Leder anfühlte, wie es roch und schmeckte, einfach toll nämlich. Beinahe hätte ich noch mal am Armaturenbrett gekratzt. Was für ein Leben!

Die Straße wand sich den Berg hinauf. Von oben sahen wir auf die Ebene hinunter, die, so weit das Auge reichte – bis zu anderen in der Ferne aufragenden Bergen –, von Menschen vollgebaut war.

»Die Luft ist heute nicht so verschmutzt wie sonst«, sagte Suzie. »Man erkennt auf einmal sogar, dass das Valley tatsächlich ein Tal ist und nicht nur so heißt.«

Ich wusste zwar nicht, was sie damit meinte, aber ich wusste, dass das Valley zu Hause bedeutete, und rutschte ein bisschen auf meinem Sitz nach vorne. Wir fuhren hinunter, bogen auf einen Freeway, landeten im Stoßverkehr. Bernie wurde bei Stoßverkehr immer sauer, schimpfte vor sich hin, und manchmal trommelte er aufs Lenkrad, aber Suzie schien es überhaupt nichts auszumachen. Sie pfiff leise vor sich hin – ich hatte schon viele Männer pfeifen hören, aber noch nie eine Frau – und lächelte mich ab und zu an. Suzie und ich kamen echt prima miteinander aus.

Wir hatten nur noch einen Keks übrig, als ich etwas Altvertrautes erblickte – die große Cowboy-Statue aus Holz vor dem Dry Gulch Steakhouse and Saloon, eines von Bernies Lieblingslokalen. Ich mochte es auch. Hinten raus gab es eine Terrasse, auf der unsereins willkommen war. Die kleinen Happen, die man auf der Terrasse fand – ich kann Ihnen sagen!

In dem Moment hörte ich ein seltsames klopfendes Geräusch.

Suzie sah zu mir herüber. »Jetzt sind wir gleich zu Hause, hm?«

Mir wurde klar, dass dieses seltsame klopfende Geräusch von meinem eigenen Schwanz kam, der gegen den Sitz schlug.

»Keine Sorge«, sagte Suzie, holte ihre Kamera heraus und knipste aus dem offenen Fenster den Holzcowboy. »Gleich sind wir da.«

Sorgen waren mir nicht unbekannt, normalerweise brachten sie mich dazu, mich mit zur Seite geneigtem Kopf aufzusetzen, aber jetzt hatte ich keine Sorgen. Wir verließen den Freeway, bogen um ein paar Ecken, und dann fuhren wir die Mesquite Road hoch. Da war Iggys Haus, und Iggy saß am Fenster! Er entdeckte mich und fing an, so komisch auf und ab zu hüpfen, wie er es immer machte, seine dicken Backen wabbelten bei jedem Hüpfer in die andere Richtung. Das Auto war zu niedrig zum Aufundabhüpfen, was ich am liebsten getan hätte, sodass ich mich darauf beschränkte, das Armaturenbrett zu zerkratzen.

»Chet!«

Wir kamen zu unserem Haus, Bernies und meinem. Alles sah aus wie immer – die drei Bäume im Vorgarten, der große Felsbrocken am Ende der Einfahrt, der Zaun, der uns vom alten Heydrich abgrenzte. Der einzige Unterschied bestand in dem großen Schild neben der Straße mit einem Foto von einem von meinesgleichen darauf; er trug ein Halsband, das ziemlich genau wie meins aussah, dasjenige, das ich verloren hatte. He, es war sogar meins, das schwarze Lederhalsband mit den Silbernieten – was bedeutete das denn? Ich konnte mir keinen Reim darauf machen.

Suzie las, was auf dem Schild stand. »Hast du das gesehen, Chet? ›Hohe Belohnung. Ohne Rückfragen.‹« Sie stellte das Auto in der Einfahrt ab und öffnete die Tür. Ich schoss hinaus, quer über sie drüber, flitzte im Garten herum, schlug hierhin und dorthin Haken, Erdklumpen flogen herum, zwischendurch hielt ich an, um den Felsbrocken zu markieren, alle drei Bäume, den Zaun und – was sollte das denn? Die Haustür auch? Owei. Und dann: Sie ging auf.

Bernie! Er sah schrecklich aus, eingefallene Wangen und dunkle Ringe unter den Augen.

»Was ist denn hier …?«, setzte er an. »Chet!« Sein

Gesicht veränderte sich schlagartig. Von einer Sekunde auf die andere sah er aus wie neu. Bernie streckte die Arme nach mir aus.

Danach ging alles ganz schnell. Irgendwie kippte Bernie um und mit ihm eine Menge Zeug, vielleicht sogar eine Lampe und der alte Garderobenständer mit Bernies Baseballkappensammlung. Wir kugelten auf dem Boden herum. Baseballkappen prasselten auf uns runter.

»Chet! Hör auf!«

Kurze Zeit darauf hatten wir es uns im Fernsehzimmer bequem gemacht, Bernie und Suzie jeweils in einer Ecke des Sofas, ich auf dem Boden, das Kinn auf den Pfoten, völlig entspannt. Sie tranken Wein und knabberten Salzstangen, der einzige Snack, der vorrätig war. Was mich anging, ich war pappsatt, da war nichts zu machen.

»Ich meine das völlig ernst mit der Belohnung«, sagte Bernie.

»Seien Sie doch nicht albern.«

»Ich bin nicht albern. Ich möchte einfach nur, dass Sie …«

»Kein Wort mehr davon! Ich bin froh, dass ich zufällig da war.«

»Ich bestehe aber darauf.«

»Na gut – dann laden Sie mich einfach irgendwann einmal zum Essen ein.«

»Wirklich?«

Sie sahen einander an, dann sahen sie weg. Bernies Blick fiel auf mich. Seine Augen bekamen einen anderen Ausdruck, so wie wenn er bei einer Ermittlung einen seiner Einfälle hat. Wir hatten eine ganz praktische Arbeitsteilung: Er war für die Einfälle zuständig, ich fürs Schnüffeln. »Wo war es, haben Sie gesagt?«, fragte er.

»Sierra Verde«, sagte Suzie.

»Sierra Verde, Chet? Was hattest du denn in Sierra Verde zu suchen?«

Ja, was eigentlich? Die Einzelheiten verblassten bereits. Ganz klar erinnerte ich mich nur noch daran, wie sich das Würgehalsband angefühlt hatte, an Madisons Geruch und die tolle Fahrt auf dem Motorrad. Und, ja: an Mr Gulagow und seine Spießgesellen.

»... für diesen Bericht über Tierschutzheime«, sagte Suzie gerade. »Ich brauchte als Gegengewicht etwas wie Sierra Verde, etwas auf dem Land. Reiner Zufall.«

»Motorradfahrer?«

»Das haben sie gesagt. Und dann noch, dass er vermutlich in New Mexico gefunden wurde.«

Bernie legte seine Hand auf meinen Rücken. »Was ist da passiert?«

»Das haben sie nicht gesagt.« Suzie setzte eine Brille auf. Fand ich immer komisch und ein bisschen unheimlich, vielleicht weil Menschen durch eine Brille immer noch ein bisschen mehr wie Maschinen wirkten, als sie es ohnehin schon taten. »Sieht so aus, als würde es gut heilen«, sagte sie.

Jetzt erinnerte ich mich auch daran.

»Was gibt es da zu knurren, alter Junge?«

Ich hob den Kopf und bellte, kurz und laut.

»Was hast du denn?«

Ich warf Bernie einen Blick zu. Er musterte mich. *Berglöwen, Bernie.* Ach, egal. Ich war zu Hause, und alles war gut. Ich ließ den Kopf wieder sinken und schloss die Augen. Ihre Stimmen plätscherten dahin, ein sehr angenehmes Geräusch. Suzie lachte. Dann sagte Bernie irgendetwas, und sie lachte wieder. Bernie lachte auch – dieses kleine, leise Lachen, das er immer von sich gab, wenn er jemanden zum Lachen brachte; das hörte ich nicht oft. Saßen die beiden nicht mehr ganz so weit voneinander entfernt? Ich hatte irgendwie den Eindruck, aber plötzlich war ich zu müde, um die Augen weiter aufzuhalten. Der Teppich so weich, mein Bauch so voll, und ich hier, zu Hause. Ein wunderbarer Schlaf wartete auf mich, es würde nicht mehr lange dauern und …

Das Telefon klingelte, ein Geräusch, das ich hasste. Der Schlaf verzog sich. Ich öffnete die Augen. Bernie sprach in den Hörer. »Nichts Neues«, sagte er. »Tut mir leid.« Er legte auf, drehte sich zu Suzie; ja, sie waren tatsächlich näher zueinander gerückt, und sie hatte ihre Brille wieder abgenommen. »Ein Vermisstenfall. Wir kommen nicht weiter.«

»Wer wird vermisst?«

»Ein Teenager, sie heißt Madison Chambliss.«

Ich sprang auf und fing an zu bellen.

Ich rannte zur Haustür.

»Chet? Was ist los? Ist da draußen etwas?«

Bernie holte eine Taschenlampe und öffnete die Tür. Ich rannte hinaus, die Straße hinunter. Ich erinnerte mich an Mr Gulagows Ranch, mit der Mine und der alten Scheune gegenüber, Madison am Fenster. Aber wo war das gewesen? Ich trabte hierhin und dorthin, suchte nach einer Geruchsspur, die mich zurückführen könnte – Mr Gulagows Geruch, der von Boris, Harold dem Fahrer, Madison, mir selbst. Ich wurde langsamer, ging im Kreis, blieb stehen.

»Was geht dir im Kopf rum, alter Junge?«

Kapitel 14

Am nächsten Morgen machten wir uns gleich an den Madison-Chambliss-Fall, Bernie und ich. Als Erstes fuhren wir zum Donut Heaven, ich auf dem Kopilotensitz, kein Wölkchen am Himmel, alles tipptopp. Auf dem Parkplatz wartete schon ein Streifenwagen. Bernie hielt polizeistilmäßig daneben an, Fahrertür an Fahrertür. Das Fenster des Streifenwagens glitt nach unten, und da war Rick Torres, Bernies Freund aus der Vermisstenabteilung. Er gab Bernie einen Becher Kaffee und einen Doughnut und sagte zu mir: »Hi, Chet, wie geht's, wie steht's?«

Ich konnte nicht klagen.

»Ich hab hier einen extra Doughnut für dich«, sagte Rick und hielt ihn in die Höhe.

Ich wedelte mit dem Schwanz.

»Chet hatte schon sein Frühstück«, sagte Bernie. »Und er ist nicht so für Süßes zu haben.«

Ach ja?

»Leere Kalorien«, sagte Bernie.

»Hä?«, machte Rick.

»Wirklich. Ich habe mich über Nährwerte kundig gemacht. Schau dich doch um, was mit diesem Land passiert.«

Rick schaute sich um.

»Ich rede davon, wie wir jetzt aussehen und wie wir früher einmal ausgesehen haben«, sagte Bernie.

»Schon verstanden«, sagte Rick. »Liz Taylor zum Beispiel.« Bernie bedachte Rick mit einem langen Blick. Dann biss er von seinem Doughnut ab und sagte mit vollem Mund: »Wo stehen wir?«

Rick biss in seinen Doughnut. Ich konnte ihn von meinem Platz aus riechen. »Keine Ahnung, wo du stehst«, sagte er und sprach seinerseits mit vollem Mund. »Aber wir haben nichts, nada.« Er zog ein Notizbuch hervor und blätterte durch die Seiten. »Ich habe die Eltern befragt, Cynthia Chambliss und Damon ...«

Rick hielt inne, musterte mit zusammengekniffenen Augen die Seite. Das Augenzusammenkneifen gehörte zu den menschlichen Mienen, mit denen man meiner Meinung nach möglichst sparsam umgehen sollte. »... kann meine eigene Schrift nicht mehr lesen – sieht aus wie Keller.«

»Keefer«, sagte Bernie.

»Wenn du's sagst.« Rick zog einen Stift hinter der Sonnenblende vor und kritzelte etwas auf die Seite. »Komisches Paar, die beiden. Er meint, die Kleine ist nach Las Vegas ausgerissen, und sie glaubt, sie ist entführt worden.«

»Irgendwelche Hinweise auf eins von beiden?«

»Nix. Keine Lösegeldforderung, niemand, der sie gesehen hat. Ich habe die Lehrer an ihrer Schule befragt, ihre Freunde – alle sagen, dass sie ein ganz normales Mädchen war, nur mit mehr auf dem Kasten als die meisten.«

»War?«, fragte Bernie.

Rick blätterte die Seite um. »Ach ja – da ist vielleicht eine Kleinigkeit.«

»Nämlich?«

»Andeutungen, dass sie mit einem Kiffer rumhing, der wahrscheinlich auch dealt.«

»Ruben Ramirez?«

Rick blickte auf, dabei gingen auch seine Augenbrauen in die Höhe.

»Den kannst du vergessen«, sagte Bernie. »Hat ein Alibi.«

»Mir recht. Wir haben also eine Vermisstenmeldung rausgegeben und ihr Bild und ihre Beschreibung an jede Polizeidienststelle im Staat geschickt, die Krankenhäuser im Valley gecheckt, das Übliche eben.«

Bernie nickte. »Noch etwas«, sagte er und biss noch einmal ab. »Wir sollten uns nach einem BMW umsehen, Farbe wahrscheinlich Blau, Fahrer blond.«

Ich bellte. Sie wandten sich beide zu mir um. »Er will den Doughnut«, sagte Rick.

Bernie seufzte. »Na gut.«

Der Doughnut wanderte von Rick über Bernie zu mir. Ich setzte meine Zweibissentechnik für große Teile ein und warf den Kopf nach dem zweiten Bissen in den Nacken. Alles weg. Lecker. Rick Torres stieg in meiner Achtung. Aber ich hatte nicht wegen des Doughnuts gebellt, oder? Ich hatte gebellt, weil … was war noch mal der Grund gewesen?

»Marke, Modell?«, fragte Rick.

Bernie schüttelte den Kopf. »Es ist nicht einmal unbedingt gesagt, dass es ein BMW war, aber ich denke, du solltest es auf deine Liste setzen.«

»Sollen wir das mit dem Auto an die Öffentlichkeit bringen?«

Bernie dachte nach. Wenn er nachdachte, angestrengt nachdachte wie jetzt, schien es um ihn herum ganz still zu werden. »Noch nicht«, sagte er.

»Aber du glaubst, es ist eine Entführung.«

»Ja.«

»Eine Entführung ohne Lösegeldforderung?«, sagte

Rick. »Das verheißt nichts Gutes.« Er aß den Rest von seinem Doughnut, dann leckte er sich die Fingerspitzen ab. Ich leckte mir das Maul und stieß noch auf ein paar Krümel.

»In einer Hinsicht hat er recht«, sagte Bernie. Wir tankten an einer Tankstelle gegenüber vom Donut Heaven. Von dem Benzingeruch wurde mir ein bisschen schwindlig. »Keine Lösegeldforderung verheißt nichts Gutes.« Er schloss den Tankdeckel. Ich holte noch mal tief Luft, fühlte mich komisch, aber gut. »Weißt du, was ich mich frage?«

Warum wir keine Tüte Doughnuts für zu Hause mitgenommen hatten?

»Ich frage mich, warum Damon Keefer allen Leuten erzählt, dass sie nach Las Vegas ausgerissen sei.« Er stieg ins Auto und drehte den Zündschlüssel. »Das wollen wir doch mal sehen.«

Von mir aus gern. Die Doughnuts waren vergessen. Wir fuhren ein paar Hügel hoch, zu beiden Seiten der Straße Wohnsiedlungen, eine nach der anderen, und überall wurde noch weiter gebaut.

»Was denkst du, wie viele Leute jeden Tag ins Valley ziehen?«, fragte Bernie. »Und ich rede nur von den Legalen.«

Keine Ahnung. Und wen kümmerte das überhaupt? Manchmal machte sich Bernie Sorgen wegen nichts und wieder nichts.

»Jahrtausendelang war hier nichts als freie Natur«, sagte er. »Überall gab es Flüsse. Wo ist all das Wasser hin?«

Ich sah zum Seitenfenster hinaus und entdeckte auf der Stelle Wasser, das wunderhübsche Regenbogen über einen Golfplatz zauberte. Ich stupste ihn mit dem Kopf an. Er lachte und sagte: »Ich bin froh, dass du wieder da bist.«

Wieder da und bei der Arbeit. Wir fuhren an dem Golfplatz vorbei und bogen in die nächste Straße ein. An der Ecke stand ein großes Schild. »›Willkommen bei Pinnacle Peak Homes an den Puma Wells‹«, las Bernie. »›Die Nummer eins unter den geschlossenen Luxuswohnanlagen im North Valley‹.« Die Straße wand sich einen Canyon hoch. »Ich möchte nicht in einer geschlossenen Anstalt leben«, sagte Bernie, eine Bemerkung, deren Sinn völlig an mir vorbeiging. Wir folgten einem Laster, der eine gelbe Linie auf die Straßenmitte malte. Was für ein Anblick! Es fiel mir schwer, still zu sitzen, am liebsten wäre ich aus dem Auto gesprungen und hätte diese schimmernde gelbe Linie abgeleckt.

»Chet, sitz still.«

Häuser flogen an uns vorbei, einige noch nicht fertig, kaum ein paar Meter Abstand dazwischen. In einem Garten lag eine große Palme neben einem Loch. »Komisch«, sagte Bernie. »Ein Vormittag unter der Woche und kein Arbeiter weit und breit.« Wir hielten vor einem der fertiggestellten Häuser. Im Fenster hing ein Schild. »›Musterhaus und Büro‹«, las Bernie vor. Wir sprangen raus und gingen zur Tür. Bernie klopfte.

»Herein«, rief eine Frau.

Wir traten ein und standen in einem Raum mit einem kühlen Fliesenboden und einem Springbrunnen in der Mitte, aus dem Wasser in einen kleinen Pool plätscherte. Was hatte Bernie nur? Hier gab es doch Wasser in Hülle und Fülle.

Neben dem Springbrunnen saß eine Frau an einem Schreibtisch und klapperte auf einer Tastatur.

»Dr. Avery?«, fragte sie und erhob sich. Sie war groß, so groß wie Bernie, die langen blonden Haare zu einem Pferdeschwanz gebunden und winzige Ohren. Und sie war schön. Das erkannte ich daran, dass Bernie bei seinem nächsten Schritt ein klitzekleines bisschen stolperte. »Ich hatte Sie noch nicht so früh erwartet.«

»Wer ist Dr. Avery?«, fragte Bernie.

Die Frau blinzelte. Bernie war gut darin, Leute zum Blinzeln zu bringen, habe ich das schon erwähnt? »Sie wollen sich nicht die Entwürfe zu Phase zwei der Red Rock Garden Casita ansehen?«, fragte sie.

»Klar«, sagte Bernie. »Die sehen wir uns gerne an. Aber zuerst will ich Mr Keefer sehen.«

»Erwartet er Sie?«

»Kann man so nicht sagen, Ms …«

»Larapowa. Elena Larapowa, VP Marketing.«

»… Ms Larapowa, aber ich bin überzeugt, dass er uns empfangen wird.«

Ms Larapowas Augen wanderten zu mir. Sie gab ein freundliches Schnalzen von sich, das Geräusch gefiel mir. Ich wedelte als Antwort mit dem Schwanz. »Mr Keefer hält sich im Moment auf der Baustelle auf.«

»Könnten Sie ihn anrufen?«

»Vielleicht. Wen darf ich melden?«

Bernie gab ihr unsere Karte. Sie studierte sie, dann sah sie kurz wieder mich an, die Augen weit aufgerissen. »Stimmt was nicht?«, fragte Bernie.

»O nein, nein, Mr Little. Es ist nur – ich hatte noch nie persönlich mit einem Privatdetektiv zu tun.«

Bernie lächelte. »Wir beißen nicht«, sagte er.

Das sagst du, dachte ich.

Ms Larapowa griff nach dem Telefon auf dem Schreibtisch. »Hallo, Da… – Mr Keefer«, sagte sie. »Hier ist ein Bernie Little, der Sie sprechen möchte.« Sie hörte einen Moment zu und legte dann auf. »Kommen Sie bitte mit«, sagte sie.

Wir gingen hinaus, stiegen in einen Golf-Cart, Ms Larapowa hinter dem Lenkrad, Bernie neben ihr, ich hinten. Ich war begeisterter Golf-Cart-Beifahrer.

»Der Hund kommt mit?«, fragte sie.

»Haben Sie etwas dagegen?«

»Nein, wohlerzogene Heimtiere sind hier herzlich willkommen.«

»Dann machen Sie bitte eine Ausnahme für Chet.«

»Ich verstehe nicht …«

»In beiden Fällen – wohlerzogen und Heimtier.« Bernie lachte in sich hinein. Was redete er da nur?

»Könnten Sie mir das erklären?«

Die Frau sprach mir aus der Seele.

»Tut mir leid«, erwiderte Bernie. »War ein Witz.«

Ms Larapowa warf ihm von der Seite einen Blick zu, die Mundwinkel nach unten gezogen, ein Ausdruck, der oft auf dem Gesicht von Frauen erschien, wenn Bernie einen seiner Witze gemacht hatte. Sie rückte auf der Bank ein Stück von ihm weg und fuhr auf einen gepflasterten Weg.

Dann rumpelten wir über einen Fairway und nahmen Kurs auf ein großes Gebäude. Ich sah niemanden Golf spielen, aber plötzlich sauste ein Golfball über einen Hügel, traf direkt neben uns auf dem Boden auf und sprang in die Luft. Ehe ich mich's versah, hatte ich ihn mir im Sprung geschnappt. Dann blickte ich mich um und sah weit hinter uns einen zweiten Golf-Cart über den Hügel fahren. Ich legte mich auf den Rücksitz und fing leise zu kauen an.

»Und«, fragte Bernie, »was führt Sie hierher?«

Verwirrung ist eine meiner Lieblingsmienen auf dem Gesicht eines Menschen. Und das war es, was sie Bernie gerade zeigte.

»Sind Sie nicht aus Russland?«, fuhr er fort.

Sie nickte. »Aber ich lebe schon seit vielen Jahren in den USA und bin wie Sie Bürger der Vereinigten Staaten.«

»Bestimmt ein besserer.«

Russland? Moment mal. Das erinnerte mich an etwas, aber an was? Ich grübelte schwer, während ich mich durch die Hülle des Golfballs nagte. Darunter befand sich alles mögliche interessante Zeug, wie ich aus Erfahrung wusste.

»... und ich liebe dieses weite, offene Land«, sagte Ms Larapowa gerade.

»Ist Sibirien nicht auch ein weites, offenes Land?«

»Sie haben wirklich einen ausgeprägten Sinn für Humor.« Aber nicht ausgeprägt genug, um Ms Larapowa zum Lachen zu bringen. Sie hielt vor dem großen Gebäude. »Das Clubhaus«, sagte sie. »Feinschmeckerlokal und Bar, Indoor- und Outdoor-Pool mit Jacuzzis, fünfhundert Quadratmeter Fitnessclub mit Personal-Trainer-Service, japanischem Dampfbad und finnischer Sauna, Rundum-Service-Spa.«

»Was soll das kosten?«

»Die Mitgliedschaft ist auf Bewohner der Anlage beschränkt.«

»Und für die ist es umsonst?«

Jetzt lachte Ms Larapowa das erste Mal. Das Lachen von Menschen: normalerweise das schönste Geräusch, das es gibt, wie ich vielleicht schon erwähnt habe, aber nicht das von Ms Larapowa, das seltsam dröhnte, ein bisschen wie eine Explosion. »Umsonst?«, lachte sie. »Der Subskriptionspreis beträgt einhundertfünfzigtausend, und das gilt nur für Fünfzimmereinheiten oder größer.«

»Subskriptionspreis?«

»Bis zum ersten September. Danach zweihunderttausend. Zuzüglich Greenfee natürlich.«

»Selbstredend«, sagte Bernie.

Wir stiegen aus dem Cart und folgten Ms Larapowa um das Clubhaus. »Was hast du da im Maul?«, fragte Bernie.

Ich schluckte die Reste runter und guckte unschuldig. In der Ferne auf dem Fairway sah ich zwei Golfspieler mit gesenktem Kopf im Kreis gehen. Ich verstand Golf einfach nicht.

Hinter dem Clubhaus befand sich ein großer Swimmingpool. Ich lief an den Beckenrand. He! Kein Wasser! Nicht, dass ich hineingesprungen wäre – ziemlich sicher nicht –, aber ich sah gerne aufs Wasser. Ein Mann in dunklem Anzug saß unter einem Sonnenschirm an einem Tisch neben dem Pool, einem Tisch mit einer weißen Tischdecke darauf; einmal hatte ich an einer solchen Decke gezogen, und die Folgen waren nicht sehr erfreulich gewesen, aber aus irgendeinem Grund wollten meine Zähne sich in einen Zipfel dieser Decke hier bohren. Der Mann telefonierte. Ich roch Katze an ihm, sah sein Ziegenbärtchen und erkannte ihn wieder: Damon Keefer. »Es wird sich klären, Himmel noch mal«, sagte er gerade. Einer seiner Füße klopfte auf den Boden, sehr schnell, außerhalb des Blickfelds, aber nicht aus meinem, versteht sich. »Stellen Sie sich doch …« Er sah auf, sagte: »Ich muss aufhören« und legte auf.

Bernie und Ms Larapowa traten an den Tisch. Ich blieb, wo ich war, am Pool, von plötzlicher Übelkeit befallen. Keefer deutete auf zwei Stühle, und Bernie und Ms Larapowa machten Anstalten, sich zu setzen.

»Ich übernehme von hier an, Elena«, sagte Keefer.

Ms Larapowa hatte sich gerade einen Stuhl heranziehen wollen und erstarrte. »Wie Sie wünschen, Mr Keefer«, sagte sie. Sie warf mir einen kurzen Blick zu, dann drehte sie sich um und ging davon. Ich drehte mich auch um und würgte das, was von dem Golfball noch übrig war, in den leeren Pool. Ah, schon viel besser: wieder Herr der Lage und nur ein ganz kleines bisschen hungrig, ob Sie es glauben oder nicht. Ich schnupperte ein bisschen herum in der Hoffnung, dass irgendwo ein Happen lag; an Swimmingpools fand man gerne mal ein, zwei Kartoffelchips, manchmal sogar einen dieser Mini-Hotdogs – man musste nur vorsichtig sein, weil sie auf Zahnstochern steckten, wie ich aus eigener, leidvoller Erfahrung wusste –, aber ich roch nichts außer dem Geruch nach Katze, der von Keefer ausging. Ich musste an Berglöwen denken, und dann kam und ging eine schwache Erinnerung an Madison in dem Fenster.

Bernie saß gegenüber von Keefer, die Hände auf dem Tisch gefaltet. Ich hatte immer ein gutes Gefühl, wenn er die Hände auf diese Weise faltete, keine Ahnung, warum.

»Irgendwelche Neuigkeiten?«, fragte Keefer. Sein Fuß unter dem Tisch klopfte wie wild – genau genommen war sein ganzer Unterkörper in Bewegung, nur der obere Teil von ihm blieb ruhig.

»Leider nein«, sagte Bernie. »Wir sind ein oder zwei Hinweisen gefolgt, aber sie haben zu nichts geführt.«

»Was heißt das? Dass Sie aufgeben?«

»Keineswegs.«

»Sagen Sie bloß, Sie wollen mehr Geld?«

»Geld ist im Moment kein Thema, Mr Keefer. Der Vorschuss deckt unsere Kosten, und wenn wir den Fall zu Ende gebracht haben, schicken wir Ihnen eine Abschlussrechnung. Worauf wir uns jetzt konzentrieren sollten, ist, dass dieses Ende auch ein gutes Ende sein wird.«

Keefer nahm ein Zigarettenpäckchen aus seiner Tasche und zündete sich eine an. »Glauben Sie, dass ich das nicht weiß?« Er stieß den Rauch durch die Nase aus, was Bernie auch immer getan hatte. Bernies Augen folgten den feinen Rauchsäulen. Keefer bemerkte es. »Wollen Sie eine?«

»Nein, danke«, sagte Bernie, auch wenn ihm anzusehen war, dass er furchtbar gern eine geraucht hätte. »Ich habe mit Rick Torres von der Vermisstenabteilung bei der Polizei gesprochen. Sie haben ihm offenbar gesagt, dass Sie glauben, Madison wäre in Las Vegas.«

Keefer zuckte die Achseln.

»Dasselbe haben Sie mir auch schon gesagt.«

Keefer nahm einen tiefen Zug. Sein Unterkörper wurde ein bisschen ruhiger. »Las Vegas ist nur ein Beispiel.«

»Wofür?«

»Für die Orte, wo sie sein könnte.«

»Aber Cynthia sagt, dass sie noch nie weggelaufen ist.«

»Cynthia. Mein Gott.«

»Haben Sie Grund daran zu zweifeln, dass sie die Wahrheit sagt?«

»Ein Dutzend.«

»Ein Dutzend?«

»So viele Jahre war ich mit ihr zusammen.«

Keefers Unterkörper stand wieder unter Volldampf.

»Wie sieht es denn Ihrer Erfahrung nach aus?«, fragte Bernie. »Ist Madison schon einmal verschwunden?«

»Meine Erfahrungen mit Madison beschränken sich auf jedes zweite Wochenende und jedes zweite Weihnachten und Thanksgiving. Wissen Sie, was das bedeutet?«

Statt einer Antwort starrte Bernie Keefer nur an. Keefer nahm einen letzten Zug, dann schnippte er die Zigarette in den leeren Pool. »Nein«, sagte er. »Die Antwort lautet nein. Sie hat so etwas noch nie getan.«

»Das hilft uns schon weiter«, sagte Bernie. »Sie wollen doch gewiss nicht, dass wir nach Las Vegas fahren, um dort Hirngespinsten hinterherzujagen.«

Hirngespinsten hinterherjagen – nie gemacht. Ich wusste nicht genau, was ein Hirngespinst war, aber es musste wohl ein ziemlich kleines Tier sein, weil ich noch nie eins gesehen hatte. Ich hätte furchtbar gern mal probiert, ob ich in der Lage wäre, eins zu fangen.

Keefer warf Bernie einen merkwürdigen Blick zu, dessen Bedeutung, falls er eine hatte, mir entgangen wäre. »Nein«, sagte er, »das wollen wir nicht.«

»Wenn man fürs Erste einmal ausschließt, dass sie von zu Hause weggelaufen ist«, sagte Bernie, »dann bleibt noch ein Unfall …«

»Was für ein Unfall denn?«

»Alles Mögliche – Verkehr, Sport, Haushalt –, aber Rick Torres hat alle Krankenhäuser im Valley abgeklappert, nichts. Das heißt, dass wir es höchstwahrscheinlich mit einer Entführung zu tun haben, und von denen gibt es zwei Arten – die mit Lösegeldforderung und die ohne.«

»Ich habe es Ihnen doch gestern schon gesagt: Es gibt keine Lösegeldforderung.«

»Haben Sie das überprüft?«

»Was denn, verdammt noch mal?«

»Ihre Post, Mail, Faxgerät, Voicemail.«

»Die werden ständig überprüft. Ich führe hier ein Geschäft.«

Bernie sah sich um. »Sehr beeindruckend übrigens. Gehört zum Schönsten, was ich je gesehen habe.«

Schönstes was? Bernie war manchmal kaum zu folgen. Aber Keefer schien ihn zu verstehen. Er nickte kurz.

»Ich habe Sie schon mal wegen Ihrer Konkurrenz gefragt.«

»Und ich habe Ihnen schon mal gesagt, dass wir uns nicht gegenseitig unsere Kinder entführen.«

»Ich erinnere mich«, sagte Bernie. »Aber woher wissen Sie, ob alle Ihre Konkurrenten sauber sind?«

»Was soll das denn heißen?«

»Es gibt Unternehmen, die bloß der Geldwäsche dienen oder von kriminellen Vereinigungen finanziert werden.«

»Nicht im Baugewerbe, nicht im Valley.«

»Wie können Sie sich da so sicher sein?«

»Aus demselben Grund, aus dem Sie sich über die Grundsätze Ihres Geschäfts sicher sind, vorausgesetzt natürlich, dass Sie es beherrschen.«

War das eine Beleidigung? Ich hatte keine Ahnung und konnte es auch an Bernies Gesichtsausdruck nicht ablesen, der sich kein bisschen änderte. »Wie steht es mit Ihren Zulieferern?«

»Was soll mit ihnen sein?«

»Oder Ihren Vertragspartnern, Ihren Arbeitern – haben Sie mit denen irgendwelche Probleme?«

»Ich habe nichts als Probleme mit ihnen. Das ist es, worum sich dieses Geschäft dreht.«

»Wie schlimm können diese Probleme denn werden?«

»Nicht so schlimm wie eine Entführung, falls Sie darauf hinauswollen. Wir streiten uns, wir einigen uns, wir bauen weiter.«

Bernie sah sich wieder um. »Und heute?«

»Heute?«

»Ich sehe niemanden – ist das ein normaler Arbeitstag?«

Keefer antwortete nicht gleich. Er zündete sich noch eine Zigarette an, stieß Rauch aus. Der arme Bernie bekam wieder diesen sehnsüchtigen Blick. »Ja, ein normaler Arbeitstag mit einer längeren Pause, mehr nicht.«

»Und wie läuft es mit dem Bauvorhaben, mit Puma Homes insgesamt?«

Keefers Stimme, die ohnehin schon scharf war, nahm noch an Schärfe zu. »Pinnacle Peak Homes an den Puma Wells«, sagte er, »läuft ausgezeichnet.«

»Sind Sie der alleinige Eigentümer?«

»Das bin ich.«

»Wie regeln Sie die Finanzierung?«

Zuckungen unter dem Tisch.

»Über verschiedene angesehene Banken aus dem Valley. Auch die greifen nicht auf Entführung zurück, um ihre Außenstände einzutreiben, wenn es denn welche gäbe, und es gibt keine.«

»Ich gehe mal nicht davon aus, dass Madison in irgendeiner Verbindung zu dem Unternehmen steht.«

»Das ist richtig.«

»Fährt irgendeiner der Leute – ein Konkurrent, Zulieferer, Banker, Arbeiter – einen BMW, womöglich einen blauen?«

»Ein Dutzend vermutlich – was soll die Frage?« Unter dem Tisch: immer noch Zuckungen, vielleicht sogar noch stärker.

»Ach, nichts«, sagte Bernie. Er holte tief Luft, atmete langsam aus. Das bedeutete, dass wir bald etwas anderes tun würden. »Ich möchte so bald wie möglich Madisons Zimmer sehen.«

»Von welchem Zimmer sprechen Sie?«

»Von dem in Ihrem Haus.«

»Warum?«

»Weil das zu den Hausaufgaben eines Privatdetektivs gehört.«

Die Beine unter dem Tisch hörten auf zu zucken. »Ich fahre mit«, sagte er. »Wir treffen uns in einer Viertelstunde am Büro.«

Bernie und ich gingen zu Fuß über den Fairway zurück. Spaziergänge mit Bernie waren das Schönste. Aus reinem Jux umkreiste ich ihn ein paarmal, weil ich auf eine kleine Jagd hoffte, aber er schien es nicht zu bemerken.

»Keefer ist schlau«, sagte er. »Ziemlich schlau.«

Ach ja? Davon hatte ich gar nichts gemerkt.

Einige Arbeiter tauchten auf, mit Schubkarren, Schaufeln, Rechen, Hacken und anderen Werkzeugen, die ich nicht kannte. Beim Näherkommen begrüßte Bernie sie und sagte: »Pause vorbei?«

Einer der Männer lachte. »Si, eine dreitägige Pause.«

»Warum so lang?«

Der Mann hob die Hand und rieb Zeigefinger und Daumen aneinander. Was bedeutete diese Geste? Ein Golfball prallte von einem Baum ab und landete gleich bei uns in der Nähe. Ich schlenderte darauf zu.

Kapitel 15

»Der Hund kommt mit rein?«

Wir standen vor Damon Keefers Haus, ein Riesending mit einer Mauer drum herum und einer Metallskulptur davor, eine komische Skulptur, groß und glänzend, aber die Form erinnerte mich an einen Hydranten. Ich spürte Augen auf mir ruhen; sonst wäre ich gleich hinüber und hätte meine Marke gesetzt.

»Er heißt Chet«, sagte Bernie. »Er ist spezialisiert auf Vermisstenfälle.«

Keefer sah zu mir herunter und rümpfte die Nase – ich brauche das nicht, ich rieche auch so gut. »Bezieht sich das auf seinen Geruchssinn?«

»Unter anderem«, sagte Bernie.

Keefer starrte mich an. War ihm eigentlich klar, was für ein guter Springer ich war, dass ich im nächsten Moment schon mit gebleckten Zähnen auf Augenhöhe mit ihm sein konnte? »In Ordnung«, sagte er.

Wir gingen hinein. Überraschung: ein Riesenhaus mit Riesenzimmern und glänzendem Fliesenboden, aber nur ein Möbelstück, eine Ledercouch. Und mitten auf dieser Couch saß ein Kater, was ich Ihnen auch mit geschlossenen Augen hätte sagen können. Ein Kater, der wie Keefer roch, nur viel stärker. Er sah mich natürlich sofort, und sein Fell sträubte sich; dann gab er ein Geräusch von sich, das wie das Gebrüll eines Berglöwen klang, nur viel,

viel leiser. Mehr sind Katzen nicht – Minilöwen. Ich bin keine Miniaturausgabe von irgendwas, das kann ich Ihnen sagen.

»He«, sagte Keefer. »Ist was mit Ihrem Hund?«

»Warum? Was soll mit ihm sein?«, fragte Bernie.

»Da fragen Sie noch? Sehen Sie ihn sich doch an – er wird sich jeden Moment auf Prince stürzen.«

»Prince?«, fragte Bernie. Hatte er den Kater etwa nicht bemerkt? Das war doch wohl kaum möglich. Keefer zeigte auf Prince. »O nein, so etwas würde Chet niemals tun«, sagte Bernie. Er warf mir einen Blick zu. Etwas an dem Blick ließ mich gewahr werden, dass ich eine meiner Vorderpfoten in die Höhe hielt und nach vorne gebeugt dastand, was jemand, der mich nicht kannte, möglicherweise als aggressiv hätte interpretieren können. Ich ließ die Pfote sinken und machte eine unschuldige Miene. Princes Fell legte sich wieder, und er musterte mich mit der für Katzen typischen Hochnäsigkeit, die mich auf die Palme treiben konnte; dann rollte er sich mit dem Rücken zu uns auf der Couch zusammen. Dieses Gehabe von Katzen machte mich richtig sauer, das dürfen Sie mir glauben. Am liebsten hätte ich ihn gepackt und – aber nein, nicht jetzt, nicht während der Arbeit. Aber zu einer anderen Gelegenheit, angenommen, der gute alte Prince und ich würden uns in irgendeiner dunklen Gasse begegnen oder auch in …

»Ein hübsches Haus haben Sie da«, sagte Bernie. »Ziehen Sie gerade ein?«

»Nein, aus«, sagte Keefer.

»Ach?«

»Ja«, sagte Keefer. »Zu Madisons Zimmer geht es hier entlang.«

Er führte uns einen langen Flur hinunter, an ein paar geschlossenen Türen vorbei in ein Zimmer, das ganz am Ende lag. Ich roch sie sofort – Honig, Kirsche, sonnenfarbene Blumen –, aber nur schwach. In dem Zimmer standen Bett, Schreibtisch, Kommode, das Übliche eben: Bernie ging herum und musterte alles mit seinem Kennerblick. Auf dem Schreibtisch stand ein gerahmtes Foto. Mit Fotos hatte ich oft Schwierigkeiten. Fernsehen war schon eher mein Ding, der Discovery Channel und auch Spielfilme – sehen Sie sich mal den Kampf zwischen Wolfsblut und Cherokee an!, und einmal sind wir in eine Sendung geraten, die *Wenn süße Tiere sauer werden* heißt – wow! diese Elefantenszene! –, aber das hier, dieses Foto, begriff ich ohne Probleme: Keefer und Madison vor einem Vogelkäfig, er den Arm um ihre Schultern gelegt, beide lachend.

»Wann wurde das Foto aufgenommen?«, fragte Bernie.

»Vor ein paar Jahren«, sagte Keefer, ohne das Foto anzusehen.

»Und das da im Käfig ist Cap'n Crunch?«

Keefer nickte. »Dämlicher Vogel«, sagte er und sprach mir damit aus dem Herzen. Dann noch eine Überraschung, zumindest war es für mich eine: in Keefers Augen sammelten sich Tränen. Owei, die Sache mit dem Weinen. Menschenaugen liefen manchmal über – normalerweise die von Frauen, aber nicht immer, und normalerweise hatte es was damit zu tun, dass sie traurig waren, aber nicht immer –, und wenn es passierte, brachte mich das jedes Mal völlig durcheinander. Und jetzt hatte dieser Keefer, den ich nicht besonders mochte und der am ganzen Leib nach Prince stank, einen dieser inneren Dammbrüche. Ich wusste, dass Männer weinen konnten – ich hatte es Bernie tun sehen, als Leda kam und Charlies Zeug zusammenpackte; habe ich das schon erwähnt? In diesem Moment hätte ich beinahe – wie soll ich es nennen? Verbindung vielleicht – eine Verbindung hergestellt zwischen Bernies Situation und …

Aber es kam nicht dazu. Ich entdeckte einen Erdnussflip unter dem Bett. Kau, kau, weg war er. Gar nicht schlecht, wenn einem ein bisschen Staub nichts ausmachte; ich stelle mich wegen so etwas auf alle Fälle nicht an. Als ich mich wieder umdrehte, betrachtete Bernie Keefer, und er hatte einen ganz anderen Ausdruck im Gesicht.

»Wie würden Sie Ihre Beziehung zu Madison beschreiben?«, fragte Bernie.

»Was ist denn das für eine Frage?«, empörte sich Keefer; seine Augen waren schon wieder fast trocken. »Sie können keine Kinder haben, sonst würden Sie so etwas nicht fragen. Sie ist das Wichtigste in meinem Leben.«

Bernies Gesichtsausdruck änderte sich noch einmal, wurde einen Moment lang ganz hart und dann nichts mehr. Ich konnte diesen Dann-nichts-mehr-Ausdruck auf Bernies Gesicht nicht aushalten. Ich trabte zu ihm und setzte mich zu seinen Füßen. Er schien es nicht zu bemerken.

»Ich tue alles, um sie Ihnen wohlbehalten zurückzubringen«, sagte Bernie. »Aber dazu brauche ich die Fakten. Wenn Sie mir irgendetwas verschwiegen haben, sollten Sie jetzt damit herausrücken.«

Ihre Blicke trafen sich. Stille breitete sich aus, zumindest für ihre Ohren. Ich hörte Bellen in der Ferne, mit ziemlicher Sicherheit Botschaften von der geheimnisvollen Sie, und wahrscheinlich höchst interessante.

»Die Gelegenheit wird nicht noch mal kommen«, sagte Bernie.

Keefer fuhr sich mit der Zunge über die Lippen. Die menschliche Zunge zeigte sich nicht oft, aber wenn sie es tat, entging es mir nie. In Kombination mit diesem

Ziegenbärtchen sah es irgendwie seltsam aus, keine Ahnung, warum. In diesem Moment fing in Keefers Hosentasche ein Telefon an zu klingeln. Er warf einen Blick auf das winzige Display, sagte: »Da muss ich drangehen« und ging aus dem Zimmer in den Flur.

Bernie folgte ihm auf leisen Sohlen und stellte sich hinter die Tür, wo Keefer ihn nicht sehen konnte. Ich folgte Bernie, noch leiser. Wir hörten mit gespitzten Ohren zu.

Keefer sprach leise, zischend, so wie Menschenstimmen unter Druck klingen. »Ich brauche noch Zeit.« Dann nach einer Pause: »Das dürfen Sie nicht einmal *sagen* – wo sind Sie? Ich werde … hallo? Hallo?« Wir hörten ihn zurückkommen und bewegten uns von der Tür weg, Bernie auf Zehenspitzen, ich auf meinen guten alten Flüstersohlen.

»Und, wer war's?«, fragte Bernie.

»Rein geschäftlich«, sagte Keefer. »Nichts, was Sie interessieren könnte.«

»Hatte es etwas mit Madison zu tun?«

»Natürlich nicht.« Keefers Zunge schnellte wieder heraus. »Ich habe es Ihnen doch schon gesagt. Wir haben Schwierigkeiten mit ein paar Subunternehmern.«

»Welchen?«

Keefers Nasenflügel blähten sich ein bisschen. Warum nur? Ich hatte keine Ahnung, es kam mir aber irgendwie merkwürdig vor. »Bewässerung«, sagte er. »Was geht Sie das eigentlich an?«

»Sie müssen endlich offen zu mir sein.«

»Das bin ich.«

»Nicht ganz. Sie wollten mir gerade etwas mitteilen, als Ihr Handy klingelte.«

Keefer schwieg, sah Bernie an. »Sie scheinen doch nicht so dumm zu sein«, sagte er. »Wie kommt es, dass Sie bei der Polizei gelandet sind?«

»Für die Polizei war ich offenbar doch ein bisschen zu dumm«, sagte Bernie. »Deshalb bin ich jetzt ja auch Privatdetektiv.«

Keefer blinzelte. Hier fand offenbar ein Kampf statt, aber um was es ging und wer der Gewinner war: keinen blassen Schimmer. Und wie sollte dieses Hin und Her jemals dazu führen, dass ich den Bösewicht am Hosenbein zu packen bekäme? Das Einzige, was ich mit Sicherheit wusste, war, dass Keefers Stimme plötzlich anders klang, weniger angenehm.

»Sie sagten, es gebe zwei Arten von Entführung, eine mit Lösegeldforderung und eine …«

»Ohne«, sagte Bernie.

»Und was heißt das?«

»Muss ich es wirklich aussprechen?«

Keefer schüttelte den Kopf. »Ich frage mich nur, warum Sie sich so sehr auf die Lösgeld-Variante konzentrieren?«

»Fällt Ihnen etwas anderes ein?«

»Ich weiß nicht so recht, ob ich es sagen soll.«

»Jetzt ist nicht die Zeit, sich zu zieren.«

Keefer nickte: »Gut, aber es ist reine Spekulation.«

»Sie haben also einen Namen für mich.«

Keefer blinzelte erneut. »Ich kann es mit nichts belegen, wissen Sie, ich habe nur so ein … komisches Gefühl.«

»Und wie lautet der Name?«

»Damit eines klar ist, Sie haben ihn nicht von mir.«

Bernie legte den Kopf auf die Seite. Hielt Keefer das für Zustimmung? Soweit ich wusste, legte Bernie nur den Kopf auf die Seite, was nicht unbedingt etwas zu bedeuten hatte, sondern nur dazu diente, die Dinge in die gewünschte Richtung laufen zu lassen.

»Und nageln Sie mich nicht darauf fest«, fuhr Keefer fort. »Reine Spekulation, wie gesagt, ich würde niemals …«

»Den Namen.« Bernies Stimme hallte durch das leere Haus; mir lief ein Schauer über den Rücken.

Keefer fuhr sich wieder mit der Zunge über die Lippen. Seine Zunge war kurz und ungelenk, spitz, blass, in meinen Augen völlig unbrauchbar. »Simon Berg.«

»Wer ist das?«

»Ich hätte gedacht, dass Sie ihm inzwischen schon begegnet sind.«

»Warum?«

»Simon Berg ist Cynthias Freund.«

»Ach«, sagte Bernie.

»Was soll das heißen, ›ach‹?«, fragte Keefer.

Ich hatte auch keine Ahnung.

»Haben Sie ihn mit Madison zusammen gesehen?«, fragte Bernie.

»Ein- oder zweimal.«

»Und?«

Keefer zuckte die Schultern – dieses Heben und Senken, eine der menschlichen Gesten, die ich noch nie gemocht hatte. »Ich habe nur so ein Gefühl, mehr nicht. Vielleicht stimmt es ja nicht.«

»Haben Sie je mit Madison darüber gesprochen?«

»Nein. Vielleicht hätte ich das tun sollen.«

»Oder mit Cynthia?«

»Glauben Sie, ich bin verrückt? Cynthia macht mir genug Schwierigkeiten.« Er schrieb etwas auf ein Stück Papier, gab es Bernie. »Hier ist die Adresse – er hat eine Firma in Pedroia.«

»Glaubst du, dass er verrückt ist?«, fragte Bernie, als wir wieder im Auto saßen.

Schwierig zu sagen. Es gab Zeiten – wie jetzt, auf dem Freeway, in einer Autoschlange eingekeilt, die bis zum

Horizont reichte und nicht mal im Schritttempo dahinkroch –, da hatte ich den Eindruck, dass alle Menschen verrückt waren.

»Ich nicht«, sagte Bernie.

Gut, ich dann auch nicht.

»Ausgefuchst würde ich eher sagen.«

Ich nicht. Ich wusste natürlich, was ein Fuchs war, schließlich hatte ich droben im Canyon schon mehr als einmal mit einem zu tun gehabt – aber Ausgehfuchs? Eher Reingehfuchs. Die waren doch allesamt Feiglinge, die sich einem ehrlichen Kampf nicht stellen wollten und sich lieber in ihrem Bau verkrochen. Es konnte doch nicht sein, dass Bernie das nicht wusste! Nein. Ich hörte auf, mir Gedanken darüber zu machen, richtete mich auf meinem Kopilotensitz auf und genoss die Fahrt.

Eine lange Fahrt: Wir fuhren mit der Sonne im Rücken, aber vor uns lagen noch genug Sonnen, die uns von den Fenstern der anderen Autos aus blendeten. Bernie setzte seine Sonnenbrille auf. Ich mochte es nicht, wenn er sie trug, und bellte womöglich ein bisschen.

»Verdammt noch mal, Chet – ich bin es.«

Wir nahmen eine Ausfahrt und gelangten in ein Gewerbegebiet – das sah man an den Lastern, Laderampen und Maschendrahtzäunen.

»Pedroia«, sagte Bernie. »Weißt du, was das hier mal war? Die Pedroia-Ranch, die allererste Viehranch im ganzen Valley. Und schau, was daraus geworden ist.«

Ich legte eine Pfote auf Bernies Knie.

Wir stellten das Auto vor einem langen, flachen Gebäude ab. Bernie las vor, was auf dem Schild stand: »›Rover and Company‹. Was die wohl machen?« Er öffnete die Tür und wir traten ein. Ein Wachmann blickte von seinem Schreibtisch auf.

»Wir möchten mit Simon Berg sprechen«, sagte Bernie.

»Haben Sie einen Termin?«

»Nein«, sagte Bernie und gab ihm unsere Karte. »Wir führen eine Ermittlung durch. Ich schätze mal, dass er uns auch so empfangen wird.«

Der Wachmann musterte mich kurz, schien sich aber nicht daran zu stören, dass ich mit hereingekommen war, womit wir beileibe nicht immer rechnen konnten. »Warten Sie hier«, sagte er und verschwand durch eine Tür hinter ihm. Bernie ging zum Schreibtisch und las, was im Besucherbuch des Wachmanns stand. Ich schnüffelte herum. He! Hier roch es wirklich gut, nein, sogar noch besser.

Der Wachmann kehrte mit einem Mann zurück, der viel kleiner als er oder Bernie war. Er war ganz weiß angezogen und trug sogar eine weiße Haube.

»Bernie Little?«, fragte er, während er mit ausgestreckter Hand auf Bernie zuging. »Simon Berg. Cynthia hat mir schon viel von Ihnen erzählt.« Sie schüttelten sich die Hand, eine der schönsten menschlichen Sitten, wie ich finde, wobei es in meiner Welt auch ein paar ganz nette Begrüßungsrituale gab. »Haben Sie irgendwelche Neuigkeiten?«

»Nein«, sagte Bernie. »Ich würde mich nur gerne kurz mit Ihnen unterhalten.«

»Jetzt gleich?«

»Es ist wichtig.«

»Klar.« Simon Berg wandte sich an den Wachmann. »Sagen Sie hinten bitte Bescheid, dass sie die Drei anhalten?«

Der Wachmann eilte davon.

»Was machen Sie hier?«, fragte Bernie.

»Bei Rover and Company? Wir stellen Gourmetleckereien für Hunde her. Hundert Prozent Bio, frische Zutaten, keine Zusatzstoffe. Und schmecken tun sie auch noch.«

Eines war mir sofort klar: Das war nicht der Bösewicht.

Simon Berg sah mich an und lächelte. »Und das muss Chet sein. Als Kind hatte ich mal einen Hund, der fast genauso aussah – das war der erste Rover.« Er ließ sich auf die Knie nieder und nahm meinen Kopf in die Hände, aber auf eine Art, gegen die ich nichts einzuwenden hatte. »Du bist aber ein ganz Hübscher. Was für ein Glück, dass du vorbeigekommen bist.«

»Warum Glück?«, fragte Bernie.

Simon Berg erhob sich. »Wir testen heute einen neuen Kauknochen, hergestellt aus eins a argentinischer Büffelhaut. Vielleicht würde Chet ihn für uns testen?«

»Kann ich mir kaum vorstellen, dass ihm das gefällt«, erwiderte Bernie ungerührt.

Simon Berg blickte Bernie einen Moment lang an, dann brach er in lautes Gelächter aus. »Und vielleicht haben Sie Zeit für eine kleine Tour übers Gelände.«

»Gerne«, sagte Bernie. »Aber zuerst eine Frage – fahren Sie einen BMW?«

»Ich?«, antwortete Simon. »Nein – einen Prius.«

Ich testete die neuen Kauknochen. Dann machten wir eine Tour durch die Fabrik, in der die Gourmetleckereien hergestellt wurden, und nahmen noch ein paar Tests vor. Was für ein Leben!

»Ich würde mit Ihnen gern über Madison sprechen«, sagte Bernie, als wir die Testküche verließen.

»Klar«, sagte Simon. »Cynthia macht sich furchtbare Sorgen um sie, und ich auch, auch wenn ich das ihr gegenüber nicht zu zeigen versuche. Madison ist ein prima

Mädchen und das nicht nur, weil sie so klug ist. Wenn Sie für die Fortführung Ihrer Ermittlungen mehr Geld brauchen, lassen Sie es mich wissen.«

Bernie nickte. »Erzählen Sie mir von Ihrer Beziehung zu Madison.«

»Wir verstehen uns gut, das hoffe ich zumindest«, sagte Simon. »Wir gehen manchmal zusammen ins Kino, wir drei. Ich fand es wichtig, mich nicht aufzudrängen – sie müssen sich beide erst einmal an mich gewöhnen, und die Wunden von Cynthias Scheidung sind auch noch nicht ganz verheilt.«

»Was halten Sie von Damon?«, fragte Bernie.

Simon antwortete nicht gleich. In dem Moment kamen ein paar von meinen neuen Kumpels aus der Testküche mit frischen Näpfen an, und ich kriegte nicht richtig mit, was Simon schließlich sagte. Offen gestanden kriegte ich überhaupt nichts mehr mit, bis wir wieder im Auto saßen.

»Genau davor hatte ich Angst«, sagte Bernie. »Wir jagen einem Hirngespinst nach.«

Irgendwo hier war also echt ein Hirngespinst gewesen, und ich hatte es wieder nicht gesehen? So ein Pech. Aber andererseits, wen kümmerte es. Dieser Tag war auch so perfekt gewesen.

Kapitel 16

Vielleicht ist es ja doch kein Hirngespinst«, sagte Bernie nach ein paar Kilometern. »Ich habe langsam den Eindruck, wir sind dem Kerl einfach nur auf den Leim gegangen.«

Iiih! Ich war schon mal auf Leim gegangen, und ich kann Ihnen sagen, das war nicht angenehm. Zuerst schon, kühl und feucht, aber als er getrocknet war und ich mir stundenlang die Pfoten waschen musste und mir das Zeug überall im Fell hing, weil ich auf der eingestrichenen Tapete ausgerutscht war – brrr! Bernie war auch nicht gerade erfreut gewesen, als er die Leimspuren auf dem Teppich entdeckt hatte. Wenn er jetzt meinte, unbedingt auf Leim herumspazieren zu müssen – bitte, aber ohne mich!

»Irgendwas ist anders, Chet.«

Anders als was? Ich kam nicht mehr mit. Egal, ich streckte den Kopf zum Fenster raus, spürte die warme Sonne und den Wind, der so stark war, dass mir die Ohren am Kopf klebten. Und was hatten wir im Kofferraum? Massenhaft Probepackungen von Rover and Company! Worüber sollte man sich da noch Sorgen machen, sagen Sie selbst?

Bernie blickte zu mir herüber. »Unter uns gesagt, ich fange langsam an, mir Sorgen zu machen.«

Nicht doch, ich machte mir doch auch keine!

»Sieht es danach aus, als wäre das Mädchen ausgerissen? Nein. Von einem Irren gekidnappt worden? Nein. Eine Entführung, um Lösegeld zu erpressen? Ja, genau danach sieht es für mich aus.«

Wenn es für Bernie danach aussah, gut, ich war dabei.

»Dir ist klar, wo das Problem liegt, oder?«

Ich wartete.

»Keine Lösegeldforderung. Wer hat jemals von einer Entführung wegen Lösegeld gehört, bei der kein Lösegeld gefordert wurde?«

Ich nicht.

»Was geht hier vor sich?«

Ich hatte keinen blassen Schimmer. Vor allem, was das Ganze mit Hirngespinsten und Leim zu tun hatte. Moment mal, Chet, *nicht so schnell.* In diesem Moment hatte ich nämlich tatsächlich einen Schimmer, wenn auch einen sehr, sehr blassen: eine schwache Erinnerung an Madison an einem Fenster.

»Warum bellst du?« Keine Ahnung, aber ich machte erst mal weiter. Bernie sah sich um. »Hat es etwas mit der Gegend hier zu tun?«

Der Gegend? Vor und hinter uns waren nichts als langsam dahinkriechende Autos zu sehen. Zur Seite hin erblickte ich ein riesiges Einkaufszentrum mit einem Parkplatz, der sich bis zum Horizont erstreckte – irgendwie kam mir das alles bekannt vor.

»Das ist die North Valley Mall, Chet. Wo dich der Mann verletzt hat.«

Ja, die North Valley Mall – wo der Mann mich verletzt hatte, genau –, dieser Teil war eindeutig, meine erste Begegnung mit Boris, der mich bei einem Schläfchen überraschte, unsere Reifen aufschlitzte, mich dann mit seinem Messer schnitt und mit seinem Auto anfuhr. Aber ich hatte ihn auch verletzt – das sollte nicht vergessen werden. Ich bellte lauter.

»Was geht dir durch den Kopf, alter Junge?« Bernie nahm die Ausfahrt zum Einkaufszentrum. Ich verstummte.

Wir kurvten eine Zeit lang auf dem Parkplatz herum. »Hier in der Nähe war es, oder?«, fragte er. »Vielleicht dort, im Schatten dieses Baums?« Er hielt an. Wir stiegen aus, liefen hierhin und dorthin. Bernie sah hinauf in die Baumkrone. »Was ist hier passiert, Chet? Was war los?«

Was los gewesen war? Ich hatte ein Nickerchen im Schatten des Baums gehalten und – ich lief zu dem Baum, schnupperte am Stamm. Wow. Tausende und Abertausende von Markierungen. So etwas Vielschichtiges hatte ich noch nie gerochen. Es machte mich geradezu schwindlig. Als der Schwindel nachließ, hob ich kurz mein Bein. Warum auch nicht?

Wie peinlich, bei einem Nickerchen erwischt zu werden. Das war los gewesen. Ich ließ den Kopf hängen.

»Was hast du denn?«, fragte Bernie. Er kam zu mir und streichelte mir über den Rücken. »Was ist passiert?« Er ging an der Reihe von Autos entlang. »Wir sollten versuchen, zu rekonstruieren, was …« Seine Stimme verlor sich. Ich lief hinter ihm her. »Wir hatten an dieser Stelle geparkt, vielleicht auch hier. Was ist dann passiert? Als ich zurückkam, lagst du dort drüben.« Er deutete auf eine Stelle ein Stück weiter. Wir gingen hin, Seite an Seite, und kamen auf dem Wag an dem Gully vorbei. Ich blieb davor stehen, schnüffelte, dann steckte ich meine Schnauze durch einen der Spalte.

»Was ist los, Chet?«

Ich roch alles Mögliche, aber darum ging es nicht. Es ging darum, dass diese Gerüche eine Erinnerung an den

Gully hervorriefen und daran, was hineingefallen war: eine der schärfsten Erinnerungen, die ich jemals hatte, so scharf, dass mir die Seite wehtat.

»Warum bellst du?« Bernie ließ sich auf alle viere nieder und spähte durch das Gullygitter. »Ich kann nichts sehen. Du vielleicht?«

Ich auch nicht. Aber das war auch gar nicht nötig: Ich wusste, was dort unten lag. Ich kratzte an dem Gitter herum. Bernie sah mich einen Moment lang an, dann ging er zum Auto und kehrte mit einer Taschenlampe zurück. Ich liebte die Taschenlampe, sie schnitt Löcher ins Dunkel, und wenn wir sie anknipsten, wurde ich immer ganz aufgeregt.

»Kannst du dich vielleicht mal wieder etwas beruhigen?«

Ich blieb stehen und wandte mich erneut dem Gully zu. Bernie kniete davor und leuchtete mit der Taschenlampe hinein.

»Hör auf, mich zu schubsen, Himmel noch mal.«

Es ging nicht. Ich drängte mich vor und spähte mit Bernie in den Schacht. Am Grund glitzerte Wasser, und ich war mir fast sicher, dass ich eine dieser Burger-Schachteln sah. Ich mochte die Burger, die Bernie auf dem Grill briet, zwar lieber, hatte aber auch nichts gegen die gekauften einzuwenden, kein bisschen. Leda zum Beispiel war jemand, der sehr heikel mit Essen war, ich dagegen war da ganz unproblematisch.

»Hallo? Ist Ihnen der Autoschlüssel in den Gully gefallen?«

Wir drehten uns um und sahen eine dicke Frau, die sich auf einen Einkaufswagen stützte.

»Wenden Sie sich an den Sicherheitsdienst – die haben so ein Ding.«

»Was für ein Ding?«, fragte Bernie.

»Mit dem man ihn rausholen kann«, sagte die Frau, während sie die ganze Zeit über auf einem riesigen Kaugummi herumkaute; Kaugummis machten nur Probleme, wie ich leider immer wieder hatte feststellen müssen. »Ich weiß das, weil ich mich auch mal so dumm angestellt habe wie Sie.«

Nicht lange, und es hatte sich eine kleine Menschenmenge um den Gully gebildet: Wachleute, Einkäufer, Skateboarder – ich kann übrigens auch Skateboard fahren, dazu komme ich vielleicht später noch – und ein Penner mit roten Augen, der sich schwankend an einem Einkaufswagen voller verbeulter Dosen festhielt und mit seinem Geruch alle anderen Gerüche überdeckte, plus zwei Autos mit blinkenden Lichtern.

Der Chef des Sicherheitsdienstes hatte eine lange Stange dabei. »Ist ein superstarker Magnet dran, hab ich selbst erfunden«, erklärte er Bernie. »Damit fische ich im Handumdrehen Ihre Schlüssel raus.« Er steckte die Stange durch das Gitter. Alle traten einen Schritt vor, außer dem Penner, der mich plötzlich entdeckte und lächelte; ein ganz breites Lächeln, nur ohne Zähne. Ohne Zähne? Wie sollte das denn gehen?

»Treten Sie bitte zurück«, sagte der Sicherheitschef. Die Stange war fast ganz verschwunden und er hatte den Kopf auf die Seite gelegt, so als lauschte er. Die Leute um das Gitter hatten auch den Kopf auf die Seite gelegt, offenbar ahmte hier jeder den anderen nach. Einmal hatten Bernie und ich einen Film über Affen gesehen. Toller Film: Er hat mein Denken über die Menschen von Grund auf geändert.

»Ich glaube, ich habe ihn«, sagte der Sicherheitschef. »Treten Sie zurück.«

»Treten Sie zurück«, sagten die anderen Sicherheitsleute.

Alle traten stattdessen weiter vor. »Jetzt kommt der schwierige Teil«, sagte der Sicherheitschef. »Das Ding sicher an Land zu holen.« Langsam und bedächtig zog er die Stange hoch. »Ich will ja nicht, dass –«

Das Ende der Stange kam zum Vorschein, und alle schnappten laut nach Luft, alle außer Bernie und mir – wir schnappten nie nach Luft – und dem Penner. An dem hufeisenförmigen Magneten am Ende der Stange hing ein Messer, ein langes Messer mit einer glänzenden Klinge. Dann war es still bis auf das leise Geräusch des Wassers, das von der scharfen Spitze tröpfelte.

Unser Waffenexperte war Otis DeWayne. Er lebte in Gila City, das irgendwo im Valley lag, vielleicht aber auch nicht – ich erinnerte mich nicht, was Bernie gesagt hatte –, und hinter seinem Haus gab es jede Menge Hügel und freie Natur. Ich besuchte Otis immer gerne. Freie Natur an sich war schon unschlagbar, und auch die Schüsse, die dahinten oft zu Testzwecken abgegeben wurden, waren ein echter Spaß, aber das Beste war General Beauregard, der Deutsche Schäferhund, der hier mit Otis wohnte.

Otis öffnete die Haustür. Die Haare reichten ihm bis über die Schultern und der Bart bis auf die Brust, und er trug eine graue Uniform – habe ich schon erwähnt, dass er leidenschaftlich gerne Schlachten aus dem Bürgerkrieg nachstellte und uns sogar einmal dazu gebracht hatte, mitzumachen? Es war mir schon damals völlig schleierhaft gewesen, warum man den Bürgerkrieg nachstellen sollte, und das ist es heute noch. In meinem ganzen Leben war mir noch nie so heiß und mein Fell so staubig gewesen – den Bürgerkrieg überlasse ich gerne anderen. Bernie gab ihm das Messer.

»Aha«, sagte Otis und drehte es in seinen Händen, »interessant.«

»Warum?«, fragte Bernie.

Ich bekam nicht mit, was an dem Messer interessant sein sollte, denn in diesem Moment kam General Beauregard angeschossen, laut knurrend und die riesigen Fänge bissbereit entblößt, ein wenig übertrieben aggressiv, fand ich, typisch für den alten Knaben. Dann erkannte er mich, und seine Haltung änderte sich schlagartig. General Beauregard und ich waren uns bei unserem ersten Treffen ein-, zweimal in die Haare gekommen – na gut, nur einmal –, und ich hatte dem General eine kleine Überraschung bereitet, mehr will ich nicht dazu sagen. Inzwischen kamen wir wunderbar miteinander aus, nicht so gut wie Iggy und ich, aber mit dem neuen Elektrozaun war unsere Freundschaft auch nicht mehr das, was sie mal gewesen war. General Beauregard zwickte mich zur Begrüßung zart ins Ohr. Ich zwickte zur Begrüßung ein bisschen fester zurück. Er schoss um unser Auto herum, kehrte zurück und schubste mich. Ich schoss um unser Auto herum und schubste ihn ein bisschen fester, General Beauregard gehörte zu dem Typ, den man ständig daran erinnern musste, was Sache war.

»He, Jungs.«

»Da ist ja Blut dran.«

Aber da waren wir schon zur Tür hinaus, rasten um das Haus herum, Kopf an Kopf, eine Staubwolke hinter uns. Wir preschten über die Hügel, die Vögel flatterten kreischend davon, und urplötzlich war da ein sehr interessanter Geruch, ein bisschen so wie unserer, nur ranzig geworden: Kojote! Der Geruch führte uns über eine Kuppe, in ein Trockental – wo es nach Wasser roch, obwohl kein Wasser da war –, einen weiteren Hügel hoch und quer über eine riesige Ebene mit einem einzelnen mehrarmigen Kaktus in der Ferne. Der Geruch wurde schärfer. War das etwa ein grauer Schwanz, der da vor uns im Sonnenschein aufleuchtete? Wir legten an Tempo zu, drückten voll auf die Tube.

Als wir zurückkehrten, General Beauregard und ich, waren wir ziemlich durstig, und womöglich humpelten wir ein bisschen, als wir auf die hintere Veranda kletterten. In der Ecke stand der Trinknapf des Generals. Auf dem Weg dorthin schubsten und drängten wir uns und leckten dann, die Köpfe tief gesenkt, jeden Tropfen aus dem Napf. Bernie und Otis kamen heraus.

»O nein«, sagte Otis.

Sie nahmen uns mit rein und fingen an, uns mit einer Pinzette die Kaktusstacheln herauszuziehen, mir zuerst. Ich war der Gast.

Danach lagen General Beauregard und ich auf einem kuschelweichen Teppich, während Bernie und Otis an einem langen Tisch saßen, der mit Messern aus Otis' Sammlung bedeckt war. Bernie griff nach einem und verglich es mit dem aus dem Gully.

»Sieht genauso aus wie das hier.«

Otis sah zu ihm rüber. In seinem Bart hing irgendetwas, vielleicht ein Stück Spiegelei. Ich hätte es gerne gehabt, Spiegelei gehörte zu meinen Leibspeisen. »Ausgezeichnet, Bernie«, sagte er. »Es besteht eine gewisse Ähnlichkeit, was im Grunde aber keine Überraschung ist. Schmiedemeister aus Solingen siedelten sich vor Jahrhunderten in Zlatoust an. Klar, in der Gegend wird ja überall Eisenerzabbau betrieben.«

»Wovon redest du?«, fragte Bernie.

»Ich will nur sagen, dass mein Messer aus Deutschland stammt und deines nicht.«

»Nein?«

»Aber es ist von der deutschen Schmiedekunst beeinflusst – dass du das erkannt hast, ist wirklich erstaunlich.«

»Reiner Zufall«, sagte Bernie. »Und woher stammt mein Messer?«

»Wie gesagt«, erwiderte Otis. »Aus Zlatoust. Es ist praktisch ein Zwilling von dem hier.« Otis stand auf, ging um den Tisch und nahm ein anderes Messer. »Das Korsar – sehr hübsch, habe es erst letzte Woche bekommen. Sieht ziemlich gefährlich aus – wie scharf es wohl ist?« Otis rollte seinen Ärmel hoch, zog das Messer über seinen Arm und rasierte ein paar Haare ab. »Deins dagegen – genauso scharf, derselbe Stahl, nämlich 40X10C2M – ist kein Korsar. Die Hohlkehle ist viel tiefer, siehst du?«

»Diese Einkerbung hier?«

»Genau. Dadurch wird die Klinge stabiler. Ein schön gearbeitetes Stück, Bernie, so eines hab ich bis jetzt noch nicht gesehen – danke, dass du es hergebracht hast. Streck mal deinen Arm aus.«

»Lieber nicht«, sagte Bernie. »Wo liegt Zlatoust?«

»Unweit der Eisenerzminen, habe ich das nicht schon gesagt?«

»Welche Eisenerzminen?«

»Im Ural natürlich.«

»Russland?«

»Gibt es noch einen anderen Ural?«, fragte Otis. Er lachte. Ich fand Otis' Lachen toll. Es hörte sich wie ein lautes Wiehern an und endete erst, wenn er anfing zu husten und sich auf die Brust schlug. »Gibt es in deinem

Fall irgendwelche Verbindungen zu Russland?«, fragte er, nachdem er sich ausgiebig auf die Brust geklopft und ein Glas Wasser getrunken hatte.

Bernie schüttelte kurz den Kopf. »Nicht, dass ich wüsste. Es gibt da allerdings eine Russin namens Ms Larapowa.«

»Wer ist das?«

»Eine Empfangsdame, vielleicht auch eine echte Immobilienmaklerin«, sagte Bernie. »Sie sieht aus wie eine von diesen russischen Tennisspielerinnen.«

Otis strich sich über den Bart. Ich hoffte, dass das Spiegeleistückchen runterfallen würde, aber es rührte sich nicht vom Fleck. »Meinst du, sie interessiert sich für den Bürgerkrieg?«, fragte Otis. »Ich könnte ein paar Frauen gebrauchen – wir stellen am nächsten Wochenende den gesamten Chattanooga-Chickamauga-Feldzug nach.«

»Ich werde sie fragen«, sagte Bernie.

»Ich könnte ein paar Frauen gebrauchen«, wiederholte Otis, dieses Mal mit einem zärtlichen, geistesabwesenden Ausdruck im Gesicht.

Neben mir schnarchte General Beauregard. Ohne Vorwarnung wurden plötzlich auch meine Augenlider schwer. Ich schnaufte einmal tief durch und ließ sie zufallen, und schon war ich im Traumland, ein Traumland, in dem der General und ich allen möglichen Tieren hinterherjagten, kleinen und großen, und allen einen Mordsschreck einjagten, bis …

»Chet? Wach auf, Schlafmütze! Wir müssen los.«

Ich sprang auf, streckte mich, schüttelte mich und folgte Bernie zur Tür. General Beauregard öffnete seine Augen nicht, aber sein Schwanz klopfte einmal sachte auf den Boden. Der Spaß, den wir beide mit dem armen Kojoten gehabt hatten – das war unser kleines Geheimnis.

Kapitel 17

Ich hielt ein wunderbares Nickerchen im Auto; vielleicht ein bisschen unbequem, weil ich den Kopf durch den Spalt zwischen den Sitzen gesteckt hatte, aber das sanfte Schaukeln und das Brummen des Motors ließen mich schnell wegdösen. Als ich erfrischt und voller Tatendrang wieder aufwachte, bogen wir gerade auf das Gelände von Pinnacle Peak Homes an den Puma Wells ein; fragen Sie mich nicht, warum. Wir parkten vor dem Musterhaus und stiegen aus, Bernie hatte einen großen braunen Umschlag mit dem Messer dabei.

Wir gingen hinein und standen wieder in dem Raum mit dem Fliesenboden, der sich unter meinen Pfoten so angenehm kühl anfühlte, und dem Springbrunnen, in dem jetzt kein Wasser mehr plätscherte. Am liebsten wäre ich sofort hingeschlendert und hätte das Bein gehoben. Warum eigentlich? Ich musste nicht mal. Am Schreibtisch saß eine Frau, eine dunkle Frau, nicht Ms Larapowa. Sie lächelte uns an.

Bernie lächelte zurück, kein richtiges Lächeln, weil seine Augen nicht mitlächelten, er bleckte nur die Zähne, wobei er für einen Menschen ganz nette Zähne hatte – habe ich das schon erwähnt? »Wir sind auf der Suche nach Ms Larapowa«, sagte er.

Die Frau hörte auf zu lächeln. »Ms Larapowa ist nicht da.«

»Wann kommt sie zurück?«

»Ms Larapowa hat das Unternehmen verlassen.«

»Sie hat das Unternehmen verlassen?«, fragte Bernie ungläubig. Er nahm eine Karte, die auf dem Schreibtisch lag. »Hier steht aber – Elena Larapowa, VP Marketing.«

»Ich fürchte, die Karte ist überholt«, sagte die Frau. Sie nahm sie Bernie aus der Hand und warf sie in den Papierkorb.

»Chet!«, sagte Bernie.

Huch. Hörte ich da ein Knurren, ein beinahe wütendes Knurren? Ich hörte auf damit, obwohl es mir nicht gefiel, wie sie Bernie die Karte weggenommen hatte, kein bisschen.

»Wissen Sie, wie ich sie erreichen kann?«, fragte er.

»Leider nein.«

»Aber mal angenommen, es kommt Post für sie – sie muss doch eine Nachsendeadresse hinterlassen haben.«

»Leider nicht.«

Bernie lächelte immer noch, und jetzt sah sein Lächeln echt aus, vielleicht war es das sogar. Bernie steckte voller Überraschungen. Manchmal wurde ich aus ihm nicht schlau.

»Dann kann man nichts machen«, sagte er. »Ich will nur kurz Mr Keefer sprechen.«

»Mr Keefer ist geschäftlich unterwegs.«

»Heute Morgen war er noch hier.«

»Jetzt ist er weg.«

»Ist er zu Hause?«

»Er ist geschäftlich unterwegs.«

»Wo?«

»Das weiß ich nicht genau.«

»Und wenn Sie raten müssten?«

Der Mund der Frau klappte auf und zu, aber es kam kein

Ton heraus. Ich mochte es, wenn Bernie das machte. Wir gingen hinaus und fühlten uns wie Sieger, zumindest ich. Draußen auf dem Parkplatz rief Bernie Keefer zu Hause und auf seinem Handy an, aber niemand meldete sich. Er klappte seinen Laptop auf, suchte nach der Nummer von Ms Larapowa, fand aber nur einen Eintrag – das Pinnacle-Peak-Büro, das wir gerade verlassen hatten.

»Was würden wir denn sagen, wenn wir raten müssten, Chet? Wo steckt das Mädchen? Wo steckt Madison?«

Madison? Ihr Gesicht oben in dem Scheunenfenster, gegenüber von dem Eingang zur alten Mine: Ich konnte es sehen. Und wie sie mir helfen wollte, es tatsächlich getan hatte, mir zur Flucht verholfen hatte – daran erinnerte ich mich. Ich fing an, über den Parkplatz zu traben, versuchte meine eigene Witterung aufzunehmen, die mich zurück zu Mr Gulagows Ranch führen würde. Mein Geruch hing in der Luft, war leicht zu finden, aber er führte mich nur immer im Kreis herum.

»Chet?«

Und dann auf einmal, vielleicht weil ich gerade an den Mann dachte, nahm ich neben dem Dornbusch in einer Ecke des Parkplatzes Witterung auf, ein sehr schwacher Geruch, den ich kannte. Menschlich, männlich, abgestanden und ein bisschen abstoßend, mit einem Hauch von gekochter roter Bete: Mr Gulagow.

Ich trabte um den Busch herum, folgte der Fährte bis zur Bürotür, wo sie plötzlich aufhörte. Dann lief ich zurück zu dem Dornbusch, suchte nach einer Fährte in irgendeine andere Richtung, aber es gelang mir nicht. Ich setzte mich und bellte.

»Chet? Was ist? Keefer? Hier riecht es bestimmt überall nach ihm.«

Ich bellte lauter. *Hilf mir, Bernie.*

»Komm, alter Junge. Hier gibt es nichts mehr für uns zu tun.«

Nein? Es musste noch etwas geben, aber ich wusste nicht, was. Wir fuhren nach Hause.

Als wir ins Haus kamen, klingelte das Telefon. Vom Anrufbeantworter kam Suzies Stimme. »Hi«, sagte sie. »Nichts Besonderes – ich wollte mich nur erkundigen, wie es Chet geht.«

Bernie rannte zum Telefon, rutschte auf einem Spielzeug von mir ein bisschen aus – eins meiner liebsten, um genau zu sein, knochenförmig, aus festem, aber wunderbar knautschigem Gummi – und ließ den braunen Umschlag los. Als er schlitternd stehen blieb – mit durchgestreckten Beinen, beinahe so gut wie ich –, flog das Messer aus dem Umschlag und blieb zitternd im Fußboden stecken.

»Hallo?«, sagte Bernie. »Chet! Lass das!« Er hörte einen Moment zu, sagte: »Ihm geht'… äh … gut, sein übliches – Chet!«

Aber ich konnte einfach nicht anders. Das Messer – dieses Messer! – steckte im Boden, das Geräusch vibrierte in meinen Ohren, surr, surr, surr: Sie wären auch auf und ab gesprungen, das können Sie mir glauben. Bernie griff nach dem Gummiknochen und warf ihn durch das offene Fenster. Ich sprang dem Knochen hinterher, sauste durch den Garten, schnappte ihn mir, wirbelte herum, sprang zurück ins Zimmer. Ein neues Spiel, und was für ein Spiel, drinnen und draußen, rennen und springen – da war alles dabei.

»Chet!«

Bernie packte mich am Halsband. »Beruhige dich.« Ich versuchte mich zu beruhigen, versuchte den Gummiknochen festzuhalten, versuchte zu hecheln, alles gleichzeitig: ein bisschen zu viel für mich. Ich bekam kaum mit, dass Bernie nicht mehr telefonierte. »Um Himmels willen, Chet – sie kommt zum Essen. Und hier sieht's aus wie bei Hempels unterm Sofa.«

Owei. Ich wusste nicht genau, wer diese Hempels waren, nur so viel, dass sie etwas mit dem Staubsauger zu tun hatten und dass ich nicht im Haus bleiben konnte, wenn gestaubsaugt wurde, das wussten wir beide aus Erfahrung. Bernie machte sich an die Arbeit. Ich ging in den Garten hinaus, warf erst mal einen Blick auf das Tor – geschlossen, schade – und vergrub den Gummiknochen in der hintersten Ecke. Ich schnüffelte ein bisschen herum, stellte fest, dass vor kurzem eine Eidechse da gewesen sein musste, wahrscheinlich eine von denen mit den winzigen Augen und der zuckenden Zunge, aber sonst gab es nichts Neues, und ich grub den Knochen wieder aus. Ich legte mich hin und kaute darauf herum, bis mir der Kiefer wehtat, dann vergrub ich ihn wieder. Dieses Mal buddelte ich ein richtig tiefes Loch, eins meiner tiefsten. Es dauerte ziemlich lange, bis ich die ganze Erde wieder zurückgeschaufelt hatte und alles gut festgestampft war, so wie ich es mag, aber es war ein gutes Gefühl, alles ordentlich zu machen. Das war auch einer von Bernies Sprüchen: Eine Arbeit, die es verdient, gemacht zu werden, verdient es auch, ordentlich gemacht zu werden. Ich legte mich hin, um ein bisschen auszuruhen, dachte an nichts Besonderes. Die Sonne tat gut. Ich beschloss, den Gummiknochen wieder auszugraben. Kaum hatte ich ein bisschen an der Erde gekratzt, als ich nebenan Iggy bellen hörte.

Ich bellte zurück. Iggy bellte. Ich ging zum Zaun, spähte durch die Latten hindurch. Iggy saß auf seinem gewohnten Platz an einem der Fenster auf der Seite und schaute raus. Ich bellte. Iggys Kopf zuckte in Richtung Zaun. Konnte er mich sehen? Warum nicht? Ich konnte ihn ja auch sehen. Er bellte. Ich bellte. Und dann hörte ich die geheimnisvolle Sie in der Ferne bellen. Ein merkwürdiges Gefühl lief mir das Rückgrat entlang. Wir hörten auf zu bellen, Iggy und ich, warteten darauf, dass »sie« noch mal bellte. Iggy drückte sein Gesicht ans Fenster, seine langen Hängeohren waren so hoch aufgerichtet, wie er es schaffte.

»Oje«, sagte Suzie, als Bernie vom Grill zurück ins Haus kam, mit einem breiten Lächeln auf dem Gesicht und zwei großen Steaks mit einem perfekten Gittermuster auf dem Teller in seiner Hand, »ich hätte es Ihnen sagen sollen, ich esse kein Fleisch.«

Bernies Lächeln machte etwas Komisches; es blieb irgendwie noch eine Weile hängen, während der Ausdruck auf seinem Gesicht wechselte. Suzie aß kein Fleisch? Das war ja so, als würde sie überhaupt nicht essen. Ich war schockiert und Bernie auch: Beinahe wären ihm die Steaks vom Teller gerutscht. Aber nur beinahe. Ich setzte mich wieder hin.

»Oh … äh … das ist … äh … meine Schuld«, sagte Bernie. »Jemand wie Sie, ich hätte es wissen müssen.«

Suzie lächelte, als würde ihr das Spaß machen – aber wie konnte es Spaß machen, wenn man plötzlich feststellt, dass man nichts zu essen kriegt? »Jemand wie ich?«, fragte sie.

Bernie machte ein paar merkwürdige – wie hatte Suzie es genannt? schlurfend? – ja, ein paar schlurfende Schritte und sagte: »Sie wissen schon. Zart.«

Suzies Lächeln wurde breiter; ja, es machte ihr Spaß. »Zart.«

»Und stark«, sagte Bernie. »Stark und zart. Mehr stark als zart, eindeutig.«

Suzie lachte. Ein wirklich hübsches Lachen – habe ich das schon erwähnt? –, viel angenehmer als das von Ms Larapowa. »Hätten Sie etwas dagegen, wenn ich einen Blick in Ihren Kühlschrank werfe?«

»O nein, das sollten Sie besser …«

Aber die Tür war bereits offen. »Ich picke mir schon was raus«, sagte sie und nahm etwas von ganz hinten.

»Das geht doch nicht, dass Sie …«

»Kein Problem. Sie und Chet können die Steaks haben.«

Suzie – ein Juwel.

Sie saßen am Küchentisch, ich lag in der Ecke bei meinen Näpfen. »Sie … äh … trinken doch Wein, ja? Oder nicht?«

»Ich liebe Wein«, sagte Suzie.

»Rot oder weiß?«

»Rot, bitte.«

»Hey, ich auch.«

Mach langsam mit dem Wein, Bernie. Das war mein erster Gedanke – ich hatte in diesem Zusammenhang schon einiges schiefgehen sehen.

Bernie goss ein. »Er ist aus Argentinien«, sagte er.

»Da wollte ich schon immer mal hin.«

»Ja? Ich auch.«

Falls er vorhatte, weiter nur *ich auch* zu sagen, hatten wir eine lange Nacht vor uns. Ich entdeckte einen dicken Fettrand an meinem Steak und machte mich als Erstes darüber her.

»Hmm, köstlich«, sagte Suzie.

»Schmeckt Ihnen der Wein?«

»Sehr.«

»Oh, gut. Fantastisch. Mir schmeckt er auch. Schöner Rotton. Und der Geschmack – nicht zu – wie sagt man? – aber gleichzeitig …« Seine Stimme verlor sich. Bernie war oft, vielleicht sogar immer, der klügste Mensch weit und breit. Heute Abend war das anders.

Sie stießen an. Das gefiel mir, das Anstoßen mit Gläsern, der Anblick und der Klang, aber vor allem, dass die Gläser dabei nicht kaputtgingen. Wie machten sie das bloß? Meine Abenteuer mit Glas gingen immer anders aus.

Ihre Füße unter dem Tisch waren nicht weit voneinander entfernt. Bernie trug Flip-Flops. Er hatte kräftige, große Füße; wenn man sein Leben auf zwei Füßen verbringen musste, würden einem seine gute Dienste leisten. Suzie trug Sandalen; ihre Füße sahen auch kräftig aus, aber dünner und sehr viel kleiner. Ihre Zehennägel waren mit einer dunklen Farbe angemalt, und an einem Zeh steckte ein silberner Ring. Suzie war interessant, keine Frage. Ich bekam Lust, unter den Tisch zu kriechen und ihr kurz die Zehen zu lecken. Ich widerstand. Sie war unser Gast.

»Gibt's irgendwelche Fortschritte in Ihrem Fall?«, fragte sie. »Das vermisste Mädchen?«

Bernie stellte sein Glas auf den Tisch. Er beugte sich nach vorne, machte den Rücken steif; die Haltung angespannter Bernie. »Kurze Antwort oder lange?«

»Beides«, sagte Suzie.

Bernies Rücken, immer noch gerade, entspannte sich ein bisschen. Er war noch nicht wieder der lockere Bernie, aber auf dem Weg dahin.

»Keine Fortschritte – das ist die kurze Antwort«, sagte er. »Möglicherweise bewegen wir uns sogar rückwärts.«

»Aber ist das nicht genau das, was Sie tun? Sich rückwärts bewegen?«, fragte Suzie. Ich konnte ihr nicht folgen.

Bernie dagegen schon. Er warf ihr einen Blick von der Seite zu und sagte: »Ja.« Dann ging er zur Küchentheke, nahm den braunen Umschlag, holte das Messer heraus und legte es vor Suzie auf den Tisch.

»Was ist das?«

»Unser einziger handfester Anhaltspunkt«, sagte Bernie. »Jemand ist damit auf Chet losgegangen. Der Angreifer fuhr ein blaues Auto. An dem Abend, an dem Madison so spät nach Hause gekommen ist, wurde sie von einem blonden Mann in einem blauen BMW belästigt.«

»Und?«

Bernie nippte an seinem Wein, genauer gesagt, kippte er ihn runter. »Erste Möglichkeit: Der blonde Mann hat es noch einmal probiert, dieses Mal mit Erfolg. Zweite Möglichkeit: Sie ist ihm erneut entkommen und jetzt auf der Flucht vor ihm.«

»Warum würde sie dann nicht einfach nach Hause kommen? Oder zur Polizei gehen?«

»Manchmal setzen die Familienverhältnisse, um die es in diesem Fall nicht besonders gut bestellt ist, die Logik außer Kraft. Aber das andere Problem bei Möglichkeit zwei ist der Angriff auf Chet. Falls Madison auf der Flucht war, hätte niemand einen Grund gehabt, uns zu verfolgen.«

»Man hat Sie verfolgt?«

»Vielleicht sollte es eine Warnung sein – oder vielleicht war er hinter mir her. Wie auch immer, jedenfalls sieht es so aus, als hätte irgendjemand Madison in seiner Gewalt und will nicht, dass man sie findet. Und das läuft wiederum auf eine Entführung gegen Lösegeld hinaus, nur dass bis jetzt niemand Lösegeld gefordert hat.«

Suzie deutete auf das Messer, ohne es zu berühren. »Was haben Sie über das Messer herausgefunden?«

»Russischer Herkunft, das ist alles. Unser Messerspezialist überprüft gerade die Seriennummer, aber es ist nicht so wie bei Pistolen – man braucht für ein Messer keinen Waffenschein.«

Suzie nahm einen Bissen von dem, was sie sich aus dem Kühlschrank gepickt hatte, irgendetwas Braunes und Schwammartiges. »Mmh«, sagte sie. Man musste Suzie einfach mögen. Sie trank einen Schluck Wein und sagte: »Sind Madisons Eltern reich?«

»Ihr Vater heißt Damon Keefer. Er ist Bauunternehmer im North Valley. Ich habe schon den Eindruck, dass er reich ist.«

»Was hat er gebaut?«

»Bislang? Keine Ahnung, aber im Augenblick ist er dabei, ein Projekt fertigzustellen, das sich Pinnacle Homes an den Puma Wells nennt. Er legt sehr viel Wert auf den vollständigen Namen.«

»Die sind alle so«, sagte Suzie. »Ich habe Hunderte von Berichten über Bauunternehmer geschrieben.« Sie bewegte ihre Füße unter dem Tisch, um ein Haar hätte sie die von Bernie berührt. »Vielleicht könnte ich Ihnen irgendwie helfen.«

»O nein«, sagte Bernie. »Ich würde nie …« Er sprach nicht weiter.

»Was?«, sagte Suzie.

Bernie schüttelte den Kopf.

»Ich habe da so eine Regel«, sagte Suzie. »Wenn man einen Satz anfängt, muss man ihn auch zu Ende bringen.«

Bernie lachte. Sein Fuß schoss plötzlich vor und stieß ziemlich fest gegen einen von ihren. »Oh, tut mir leid«, sagte er. Er zog seinen Fuß hastig zurück.

»Macht nichts«, sagte sie und rieb ihren getretenen Fuß mit dem anderen. »Heraus damit, Bernie.«

Bernie schwieg einen Moment. Kam seine Schweigsamkeit daher, dass sie ihn mit seinem Namen angesprochen hatte? Bernie ist ein sehr hübscher Name, mein zweitliebster. »Na gut, Sie haben recht«, sagte er schließlich. »Wahrscheinlich hat es nichts weiter zu sagen. Ziemlich sicher nicht. Aber in diesem Geschäft gewöhnt man sich an, alles zu überprüfen.«

»In meinem auch«, sagte Suzie. »Und was?«

»Keefer hat einen Anruf bekommen. Ich konnte nicht richtig mithören, aber es klang unerfreulich. Er behauptete, es wäre der Subunternehmer für die Bewässerung gewesen, was immer das sein soll.«

»Aber das haben Sie ihm nicht abgekauft?«

»Nicht so ganz.«

»Was glauben Sie, wer es war?«

»Keine Ahnung.«

»Hat es etwas mit Madison zu tun?«

Bernie gab keine Antwort.

»Sie wollen es nicht laut sagen?«, sagte sie.

Er grinste. Einen Moment lang sah er aus wie ein Junge; um genau zu sein: Er sah aus wie Charlie.

»Ich mache Ihnen einen Vorschlag«, sagte Suzie. »Was halten Sie davon, wenn ich den Subunternehmer überprüfe?«

»Ich mache *Ihnen* einen Vorschlag«, sagte Bernie. »Was halten Sie davon, wenn wir das gemeinsam tun?«

»Abgemacht«, sagte Suzie.

»Prima«, sagte Bernie und streckte seine Hand aus, was damit endete, dass er Suzies Glas umstieß und sie von oben bis unten mit Wein begoss. Ich schloss die Augen.

Kapitel 18

Manchmal sang Bernie unter der Dusche. Wenn Bernie unter der Dusche sang, bedeutete das, dass es gut lief. Er hatte drei Dusch-Lieder, »Your Cheatin' Heart«, »Born in the USA« und »Bompity Bompity Bompity Bomp Blue Blue Blue Blue Blue Blue Moon«, mein Lieblingslied, das er jetzt gerade sang. Das Problem war nur, dass es nicht gut lief, nicht im Fall Madison Chambliss. Das war unser Job, der Fall Madison Chambliss, sie zu finden und sicher zurück nach Hause zu bringen – warum sang Bernie also? Ich stieß mit der Schnauze die Badezimmertür auf und ging zu ihm rein.

Ich finde Badezimmer klasse. Anders kann man es nicht sagen. Ich hatte immer viel Spaß in Badezimmern. Wir haben zwei davon, eins ohne Wanne neben der Haustür und das andere am Flur zwischen den beiden Schlafzimmern. Auf dem Boden standen Pfützen, wie immer, wenn Bernie duschte. Ich leckte ein bisschen Wasser auf und stellte fest, dass Bernie seltsam verrenkt vor dem Spiegel stand und über seine Schulter sah.

»Mist«, sagte er. »Mir wachsen Haare auf dem Rücken.«

Ja und? Wo lag das Problem? Mir wuchsen auch Haare auf dem Rücken, jede Menge davon, dicht und glänzend, und ich hatte noch nie etwas anderes als lobende Worte darüber gehört.

»Warum ausgerechnet jetzt, aus heiterem Himmel?«,

sagte er und griff nach seinem Rasierapparat. »Frauen können Haare auf dem Rücken nicht ausstehen.«

Ach wirklich? Sagen wir es mal so: Weibchen meiner Art hatten kein Problem mit meinem Aussehen. Meine Gedanken wanderten zu der unbekannten Sie irgendwo hier im Canyon. Bernie fing in seiner verdrehten Haltung an, mit dem Rasierapparat über seinen Rücken zu fahren. Ich konnte es nicht mit ansehen.

»Lassen Sie uns Ihr Auto nehmen«, sagte Suzie. »Das ist echt schick.«

»Das alte Ding?«, sagte Bernie, aber an der Art, wie er ein kleines bisschen den Kopf hob, erkannte ich, dass er sich freute. Wir stiegen ein – Bernie hinters Lenkrad, und dann gab es einen kurzen peinlichen Moment, als Suzie und ich beide den Kopilotensitz ansteuerten.

Suzie lachte und sagte: »Ich geh nach hinten.«

In dem alten Porsche gab es hinten keinen richtigen Sitz, man konnte da einfach nicht bequem sitzen. Vielleicht hatte ich ein klitzekleines bisschen ein schlechtes Gewissen, aber letzten Endes – wer war hier der Kopilot?

Bernie fasste sie am Arm. »Nein, nein«, sagte er. »Komm, Chet, nach hinten mit dir.«

Nach hinten mit dir? Sprach er mit mir? Ich rührte mich nicht von der Stelle. Um genau zu sein, war das nicht alles: Ich tat auch noch so, als wäre ich aus Stein, indem ich ganz fest alle Muskeln anspannte.

»Das hab ich schon eine ganze Weile nicht mehr erlebt«, sagte Bernie. »Dass er den störrischen Maulesel spielt.«

Störrischer Maulesel? Wie konnte er bloß so etwas sagen? Ein neuer Tiefpunkt, keine Frage. Aber war es nicht so, dass in einer solchen Situation der Klügere nachgab? Ich quetschte mich auf den winzigen Platz – ich mit meinen mehr als hundert Pfund – und wandte meine Aufmerksamkeit dem zu, was hinter der Heckscheibe vor sich ging, nämlich nichts.

Suzie stieg vorne ein. Bernie drehte den Zündschlüssel.

»Ich finde dieses Röhren des Motors toll«, sagte Suzie. »Die Art, wie …«

Ich auch, aber das Röhren des Motors war nicht das, was wir zu hören bekamen. Stattdessen ertönte ein schrilles Kreischen, ein Geräusch, bei dem tief in meinen Ohren ein unangenehmes Kribbeln begann und mir anschließend über den ganzen Rücken lief, ein Geräusch, das wir in letzter Zeit ein bisschen zu oft von dem Porsche hörten, Bernie und ich.

Bernie versuchte es wieder und wieder, drehte immer verbissener den Zündschlüssel hin und her. Nichts passierte, außer dass das Kreischen immer schwächer wurde. Maschinen und das, was in ihnen passierte: ein völliges Rätsel für mich – und auch für viele Menschen, was mich anfangs überrascht hatte. Wenig später sagte Bernie: »Verflixt« – normalerweise sagte er bei solchen Gelegenheiten etwas anderes –, stieß seine Tür auf und öffnete die Motorhaube. Von da an lief alles so ab wie immer – Scheppern, Murmeln, Fluchen, Metallteile, die runterfielen und unters Auto rollten, kleine Rauchwölkchen, das Zuknallen der Motorhaube, Ölspuren auf Bernies Gesicht, ein Anruf beim Automobilclub. Wir kletterten in Suzies Auto, Suzie hinter dem Lenkrad, ich auf dem Kopilotensitz, Bernie wütend auf dem Rücksitz, die Arme vor der Brust verschränkt. Es wendet sich immer alles zum Guten: davon war ich zutiefst überzeugt.

»Das muss es sein«, sagte Suzie. »Gleich hinter Home Depot.« Sie zeigte nach vorn. Hey! Das kannte ich – ein riesiger Wasserfall vor einem niedrigen Gebäude –, ich hatte es mir schon immer mal von Nahem ansehen wollen. Plötzlich war ich sehr durstig, ich musste auf der Stelle meine Zunge unter diesen Wasserfall halten. Suzie las vor, was auf dem Schild stand: »›Wasser, Wasser, überall. Hier bekommen Sie alles, was Sie zum Bewässern brauchen‹. Netter Name.«

»Hä?«, machte Bernie.

»Aus dem Gedicht«, sagte Suzie. Ich konnte ihr nicht folgen.

Bernie offenbar auch nicht. »Das hier ist eine Wüste«, sagte er. »Hier gibt's kein ›Wasser, Wasser, überall‹ und hat es auch nie gegeben. Warum will das den Leuten nicht in den Kopf?«

Suzie warf ihm im Rückspiegel einen Blick zu, der mir nicht gefiel, als würde sie überlegen, ob mit Bernie vielleicht irgendetwas nicht ganz stimmte. Aber wie konnte das sein? Ich machte mir auch einen Moment lang Sorgen – ich wollte, dass es Bernie gut ging, das verstand sich ja wohl von selbst –, aber dann hatten wir auch schon geparkt und waren ausgestiegen, all das – Gedichte, Blicke im Rückspiegel – war vergessen, und ich trabte schnurstracks zu dem Wasserfall. Ah. Kalt und blubbernd, einfach köstlich.

Aus dem Gebäude kam ein Mann mit einem Klemmbrett und sah mich seltsam an – was denn, hatte er Angst, ich könnte seinen Wasserfall wegtrinken? –, dann drehte er sich zu Bernie. »Ich bin Myron King, der Inhaber«, sagte er. »Kann ich Ihnen helfen?«

»Haben Sie schon mal einen von diesen Wasserfällen verkauft, Myron?«, fragte Bernie.

Bernie war ein toller Fragensteller. Eines seiner größten Talente, ein Talent, mit dem er schon viele Fälle für uns geknackt hatte – nie würde ich die Frage »Wie erklären Sie sich dann den Safe auf Ihrem Rücken?« vergessen –, aber der Ausdruck auf Myrons Gesicht sagte mir, dass dieses Gespräch keinen guten Anfang nahm.

»Wollen Sie einen kaufen?«, fragte Myron.

Bernie blies den Atem durch seine geschlossenen Lippen und brachte sie damit zum Flattern, was ich jedes Mal wieder toll fand, aber es war nie ein gutes Zeichen. Ich spürte, dass hier irgendwas in die falsche Richtung zu laufen begann, und plötzlich überkam mich der Drang, auch etwas in die falsche Richtung laufen zu lassen, vielleicht indem ich mein rechtes Bein über Myrons Mokassin hob – verrückt, ich weiß. In diesem Moment mischte sich Suzie ein.

»Wir sind immer noch im Planungsstadium«, sagte sie.

»Was planen Sie denn?«

»Bewässerungsanlagen für ein Wohnungsprojekt, das um einen Golfplatz herum entsteht.«

Bernie warf ihr einen kurzen Blick unter hochgezogenen Augenbrauen zu.

»Wo?«, fragte Myron.

»Das darf ich Ihnen im Moment noch nicht sagen«, erklärte Suzie.

Myron nickte, eines dieser Nicken, das sagte: *Ihr Gegenüber ist ziemlich gewieft.* Von meinen Artgenossen war keiner gewieft, aber mit Gewieftsein kannte ich mich aus: In der Wildnis gab es jede Menge davon – denken Sie zum Beispiel nur mal an Füchse. »Ist der Vertrag noch nicht unter Dach und Fach?«, fragte er.

»Sie haben es erfasst«, sagte Suzie.

»Sie brauchen also eine komplette Wasserversorgung, einschließlich Vermessung, Planung, Installation?«

»Richtig.«

»Wie viele Einheiten?«, fragte Myron.

Suzie zögerte einen Moment. Bernie sagte: »Wir dachten an so etwas Ähnliches wie das Projekt, das wir uns neulich angesehen haben.«

Jetzt war es an Suzie, Bernie einen kurzen Blick zuzuwerfen – als ob … als wären sie gut aufeinander eingespielt, ein Team. Unmöglich. Das Team waren Bernie und ich.

»Welches Projekt meinen Sie?«, fragte Myron.

»Erinnern Sie sich an den Namen?«, fragte Bernie.

»Wer könnte den vergessen?«, sagte Suzie. Damit brachte sie Bernie zum Lächeln. »Pinnacle Peak Homes an den Puma Wells«, sagte sie.

Der Ausdruck auf Myrons Gesicht veränderte sich; er sah aus, als hätte er in eine Zitrone gebissen. Ich hatte das einmal versucht. »Na dann viel Glück«, sagte er.

»Wie bitte?«, erwiderte Bernie.

»Das werden Sie brauchen, wenn Sie sich die zum Vorbild nehmen.«

»Stimmt mit Pinnacle Peak Homes an den Puma Wells etwas nicht?«, fragte Suzie.

Myron drehte sich weg und machte ein Geräusch, als würde er ausspucken, aber es kam keine Spucke aus seinem Mund. Spucken war etwas, das ich sehr mochte, ich hätte es auch gern gekonnt, aber dieses trockene Spucken ergab keinen Sinn für mich.

»Könnten Sie das näher erklären?«, fragte Bernie.

»Hm?«

»Mein Partner meint«, erläuterte Suzie, »ob das Bewässerungssystem in Pinnacle Peak nicht Ihrem Standard entspricht?«

»Ganz und gar nicht«, sagte Myron. »Es entspricht dem neuesten Stand der Technik – ich habe mich schließlich persönlich darum gekümmert, es selbst entworfen, wir haben sogar einen Tunnel unter dem 16. Fairway zu den alten Brunnen gelegt, was davon noch übrig ist. Im gesamten Staat wird es nichts Grüneres geben als diesen Golfplatz.«

Etwas, das ich an Bernie gar nicht gern sehe, ist, wenn diese Ader auf seiner Stirn zu pochen anfängt. Immer wenn ich das gesehen hatte, war hinterher etwas Schlimmes passiert. Und jetzt pochte sie. Suzie schien es aus dem Augenwinkel ebenfalls zu bemerken. Sie sagte: »Klingt nach einer guten Idee, Myron. Und wo liegt das Problem?«

»Das Problem?«, sagte Bernie, und seine Stimme wurde lauter. »Das Problem mit dem Verlegen von Tunneln …« Er unterbrach sich. Ich hätte es beinahe nicht mitbekommen, wie Suzie ihm blitzschnell auf den Fuß trat.

»Das Problem?«, erwiderte Myron. »Meine Rechnungen sind bis heute nicht bezahlt – oder ist das dort, wo Sie herkommen, kein Problem?«

»Das ist das Schlimmste«, sagte Bernie, die blaue Ader beruhigte sich, war kaum noch zu sehen.

Myron sah Bernie an, nickte wieder leicht, die Sorte Nicken, die bedeutete, dass sie also auf derselben Seite standen, vielleicht sogar Freunde werden könnten. Das hieß, dass er überhaupt nicht kapierte, was hier vor sich ging. Wusste er denn nicht, wie kurz er davor gestanden hatte, in diesem Wasserfall zu landen? Ich gab die Hoffnung noch nicht ganz auf.

»Da haben Sie verdammt recht«, sagte er. »Das Schlimmste. Was soll ich machen – alle Rohre wieder aus dem Boden reißen?«

Bernie setzte zu einer Antwort an, aber bevor es so weit kam, sagte Suzie: »Natürlich nicht. Aber ist das nicht so wie bei einem Hausbau – bekommen Sie keinen Vorschuss und dann während des Baus Raten?«

»Ja«, antwortete Myron. »Normalerweise schon.«

»Und in diesem Fall?«, fragte Bernie.

»Einen Vorschuss habe ich durchaus bekommen. Und danach auch ein paar Raten, aber es gab immer wieder Verzögerungen.«

»Zum Beispiel?«

»Zum Beispiel mit einer Überweisung, die, Zitat, jeden Tag von einer Bank in Costa Rica eintreffen sollte. Und der Typ war unheimlich eloquent, er klang sehr überzeugend.«

»Der Bauunternehmer?«, sagte Suzie.

»Keefer heißt er«, sagte Myron. »Aalglatter Typ, aber jetzt geht er nicht mal mehr ans Telefon, wenn ich anrufe. Einmal und nie wieder, meine Herrschaften.«

Bernie und Suzie wechselten einen raschen Blick. »Wow«, sagte Suzie.

»Er nimmt tatsächlich keine Anrufe mehr von Ihnen entgegen?«, fragte Bernie.

»Ich habe seit Wochen kein Wort mit dem Kerl gesprochen«, sagte Myron.

»Im Ernst?«, fragte Bernie.

»Meinen Sie, ich denke mir das aus?«, fragte Myron zurück. »Mein Anwalt überhäuft ihn mit Zurückbehaltsansprüchen. Gott sei Dank ist alles aufgeflogen, bevor wir Splashorama installiert haben.«

»Splashorama?«

Myron deutete auf den Wasserfall. »Sie sehen hier zweihundertfünfzigtausend vor sich. Zuzüglich Steuern. Das ist die Vollausstattung, meine Herrschaften. Aber ich kann Ihnen eine abgespeckte Version davon zeigen, wenn dieses Prachtstück Ihre Mittel übersteigt.«

»Geh zum Teufel«, sagte Bernie, als wir wieder in Suzies Auto saßen, in der gleichen Anordnung wie vorher, vielleicht weil ich als Erster reingesprungen war.

»Verzeihung?«, sagte Suzie.

»Das ist die Vollausstattung seines Wasserfalls«, sagte Bernie. »Der Grundwasserspiegel ist praktisch bei null angelangt. Früher sind Flüsse durch das Valley geflossen, bis zum Golf runter. Jetzt gibt es da nicht mal mehr einen Bach. Und warum?«

Schweigen. Bernie war stinkwütend, es ging wieder einmal um die Wassersache. Ich kapierte es nicht. Wir hatten doch Wasserfälle! »Viel zu viele Leute, darum«, sagte er. »Und es kommen immer mehr, wie … wie eine Dürrewelle.«

Zu viele Leute? Das verstand ich auch nicht. Abgesehen von Dieben, Vergewaltigern und anderen bösen Menschen mochte ich Menschen, je mehr, desto besser. Und sie mochten mich!

»Darf ich Sie zitieren?«, fragte Suzie.

»Mich zitieren?«

»Die Idee mit der Dürrewelle – könnte ich vielleicht eines Tages für einen Artikel brauchen.«

»Nur zu«, sagte Bernie.

Suzie warf Bernie im Rückspiegel einen Blick zu. Die Augen von Menschen sahen irgendwie verschwommen aus, wenn dahinter gedacht wurde, komplizierte Menschengedanken, die meiner Erfahrung nach immer dazu zu führen schienen, dass der Spaß vorbei war. »Also, wo stehen wir?«, fragte sie.

»Wir?«, fragte Bernie.

»Mit dem Fall.«

»Oh«, sagte Bernie. »Der Fall.« Er atmete tief durch die Nase ein, schönes Geräusch. »Ein offensichtlicher Widerspruch. Keefer sagt, er hätte gestern einen Anruf von seinem Bewässerungsfritzen bekommen. Der Bewässerungsfritze sagt, Keefer hätte seit drei Wochen auf keinen Anruf von ihm mehr reagiert.«

»Und das heißt, Partner?«

Bernie lachte. Moment mal. Partner? Wovon redete sie? Ich war der Partner. Ich drehte den Kopf, nagte ein bisschen an dem Zeug innen an der Tür, hörte aber damit auf, als ich feststellte, dass es Plastik war und kein Leder. Wie konnte das sein? Das Armaturenbrett war aus Leder; daran erinnerte ich mich von dem einen Mal, als ich mit der Pfote daran gekratzt hatte. Autos waren mir ein Rätsel. Und der Geschmack von Plastik? Davon fang ich lieber erst gar nicht an.

»Das heißt«, sagte Bernie, »dass wir der Sache auf den Grund gehen.«

»Wie?«

»Es gibt zwei Möglichkeiten«, sagte Bernie. »Wir könnten …« Sein Handy klingelte. Wenn Bernies Handy klingelte, dann klang das so wie die alten Telefone in den Schwarzweißfilmen, die wir uns oft ansahen. Ich sah sie mir gern an, weil Schwarzweiß für mich gut anzuschauen war; ich war mir nicht ganz sicher, warum Bernie sie mochte, ich wusste nur, wenn er die Wahl zwischen Schwarzweiß und Farbe hatte, entschied er sich immer für Schwarzweiß. Er hörte eine Weile zu, und ohne dass ich hätte erklären können, warum, war mir klar, dass irgendetwas passiert sein musste. Bernie sagte: »Okay, danke« und legte auf. »Das war Rick Torres von der Vermisstenabteilung. Madison Chambliss ist in Las Vegas gesehen worden. Er ist auf dem Weg zu uns.« Zu uns, das hieß sein und mein Haus, unser Zuhause.

Suzie fuhr uns hin. Auf der ganzen Fahrt sprachen sie

kaum miteinander. Ich war auch still. Ich war noch nie in Las Vegas gewesen, ich wusste nur, dass es weit weg war und dass Bernie es nicht leiden konnte. Madison hoch oben in einem Fenster: Ich hatte das Bild nur noch schwach in Erinnerung, fast schon war es verschwunden. Lag diese alte Mine in Las Vegas? Das hätte keinen Sinn ergeben, aber ich wusste es nicht genau.

Wir fuhren vom Freeway runter, den Canyon hinauf, bogen in die Mesquite Road ein. Iggy saß nicht hinter seinem Fenster, aber in unserem Vorgarten stand ein Mann, und es war nicht Rick Torres. Der Mann war groß und hatte Haare bis zur Schulter. Er erinnerte mich an einen Schauspieler, den Bernie nicht leiden konnte und dessen Name mir gerade nicht einfiel, aber das war auch nicht so wichtig. Wichtig war, dass da ein Fremder auf unserem Grund und Boden stand.

»Wer ist denn dieser Schönling?«, fragte Bernie.

Suzie umklammerte das Lenkrad. »O nein.«

»Sie kennen ihn?«, fragte Bernie.

Suzie nickte.

»Wer ist er?«

»Dylan McKnight«, sagte Suzie. »Er ist mein … mein Exfreund.«

»Oh«, sagte Bernie.

»Aber warum ist er draußen?«, fragte Suzie.

»Wo draußen?«

»Northern State Correctional«, antwortete Suzie. »Achtzehn Monate bis zwei Jahre wegen Drogenmissbrauchs.«

»Oh«, sagte Bernie.

Kapitel 19

»Rufen Sie den verdammten Hund zurück«, rief Dylan McKnight.

»Er verteidigt nur sein Territorium«, sagte Bernie, kam durch den Garten zu dem Baum gelaufen, wo ich Dylan McKnight in Schach hielt, und packte mich am Halsband. »Das ist nichts Persönliches.«

Territorium? Das Wort kannte ich nicht, es war neu für mich. Aber die Situation war völlig klar, und es hätte gar nicht persönlicher sein können. Dylan McKnight, ein Fremder, uneingeladen – und wenn ich es richtig verstanden hatte, ein Knastbruder –, stand auf unserem Grund und Boden! Und wie sich jetzt herausstellte, gehörte er auch noch zu den Menschen, die eine furchtbare Angst vor mir und meinesgleichen hatten; es machte immer viel Spaß, so jemanden anzuspringen. Sie konnten ihre Angst nicht vor mir verstecken – ich roch sie. Ich sprang ihn noch einmal an, nicht sehr fest.

»Das ist mir doch scheißegal«, sagte Dylan McKnight, und ich glaube, er versuchte tatsächlich, rückwärts den Baum hochzuklettern. So etwas hatte ich noch nie gesehen.

»Komm, Chet, jetzt beruhige dich mal wieder«, sagte Bernie.

Ich bellte mein tiefstes Bellen, wild und gefährlich, ein toller Klang; er erschreckte sogar mich ein bisschen, deshalb machte ich es gleich noch einmal, noch wilder, als wollte ich mir Angst einjagen dafür, dass ich mir Angst eingejagt hatte. Von nebenan kam Iggys Kläff-kläff-kläff. Wir gaben unser Bestes, das konnte wohl niemand bestreiten. Iggy war ein prima Kumpel.

»Chet, um Himmels willen! Chet! Sitz!«

Ich setzte mich, ruhig und still.

»Alles in Ordnung«, sagte Bernie. Er tätschelte mir den Kopf – da drin ging es immer noch ziemlich rund – und deutete mit dem Kinn nach hinten. »Geh zum Haus.«

Ich ging zum Haus, beobachtete ihn von der Tür aus. Bernie und Dylan McKnight standen unter dem Baum. Dylan sah Bernie unfreundlich an; Bernies Gesicht war undurchdringlich. Das war ein gutes Zeichen, ein Zeichen, dass Bernie alles im Griff hatte. Suzie kam von ihrem Auto auf die beiden zu. Dylan ging einen Schritt vom Baum weg, strich über sein Hemd.

»Hi, Suze«, sagte er. »Wie geht's?«

»Mir?«, sagte sie. »Mir geht's gut. Und dir?«

Dylan lächelte – er hatte nette Zähne für einen Menschen, groß und weiß, das musste ich ihm lassen – und sagte: »Kann nicht klagen.«

Suzies ganzer Körper spannte sich an; sie sah nicht besonders glücklich aus. »Dylan, das ist Bernie. Bernie, Dylan.« Wenn sich Menschen einander vorstellten – bei uns gehörte Beschnuppern dazu, und wir kamen viel schneller zur Sache –, wurden dabei normalerweise Hände geschüttelt, wie ich vielleicht schon erwähnt habe, aber dieses Mal nicht. Dylan nickte Bernie kurz zu; Bernie tat nichts. Suzie drehte sich zu Dylan. »Das ist eine ziemliche Überraschung.«

»Ja, für mich auch«, sagte Dylan.

»Ich verstehe das nicht«, sagte Suzie.

»Dass du was nicht verstehst, ist ja nichts Neues, Babe«, sagte Dylan und lächelte sie an, nicht freundlich, sondern eher cool, so wie es Filmschauspieler manchmal machten; ich hatte diesen Kerl von Anfang an durchschaut.

Suzie blinzelte ein paarmal, sehr schnell, was bei den Menschen immer ein Zeichen für Verwirrtsein war. »Was ich damit sagen wollte«, sagte sie, »ist: Bist du nicht ziemlich früh wieder draußen?«

»Du scheinst dich ja nicht besonders zu freuen, mich zu sehen, Suze.«

»Du hast meine Frage nicht beantwortet«, sagte sie.

Das Lächeln verschwand aus seinem Gesicht, aber nicht sehr schnell; es war interessant, dabei zuzusehen – hatte ich so was schon mal gesehen, ein langsam verschwindendes Lächeln? Nicht, dass ich wüsste. Aus irgendeinem Grund bekam ich Lust, ihn zu beißen, und zwar fest. Ich sah hinüber zu Bernie und blieb, wo ich war.

»Ja, ich bin vorzeitig entlassen worden«, sagte Dylan. Er drehte sich zu Bernie. »Ich war eine Zeit lang Gast dieses herrlichen Staates, falls Sie sich jetzt wundern sollten.«

»Tu ich nicht.«

»Suze hat es Ihnen also schon erzählt, was?«, sagte Dylan. »Sie ist ein kluges Mädchen – aber vielleicht wissen Sie das ja auch schon?« Er hielt kurz inne und sah Bernie von der Seite an; Bernie schwieg. »Des Rätsels Lösung«, fuhr Dylan fort, »besteht darin, dass dieser herrliche Staat ein kleines Platzproblem hatte, und ein Richter musste ein paar Hundert von uns gehen lassen, bevor wir uns gegenseitig erdrückt hätten.«

Ich hatte Schwierigkeiten, ihm zu folgen, und gab es irgendwann mittendrin auf. Ich wusste nur, dass ich immer mehr Lust bekam, ihn zu beißen.

»Dein Glückstag«, sagte Suzie.

»Du kennst mich«, sagte Dylan. Er hielt inne, vielleicht, damit sie etwas sagen konnte, aber das tat sie nicht. »Ich will ja nicht neugierig sein«, sagte er, »aber du und … äh … Bernie, seid ihr zusammen?«

»Das geht dich zwar nichts an«, sagte Suzie. »Aber die Antwort lautet Nein.«

Ich sah zu Bernie; er starrte auf den Boden.

Dylan lächelte sein breites, strahlendes Lächeln. »Ich bitte tausendmal um Entschuldigung«, sagte er. »Besteht die Möglichkeit, dass du mir einen kleinen Gefallen tust?«

»Woher wusstest du überhaupt, dass ich hier bin?«, fragte Suzie.

»Hab bei der Zeitung angerufen.«

»Und?«

»Und die haben gesagt, du schreibst an einer Story über irgendeinen Privatdetektiv, und mir die Adresse hier gegeben.«

Bernies Kopf zuckte zu Suzie herum, etwas, das ich nicht oft sah, ein Zeichen, dass er überrascht war. Ich entdeckte in der Nähe des Baums einen Tennisball und hob ihn auf.

»Einfach so?«, sagte Suzie. »Sie haben dir einfach so die Adresse gegeben?«

»Das Mädchen am Telefon war recht nett«, sagte Dylan. »Und vielleicht hat es so geklungen, als wäre die Sache dringender, als sie ist, nicht absichtlich natürlich.«

»Was für eine Sache denn?«, fragte Suzie.

»Ich ziehe um«, sagte Dylan.

»Wohin?«

»Nach L.A.«, sagte Dylan. »Hab dort einen Job in Aussicht.«

»Was?«

»Was Interessantes«, sagte Dylan. »Ich fliege heute hin. Es ist nur so, dass ich irgendwie zum Flughafen kommen muss.«

Suzie sah sich um. »Wie bist du denn hierher gekommen?«

»Ein Kumpel hat mich abgesetzt.«

Suzie öffnete den Mund, um etwas zu sagen. Ich weiß es immer im Voraus, wenn ein Mensch vorhat, Nein zu sagen, damit habe ich jede Menge Erfahrung, und es würde ein »Nein« werden. Aber in diesem Moment bog ein Streifenwagen in unsere Straße ein, bremste und blieb vor dem Haus stehen. Rick Torres, in Uniform, die Pistole am Gürtel, stieg aus.

»Na gut«, sagte Suzie zu Dylan. »Steig ein.«

»Du bist ein Goldstück«, sagte er.

Der Zitronen-Ausdruck, den ich bei Myron gesehen hatte, erschien jetzt auf Suzies Gesicht. Das mit dem Goldstück und den Zitronen verwirrte mich. »Bis später, Bernie«, sagte Suzie.

»Ja«, sagte Bernie.

Sie fuhren weg. Wir sahen ihnen nach – Bernie, Rick Torres und ich.

»Wer war das?«, fragte Rick.

»Suzie Sanchez. Sie arbeitet für die *Tribune.*«

»Die, die den Artikel über dich geschrieben hat?«

»Ja.«

»Wir haben uns auf der Dienststelle alle kaputtgelacht.«

Bernie sagte nichts.

»Aber in einem Punkt hat sie sich geirrt, da waren sich die Jungs einig – Robert Mitchum kann dir nicht das Wasser reichen.«

»Lass gut sein.«

Rick lachte. »Hey, Chet.« Er kam zu mir, tätschelte mir den Kopf. »Ich halte nicht viel von Journalisten«, sagte er.

»Nein?«, sagte Bernie.

»Die verfolgen immer ihre eigenen geheimen Ziele – man kann ihnen nicht trauen, meiner Erfahrung nach.«

Was redete er denn da? Ich vertraute Suzie. So viel stand fest: Sie war eine der zuverlässigsten Hundekeksquellen, die ich kannte. Ich wollte schon weggehen, aber in dem Moment fing Rick an, mich an einem Ohr zu kraulen, genau an der richtigen Stelle. Da blieb ich doch besser, wo ich war. Ah, so ließ ich mir das Leben gefallen, auch wenn Bernie vielleicht anderer Meinung war. Er starrte die leere Straße hinunter und sah nicht besonders glücklich aus. Warum eigentlich? Meine Chancen, das herauszufinden, standen nicht besonders gut, nicht solange dieses wunderbare Kraulen andauerte. Rick hörte damit auf – zu früh, immer viel zu früh – und zog einen Briefumschlag aus seiner Jackentasche. Ich schüttelte mich ausgiebig, entwirrte meinen Kopf, bis innendrin alles friedlich und ruhig war, genau genommen irgendwie leer.

Rick gab Bernie den Umschlag. Bernie zog ein Foto heraus und musterte es.

»Das ist sie«, sagte er. »Madison Chambliss.«

»Wurde vergangene Nacht mit einem Handy in Las Vegas vor einem Kino aufgenommen, dem Golden Palm Movie Palace. Da im Hintergrund siehst du die Kasse. Der Typ, der es gemacht hat – der Vorführer, der gerade auf dem Weg zur Arbeit war –, hat offenbar ein Faible für Verbrechen. Er hat das Foto auf irgendeiner Website gesehen, vielleicht auf unserer, und hat sie erkannt. Er hat sie nicht angesprochen, aber er hat immerhin die Kollegen in Las Vegas informiert. Sie haben das Handy natürlich überprüft – die Zeitangabe ist korrekt.«

»War sie allein?«

»Sah so aus, dem Vorführer zufolge. Sie kam gerade aus einer Vorstellung, als er reinging.«

Bernie nagte an seiner Unterlippe. Das war etwas, was ich nicht oft sah. War das gut oder schlecht? Ich konnte es nicht sagen. »Wissen ihre Eltern Bescheid?«

»Ja. Ich glaube, die Mutter ist bereits unterwegs.«

»Und die Polizei in Las Vegas?«

»Sie haben sie auf ihre Ausreißerliste gesetzt.« Rick schüttelte den Kopf, nicht das Kopfschütteln für *Nein,* sondern das für *Keine große Hoffnung,* ein Gefühl, das ich nicht verstand. »Die ist ziemlich lang, dort oben in Las Vegas«, sagte Rick.

Rick setzte uns an der Werkstatt ab. Der Porsche stand auf dem Parkplatz, frisch gewaschen und glänzend. Bernie bezahlte die Rechnung, und dann waren wir auch schon auf dem Weg nach Las Vegas!

»Die Zündspule«, sagte er nach einer Weile, vermutlich nicht in der gleichen Stimmung wie ich. »Rate mal, was das kostet.«

Ich hatte keine Ahnung, ich wusste nur, dass es nicht gut war, sonst würde sich Bernie nicht solche Sorgen machen. Unsere Finanzen waren ein Desaster. Vielleicht würde ich irgendwo einen Geldbeutel finden. Das war schon mehr als einmal vorgekommen, aber sie waren immer leer gewesen, obwohl das Leder von Geldbeuteln toll schmeckte. Mir fiel nichts ein, wo wir sonst Geld herbekommen könnten. Aber warum war das überhaupt so wichtig? Wir aßen wie die Könige, hatten ein Dach über dem Kopf und das coolste Auto im ganzen Valley. Ein frischer Wind, Sonnenschein, ich saß auf dem Kopilotensitz: Meine Laune stieg wieder, wobei ein Hundekeks jetzt ganz nett gewesen wäre. Ich schnupperte, konnte aber keinen Hundekeks riechen, nicht mal einen alten vergammelten unter dem Sitz. Wir fuhren an einem Pferdeanhänger vorbei, und ich erhaschte durch die Bretter der Seitenwand einen Blick auf ein großes Pferdeauge und ließ mich zu einem Bellen Marke Maschinengewehrfeuer hinreißen. Sah ich da Angst in dem Auge aufblitzen, als wir vorbeisausten? Pferde waren solche Angsthasen – wirklich komisch!

Danach wurde ich schläfrig und legte mich hin. Gerade als ich am Wegdösen war, murmelte Bernie: »Und wir sind nicht zusammen, das steht fest.« Owei: Er machte sich über alles Mögliche Sorgen. Ich entschwebte ins Traumland und fing dort sofort an, Kaninchen zu jagen.

Als ich aufwachte, stand die Sonne schon tief am Himmel, und wir fuhren eine breite Straße mit seltsamen Gebäuden entlang, seltsamen Lichtern, seltsamen Leuten, es war einfach alles seltsam.

»Las Vegas«, sagte Bernie. »Willkommen im neunten Kreis.«

Neunter Kreis? Wieder was Neues. In den gemeinsamen Tagen von Charlie und Leda waren wir mal auf einer Ranch gewesen, die irgendwas mit einem Kreis zu tun hatte, richtig, sie hieß Circle-Z. Da konnte man Kaninchen jagen! Obwohl die Kaninchengeschichte damals kein besonders gutes Ende genommen hatte. Leda und Bernie hatten deswegen gestritten, und Bernie hatte danach lange auf dem Sofa im Wohnzimmer geschlafen, vielleicht sogar so lange, bis sie mit Charlie auszog. Die Erinnerung an Circle-Z lenkte meine Gedanken auf eine andere Ranch, aber was für eine? Eine Ranch … eine Ranch mit einer Mine auf dem Gelände, ja, und Madisons Gesicht hoch oben in einem Scheunenfenster. Das durfte ich nicht vergessen: sehr wichtig.

»Warum bellst du denn, alter Junge?«

Ich sah Bernie in die Augen, bellte und bellte.

»Komm schon, Chet, beruhig dich.«

Ich beruhigte mich.

Nicht lange danach hielten wir vor einem Gebäude mit einem Vordach und einer hell erleuchteten goldenen Palme obendrauf. Vordächer bedeuteten Kinos, Orte, an denen ich meiner Erfahrung nach nicht sehr willkommen war – ich war noch nie in einem gewesen, obwohl ich ein echter Filmfan bin.

»Du bleibst besser hier, Chet«, sagte Bernie und stieg aus.

Hatte ich nicht gewusst, dass das kommen würde? Klar, aber das machte es nicht besser. Ich riss das Maul auf, so weit es ging, keine Ahnung, warum.

»Bin gleich wieder da.« Bernie war erst einen oder zwei Schritt weit gekommen, als aus dem Auto hinter uns Damon Keefer ausstieg; dass er es war, wusste ich zum einen wegen des Ziegenbärtchens, vor allem aber deshalb, weil es plötzlich so stark nach Prince dem Kater roch. Gleichzeitig stieg Cynthia Chambliss, nach Blumen, Zitronen und einem Hauch Menschenschweiß riechend, aus einem anderen Auto, das ein paar Meter weiter weg geparkt war. Beide näherten sich Bernie. Er drehte sich um und sah sie an.

»Haben Sie sie gefunden?«, fragte er.

»Nein«, sagte Keefer.

»Noch nicht«, sagte Cynthia. »Aber bald – davon bin ich überzeugt, jetzt, wo wir wissen, was los ist.«

»Und das wäre?«, sagte Bernie.

»Cynthia meint, dass es sich eindeutig um einen Fall

von Ausreißen handelt«, sagte Keefer, »und nicht um etwas Schlimmeres.«

»Das ist für uns noch nicht erwiesen«, sagte Bernie.

»Uns?«, sagte Keefer. »Wer ist ›uns‹?«

»Das habe ich Ihnen schon mal gesagt«, sagte Bernie. »Die Little Detective Agency.«

»Warum ist das noch nicht erwiesen?«, fragte Cynthia. Ihre Augenbrauen zogen sich zusammen, ein sicheres Zeichen dafür, dass ein Mensch besorgt ist. »Sergeant Torres sagte, er hätte mit Ihnen gesprochen. Hat er Ihnen nichts von dem Foto erzählt?«

»Es klingt einleuchtend«, sagte Bernie, »aber ich bin trotzdem nicht zufrieden damit.«

»Es spielt keine Rolle, ob Sie das sind oder nicht«, sagte Keefer. »Cynthia und ich sind uns einig, dass Ihre Dienste nicht länger benötigt werden.«

»Warum?«

»Das habe ich Ihnen doch gerade erklärt«, sagte Keefer. »Sie ist ausgerissen.«

»Diese Möglichkeit bestand von Anfang an«, sagte Bernie. »Daran hat sich nichts geändert.«

»Außer dem Ort«, sagte Keefer. »Wir, Cynthia und ich, haben beschlossen, dass wir einen Privatdetektiv aus Las Vegas anheuern, falls wir überhaupt weiter mit einem zusammenarbeiten wollen.«

Bernies Gesicht wurde manchmal auf so eine seltsame Art gleichzeitig schmaler und härter, als würde es versteinern. Wenn das passierte, bedeutete das für gewöhnlich: *Passt auf, Bösewichte und Verbrecher.* Aber dieses Mal nicht. Bernie sagte nur: »Ich kann Ihnen jemanden empfehlen.«

»Das wäre sehr fr…«, setzte Cynthia an.

Keefer fiel ihr ins Wort. »Nicht nötig«, sagte er. »Schicken Sie uns einfach bei Gelegenheit Ihre Abschlussrechnung.«

»Legen Sie sie einfach auf den Stapel«, sagte Bernie.

»Hä?«, fragte Keefer.

»Irgendwo unter die von Myron King – ich will mich ja nicht vordrängeln.«

»Was soll das heißen?«, fragte Cynthia und drehte sich zu Keefer. Der Schweißgeruch war jetzt ein bisschen stärker, sehr angenehm. »Wer ist Myron King?«

»Der Mann mit dem Wasserfall«, sagte Bernie. Er stieg ins Auto. Keefers Gesicht sah rot und geschwollen aus; Cynthia öffnete den Mund, um ihm eine weitere Frage zu stellen. Wir fuhren los. Bernie ließ die Reifen quietschen. Das fand ich besonders toll.

Wir fuhren ein paar Straßen weit, bogen ein paarmal ab, blieben vor einem Supermarkt stehen. Bernie ging hinein, kam mit Zigaretten und Kaustreifen wieder heraus. Er stellte das Auto unter einer großen Werbetafel ab, auf der Münzen aus einem Spielautomaten fielen. Wir saßen da, rauchten und kauten.

»An einem Fall dranzubleiben, wenn man nicht dafür bezahlt wird«, sagte Bernie. »Wie dumm muss man da sein?«

Ich wusste es nicht. Diese Sorte Kaustreifen kannte ich noch nicht, sie waren salziger, als ich es gewohnt war, aber auch kauiger, auf eine Art, die schwer zu beschreiben war. Ich probierte noch einen.

Bernie nahm einen tiefen Zug, blies den Rauch langsam aus. Rauchkringel, bitte: Ich mochte Rauchkringel, aber Bernie machte keine. »Weißt du, was mich außerdem stört? Suzie hat nichts davon gesagt, dass sie noch eine Story schreibt. Ich dachte, sie wollte einfach so mit uns zusammen sein. Du weißt schon – weil es ihr gefällt.«

Das verstand ich nicht. Suzie war mit uns zusammen, und natürlich gefiel es ihr: Wir hatten Spaß miteinander. Und wir würden auch weiter Spaß miteinander haben, solange sie nicht vergaß, wer der Partner war. Bernie warf die Zigarette aus dem Fenster.

»Ich sag dir was, Chet. Wir sind jetzt einfach mal dumm.«

Mir war es recht.

Kapitel 20

Kurz darauf standen wir wieder vor dem Golden Palm Movie Palace; keine Spur von Keefer oder Cynthia. Die Sonne ging unter und der Himmel wurde dunkelrosa. So einen Himmel hatte ich noch nie gesehen. Es machte mich ganz kribbelig. Ich drehte mich auf meinem Sitz hin und her und versuchte, ein bequemes Plätzchen zu finden.

»Las Vegas«, sagte Bernie. »Du kannst nichts dagegen machen.«

Ich legte mich hin. Nicht lange danach hielt ein ramponierter Van vor uns. Ein Mann stieg aus, unter einem Arm trug er runde, flache Dosen, wie Frisbees, nur größer; in der freien Hand hielt er eine Papiertüte.

»Das ist er«, sagte Bernie. »Der Vorführer.«

Vorführer, wieder etwas Neues für mich, waren offenbar kleine Männer, sehr dünn, mit tätowierten Armen und Stachelhaaren. Als dieser spezielle Vorführer näher kam, stieß Bernie die Tür auf und stieg aus.

»Haben Sie einen Augenblick Zeit?«, fragte er. »Ich ermittle im Fall Madison Chambliss.«

Der Vorführer blieb stehen und sah zu Bernie hoch. »Ich habe euch schon alles gesagt, was ich weiß«, sagte er.

»Es dauert nicht lange«, sagte Bernie. »Wie heißen Sie?«

»Wie ich heiße? Das habe ich euch doch auch schon gesagt.«

»Dann sagen Sie es noch mal.«

»Anatoly«, sagte der Vorführer. »Anatoly Bulganin.«

»Russe?«

»Amerikaner«, sagte Anatoly. »Geboren und aufgewachsen in New York City, wie ich euch schon …«

Bernie hielt eine Hand in die Höhe. »Wir gehören nicht zu denen«, sagte er.

»Hä?«

Bernie gab ihm unsere Karte. Anatoly starrte sie an. »Privatdetektiv?«, fragte er.

Bernie nickte. »Beauftragt, das Mädchen zu suchen.« Waren wir noch beauftragt? Ich hatte das Gefühl, Bernie schwindelte, bekam es nicht ganz auf die Reihe. Aber es war auch egal, weil mir in dem Moment nämlich ein Hauch von gekochter Roter Bete in die Nase stieg. Ich richtete mich auf meinem Sitz auf. Ich kannte Rote Bete, weil Leda welche angepflanzt hatte, damals, als wir noch einen Gemüsegarten gehabt hatten. Der Geruch erinnerte mich an etwas, nur an was? Ich schnupperte.

Anatoly gab die Karte zurück. »Privatdetektiv – heißt das nicht, dass ich Ihre Fragen nicht zu beantworten brauche?«

»Sie brauchen überhaupt keine Fragen zu beantworten, von niemandem«, sagte Bernie. »Aber in diesem Fall – bei einem vermissten Kind –, wäre das nicht ein bisschen merkwürdig?«

»Die anderen – die von der Polizei von Las Vegas – haben gesagt, sie ist 'ne Ausreißerin.«

»Für mich ist sie immer noch eine Vermisste. Erzählen Sie mir einfach noch mal, was Sie gesehen haben.«

Anatoly seufzte, die Art von Seufzer, die Menschen machen, wenn sie klein beigeben. Bernie war gut darin, Leute dazu zu kriegen, und ich war noch besser. »Genau an der Stelle, an der ich jetzt stehe, habe ich das Foto gemacht«, sagte Anatoly. »Ich war auf dem Weg zur Arbeit, und sie kam da raus.« Er zeigte mit der Papiertüte zum Eingang des Kinos. Der Rote-Bete-Geruch wurde stärker. »Verbrechen faszinieren mich irgendwie, und ich hab sie von der Website her erkannt. Auf der bin ich oft.«

»Wie heißt die?«

»Tod in der Wüste Punkt com«, sagte Anatoly.

»Haben Sie mit ihr gesprochen?«

Anatoly schüttelte den Kopf. »Ich war mir nicht sicher, ob sie es ist, wollte erst noch mal auf der Seite nachsehen. Außerdem, was hätte ich schon groß machen können? Ich bin ja nur ein ganz normaler Bürger.«

»Sie brauchen sich deswegen keine Vorwürfe zu machen, Anatoly. Sie haben sich genau richtig verhalten.« Anatoly entspannte sich ein bisschen, seine Körperhaltung veränderte sich. »Wie sah sie aus?«, fragte Bernie.

»Wie sie aussah?«

»Fröhlich, traurig, ängstlich, gehetzt?«

»Wie ein gewöhnlicher Teenager, mehr habe ich nicht gesehen.«

»Das ist doch schon mal was«, sagte Bernie. Anatoly wandte sich zum Gehen. »Eine Frage noch«, sagte Bernie. »Was wurde letzte Nacht gezeigt?«

Anatoly zeigte erneut mit der Papiertüte auf etwas, dieses Mal auf die Schrift am Vordach. »Das Gleiche wie heute. Wir haben am Donnerstag Programmwechsel.«

Bernie las laut vor. »*Der Kettensägenexorzist II.*«

»Noch besser als Teil eins«, sagte Anatoly.

»Kaum vorstellbar«, sagte Bernie.

In diesem Moment wehte erneute eine Wolke Rote Bete an mir vorbei. Der Geruch kam aus der Tüte, keine Frage, aber das war nicht der springende Punkt. Der springende Punkt war, dass mir in dem Moment wieder einfiel, wo ich ihn schon mal gerochen hatte, an wen er mich erinnerte – Mr Gulagow! Ich fing an zu bellen. Anatoly fuhr zusammen, ein angenehmer Anblick.

»Rufen Sie Ihren Hund zurück! Was zum Teufel soll das?«

Und ich bellte nicht nur: Offenbar war ich außerdem aus dem Wagen gesprungen und drängte Anatoly gegen eine Parkuhr.

»Ganz ruhig, Chet«, sagte Bernie. Ich drehte meine Lautstärke vielleicht ein kleines bisschen runter. »Er ist ein ausgebildeter Polizeihund. Haben Sie vielleicht ein paar Gramm Gras in dieser Tüte, Anatoly? Kein Problem, was uns angeht.«

»Gras?«, sagte Anatoly. »Ich hab kein Gras da drin. Das ist mein Essen.«

»Oder vielleicht Haschischkekse?«

»Keine Haschischkekse, keinerlei Drogen. Der Körper ist ein Tempel.« Anatoly öffnete die Tüte, sodass Bernie hineinsehen konnte. »Borschtsch.«

»Was ist das?«, fragte Bernie.

»Suppe«, sagte Anatoly. »Russische Suppe, aus Roter Bete.«

Erzähl mir was Neues. Ich bellte lauter.

»Chet, um Himmels willen! Es ist nur Suppe.«

Suppe. Suppen kannte ich, manche Suppen mochte ich sogar, vor allem Rinderbrühe, aber diese Suppe aus Roter Bete erinnerte mich an …

»Chet! Hör auf damit!«

Ich hörte auf, wich zurück.

»Tut mir leid wegen des Missverständnisses«, sagte Bernie. »Und danke für Ihre Hilfe.«

»Ja, klar, ein Missverständnis«, sagte Anatoly und bückte sich, um diese großen flachen Dosen aufzuheben, die offenbar auf den Bürgersteig gefallen waren.

Bernie ging auf unser Auto zu, blieb stehen. »Da fällt mir noch etwas ein.«

Anatoly sah hoch. »Was?«

»Zlatoust«, sagte Bernie. »Sagt Ihnen das etwas?« Anatoly schüttelte den Kopf. »Das ist Russisch«, sagte Bernie. »Vielleicht spreche ich es falsch aus.«

»Vielleicht«, sagte Anatoly. »Aber wenn, dann würde ich es nicht merken – ich spreche nicht Russisch.«

Wir fuhren eine Weile in Las Vegas herum, schauten in der Vermisstenabteilung der Polizei und bei ein paar Notunterkünften für Jugendliche vorbei, aber es kam nichts dabei heraus. Anschließend machten wir uns auf den Heimweg, unter einem Himmel, der bald wieder normal aussah, schwarz und voller Sterne. Bernie rauchte. Ich fraß ein paar Hundespaghetti, die wir irgendwo unterwegs gekauft hatten; ich fand Hundespaghetti toll, hätte mich ausschließlich davon ernähren können. Es war schön, Hundespaghetti zu fressen, vielleicht mehr als ein paar, und die glühende Spitze von Bernies Zigarette anzustarren, womit ich aus irgendeinem Grund gar nicht mehr aufhören konnte. Wir ließen Billie Holiday laufen. »Hörst du das?«, sagte Bernie. »Das ist Roy Eldridge an der Trompete. Der große Roy Eldridge.«

Klar hörte ich es. Trompeten mochte ich am liebsten, sie machten das tollste Geräusch auf der ganzen Welt. Bernie drückte auf die Wiederholungstaste, und wir hörten uns das gleiche Lied noch mal an. Und dann noch viele Male. So war Bernie, wenn ihm etwas gefiel. Das hatten wir gemeinsam, Bernie und ich.

»Sie haben ihn Little Jazz genannt, keine Ahnung, warum.«

Ich wusste es auch nicht. Aber es war mir auch egal.

Nach einiger Zeit legten wir eine Pinkelpause ein. Bernie ging zu einem Mesquitebaum, ich suchte mir eine Mülltonne aus. Er sah hinauf in den Himmel; ich lauschte auf das zweifache Plätschern – meins war besser, wegen der Mülltonne. Es klang so, als würde jemand drauftrommeln.

»Siehst du die Milchstraße?«, fragte er.

Milchstraße? Wovon zum Teufel redete er? Lange Autofahrten machten mich nie müde, kein bisschen, aber ich wusste, dass das bei Bernie anders war. Wir stiegen wieder ein. Bernie wollte schon den Schlüssel umdrehen, dann hielt er inne.

»*Der Kettensägenexorzist II*«, sagte er. »Ist das die Art von Film, die sich ein Mädchen wie Madison ansehen würde?« Ich wartete auf die Antwort. »Auf keinen Fall, Chet. Da geh ich jede Wette ein.«

Bloß nicht, bitte.

Als wir nach Hause kamen, hatte Bernie Augen wie ein Waschbär, so wie immer, wenn er richtig fertig war. Waschbären – da fang ich lieber gar nicht erst an. Ich selbst fühlte mich ziemlich fit, denn irgendwann unterwegs war ich eingeschlafen. Das Lämpchen am Anrufbeantworter blinkte, aber Bernie bemerkte es nicht. Er öffnete den Schrank über der Spüle und holte eine Flasche Bourbon heraus. Bernie mochte Bourbon sehr, versuchte sich davon fernzuhalten. Er goss sich ein Glas ein, hob es an den Mund und sah das blinkende Lämpchen. Er ging hin und drückte auf eine Taste.

Zuerst ertönte die Stimme von Leda, Leda mit schlechter Laune. »Wir sind am Samstag zu einem Segeltörn bei Cabo eingeladen. Ich weiß, es ist dein Wochenende, aber du willst doch bestimmt nicht, dass Charlie das verpasst.«

Dann die Stimme eines Mannes, die ich nicht kannte. »Hier spricht Robert Burk. Ich bin der persönliche Assistent eines Finanziers hier im Valley. Wir suchen jemanden, der sich ab übermorgen für zwei Wochen um die Sicherheit unseres Geländes auf Maui kümmert. Lieutenant Stine vom Metro PD hat Sie empfohlen. Wir sind ein bisschen spät dran, ich weiß, aber die Bezahlung ist gut – fünftausend Dollar. Falls Sie interessiert sind, melden Sie sich bitte so schnell wie möglich. Also, ich biete Ihnen fünftausend pro Woche.«

Dann wieder Leda. »Ich kann es nicht fassen, dass du Malcolm das Schulgeld immer noch nicht zurückgezahlt hast.«

Bernie ließ sich auf einen Stuhl sinken, das Glas locker in der Hand. Cabo? Ein Segeltörn? Kein Charlie an diesem Wochenende? Und was war das mit Maui? Ich ging zu meinem Wassernapf und trank einen Schluck: abgestanden und fade. Ich überlegte, ob ich ins Badezimmer gehen und nachsehen sollte, ob es dort frischeres Wasser gab, drehte mich dann aber stattdessen ein paarmal im Kreis und legte mich hin.

Bernie rieb sich übers Gesicht. »Weißt du, an was mich diese Nachrichten erinnern, Chet? An ein Drama in drei Akten.«

Bernie, geh ins Bett. Bitte.

»Was zum Teufel sollen wir jetzt machen? Zehntausend. Warum ausgerechnet jetzt?«

Er nahm einen großen Schluck aus seinem Glas. Ich stand auf, ging zu ihm hinüber, setzte mich neben ihn auf den Boden. Bernie wischte etwas von meinem Rücken. Was? Doch nicht schon wieder eine Zecke?

»Siehst du das Problem?«, fragte er. »Zehntausend und ein leichter Job auf Maui gegen null für einen Fall, mit dem wir eigentlich gar nichts mehr zu tun haben.« Ich hatte nicht die geringste Ahnung von Maui, aber leichter Job klang gut. »Und was, wenn sich rausstellt, dass Madison doch nur eine Ausreißerin ist?« Madison: Ich konnte sie in dem Fenster sehen. Und hören auch. Sie hatte gesagt: »Wehe, Sie tun dem Hund etwas!« In diesem Augenblick entdeckte ich Boris' Messer auf dem Küchentisch. Ich ging hin und knurrte es an.

»Chet?«

Ich knurrte weiter. Sie war keine Ausreißerin. Ich knurrte und knurrte.

»Was ist los, alter Junge? Was geht in deinem Kopf vor sich?« Bernie nahm das Messer, drehte es in der Hand. »Irgendetwas stört dich.« Er trommelte mit den Fingern auf die Armlehne, trank langsam den Bourbon aus. Als das Glas leer war, rief er Robert Burk, Assistent des Finanziers an, und lehnte den Auftrag ab. Maui, was immer das war, würde warten müssen.

Das Telefon läutete, laut und schrill. Ich lag zusammengerollt am Fußende des Betts auf dem Boden, fühlte mich ausgesprochen wohl, in meinem Kopf war alles angenehm leicht und neblig. Oben auf dem Bett warf Bernie sich herum und tastete nach dem Telefon. Es fiel auf den Boden. »Mist«, sagte Bernie.

»Hallo? Hallo?« Hey – Suzies Stimme, ein bisschen blechern und ziemlich weit weg: Bernie musste aus Versehen auf die Lautsprecher-Taste gedrückt haben. »Hallo?«

»Suzie?«

»Hi«, sagte sie. »Ich hab Sie doch nicht aufgeweckt, oder?«

»Nein, nein, natürlich nicht. Ich bin schon seit Stunden auf.«

Nach einer kurzen Pause sagte Suzie: »Ich wollte mich nur erkundigen, ob Sie sie gefunden haben.«

»Nein.«

»Waren Sie in Vegas?«

»Ja.«

»Also ist sie doch eine Ausreißerin, oder?«

»Dessen bin ich mir nicht ganz sicher.«

»Ach, wie das?«

Ich hörte, dass sich Bernie aufsetzte. »Ich habe auch eine Frage«, sagte er.

»Schießen Sie los.«

»Was für ein Ziel verfolgen Sie?«

»Was für ein Ziel? Ich verstehe nicht.«

»Schreiben Sie einen Bericht darüber? Geht es darum?«

Wieder eine kurze Pause. »Ich habe mich noch nicht entschieden.«

»Hatten Sie vor, mich irgendwann einzuweihen?«

»Tut mir leid. Ich hätte es tun sollen. Aber das war nicht mein eigentlicher Grund.«

»Was war denn Ihr eigentlicher Grund?«

Stille. Und in dieser Stille tönte eine andere Stimme, die eines Mannes, durch das Telefon. »Hey, Babe«, sagte er, »wer ist dran?« Ich erkannte diese Stimme, und Bernie erkannte sie auch – das sah ich an seinem Gesicht. Es war die Stimme von Dylan McKnight, Exfreund, Knastbruder, Verlierertyp. Ich richtete mich auf allen vieren auf.

»Ich muss los«, sagte Bernie.

»Nein, warten Sie«, sagte Suzie. »Ich … ich bin gerade

nicht in der Stadt, aber nach unserem Gespräch mit Myron King ist mir noch etwas zu Keefer eingefallen – welche Bank sorgt für die Finanzierung?«

»Danke für den Tipp«, sagte Bernie. »Bye.«

»Bernie? Warten Sie, ich …«

Bernie legte auf.

Er drehte sich zu mir. »Sie ist mit ihm in L.A.«, sagte er. Seine Augen waren leer. Ich drückte meine Schnauze gegen sein Bein.

Nach einem schnellen Frühstück – Speck und Eier für Bernie, Speck und Trockenfutter für mich – öffnete er den Safe im Büro und nahm die Uhr heraus. Bernie hatte eine teure Uhr, ein Erbstück von seinem Großvater, der an der Stelle, wo jetzt die Mesquite Road und unser Viertel lagen, mal eine große Ranch besessen, dann aber alles verloren hatte, wahrscheinlich, weil er ein Problem mit dem Trinken hatte, obwohl das Problem mit dem Trinken auch aus einer anderen Geschichte stammen könnte, die mir Bernie mal erzählt hatte, eine Geschichte über einen anderen Verwandten. Aber egal. Wichtig ist, dass Bernie diese Uhr niemals trug. Sie lag die ganze Zeit im Safe, außer wenn wir sie zu Mr Singh ins Pfandleihhaus brachten.

»Bernie! Chet!«, sagte Mr Singh. »Wie geht es Ihrem schönen Chronometer heute?«

Bernie gab ihm die Uhr. Wir gingen mit einem Packen Scheine in Bernies Tasche und ein, zwei Happen Ziegenkebab in meinem Bauch. Mr Singh war einfach toll.

Wir fuhren zu Leda. Sie und Malcolm, der Freund, hatten ein großes Haus in High Chaparral Estates, einer der hübschesten Siedlungen im ganzen Valley; das hatte ich Leda mehr als einmal sagen hören. Malcolm war ein hervorragender Softwareentwickler, was immer das sein mochte, scheffelte Geld wie Heu, auch das hatte sie gesagt.

Wir parkten und gingen zur Haustür. Leda und Malcolm hatten einen riesigen grünen Rasen, und der Weg war mit allen möglichen blühenden Büschen gesäumt. Ich hob ein paarmal das Bein – ich hebe mir immer ein bisschen auf, um für Situationen wie diese gewappnet zu sein. Bernie klopfte an die Tür, und sie wurde sofort geöffnet. Malcolm sah heraus, er telefonierte mit dem Handy, sagte irgendwas von Rentenwerten, die man verfolgen müsste, etwas Neues für mich, obwohl ich mich mit Rentierherden auskannte; ich hatte sogar schon mal eine gesehen, die auf Discovery Channel von einem Rudel Wölfe verfolgt wurde.

Malcolm blickte Bernie mit hochgezogenen Augenbrauen an und telefonierte dabei weiter.

»Das Geld, das ich Ihnen schulde«, sagte Bernie, und seine Stimme war auf einmal ganz leise, kaum noch zu hören, was bei Bernie sehr selten vorkam.

»Ich rufe zurück.« Malcolm steckte das Handy in seine Jackentasche. »Ja?«, sagte er.

»Hier«, sagte Bernie und hielt ihm einige Geldscheine unter die Nase. Er straffte die Schultern; ich spürte, welche Anstrengung ihn das alles kostete. »Und vielen Dank.«

»Oh … äh … kein Problem«, sagte Malcolm und nahm das Geld mit Daumen und Zeigefinger, als würde er etwas Stinkendes anfassen.

In diesem Augenblick erschien hinter Malcolm Charlie mit der Zahnbürste in der Hand. Er riss die Augen auf. »Dad?«

»Hi, Charlie.«

»Dad, hi.« Er ging um Malcolm herum, zögerte. Bernie bückte sich und nahm ihn in die Arme.

Dann tauchte Leda auf. Worte gingen hin und her, von denen ich die meisten nicht mitbekam. Irgendwie ging es darum, wieso Bernie nicht einfach einen Scheck geschickt hatte. Inzwischen hatte Charlie mich entdeckt.

»Chet the Jet!« Er wand sich aus Bernies Armen, kam zu mir gerannt, gab mir einen dicken Kuss. Ich gab ihm einen zurück. Er sprang auf meinen Rücken und ich lief mit ihm auf dem Rasen herum. Charlie konnte gar nicht mehr aufhören zu lachen und hielt sich mit seinen kleinen Händen an mir fest. »Hü hott, Pferdchen.« Ich buckelte ein paarmal, nicht allzu heftig. Er quietschte.

»Um Himmels willen«, sagte Leda. »Das sind Hortensien.«

»Waren«, sagte Malcolm.

Ein oder zwei Minuten später waren wir wieder auf dem Heimweg. Bernie sagte fast die ganze Fahrt über kein Wort. Erst als wir in die Mesquite Road einbogen, fragte er: »Weißt du, wie viel Wasser diese Hortensien brauchen?«

O nein. Schon wieder Wasser.

Bernie klappte seinen Laptop auf. »Ich muss nachdenken«, sagte er. Ich starrte das Messer an, das neben ihm auf dem Tisch lag. Ich probierte es noch einmal mit Anknurren, aber Bernie hörte es nicht, wahrscheinlich, weil er so angestrengt nachdachte. Nach einer Weile sagte er: »Suzie hat wahrscheinlich recht.« Womit? Ich hatte keine Ahnung, aber ich versuchte ihn nicht zu unterbrechen, wenn er so tief in Gedanken versunken war. Gleich darauf hing Bernie am Telefon und machte einen Anruf nach dem anderen. Beim letzten sagte er: »Wenn ich richtig informiert bin, ist Ihre Bank für die Finanzierung von Pinnacle Peak Homes an den Puma Wells zuständig.« Er hörte zu und sagte: »Oh, wann war das?« Dann hörte er wieder zu, und schließlich verabschiedete er sich. Er drehte sich zu mir. »Die Western Commerce Bank hat Keefer vor ein paar Monaten in die Wüste geschickt, und der Mann am Telefon sagt, er bezweifelt, dass irgendeine andere Bank in diesem Staat verrückt genug ist, sich mit ihm einzulassen.« Das war mir alles zu hoch. Aber das Messer auf dem Tisch, Boris' Messer, das war eine andere Sache.

Bernie klapperte weiter auf der Tastatur herum. Der Drucker begann Papier auszuspucken. Bernie wedelte mit ein paar Blättern vor meiner Schnauze herum. »Sieh dir das an – alles Zurückbehaltsansprüche gegen Pinnacle Peak. Das Ganze ist nichts als ein Kartenhaus.«

Ein Kartenhaus? Eins meiner Lieblingsspiele. Ich spielte immer erst ganz am Ende mit, und ich gewann immer. Bernie wandte sich wieder der Tastatur zu. Ich ging zum Tisch, knurrte das Messer an. Ich konnte einfach nicht anders.

»Lass das, Chet, ich versuche zu denken.«

Im Haus wurde es still. Bernies Gedanken wehten durchs Zimmer wie ein schwaches Lüftchen. Ich suchte mir ein bequemes Plätzchen unter dem Tisch, eingequetscht zwischen zwei Stühlen, und schloss die Augen. Klapper, klapper auf der Tastatur: ein beruhigendes Geräusch. Ich hatte vollstes Vertrauen zu Bernie.

Kapitel 21

Ich wachte auf, nachdem das tiefe Nachdenken beendet war, und erwischte Bernie dabei, wie er die Taschen einer Jeans aus der Schmutzwäsche nach einem vergessenen Päckchen Zigaretten abklopfte. »Oh, hallo, Chet«, sagte er und ließ die Hose lässig fallen, so als würde er tatsächlich die Wäsche sortieren. »Wie wäre es mit einem Spaziergang?«

Ein Spaziergang? Keine schlechte Idee, besonders im Moment – ich sah es Bernies trüben Augen an, dass das tiefe Nachdenken nicht besonders weit geführt hatte. Bernie hatte oft auf Spaziergängen seine besten Ideen; meine besten Ideen stellten sich dagegen zu allen Zeiten ein – in dieser Hinsicht war ich praktisch nicht berechenbar. Schon waren wir draußen an der Sonne in der frischen Luft und machten eine hübsche kleine Wanderung den Canyon hoch und über die Mesquite Road zurück, vorbei an Iggys Haus. Iggys Haus war kleiner als unseres und ein bisschen heruntergekommen, hier und da fehlte ein Dachziegel, und der Anstrich verlor immer mehr an Farbe. Zumindest vermutete ich, dass er die Farbe verlor: Bernie sagte immer, dass ich keine Ahnung von Farben hätte, wobei ich nicht wusste, worauf sich seine Meinung gründete. Aber zurück zu Iggys Haus: Bemerkenswert war auch sein Alter, es sah älter aus als die übrigen Häuser in der Straße. Alles andere hätte mich allerdings auch gewundert, denn die Leute, die dort mit Iggy wohnten – Mr und Mrs Parsons –, waren auch alt. Wahrscheinlich hatten die beiden sogar Bernies Großvater gekannt, als das alles hier noch Weideland gewesen war, oder einer von beiden, die Einzelheiten hatte ich nicht mehr so genau im Kopf. Das einzig Moderne an Iggys Haus war der Elektrozaun. Der Elektrozaunfritze war auch zu uns gekommen, nachdem er Iggy frisch eingezäunt hatte, und hatte Bernie einen langen Vortrag gehalten über Schadenersatzforderungen und Haftung, Themen, die uns nicht gerade mitrissen, Bernie und mich. Bernie hatte ihn unterbrochen, Iggys neues Halsband genommen, war einfach über die unsichtbare Grenze auf Iggys Rasen gegangen und hatte sich einen Stromschlag verpassen lassen. Dann hatte er sich zu dem Elektrozaunfritzen umgedreht und den Kopf geschüttelt. Das war's.

Iggys Zeit des Herumstreifens war aber leider auch vorbei. Zuerst war er wie sonst auf den Rasen vors Haus gekommen, und ich lief zum Spielen rüber, aber wenn ich wieder ging, wollte Iggy mir immer hinterher; er hatte das Elektrozaunkonzept noch nicht ganz erfasst, was jedes Mal mit einer bösen Überraschung endete. Mittlerweile kam er kaum noch zum Spielen vors Haus, sondern machte sein Geschäft hinten im Garten, der durch die Garage der Parsons von unserem getrennt war.

Als wir zurück nach Hause kamen, entdeckte ich ihn, wie er aus dem Fenster sah. Iggys Aus-dem-Fenster-sehen-Technik war verbesserungsbedürftig. Manchmal kam er mit seiner Schnauze zu nah ans Glas, sodass es beschlug, wie jetzt. Das frustrierte Iggy, und er fing an zu kläffen. Ich bellte zurück. Iggy kläffte. Das Fenster beschlug noch mehr. Dann: Überraschung. Die Haustür ging auf und der alte Mr Parsons sah raus. Er trug lange Hosen, und sein

Hemd war bis zum Hals zugeknöpft, aber seine Füße waren bloß. Warum zog das meine Aufmerksamkeit auf sich? Ich könnte es nicht sagen.

»Mr Little«, sagte er.

Wir hielten inne. »Ja?«, fragte Bernie.

»Hätten Sie einen Moment Zeit?«, fragte Mr Parsons; er hatte eine hohe, dünne Stimme.

»Sicher.« Bernie ging zu ihm. Ich hinterher.

»Erstaunlich, wie er das macht«, sagte Mr Parsons.

»Was macht?«

»Immer bei Fuß geht, selbst ohne Leine.«

»Chet ist nicht gerade ein begeisterter Leinenträger«, sagte Bernie.

Mr Parsons lachte, ein pfeifendes kleines Lachen, das in einer Art Erstickungsanfall endete. Ich kannte Mr Parsons nicht besonders gut, aber er wurde mir immer sympathischer – diese bloßen Füße waren kräftig und breit, die Zehen gespreizt, so als würde er nicht oft Schuhe tragen. »So wenig wie der gute alte Iggy«, sagte er, »aber der geht nicht bei Fuß, nicht die Bohne. Was ich sagen wollte: Leider ging es Mrs Parsons die letzte Zeit nicht sehr gut.«

»Das tut mir leid zu hören.«

»Danke. Hatte einen kleinen Schlag, nach dem, was der Arzt sagt. Deshalb habe ich Iggy nicht mehr ausgeführt – ich kann Mrs Parsons nicht allein lassen.«

»Wenn Sie wollen, kann ich ihn ausführen.«

»Sehr nett von Ihnen«, sagte Mr Parsons, »aber das kann ich nicht annehmen. Aber vielleicht könnte Chet ein-, zweimal die Woche rüberkommen und ein bisschen mit Iggy hinterm Haus spielen?«

»Warum nicht?«, fragte Bernie. »Wie wäre es jetzt gleich?«

Aus dem Inneren des Hauses war ein Krachen zu hören; sicherlich Iggy, der sich gegen irgendeine Tür warf, die ihn davon abhielt, sich zu uns zu gesellen.

»Im Moment ist es vielleicht nicht so gut«, sagte Mr Parsons. »Ich wollte gerade Mrs Parsons ihre Tabletten geben, und es ist gar nicht einfach, den Überblick zu behalten, was die jeweilige Anzahl angeht und so.«

»Dann rufen Sie doch einfach an, wenn Chet rüberkommen soll«, sagte Bernie.

»Mach ich«, sagte Mr Parsons. »Freut mich, dass Chet so gut aussieht. Offen gestanden war ich ein kleines bisschen besorgt neulich Nacht.«

»Wann?«, fragte Bernie.

Mr Parsons kniff die Augen zusammen, so wie es Menschen tun, wenn sie versuchen, etwas in weiter Ferne zu sehen. »Ich erinnere mich nicht mehr genau.« Er schüttelte den Kopf. »Ich muss selbst Tabletten nehmen«, sagte er, »ich besorge sie mir aus dem Internet, aber angeblich wirken sie genau wie die echten. Beeinträchtigen mein Gedächtnis, das ohnehin nicht besonders gut ist, nicht mehr jedenfalls.« Er fuhr sich mit der Zunge über die Lippen. »Und wenn ich ihn jetzt so vor mir sehe, dann glaube ich fast, dass ich das alles irgendwie durcheinanderbringe.«

»Was alles?«

»Ging jedenfalls ganz schön schnell.«

»Mr Parsons, bitte, was ging schnell?«

Aus dem Inneren des Hauses war erneut ein Krachen zu hören. Mr Parsons schien es nicht mitzubekommen. »Jetzt erinnere ich mich langsam wieder. Könnte sogar in der Nacht gewesen sein, als Sie hinten im Garten Ihr Zelt aufgeschlagen und ein Lagerfeuer gemacht haben. Das ist immer ein Mordsspaß – Mrs Parsons kann es aus dem Fenster im ersten Stock sehen, wo wir den Schaukelstuhl stehen haben. Jedenfalls war ich kurze Zeit später im Erdgeschoss – kann sein, dass Mrs Parsons in dieser Nacht nicht recht einschlafen konnte – und warf einen Blick aus dem Küchenfenster, dort rüber.« Mr Parsons deutete die Straße hinunter. »Und da sehe ich, meinte ich jedenfalls – es war dunkel, deshalb bin ich mir natürlich nicht ganz sicher, außerdem passierte alles ganz schnell, wie gesagt, nageln Sie mich also bitte nicht darauf fest …« Seine Stimme versiegte und sein Blick wurde ganz müde.

»Ich werde Sie bestimmt nicht darauf festnageln, Mr Parsons. Was meinten Sie zu sehen?«

»Schwer zu glauben, wirklich«, sagte Mr Parsons. »Es kommt mir fast wie ein Traum vor. Dort unten stand ein Auto, direkt vor dem Haus auf der anderen Straßenseite, das mit dem ›Zu verkaufen‹-Schild, und zwei Männer warfen etwas in den Kofferraum und fuhren davon.«

»Was warfen sie in den Kofferraum?«, fragte Bernie.

»Das ist das, was mir wie ein Traum vorkommt«, sagte Mr Parsons. »Besser gesagt, ein Albtraum.« Er blickte auf mich herunter. Ich dachte: *Du machst das prima, alter Freund. Komm, spuck's aus.* »Für mich sah es aus«, sagte er, »wie ein Hund. Und nicht irgendein Hund, sondern dieser hier, Chet.« Er tätschelte mich. Seine Finger, die ganz knorrig und geschwollen waren, fühlten sich kalt an. »Aber jetzt steht er leibhaftig vor mir. Ich muss es mir wohl eingebildet haben.«

»Das glaube ich nicht«, sagte Bernie. Seine Miene war wie versteinert. »Können Sie die beiden Männer beschreiben?«

»Nein«, sagte Mr Parsons. Er schloss einen Moment lang die Augen. »Der eine könnte größer als der andere gewesen sein. Der blonde.«

»Einer der Männer war blond?« Bernies Stimme wurde

schärfer. Meine Nackenhaare stellten sich ein bisschen auf.

Mr Parsons öffnete die Augen. »Der größere der beiden. Seine Haare leuchteten im Dunkeln.«

Von drinnen rief eine Frau mit schwacher Stimme: »Daniel? Daniel?«

»Tut mir leid«, sagte Mr Parsons. »Ich muss wieder rein.« Er schloss die Tür. Iggy krachte noch mal gegen irgendetwas.

Wir überquerten die Straße zu dem Haus mit dem »Zu verkaufen«-Schild.

»Was ist hier passiert, alter Junge?«, fragte Bernie. »Ich komme mir langsam wie der letzte Idiot vor.«

Bernie? Ein Idiot? Konnte nicht sein. Bernie war immer der Klügste weit und breit, außer vielleicht wenn er zu viel Bourbon getrunken hatte. Ich erinnerte mich beispielsweise an einen Abend, da wickelte er die Lichterketten um den Weihnachtsbaum, aber zu der Geschichte komme ich vielleicht später noch.

Wir musterten das Haus mit dem »Zu verkaufen«-Schild. Die Rollläden waren heruntergelassen und in der Einfahrt lagen einige zusammengerollte Zeitungen. Ich lief hin und schnappte mir eine, und gerade als ich ein bisschen damit herumrennen wollte, kam eine Frau aus dem Haus. Sie trug einen Hosenanzug, hielt eine große Aktentasche in der Hand und hatte irgendeine Art von Telefon in ihr Ohr gesteckt.

»Sie sind früh dran«, sagte sie. »Es geht erst mittags los.«

»Was denn?«, fragte Bernie.

»Die Führung. Sind Sie kein Interessent?«

»Nein, ein Nachbar.«

»Ach ja? Welches ist denn Ihr Haus?«

Bernie deutete darauf. Die Frau trat zu ihm. »Reizend«, sagte sie. »Sie brauchen mir nicht zu erzählen, wie wunderbar diese Straße ist, mit dem Canyon gleich hinterm Gartenzaun. Die Preise sind sehr stabil. Wenn Sie also jemals überlegen sollten zu verkaufen …« Sie gab Bernie ihre Karte.

Er nahm sie und sagte gleichzeitig: »Chet?«

Ich ließ die Zeitung fallen beziehungsweise das, was davon übrig war, und versuchte, klein auszusehen.

Bernie musterte die Karte. »Sie sind Immobilienmaklerin?«

»Sie sehen die Immobilienkönigin des East Valley vor sich stehen«, sagte die Frau. Dann nannte sie ihren Namen, aber ich kriegte ihn nicht mit, weil plötzlich ein lästiger Fetzen der Zeitung unter meiner Zunge aufgetaucht war. Die Frau und Bernie schüttelten einander die Hand; sie gehörte zu den Zweihandschüttlern und hielt Bernies Hand länger als nötig fest. Owei. Dabei veränderte sie auch noch ihre Haltung: Ragte ihre Brust nicht plötzlich etwas weiter vor? In bestimmten Situationen, die immer mit Frauen zu tun hatten, war Bernie einfach hilflos.

Aber er schien nichts davon mitzubekommen. »Wie lange steht das Haus schon leer?«, fragte er.

»Seit ein paar Monaten, allerdings gab es Zwischenmieter.«

»Sind die noch da?«

»Nein, sie sind letzte Woche ausgezogen, blieben nur ein paar Tage, obwohl sie für drei Monate im Voraus gezahlt hatten.«

»Ich erinnere mich nicht, ihnen begegnet zu sein«, sagte Bernie. »Wie sahen sie denn aus?«

»Ich habe nur den kennengelernt, der den Mietvertrag unterschrieben hat, ein großer Blonder, könnte aus dem

Ausland stammen – er hatte einen Akzent. Vielleicht Schwede.«

»Wissen Sie seinen Namen?«

»Seinen Namen? Er steht auf dem Vertrag, aber ich wüsste nicht …«

»Haben Sie eine Kopie seines Führerscheins?«

»Selbstverständlich, aber …«

Bernie gab ihr unsere Karte. »Ich würde sie gerne sehen.«

Die Frau musterte die Karte, dann musterte sie Bernie. »Ich verstehe nicht. Sie haben doch eben gesagt, Sie wohnen hier in der Nachbarschaft.«

»Das stimmt«, sagte Bernie. »Aber wir arbeiten außerdem gerade an einem Fall, in den dieser Blonde verwickelt ist.«

»Ich weiß wirklich nicht …«

»Ein Vermisstenfall«, sagte Bernie. »Die vermisste Person heißt Madison Chambliss. Sie ist fünfzehn.«

Die Frau bedachte Bernie mit einem langen Blick, dann fing sie an, in ihrer Aktentasche zu kramen. Sie zog ein paar zusammengeheftete Blätter hervor und gab sie Bernie. Er überflog sie.

»Cleon Maxwell, 14303 North Coronado, Rosa Vista«, sagte er.

Cleon Maxwell? Der Bösewicht hieß doch Boris. Das ergab überhaupt keinen Sinn. Bernie hielt eines der Blätter so, dass ich das Schwarzweißfoto auf dem Führerschein sehen konnte.

»Sie zeigen Ihrem Hund das Foto?«, fragte die Frau und machte große Augen.

Ihr Ton gefiel mir nicht, aber ich konnte ihr auch nicht ernsthaft einen Vorwurf machen. Um die Wahrheit zu sagen, bin ich nämlich nicht gerade ein Ass bei Fotos, selbst bei Schwarzweißfotos nicht. Der Mann hatte jedenfalls blonde Haare und sah meiner Erinnerung nach auch ein bisschen wie Boris aus, aber sicher war ich mir nicht. Die Sache sähe anders aus, Immobilienkönigin, wenn auf Führerscheinen Geruchsproben statt Fotos wären, das können Sie mir glauben.

»Er hat ein Zeugnis von der K9-Hundeschule«, sagte Bernie.

Fast, sollte ich wohl hinzufügen. Warum musste auch diese Katze daherkommen, mitten in der Abschlussprüfung, bei der Spurensuche im offenen Gelände? Das Zeugnis war bestimmt schon ausgestellt gewesen, aber ich habe es nie bekommen.

»Wie konnte mir das nur entgehen?«, fragte Bernie, als wir nach Rosa Vista fuhren. »Die haben uns praktisch von der ersten Sekunde an, als wir den Fall übernahmen, beobachtet.« Er schlug mit der Faust auf das Lenkrad. Das passierte nicht oft. »Mein Verstand ist auch nicht mehr das, was er mal war, Chet.« Ich hoffte, dass das nicht stimmte: Bernies Verstand war neben meiner Nase unser größter Trumpf. Ich legte eine Pfote auf sein Knie. Er fuhr schnell, sogar ein bisschen Slalom, was sonst überhaupt nicht seine Art war. Aber lustig war es trotzdem, das Schnellfahren und der Slalom, das kann ich Ihnen sagen. Ich warf meine Sorgen über Bord und freute mich des Lebens.

Wir nahmen eine Abfahrt und fuhren auf einer geraden, breiten Straße auf die Sonne zu. »Coronado«, sagte Bernie. »Ich hasse Coronado.« Warum? Sie sah aus wie viele Straßen im Valley, breit und gerade und lang. »Hast du eine Ahnung, was er den Indianern angetan hat?«, fügte Bernie nach einer Weile hinzu, und ich verstand nur noch Bahnhof.

Er ging vom Gas und fing an, die Hausnummern vorzulesen. »Vierzehn eins, vierzehn zwei, da ist es.« Wir hielten vor einem Restaurant, einem guten. Ich musste nicht einmal hinsehen, mir reichte der Geruch. Bernie las vor: »Max' Sparerib-Paradies«. Hey, hatte ich mir das Paradies nicht schon immer so vorgestellt? Mir lief sofort das Wasser im Maul zusammen, aber dann fiel mir ein, dass viele Restaurantbesitzer nicht gerade gastfreundlich waren, wenn es um mich und meinesgleichen ging.

Die Frontseite des Gebäudes bestand aus Glas. Wir gingen zur Tür, zögerten. Der Mann hinter der Theke sah uns, deutete auf mich, dann krümmte er seinen Zeigefinger und bewegte ihn einladend vor und zurück. Eine meiner Lieblingsgesten von Menschen, dieses Zeigefingerkrümmen; da wünschte ich mir fast selbst Finger. Bernie öffnete die Tür, und wir traten ein. Himmel. Es roch wirklich paradiesisch bei Max. Wir gingen zur Theke und Bernie sagte: »Wir suchen Cleon Maxwell.«

»Der steht vor Ihnen«, sagte der Mann. Das sollte Cleon Maxwell sein? Ziemlich verwirrend: Er sah Boris überhaupt nicht ähnlich, zum Beispiel war er schwarz.

Bernie ließ sich davon nicht irritieren, nicht eine Sekunde lang. Wir waren ein gutes Team, Bernie und ich, falls das noch nicht klar geworden sein sollte. Er gab Cleon Maxwell unsere Karte. »Wir arbeiten an einem Fall«, sagte er. »Könnte es sein, dass Ihnen kürzlich Ihre Papiere gestohlen wurden?«

»So ist es. Irgendeine Russenbande, sagt die Polizei. Aber ich habe meine Kreditkarte sperren lassen, bevor irgendein Unheil damit angerichtet werden konnte.«

»Das ist gut«, sagte Bernie. »Wurden die Täter schon erwischt?«

Cleon Maxwell schüttelte den Kopf. »Die Polizei war,

was das angeht, nicht besonders optimistisch.« Ein Telefon klingelte, dann noch ein zweites. »Kann ich Ihnen sonst irgendwie weiterhelfen?«

»Nein«, sagte Bernie. »Danke, dass Sie sich Zeit für uns genommen haben.«

»Nichts zu danken«, sagte Cleon Maxwell. »Netter Hund, den Sie da haben. Mag er vielleicht Spareribs?«

»Offen gestanden«, sagte Bernie, »tun wir das beide.«

»Dann nehmen Sie doch Platz«, sagte Cleon Maxwell.

Wir saßen vor Max' Sparerib-Paradies im Auto, beide völlig bewegungsunfähig. Bernie stieß auf. »So viel habe ich in meinem ganzen Leben noch nicht gegessen«, sagte er. »Aber es war gut, oder?«

Und ob! Darüber hinaus besaßen wir jetzt noch mehrere Nimm-zwei-zahl-eins-Coupons, dank Cleon Maxwell. Möglicherweise der tollste Mensch im ganzen Valley; Bernie nicht mitgezählt, versteht sich. Gab es einen besseren Job als unseren? Wir saßen einfach im Auto und taten nichts als atmen, während sich die Erde weiterdrehte. Zumindest sagte Bernie, dass sich die Erde drehte, und wenn er das meinte, gut, ich für meinen Teil hatte noch nichts davon mitbekommen. Ständig gingen Leute in Max' Sparerib-Paradies und verließen es mit einem glücklichen Ausdruck auf dem Gesicht, jeder einzelne. Nach einer Weile sagte Bernie: »Der Mietvertrag bringt uns nicht weiter. So wie ich es sehe, bleibt uns nur eins – wir tasten uns zurück bis zu der Nacht, in der sie dich geschnappt haben, und versuchen die Spur aufzunehmen.«

Eine Spur aufnehmen: das konnte ich. Sofort fühlte ich mich wieder energiegeladen.

»Das heißt, wir müssen zu diesem Tierheim in Sierra Verde.«

Das Tierheim, in dem Suzie mich gefunden hatte? Auf einmal war mir gar nicht mehr gut. Bernie streckte seine Hand aus und tätschelte mich. Ich roch einen Rest von Max's Spezialsauce auf Bernies Hand und leckte ihn ab, aber tief in meinem Inneren war mir unwohl.

Kapitel 22

Wir fuhren durchs Valley, die Sonne im Rücken. Das Valley hörte gar nicht mehr auf. »Sieh dir das an«, sagte Bernie irgendwann und zeigte mit der Hand zum Fenster hinaus. »Alles neu, seit ich das letzte Mal hier war.« Und kurze Zeit später: »Coronado war nicht der Einzige. Sie waren alle gleich.« Wovon redete er? Wir waren immer noch auf der Coronado? Für mich sah es eher wie ein Freeway aus. Noch ein bisschen später: »Da, siehst du das? Home Depot. Das heißt, da wird bald eine ganze Stadt aus dem Boden gestampft.« Bald darauf brummelte er irgendetwas davon, dass Home Depot der Kern von irgendeinem schrecklichen Atom sei. Ich hatte keine Ahnung, was Bernie damit meinte, aber die Brise, die eine Zeit lang fast heiß wehte und dann abkühlte, als wir bergauf fuhren, war super. Ich könnte ewig auf dem Kopilotensitz dahinrauschen, immer weiter, ab und zu mal einen Snack und gelegentlich eine Pinkelpause, versteht sich. »Ich sage dir eins«, sagte Bernie, als wir eine Tankstelle ansteuerten, »deshalb bin ich für indianische Casinos, ganz gleich, was sonst dagegen spricht. So kriegen sie endlich ihre Rache und können uns so richtig bluten lassen, wenn du den Kalauer verzeihst.« Kein Problem – ich konnte Bernie alles verzeihen, sogar Kalauer, was immer das sein mochte. Er hatte Schwierigkeiten mit dem Kreditkartenlesegerät und ging rein zum Zahlen. Vielleicht würde er ja mit einem

Kaustreifen oder sogar einem Päckchen Hundespaghetti zurückkehren? Hundespaghetti: Ich hatte schon so lange keine mehr gehabt, dass ich beinahe vergessen hatte, dass es sie gab.

Bernie kehrte zurück, aber ich konnte keinen Kaustreifen und keine Hundespaghetti sehen, nur eine große Flasche Wasser. Das bedeutete, dass er immer noch keinen Hunger hatte, wegen unserer kleinen Session in Max' Sparerib-Paradies wahrscheinlich. Die Coupons bedeuteten bestimmt, dass wir eines Tages dorthin zurückkehren würden; Bernie war ein begeisterter Schnäppchenjäger. Und vielleicht war ich ja auch nicht hungrig, aber Tanken und Snacks gehörten irgendwie zusammen. Zugegeben, Snacks schmecken besser, wenn man Hunger hatte, aber schmeckten sie jemals schlecht? Seien Sie ehrlich!

Bernie goss Wasser in meinen Reisenapf und hielt ihn mir hin. Ich trank ein bisschen – schön kalt. Bernie hob die Flasche an den Mund und blickte in den Himmel. »Was, wenn die Monsunregen diesen Sommer ausbleiben?«, fragte er.

Ich wusste es nicht.

Wir fuhren immer höher, kurvten auf einer zweispurigen Straße durch die Berge und erreichten eine Hochebene. Der Verkehr hatte sich ausgedünnt, bis nur noch wir übrig waren. Ich roch alle möglichen wilden Sachen und … Was war das denn, was da so schnell am Straßenrand lief? Ein Rennkuckuck? Ja! Ein echter Rennkuckuck. Sieh sich einer dieses Kerlchen an! Ach, ich hatte mir schon immer gewünscht, mal …

»Chet? Ganz ruhig.«

Wir sausten an dem Rennkuckuck vorbei, aber doch nicht so schnell, dass ich nicht den stahlharten Blick in seinen glänzenden, schwarzen Augen gesehen hätte. Er drehte ab, stürmte ins Gebüsch und war verschwunden. Ziemlich schnell, aber ich würde trotzdem auf mich setzen.

Es dauerte nicht lange, und wir fuhren den Pass zu einem Gipfel hoch und dann wieder nach unten. Die Luft war frisch, der Himmel klar – freie Natur, so weit das Auge reichte. »Von hier aus kann man bis nach New Mexico sehen«, sagte Bernie. Mexiko: das Wort weckte ein gewisses Unbehagen bei mir, aber ich wusste nicht, warum. Gerade als wir eine staubige kleine Stadt erreichten, fiel mir wieder ein, dass Mr Gulagow mich für Hundekämpfe dort hatte ausbilden wollen, dort in Mexiko. War das dasselbe wie New Mexico? Keine Ahnung, aber ich hatte Neuigkeiten für Mr Gulagow: Ich war jetzt mit Bernie unterwegs, mein Lieber. Ich reckte das Kinn in die Höhe.

»Sierra Verde«, sagte Bernie und drosselte das Tempo. Er warf mir einen Blick zu. »Kommt dir das bekannt vor?«

Leider nein. Oder, warte mal. Da drüben, die Bar mit dem Neon-Martiniglas im Fenster. Vielleicht …

»Macht nichts«, sagte Bernie. »Wir fangen hier an.« Er bog um eine Ecke, fuhr eine Seitenstraße hoch, die nur von ein paar Gebäuden gesäumt war, einige davon mit Brettern zugenagelt, und stellte das Auto vor dem letzten ab. Bernie sah mich aus dem Augenwinkel an.

Dieses letzte Gebäude, das am Ende eines gepflasterten Wegs hinter einem großen Tor stand, ein Flachbau mit einer unauffälligen Farbe und einer dünnen, weißen Rauchfahne, die aus einem Schornstein in die Luft stieg: Ich kannte es, oh ja; es kam mir nur allzu bekannt vor. Ich verkroch mich halb unter dem Sitz.

»Na komm, es ist alles in Ordnung, alter Junge.«

Ich blieb, wo ich war. Ich fing am ganzen Körper an zu zittern, konnte nichts dagegen machen.

»Komm schon, Chet. Ich brauche deine Hilfe.«

Ich kletterte auf den Sitz zurück.

»Bist ein Braver. Spring raus.«

Vom Kopilotensitz rausspringen: Ich hatte es schon oft gemacht, aber meine Beine zitterten auf einmal so sehr, dass ich zu kurz sprang und auf den Sitz zurückrutschte.

»Mach dir keine Sorgen, Kumpel.« Bernies Gesicht war jetzt ganz hart, seine Augen blitzten, so wie sie es immer taten, wenn er wütend war. Wütend auf mich? Konnte schlecht sein, wo doch seine Stimme so sanft und leise klang, als er sagte: »Beruhige dich. Ich bin gleich wieder da.«

Nein. Das war auch nicht gut. Ich zog meine Hinterbeine an und sprang hinaus, schaffte es so gerade. Bernie sagte nichts, sondern kraulte mich nur zwischen den Ohren. Dann gingen wir den gepflasterten Weg entlang, Seite an Seite. Bernie öffnete das Tor. Ich nahm massenhaft die Witterung von meinesgleichen auf – ein Völkchen von vielen in unserem Vielvölkerstaat, wie Bernie sagte –, und sie brachte die Erinnerung an diesen schlimmen Ort zurück. Ich hob Kopf und Schwanz und ging weiter.

Wir betraten das Gebäude, und ich stand wieder in dem kleinen Empfangsraum mit der Theke und noch mehr Gerüchen, unter anderem dem nach etwas Verbranntem, wie ich jetzt begriff. Hinter der Theke stand ein Mann in einem weißen Kittel. Den kannte ich doch! Unmöglich zu vergessen: Das war der Mann, der mir versprochen hatte, ich wäre in null Komma nichts aus diesem kleinen Gebäude mit der Metalltür und dem Ziegelkamin raus. Ich wich ein bisschen zurück.

»Hallo«, sagte der Mann in dem weißen Kittel. »Haben Sie einen Streuner aufgelesen?«

»Nein«, sagte Bernie, seine Miene versteinerter denn je. »Erkennen Sie ihn wieder?«

»Wen? Den Hund?«

»Er heißt Chet. Er war letzte Woche hier.«

Der Mann in dem weißen Kittel schüttelte den Kopf. »Hier ist viel los, ein ständiges Kommen und Gehen, Tag und Nacht, sieben Tage die Woche.«

»Dieser Hund hier«, sagte Bernie, »wurde von einer Freundin von mir namens Suzie Sanchez mitgenommen. Sie ist Journalistin bei der *Valley Tribune.* Hilft das Ihrem Gedächtnis vielleicht auf die Sprünge?«

Der Mund des Mannes klappte auf. Auf seinem Gesicht erschienen kleine rosa Flecken, auch wenn ich mir wegen der genauen Farbe nicht ganz sicher war. Ich versteckte mich nicht mehr hinter Bernie, sondern stellte mich neben ihn.

»Suzie vergisst man sicher nicht so schnell«, sagte Bernie. »Hat sie vielleicht erwähnt, dass sie gerade an einer Artikelserie über Tierheime schreibt?«

»Ach, jetzt fällt es mir wieder ein. Das ist Ihr Hund, oder? Und die Journalistin … äh … ist sie zufällig …?«

Die Worte gingen ihm aus. Bernie sagte nichts, starrte den Mann nur an.

Auf dem Gesicht des Mannes breitete sich ein dümmliches Grinsen aus, der eine Mundwinkel zeigte nach oben, der andere nach unten. »Sieht ganz so aus, als hätte es zu guter Letzt ein Happyend gegeben«, sagte er.

Bernie sagte weder Ja noch Nein. »Was ich brauche«, sagte er, »sind sämtliche verfügbaren Informationen darüber, wie Chet hier bei Ihnen gelandet ist.«

»Tut mir leid, aber ich war nicht da, als …«

»Aber Sie machen doch sicher Aufzeichnungen.«

»Oh, ja, Aufzeichnungen, klar.« Er ging zu einem Computer, drückte ein paar Tasten. »Da haben wir es schon.« Ein Drucker gab eins dieser Maschinengeräusche von sich, die mir in den Ohren wehtaten. Der Mann gab Bernie ein Blatt Papier. Papier war den Menschen sehr wichtig: sie verbrachten viel Zeit damit. Ich konnte den Reiz, den es für sie hatte, nicht ganz nachvollziehen.

Bernies Augen wanderten über die Seite. Das nannte man Lesen, in meinen Augen sah es ein bisschen verrückt aus. Er blickte auf: »Hier stehen nur Datum und Zeitpunkt seines Eintreffens. Ich möchte wissen, wer ihn abgeliefert hat.«

»War es nicht irgendein Motorradfahrer?«

»Der Name«, beharrte Bernie.

»Doreen hat das gemacht«, sagte der Mann. »Vielleicht weiß sie es noch – eine Sekunde.« Er ging nach hinten. Eine Sekunde hieß wahrscheinlich so viel wie: Bleiben Sie, wo Sie sind, was Bernie offenbar nicht verstanden hatte, weil er ohne zu zögern um die Theke herumging und dem Mann folgte.

Ich folgte Bernie. Der Mann schien uns nicht zu bemerken.

Wir liefen einen mir vertrauten Korridor entlang, links und rechts kleine Zellen mit Maschendraht auf unserer Seite, dahinter jeweils einer meiner Artgenossen. Sie fingen alle an zu bellen. Ich erkannte keinen vom letzten Mal wieder, aber ich erkannte die Frau vor uns, die etwas auf ein Blatt Papier auf einem Klemmbrett schrieb. Der Mann in dem weißen Kittel übertönte das aufgeregte Bellen. »Hey, Do, da ist so ein Arsch…« Die Frau sah auf und entdeckte uns. Der Mann in dem weißen Kittel folgte ihrem Blick, verstummte. Bernie achtete nicht auf ihn und ging zu der Frau, aber ich bekam nicht mit, was er sagte, weil ich in diesem Moment ein Kläffen hörte, das mich an Iggy erinnerte. O nein! Ich drehte mich zur nächsten Zelle: kein Iggy, aber ein Welpe, der aussah, wie Iggy in seiner Jugend ausgesehen haben musste. Er streckte seine Schnauze durch eines dieser kleinen Löcher im Maschendraht. Ich beugte mich runter und stupste ihn leicht an. Er wollte so gerne da raus, das sagten mir seine sanften braunen Augen. Glaubte er vielleicht, ich könnte ihm helfen? Armes Kerlchen.

»Komm, Chet, wir gehen«, sagte Bernie.

Gleich darauf waren wir draußen, Bernie und ich, zurück in der angenehm frischen Bergluft. Ich sprang auf meinen Sitz, nahm die Hürde der Tür mit Leichtigkeit; vielleicht war es sogar mein bislang höchster Sprung, meine persönliche Bestleistung. Bernie drehte den Zündschlüssel und trat aufs Gas, aber er fing erst an zu sprechen, als wir wieder auf der Hauptstraße waren. »Brr«, sagte er, als wäre es eiskalt, schüttelte sich sogar kurz, fast so, wie ich es machte. »Okay, Chet, was haben wir?«

Ich war ganz Ohr.

»Ein großer Motorradfahrer, aber kein Name. Das muss man sich mal vorstellen, die nehmen nicht einmal die Namen auf. Dann hat sie noch gesagt, dass es in der Stadt eine Bar gibt, wo die Biker gelegentlich abhängen. Eigentlich müsste es gleich hier sein …« Bernie hielt vor der Bar mit dem Neon-Martiniglas. Links und rechts von uns standen große Motorräder. »Wehe, du hauchst eins dieser motorisierten Stahlrösser auch nur an«, sagte Bernie. »Ganz zu schweigen von einem der anderen Tricks, die du auf Lager hast.« Das fiel mir doch im Traum nicht ein: Die Biker waren meine Freunde. Und was für ein toller Name für ein Motorrad. Ich wusste, wozu Rösser imstande waren, von einem mehr oder weniger ungeplanten Besuch in einem Reitstall. Diese Lektion würde ich nicht so bald vergessen.

Wir stießen die Schwingtüren auf; sie sahen aus wie die von einem Saloon in diesen alten Western. Eine Zeit lang hatten wir uns eine Menge alte Western angesehen, Bernie und ich, aber Bernie hatte dauernd gesagt: »Siehst du? So hat es hier mal ausgesehen.« Immer wieder, bis er die Lust daran verlor und die Western schließlich ganz unten in dem DVD-Stapel landeten, wo sie nach wie vor waren.

Wir blieben gleich hinter den Schwingtüren stehen und sahen uns um: ein paar Tische und an der Seite eine kleine Bühne, gegenüber davon eine lange Theke und auf dem Boden Sägemehl. Sägemehl auf dem Boden: tolle Idee! Das Bedürfnis, mich darin herumzuwälzen, war fast übermächtig.

Und Motorradfahrer: ein paar an der Bar, zwei spielten Billard – und einer der Billardspieler war der riesige Kerl. Ich erkannte ihn sofort an seiner Größe und dem wilden weißen Bart, aber ich konnte ihn von dort, wo ich stand, auch riechen. Ein paar der Biker sahen zu uns her, dann wanderten ihre Blicke wieder zu ihrem Bier: Sie schienen diese langhalsigen Flaschen zu mögen.

»Düfte ich Sie einen Moment um Ihre Aufmerksamkeit bitten?«, fragte Bernie mit lauter, klarer Stimme. Jetzt drehten sich alle zu uns um. »Erkennt einer von Ihnen vielleicht diesen Hund wieder?« Ich spürte die Augen von all den Leuten auf mir; es fühlte sich ziemlich komisch an. Ich versuchte meinen Kopf so weit wie möglich nach hinten zu drehen, damit das Gefühl wegging.

Keiner antwortete auf Bernies Frage. Was ging hier vor sich? Das waren doch meine Motorradfahrer – ich erkannte außer dem großen auch noch andere wieder, zum Beispiel die Frau mit der Sicherheitsnadel durch die Augenbraue und den kleinen mit den Oberarmen, die mich an den Weihnachtsschinken erinnerten, den Leda einmal gebacken hatte. Ich liebte Weihnachten – habe ich das schon erwähnt? Vielleicht komme ich später noch dazu zu erklären, warum. Im Moment jedenfalls verstand ich nicht, warum sich meine Motorradkumpel – wir hatten miteinander gesungen! – so seltsam verhielten. Ich trat an den Billardtisch und stellte mich mit wedelndem Schwanz vor den riesigen Typen.

»Chet scheint Sie zu kennen, mein Freund«, sagte Bernie und stellte sich neben mich.

Der riesige Motorradfahrer – Bernie sah nur neben ganz wenigen Männern klein aus, und das war einer von ihnen – starrte auf uns herunter und sagte: »Hier stinkt es plötzlich nach Cop. Ich bin kein Freund von Cops.«

He! Hatten Cops vielleicht einen eigenen Geruch? Wenn, dann war es mir nie aufgefallen. War es möglich, dass dieser riesige Motorradfahrer einen besseren Geruchssinn hatte als ich? Er stieg noch höher in meiner Achtung, und er war ohnehin schon ziemlich hoch oben, wegen der Fahrt auf seinem Motorrad und so.

»Ich bin Privatdetektiv«, sagte Bernie. »Kein Cop.«

»Privatdetektiv ist für mich dasselbe wie Cop«, sagte der riesige Motorradfahrer. »Wir mögen keine Cops.«

»War kaum anders zu erwarten«, erwiderte Bernie. »Ihr seid schließlich Biker.«

Owei. Kam da etwa diese Seite von Bernie zum Vorschein? Warum gerade jetzt?

Die Hand des riesigen Motorradfahrers schloss sich fester um den Billardstock. Jetzt sank er in meiner Achtung, ziemlich schnell. »Scheinst ein echter Schlaumeier zu sein, was?«, meinte er.

»Hört sich verdammt danach an«, sagte der Biker mit den Schinkenarmen und kam von der Theke herüber. In seiner Hand baumelte eine dicke, schwere Kette.

Bernie drehte sich zu ihm um. »Was ich sage und was du hörst, muss nicht zusammenpassen.«

»Hä?«, fragte der Motorradfahrer mit den Schinkenarmen.

»Aber wir müssen das jetzt nicht vertiefen. Ich glaube, dass ihr Chet in der Wüste aufgelesen habt und dafür bin ich euch sehr dankbar. Ich will nur wissen, wie und wo das war, und dann lassen wir euch in Ruhe und ihr könnt euch wieder euren Vergnügungen widmen.«

Eine Zeit lang sagte keiner etwas. Dann ergriff der Biker mit den Schinkenarmen das Wort, und zwar mit verstellter Stimme, was sich ganz scheußlich anhörte. »Ihr könnt euch wieder euren Vergnügungen widmen«, sagte er. Und dann mit normaler Stimme, die allerdings nur unwesentlich besser klang: »Ich denke, er ist nicht nur ein Schlaumeier, sondern auch noch 'ne Schwuchtel.«

»Prima«, sagte Bernie, »zumindest kannst du denken. Dann könntest du ja mal versuchen, an den Tag zurückzudenken, als du Chet das erste Mal gesehen hast.«

»Was meinst du mit zumindest?«, fragte der Motorradfahrer mit den Schinkenarmen, und sein Gesicht schwoll an, sodass es ein bisschen seinen Armen ähnelte. »Du kleiner Scheißer.« Und er schwang die Kette nach Bernie.

Eines habe ich über Bernie bis jetzt noch nicht verraten: Er ist fix. Und dann noch etwas, das vielleicht nicht so nett ist: dass es ihm nämlich manchmal, wenn auch nicht oft, überhaupt nichts ausmacht, wenn er in Situationen wie diese gerät, dass er es vielleicht sogar will, was Bernie von allen anderen Menschen, die ich kenne, unterscheidet. Was auch der Grund sein mochte, die Kette traf Bernie jedenfalls nicht. Stattdessen endete sie auf irgendeine Weise in seinen Händen und wickelte sich um den dicken Hals des Bikers mit den Schinkenarmen, und dann lag der Biker mit den Schinkenarmen flach vor der Theke, die Augen nach oben verdreht, ein ziemlich aufregender Anblick, fand ich. Ich schnappte nach dem ersten Bein, das mir unterkam. Von oben ertönte ein Grunzen, und der riesige Motorradfahrer ging auf Bernie los und schwang den Billardstock gegen seinen Kopf. Ich erinnerte mich, dass Bernie mir mal erklärt hatte, dass man einen Billardstock nicht schwang, wenn man ihn als Waffe benutzen wollte, sondern damit zustach, und daher war mir klar, dass dieser Kampf bald zu Ende sein würde. Bernie sprang zur Seite, machte diese Sache mit der Handkante gegen die Kehle, und der riesige Motorradfahrer fiel um wie der Baum, den wir einmal gefällt hatten.

Sämtliche Motorradfahrer kamen jetzt mit Gebrüll auf uns zu, aber Bernie schien es nicht eilig zu haben. Er kniete auf dem Rücken des Motorradfahrers, packte ihn am Hals und sagte: »Haltet euch zurück, wenn ihr wollt, dass er am Leben bleibt.«

Es wurde still in der Bar.

»Okay, Großer«, sagte Bernie. »Schieß los.«

Mit gepresster Stimme sagte der riesige Motorradfahrer: »Er tauchte wie aus dem Nichts auf, an unserem Lagerplatz, der dämliche Köter, und …«

»Er heißt Chet.«

»Hä?«

»Nenn ihn nicht dämlicher Köter, er heißt Chet.«

»Chet«, sagte der riesige Motorradfahrer.

Ich spürte einen leichten Luftzug an meinem Hinterteil und stellte fest, dass ich mit dem Schwanz wedelte. War das der richtige Zeitpunkt? Ich versuchte damit aufzuhören.

»Weiter«, sagte Bernie.

»Mehr war nicht«, erwiderte der riesige Motorradfahrer. »Der däm… – Chet – tauchte einfach an unserem Lagerplatz auf …«

»Wo war das?«

»Draußen im Apache Wash, an der Grenze zu New Mexico.«

»Zeichne es mir auf.«

»Hä?«

Bernie deutete auf den Boden. Der Motorradfahrer streckte seine große Hand aus und zeichnete eine Karte in das Sägemehl. Bernie sah sich die Zeichnung einen Moment lang an, dann ließ er den Motorradfahrer los und erhob sich.

»Gehen wir, alter Junge.«

Wir gingen auf die Schwingtüren zu. Keiner der Motorradfahrer sagte ein Wort. Als er am Tresen vorbeikam, blätterte Bernie ein paar Scheine hin. »Die nächste Runde geht auf uns, Ladies and Gentlemen«, sagte er. Oh, Bernie: Unsere Finanzen waren ein Desaster; wie kam es nur, dass er das immer wieder vergaß? Im Moment war mir das allerdings egal. Bernie war der Beste, oder? Auf dem Weg nach draußen wälzte ich mich kurz im Sägemehl.

Kapitel 23

Wir fuhren durch die Wüste, auf einer unbefestigten Straße, die von Zeit zu Zeit verschwand, zumindest hatte ich den Eindruck. »Stell dir vor, du wärst ein Fährtensucher, wie in der guten alten Zeit«, sagte Bernie. »Wäre das nicht toll? So wie Kit Carson.« Er war sehr gut gelaunt. Links von uns erhob sich eine dieser merkwürdigen Kuppen. »Was für ein Land! Am liebsten würde ich es kreuz und quer und von oben bis unten durchwandern.« Wir fuhren so dahin, bis Bernie, ein wenig leiser, ergänzte: »Gut, vielleicht nicht wandern.« Und noch ein bisschen später: »Ich muss mich in Form bringen.« Plötzlich sah er traurig aus. Warum? Ich verstand ihn nicht. Ich riss mein Maul ganz weit auf, überdehnte es fast. Wenn ich das tat, dann verhakte sich manchmal meine Lippe an einem meiner Zähne, so wie jetzt. Bernie bemerkte es und lächelte ein kleines Lächeln.

Wir rumpelten langsam dahin und kurvten um Steine und niedrige Dornbüsche. Nach einer Weile erschien ein komischer Ausdruck auf seinem Gesicht, und er schnupperte kurz in die Luft. Von der Unbrauchbarkeit der menschlichen Nase fang ich lieber gar nicht erst an. »Riechst du was, Chet?«, fragte Bernie. Welchen der tausend Gerüche meinte er? »Öl vielleicht? Verbranntes Öl?« Ja, sicher. Ich roch immer verbranntes Öl, wenn wir im Porsche saßen, und dachte mir nie etwas dabei. Bernie hielt an, stieg aus, öffnete die Motorhaube und sah hinein. Ich sprang hinaus und trabte ein bisschen herum, hob das Bein an einem dieser dornigen Büsche und einem runden Stein mit einem flachen runden Stein obendrauf – an so etwas konnte ich einfach nicht vorbeigehen. Als ich mich das nächste Mal nach Bernie umdrehte, lag er unter dem Auto, klopfte mit einem seiner Werkzeuge daran herum und fluchte. Werkzeuge, owei. Werkzeuge verhießen nichts Gutes. Ich spazierte um einen großen runden Kaktus herum, entdeckte ein interessantes Loch im Boden. Ich steckte meine Schnauze hinein und machte einen fischigen Geruch aus, nicht so stark wie der von richtigem Fisch, sondern feiner und schärfer. Der Geruch konnte bloß eines bedeuten: Schlange. Ich riss den Kopf zurück. Schlangen machten mir fürchterliche Angst. Das gestehe ich ganz offen. Aber, und das überrascht Sie womöglich, ich hatte sogar mal eine erwischt, eine dicke schwarze, auf einer Wanderung, die wir irgendwo in den Bergen zwischen lauter Kiefern gemacht hatten. Was war an diesem Tag nur in mich gefahren? Wir wanderten so dahin, Bernie und ich, als urplötzlich …

»Chet? Ich glaube, wir können weiter.«

Ich sah zu ihm hin. Bernie hatte Öl auf der Nase, er goss irgendeine Flüssigkeit in einen Trichter, der aus dem Motor ragte; wir hatten Kanister mit den verschiedensten Flüssigkeiten im Kofferraum. Er schloss die Motorhaube, und schon waren wir wieder unterwegs, ganz allein in der schönen, freien Natur. Ich konnte immer noch verbranntes Öl riechen, aber Bernie machte einen frohen Eindruck. »Dieses Auto ist unzerstörbar«, sagte er. Genau das wollte ich hören.

Wir fuhren an ein paar merkwürdigen Felsgebilden vorbei, die Schatten um uns herum – zu denen auch unser

Auto und unsere Köpfe gehörten – wurden immer länger und liefen uns voraus. In der Ferne tauchte ein niedriger runder Hügel auf, felsig und rot – wobei ich das Rot nicht beschwören wollte –, und an seinem Fuß entdeckte ich etwas Rechteckiges, eine Form, die auf Menschen hindeutete. Wir fuhren an einer zerdrückten Bierdose vorbei und dann an noch einer. »Bald sind wir da«, sagte Bernie. Er machte ein Gesicht, als wüsste er Bescheid, vielleicht wie die Fährtensucher von früher, von denen er gesprochen hatte. War Kit Carson Bierdosen durch die Wüste gefolgt?

Nicht lange danach wurde unser Weg von einem dieser ausgetrockneten Flussbetten gekreuzt, die in der Mitte voller Steine sind und an deren Rändern ein paar grünliche verkrüppelte Bäume wachsen. »Der Apache Wash«, sagte Bernie. »Da unten ist Wasser und nicht zu wenig – aber wie lange noch?« Ich sah mich um, entdeckte aber kein Wasser, nicht einen Tropfen. Manchmal machte ich mir Sorgen um Bernie. Diese Wassersache machte ihn ganz verrückt. Ich legte meine Pfote auf sein Bein. »Na, alter Junge«, sagte er, und wir rumpelten auf die andere Seite des Flussbetts. Der Weg verlor sich danach bald, aber mittlerweile waren wir schon fast am Fuß des niedrigen Hügels angelangt und ich erkannte, dass das rechteckige Etwas die halb verfallene Hütte neben dem Lagerfeuer der Motorradfahrer war.

Wir stellten das Auto ab, stiegen aus und gingen zu der geschwärzten Feuerstelle. Bernie trat nach ein, zwei Flaschen, fand die Kippe eines Joints und warf einen Blick in die Hütte. Ich buddelte ein verkohltes Stück Burger aus und verschlang es schnell. Bernie drehte sich um. »Chet! Was frisst du da?«

Nichts. Ungelogen. Das mit dem Fressen war schon vorbei. Ich schnüffelte an diesem und jenem, fiel in einen schnellen Trab, tat geschäftig. Bernie ging zum Auto, holte das Fernglas aus dem Handschuhfach, richtete es auf eine Hügelkette in der Ferne, die in dem schwächer werdenden Licht rosa – schätzungsweise – aussah. Ich konnte das Fernglas nicht leiden, insbesondere, wenn Bernie es an seine Augen hob und sie wie zwei Stecker hineinsteckte. Für meinen Geschmack waren die Menschen Maschinen ohnehin schon zu ähnlich.

»Chet. Beruhige dich.«

War ich das etwa gewesen? Hatte ich diesen Laut von mir gegeben, der sich ein bisschen zu sehr nach Jaulen anhörte? Ich beruhigte mich. Bernie suchte eine Zeit lang mit dem Fernglas den Horizont ab, dann ließ er es sinken. Er setzte sich auf einen Felsen, faltete eine Landkarte auseinander, breitete sie auf seinem Schoß aus. Ich setzte mich neben ihn. Er klopfte wie früher seine Taschen nach Zigaretten ab, wo er doch, weil er aufhören wollte, nie welche dabeihatte. »Du bist hierhergelaufen, Chet, nur aus welcher Richtung? Wo kamst du her?«

Ich setzte mich neben Bernie und wartete darauf, dass er es herausfand. Mittlerweile hatte ich Hunger bekommen. Vielleicht lagen ja irgendwo noch ein paar verbrannte Burgerreste herum? Ich schnüffelte in der Luft: Bussarde, Bernies Aftershave, Benzin, verbrannte Mesquiteäste und, ja tatsächlich, Wasser, echtes, fließendes Wasser außerhalb von Flaschen, auch wenn man es nicht sehen konnte, aber keine Burger. Und immer noch dieser scharfe, fischige Geruch. Ich rückte ein bisschen näher an Bernie heran.

Er faltete die Karte wieder zusammen, steckte sie in seine hintere Hosentasche, drehte sich zu mir. »Erinnerst du dich vielleicht, alter Junge«, fragte er, »wie du hierhergekommen bist?« Er kraulte mich zwischen den Ohren und entdeckte eine Stelle, die dringend gekrault werden musste, was ich bislang gar nicht bemerkt hatte. »Es bleibt uns sonst nicht viel, Chet.«

Was wollte er wissen? Wie wir hierhergekommen waren? Natürlich erinnerte ich mich daran, natürlich konnte ich uns führen!

»Ruhig, Chet, ruhig.«

Huch. Was machte ich da mit meinen Vorderpfoten auf seinen Schultern? Ich ließ mich wieder auf alle viere nieder. Bernie ging zum Auto, kehrte mit einer Taschenlampe und unserer .38er Special zurück, die er in seinen Gürtel schob. Ich fand die .38er Special toll. Bernie war ein Meisterschütze. Ich hatte ihn auf dem Schießplatz gesehen – den Schießplatz fand ich auch toll, aber er hatte mich nur einmal mitgenommen, weil der Besuch ein bisschen zu aufregend gewesen war. Damals war ich natürlich noch jünger gewesen; jetzt würde ich viel gelassener damit umgehen. Ich betrachtete die .38er Special. Mach einen Übungsschuss auf irgendwas, Bernie. Egal was! Eine Colaflasche auf einem Zaunpfosten zum Beispiel. Peng! Aber die .38er Special blieb, wo sie war.

»Hast du Durst?«, fragte er.

Gute Idee. Ich hatte Durst, hatte es aber noch nicht einmal gemerkt. Bernie füllte meine Schüssel. Ich trank.

»Bist du bereit?«, fragte er. »Dann lauf los, zeig mir den Weg.«

Ich lief zum Lagerfeuer, scharrte in der Asche, dann drehte ich mich mehrmals um die eigene Achse und rannte los, die Sonne im Rücken, meinen Schatten vor mir, ein langer, langer Chet, der immer länger wurde. Nach einer Weile schnüffelte ich am Boden und änderte leicht die Richtung. Wir liefen auf diese rosafarbenen Hügel zu, Bernie ein paar Schritte hinter mir, ich die Nase hoch in der Luft, aber öfter noch auf dem Boden. Ich suchte nach dem vertrautesten Geruch auf der ganzen Welt, nämlich meinem eigenen. Nimm deine eigene Witterung auf, folge ihr zurück zu Mr Gulagows Ranch mit dieser schrecklichen alten Mine, vergrab deine Zähne in ein oder zwei Hosenbeinen, und schon ist der Fall abgeschlossen.

Aber meine Witterung, wo war sie? Ich wechselte noch einmal die Richtung, rannte auf ein flaches, nacktes Stück Land und eine verdorrte, graue Pflanze zu, das einzige Lebewesen weit und breit. Ich schnüffelte am Fuß der Pflanze, steckte meine Schnauze zwischen die Blätter, falls das Blätter waren: lange, wachsartige Dinger mit – owei – Stacheln. Zu spät.

Wir machten eine kurze Pause, während Bernie die Stacheln entfernte. Dann kehrte ich sofort zu der Pflanze zurück.

»Chet, um Himmels willen.«

Ich schnüffelte und schnüffelte, und vielleicht weil ich sie aufgestört hatte, gab die Pflanze ihr Geheimnis preis: einen schwachen, fast nicht wahrnehmbaren Geruch nach altem Leder, Salz und Pfeffer, Nerzmänteln und einem winzigen Hauch Tomate – und, um ehrlich zu sein, eine große Prise von etwas Männlichem, Erdigem. Mein Geruch, ja, genau der. Mein Geruch und nur mein Geruch, ein unleugbarer Beweis, dass Chet the Jet hier vorbeigekommen war.

»Was gefunden, Junge?«

Ja. Ich senkte die Schnauze auf die ausgedorrte Erde, die mittlerweile wärmer als die Luft war – die Hitze des Tages war noch darin gefangen –, und schnüffelte nach weiteren Spuren von mir. Es dauerte eine halbe Ewigkeit, aber dann schnappte ich in der Nähe von irgendetwas Menschengemachtem, das völlig verrostet und nicht mehr identifizierbar war, einen Hauch von etwas auf, schwächer noch als der erste, fast nicht mehr da. Ich wandte mich den rosafarbenen Hügeln zu und trabte langsam, die Nase am Boden, auf den größten davon am Ende der Hügelkette zu. Wieder ein Hauch? Ich hatte den Eindruck und änderte erneut die Richtung. Dann kam eine lange, geruchslose Strecke, und als ich wieder aufblickte, waren die weit entfernten Hügel immer noch weit entfernt, aber nicht mehr rosa, bis auf die Spitze des größten, und unsere Schatten waren verschwunden. Stattdessen bedeckte alles ein einziger großer Schatten, und der Himmel wurde dunkel.

»Wie geht's?«, fragte Bernie.

Der Wind nahm zu, wehte von den fernen Hügeln her. Ich hob die Nase und schnupperte. Wie es mir ging? Prima. Wir würden das schon schaffen. Aber, offen gestanden, brachte der Wind nichts, nada, nullo, und das wunderte mich: Der Wind war normalerweise mein Freund. Ich änderte ein bisschen die Richtung, schnüffelte an einem Steppenläufer. Wieder Bussard – Bussardgestank zu erkennen war ein Klacks – und vielleicht irgendeine Eidechse, aber nichts von mir. Der Wind nahm noch mehr zu, und der Steppenläufer kullerte davon.

Die Nacht brach herein, ein endloser schwarzer Himmel voller Sterne und bald auch mit Mond, rund und weiß. Bernie hatte alle möglichen seltsamen Ideen, wenn es um den Mond ging – zum Beispiel, dass er nicht von sich aus leuchtete und einmal Teil der Erde gewesen war –, aber ich wusste nur, was er bei mir anrichtete. Schwer zu erklären, aber ich fühlte mich immer total auf Zack bei Mondlicht. Heute Nacht war das Mondlicht so hell wie noch nie. Mochte Bernie über das Mondlicht denken, wie er wollte: Er brauchte die Taschenlampe nicht einmal anzuknipsen.

Wir liefen immer weiter, begleitet allein vom Geräusch des Windes; Bernie und ich wussten, wie man sich lautlos bewegte. Einmal blitzte etwas auf, und ich flitzte hin, schnüffelte an einer Glasscherbe. War da etwas? Vielleicht, nur vielleicht, ein Hauch von Nerz, meine Nerzigkeit. Ich wechselte erneut die Richtung, lief langsam im Zickzack, immer auf der Suche, nicht nachlassend. Der Mond wanderte über den Himmel. Ich nahm dieses und jenes wahr – kein Nerz mehr, aber ein paarmal ein Hauch von Tomate, und einmal dieses Männliche, Erdige, bestimmt meins – und änderte wieder und wieder die Richtung, vielleicht sogar noch einmal. Bernie ging neben mir her. Wenn ich anfing zu traben, fiel er manchmal in Laufschritt und sein Keuchen durchbrach die Stille. Zeit verging, wahrscheinlich eine ganze Menge. Er sagte kein Wort. Ich spürte sein Vertrauen. Bernie glaubte an mich. Das machte mich noch stärker als sonst. Wenn nötig, hätte ich die ganze Nacht lang weitersuchen können.

Und dann: endlich! Vor uns entdeckte ich ein Schild an einem Pfosten, obwohl wir mitten in der Einöde waren; ich erinnerte mich an das Schild, ich hatte es in der Nacht meiner Flucht vor Mr Gulagow gesehen. Ich rannte hin, Bernie hinterher. Jetzt knipste er die Taschenlampe an, leuchtete das Schild an. Ich sah, wie verwittert es war, die Buchstaben waren fast vollständig verblasst. Bernie wischte mit der Hand leicht über das Holz und sagte: »Sieht aus wie ›Ghost‹ und noch irgendwas. ›Sieben Kilometer‹.« Er drehte sich zu mir. »Wahrscheinlich ›Ghost Town‹ – davon gibt es eine ganze Menge hier in der Gegend. Warst du hier, Chet?« Ghost Town sagte mir nichts, aber ob ich hier gewesen war? Ja, klar. Ich machte ein, zwei Schritte auf das Schild zu und wurde plötzlich von meinem Geruch überfallen. So stark war er die ganze Zeit nicht gewesen.

Ich raste los.

»Chet! Chet! Nicht so schnell.«

Ich versuchte, langsamer zu laufen, aber es fiel mir schwer, wo doch der Geruch immer stärker wurde. Ich trabte voraus, rannte zurück, umkreiste Bernie, lief weiter. Das trieben wir eine ganze Zeit lang, aber ich wurde überhaupt nicht müde, bekam kaum mit, dass der Mond verschwand, die Sterne verblassten, der Himmel hell wurde. Wir waren auf eine Spur gestoßen, folgten dem Geruch, an dem es nichts zu zweifeln gab; die einzelnen Komponenten waren völlig klar: altes Leder, Salz und Pfeffer, Nerzmäntel, ein Hauch von Tomate plus die erdige Komponente. Das war es! Ich fing an zu rennen, konnte nicht mehr an mich halten. Eine Zeit lang hörte ich Bernie hinter mir, aber dann fiel er zurück. Ich drehte mich nach ihm um. Er rannte nicht mehr, im Gegenteil, er war beinahe stehen geblieben. Bernie! Komm schon! Ich drehte mich wieder nach vorne, raste los – überall roch es nach mir – und hatte schließlich mein Höchsttempo erreicht, als …

Was war das denn? Bierdosen? Die Reste eines Lagerfeuers? Eine halb verfallene Hütte? O nein. Waren wir etwa wieder am Lagerplatz der Motorradfahrer? Wie konnte das sein? Wir hatten die ganze Nacht gesucht. Ich erstarrte, eine Vorderpfote in die Luft gestreckt. Bernie trat neben mich.

»Sieht so aus, als wären wir im Kreis gelaufen, alter Junge«, sagte er leise. Ich ließ meine Pfote sinken, und auch den Kopf.

Tageslicht breitete sich über der Wüste aus und offenbarte, wie staubig wir waren, Bernie und ich. Wegen des Windes, der sich nachts erhoben hatte? Keine Ahnung. Bei Licht sah ich auch, dass Bernie wieder Waschbärenaugen hatte. »Schon schön«, sagte er, »die Wüste in der Morgendämmerung.« Fand ich nicht und vor allem nicht im Moment: Ich schämte mich so sehr für mein Versagen, dass ich Bernie kaum in die Augen sehen konnte. Wir stiegen ins Auto, fuhren über den Apache Wash, fanden die unbefestigte Straße, fuhren zurück in die Berge, zurück nach Sierra Verde. Ich lag müde auf meinem Sitz, aber schlafen? Das kam ja gar nicht in Frage.

»Hungrig, alter Junge?«, fragte er.

Das war ich, aber essen? Auch das kam nicht in Frage. Bernie hielt an. Ich richtete mich auf. Wir standen vor einem Lebensmittelladen. Bernie nahm die .38er Special aus seinem Gürtel, verstaute sie wieder im Handschuhfach und wollte gerade nach dem Türgriff fassen, als die Tür des Lebensmittelladens aufging und ein Mann mit einer vollen Einkaufstüte herauskam. Ein kleiner Mann, sehr dünn, mit Tätowierungen an den Armen und die Haare stachelig vom Kopf abstehend.

Bernie bewegte sich nicht. »Rühr dich nicht vom Fleck«, sagte er so leise, dass ich es kaum hörte.

Ich rührte mich nicht vom Fleck, hielt sogar den Atem an. Dieser kleine, tätowierte Typ mit den Stachelhaaren? Wir kannten ihn, Bernie und ich, oh ja: Anatoly Bulganin, Vorführer im Golden Palm Movie Palace in Las Vegas. Las Vegas war weit weg, das wusste ich sehr wohl. Und ich kannte Bernie. In diesem Moment dachte Bernie: Was macht der kleine Typ hier? Ich richtete mich noch etwas höher auf.

Kapitel 24

Anatoly Bulganin, der Vorführer mit den Stachelhaaren, ging über den Parkplatz, ließ den Kofferraum eines Autos aufspringen und stellte die Einkaufstüte hinein, wobei er nicht einen Blick in unsere Richtung warf. Hatte Bernie mir gesagt, was ein Vorführer machte? Ich erinnerte mich nicht, aber bestimmt war es nichts Gutes, allein vom Klang her.

»Bingo«, sagte Bernie mit gesenkter Stimme.

Bingo? Warum Bingo? War das nicht dieses merkwürdige Spiel, das Bernie einmal bei einer Wohltätigkeitsveranstaltung des Hilfswerks der Streifenpolizei und ihrer Freunde gespielt hatte und das er hätte gewinnen können, wenn es nicht zu diesem unglücklichen Zwischenfall gekommen wäre, an dem mein Schwanz und seine Karte mit den kleinen Zeichen darauf beteiligt gewesen waren?

»Siehst du das Auto?«, fragte Bernie. »Ein blauer BMW.« Er stieg aus dem Porsche aus. Anatoly, der gerade den Kofferraumdeckel des BMW zuschlagen wollte, drehte sich um und sah ihn. In seinem Gesicht taten sich einige ganz komische Sachen. »Hi, Anatoly«, sagte Bernie. »Ziemlich weit weg von zu Hause, oder?«

»Ich … äh …«, sagte Anatoly. Dann rannte er erstaunlich schnell zur Fahrertür des BMW und riss sie auf, nahm sich nicht einmal die Zeit, den Kofferraum richtig zu schließen, der wieder aufsprang. Mittlerweile war auch ich aufgesprungen. Ich landete auf dem Asphalt, schoss an Bernie vorbei und warf mich auf Anatoly. Einen winzigen Augenblick zu spät: Die Fahrertür ging zu, er dahinter, und ich prallte mit voller Wucht gegen das harte Blech und machte einen Salto rückwärts. Ehe ich mich's versah, war der BMW losgefahren und hätte mich beinahe erwischt.

»Chet? Bist du in Ordnung?«

Ich rollte mich auf die Seite, stand auf, anfangs noch ein bisschen wacklig, aber gleich darauf war ich wieder fit. Fit, und nur ein bisschen wütend.

»Dann mal los.«

Nur zu gerne. Wir sprangen in den Porsche und brausten Anatoly dem Vorführer hinterher. Seine Tage waren gezählt, er wusste es nur noch nicht.

Der BMW röhrte die Hauptstraße hinunter, an der Bar mit dem Neon-Martiniglas im Fenster vorbei – keine Stahlrösser davor, aber es war ja noch früh –, und bog mit quietschenden Reifen in eine Nebenstraße ein. Bernie fuhr nicht annähernd so schnell – das würde er nie tun, wenn Fußgänger unterwegs waren –, und als wir in die Nebenstraße einbogen, war nichts mehr von Anatoly zu sehen. Wir fuhren die Straße entlang, an den letzten Häusern vorbei auf offenes Gelände, und dann trat Bernie aufs Gas. Der Asphalt endete, und es war immer noch nichts von dem BMW zu sehen, aber Anatolys Staubwolke hing in der Luft, riesig und verräterisch. Unser Motor gab ein tiefes kehliges Geräusch von sich, wie ein starkes wildes Tier. Gehörten Autos eigentlich zu den Maschinen? Konnte kaum sein. Mit Maschinen hatte ich meine Probleme, aber Autos waren super.

Die Straße wand sich die Berge hoch, immer schmaler, immer mehr Schlaglöcher. Bernie war ein guter Fahrer –

habe ich das schon erwähnt? Wir schlitterten um die Kurven, die Reifen quietschten, aber die Nase des Porsche zeigte immer nach vorne. Und der Ausdruck auf Bernies Gesicht? Wie es sich gehörte, der Blick des Jägers, der die Beute vor Augen hatte. Vielleicht noch nicht ganz vor Augen, aber: Anatoly, nimm dich in Acht – bald haben wir dich! Ich hatte schon an ein paar Verfolgungsjagden teilgenommen – einer der Höhepunkte unseres Jobs: Verfolgungsjagden –, und sie endeten stets gleich, nämlich damit, dass sich das Hosenbein von irgendeinem Bösewicht zwischen meinen Zähnen wiederfand.

Die Straße führte uns immer höher, auf der einen Seite ragten steile Felswände auf, auf der anderen stürzte ein Abhang in die Tiefe. Bernie schaltete runter – Runterschalten war toll, besonders, wenn gleichzeitig die Drehzahl hochging und ich in meinen Sitz gedrückt wurde; Bernie war einfach der Beste! Gab es irgendetwas, das mehr Spaß machte? Na? Sagen Sie es mir.

Aber wo war ich?

Anatoly auf den Fersen, während Bernie runterschaltete. Wir nahmen eine scharfe Kurve, die weit vorsprang und von wo aus ich vor uns noch einmal eine ganz ähnliche Kurve sehen konnte, und um die herum sauste gerade, gefolgt von einer Staubwolke, der blaue BMW, dessen nach wie vor offener Kofferraumdeckel auf und ab wippte. Nur eine Frage der Zeit: Menschen liebten diesen Spruch, ich nicht so besonders – alles, was mit Zeit zu tun hatte, fand ich nicht besonders griffig, wie das Stück Seife, das ich einmal auf dem Badezimmerboden versucht hatte zu erwischen. Aber ich wusste, dass dieser Spruch zu einer Situation wie dieser passte, und mir lief schon das Wasser im Maul zusammen, wie immer, wenn wir drauf und dran waren, den Bösewicht zu schnappen.

Der BMW verschwand hinter der Kurve. Bernie schaltete, und wir schossen ein kurzes Stück geradeaus. Dann erreichten wir die nächste Kurve, dieselbe Kurve, in der wir Anatoly gerade eben gesehen hatten. Hinter der Kurve verengte sich die Straße und wurde unebener, und dann stieg sie zu einer weiteren langgestreckten Kurve an, um die der BMW noch nicht mal halb rum war. Wir holten auf, und wir holten schnell auf. So ein kleiner Penner mit Stachelhaaren wollte Bernie entkommen? Träum weiter.

Wir schlossen weiter auf, Bernie schaltete runter, schaltete hoch, Hände und Füße ständig in Bewegung, ständig am Korrigieren. Ich konnte Anatolys Kopf durch das Heckfenster des BMW sehen. Sein Kopf wackelte kurz hin und her, vielleicht hatte er in den Rückspiegel gesehen. Beängstigender Anblick, oder, Freundchen, die Little Detective Agency unmittelbar auf den Fersen? Der BMW legte an Tempo zu, dann fing er an zu schwänzeln, das Heck schwenkte immer heftiger hin und her. Das ganze Auto schlitterte immer weiter auf den Rand des Abhangs zu, und gerade als es so aussah, als würde es jeden Augenblick darüber hinausschießen – habe ich schon erwähnt, dass es keinerlei Straßenbegrenzung gab? –, fing es sich plötzlich wieder, Lebensmittel flogen aus dem Kofferraum, und es raste davon. Ein Apfel stieg in den blauen Himmel; ich hatte den verrückten Drang, ihn zu apportieren. Komisch, nicht? Ich weiß, es wäre keine gute Idee gewesen, aber ich fragte mich dennoch: Ob ich ihn wohl erwischt hätte?

Bei all dem Herumgeschaukel hatte Anatoly an Vorsprung verloren. Wir holten rasch weiter auf, alles raste an uns vorbei – Kurve um Kurve, der steinige Abhang auf der einen Seite, Staub, der von den Reifen des BMW aufgewirbelt wurde, die Felswand auf der anderen Seite –, so als würden wir am Rand des Himmels entlangschießen.

Ich saß aufrecht da, sogar aufrechter als aufrecht – offen gestanden, hatte ich die Vorderpfoten auf den Rahmen der Windschutzscheibe gestützt –, bereit, fähig, willens. Anatoly warf wieder einen Blick in den Rückspiegel – jetzt konnte ich sogar seine Augen sehen, weit aufgerissen vor Angst, und ich konnte seine Angst auch riechen –, und Bernie hielt seine Hand mit nach vorne gedrehter Handfläche hoch, was so viel wie »Halt, stehen bleiben« bedeutete. Aber Anatoly blieb nicht stehen. Er wurde sogar noch schneller, als er um die nächste Kurve raste, das Heck des BMW brach aus, er rutschte, rutschte; und in dem Moment tat Bernie etwas ganz Erstaunliches: Er schaltete runter, riss gleichzeitig das Lenkrad herum und schoss auf dem felsigen Hang an dem BMW vorbei.

Jetzt waren wir vorne und Anatoly bekam unseren Staub zu fressen! Nicht schlecht, geradezu perfekt. »Als Nächstes zwingen wir ihn, mit seiner Blechbüchse vom Gas zu gehen«, sagte Bernie alias Superhirn. »Und dann kriegt er einen Strafzettel wegen Rummüllens.« Rummüllen? Verstand ich nicht, und ich wälzte es immer noch in meinem Kopf hin und her, als – rums! Irgendetwas lief schief. Zuerst ein lauter Rums, der von unten zu kommen schien – oh nein, doch hoffentlich nicht gerade jetzt eine Panne? – und dann eine schwarze Wolke, dick und ölig, die unter der Motorhaube hervorkam und sich über die Windschutzscheibe wälzte, sodass wir nichts mehr sahen.

Danach passierte alles ganz schnell. Wir fingen an uns zu drehen, drehten uns auf der schmalen Straße noch mal und noch mal, und gleichzeitig schlitterten wir, schrammten an der Felswand entlang, Funken flogen um uns herum. Dann drehten wir uns in die andere Richtung, unter dem einen Reifen spritzte der lose Kies über die Kante des Abhangs, der Reifen ragte vielleicht sogar ein kleines Stück darüber hinaus, ins Nichts, und die ganze Zeit über änderte sich Bernies Gesichtsausdruck kein bisschen, während er schaltete, bremste, das Lenkrad erst in die eine, dann in die andere Richtung riss. Wir konnten nichts sehen, nicht durch die geschwärzte Windschutzscheibe. Und die ganze Zeit über drehten und drehten wir uns. War der BMW vorbeigeflitzt und lag wieder vor uns? Ich hatte fast den Eindruck. Aber ich war mir nicht sicher, und in diesem Moment hatte ich auch Wichtigeres im Kopf, zum Beispiel, dass wir noch mal mit der Felswand zusammenstießen, heftiger dieses Mal, so heftig, dass ich in die Höhe geschleudert wurde und von meinem Sitz schoss.

Dann kam ein ganz furchtbarer Moment, in dem ich in den Himmel flog – ich hatte Albträume, in denen das passierte –, immer höher, und dann unvermittelt wieder runter. Ich landete auf allen vieren. Oh, es war so gut, festen Boden unter den Pfoten zu haben. Allerdings konnte ich das Gefühl nicht lange genießen, weil ich mich mehrere Male überschlug, bis ich in der Mitte der Straße endlich liegen blieb, ein bisschen außer Atem, aber unverletzt. Ich schüttelte mich, sah den Porsche vor mir, wie er sich fing, langsamer wurde, Bernie wieder die Kontrolle über das Auto hatte: Es würde alles in Ordnung kommen. Aber dann – was war denn das? Ein riesiger Felsbrocken polterte den steilen Hang herunter und donnerte auf die Straße, direkt vor Bernies Nase. Er konnte nichts tun: Der Porsche prallte gegen den Felsen, überschlug sich einmal, wurde in die Luft geschleudert, sauste über die Kante des Abhangs auf der anderen Straßenseite und verschwand aus meinem Blickfeld.

Bernie!

Ehe ich mich's versah, stand ich an der Kante und sah hinunter. Tief, tief unten segelte der Porsche durch den leeren Raum, immer weiter nach unten, bis er schließlich auf einem breiten Felsvorsprung aufschlug und in Flammen aufging. Dann war es still, das einzige Geräusch mein eigener Atem.

Bernie!

»Chet?«

Ich sah nach unten. Dort war Bernie, sich mit einer Hand an einem winzigen Vorsprung in der Felswand klammernd, das Gesicht voller Blut, fast in meiner Reichweite. Unsere Blicke trafen sich. Die Muskeln seines Arms sprangen hervor wie dicke Kabel, als er versuchte, sich nach oben über den Rand zu ziehen. Aber er schaffte es nicht, nicht mit nur einer Hand, und es gab nichts, an dem er sich mit der anderen Hand hätte festhalten können, so glatt war die Felswand. Ich beugte mich über den Rand.

»Nein, Chet.«

Das hatte ich nicht gehört. Ich beugte mich noch etwas weiter über den Rand, scharrte mit den Vorderpfoten an dem Felsen herum, die Hinterpfoten bohrte ich mit aller Kraft in die Straße. Dann senkte ich den Kopf und streckte mich so weit ich konnte nach vorne, aber es war nicht weit genug. Ich erreichte Bernie um Haaresbreite nicht.

»Lass es sein, alter Junge.«

Kam gar nicht in Frage. Wir blieben so, unsere Köpfe berührten sich fast, die Muskeln von Bernies Arm bis zum Äußersten angespannt. Dann hatte er eine Idee. Ich sah es an seinen Augen, hatte diesen Blick schon viele Male gesehen. Er griff mit seiner freien Hand nach unten, öffnete seinen Gürtel, zog ihn aus den Schlaufen, packte ihn ganz fest an dem einen Ende, dann warf er das Ende mit der Schnalle zu mir hoch. Ich packte sie, schlug meine Zähne hinein, so fest, als wäre es für die Ewigkeit.

»Auf zwei«, sagte Bernie. Ich machte mich bereit. »Eins, zwei.«

Ich zog mit aller Kraft nach hinten. Bernie hielt sich an dem Gürtel fest und zog sich gleichzeitig mit der anderen Hand nach oben, der, mit der er sich an den einsamen Vorsprung in der Felswand klammerte. Er kam hoch, langsam, ganz langsam, aber er kam hoch und noch ein bisschen höher. Meine Muskeln – den Hals entlang, den Rücken entlang, bis zu den Beinen – brannten wie Feuer. Bernie kam immer höher, seine Augen waren jetzt auf einer Höhe mit der Felskante. Sah er aus, als hätte er Angst? Weit gefehlt, zumindest nicht für mich. Er ließ den Vorsprung los und streckte den Arm aus – einen Moment lang hing er nur an dem Gürtel –, und dann drückte er seine freie Hand flach auf den Boden, ganz fest. Im selben Moment zog ich noch einmal, gab alles, und er war oben, zuerst lag sein Oberkörper auf der Straße, und dann wand er sich vorwärts, bis er ganz in Sicherheit war!

Er umarmte mich. »Es ist gut, Chet. Du kannst jetzt loslassen.«

Ich versuchte, den Gürtel fallen zu lassen, aber er hatte sich in meinen Zähnen verfangen. Bernie befreite mich. Ich leckte ihm übers Gesicht, schmeckte sein Blut und seinen Schweiß. Er hielt meinen Kopf zwischen seinen Händen, drückte ihn.

»Muss unbedingt fünf Kilo abnehmen«, sagte er. »Vielleicht sogar zehn.« Ich war mir nicht ganz sicher, wie viel das war, und überhaupt, ich fand, dass Bernie gut aussah. Allerdings konnte ich mir den Gedanken nicht verkneifen, dass eine kleine Gewichtsverminderung auf seiner Seite das Ziehen leichter machen würde, falls wir jemals wieder in die Verlegenheit kämen.

Die Welt war ganz still, bis auf das ferne Brummen eines

Motors. Wir folgten dem Geräusch mit den Augen und entdeckten ganz weit oben auf der Straße einen blauen Fleck, der sich bewegte. »Wenigstens habe ich das Autokennzeichen.« Das war Bernie, immer geistesgegenwärtig, den anderen immer um Längen voraus. Er strich mir über den Rücken. Ich legte die Ohren an. »Ich schulde dir was, alter Junge, und zwar eine ganze Menge«, sagte er.

Unsinn. Wir waren doch Partner.

Wir standen auf, gingen zur Felskante, blickten hinunter auf die rauchenden Reste des Porsche. »Er hätte sowieso bald seinen letzten Schnaufer gemacht«, sagte Bernie. »Wir kaufen einen neuen.« Letzter Schnaufer? Dann war das Auto also tatsächlich keine Maschine? Und woher sollten wir jemals wieder ein so tolles Auto bekommen, das coolste überhaupt? Unmöglich. Nicht zu vergessen, die finanzielle Seite. Unsere Finanzen waren ein Desaster. Bernie war doch ein Genie, warum erinnerte er sich dann nicht daran und konnte nicht einfach akzeptieren, dass wir uns mit dem lausigen alten Pick-up würden begnügen müssen. »Kennzeichen aus Nevada«, sagte er. Er lächelte mich an. »C3P 2Z9 – merk dir das.« Man konnte Bernie einfach nicht böse sein. Wir gingen los.

Wieder zu Hause, müde, hungrig und durstig. Bernie bezahlte den Taxifahrer – wir waren auch getrampt und von einem Lastwagenfahrer und einem Missionar mitgenommen worden, außerdem mit zwei öffentlichen Bussen gefahren –, und wir gingen hinein. Der Anrufbeantworter blinkte. Ich lief zu meinem Wassernapf und trank, bis kein Tropfen mehr übrig war. Bernie schnappte sich die Flasche Bourbon aus dem Schrank über der Spüle, drückte auf einen Knopf am Anrufbeantworter.

»Hier spricht Cynthia Chambliss.« Sie klang aufgeregt.

»Ich habe gerade einen Anruf von Madison bekommen. Es geht ihr gut. Sie sagt, sie käme bald nach Hause – sie müsste über ein paar Dinge nachdenken. Wir sollten uns keine Sorgen machen, sagt sie, und dass wir nicht so viel Zeit und Geld mit der Suche nach ihr verschwenden sollen. Na ja, ich dachte, das sollten Sie wissen. Haben Sie eigentlich Damon schon die Rechnung geschickt? Ich möchte Ihnen nur sagen, wie dankbar ich bin …«

Bernie nahm das Telefon und wählte. »Hallo, Cynthia. Bernie Little. Ich habe gerade Ihre Nachricht abgehört und …« Er verstummte. Ich konnte ihre Stimme am anderen Ende hören, sie klang ganz hoch und irgendwie komisch. »Mir geht es gut«, sagte Bernie. »Warum fragen Sie?« Erneutes Schweigen von seiner Seite. »Wer hat Ihnen das gesagt?«, fragte Bernie und stellte die ungeöffnete Flasche Bourbon neben der Spüle ab. »Cynthia«, sagte er, »haben Sie das Telefonat mit Madison vielleicht aufgenommen?« Er lauschte. »Sehr gut. Ich würde es mir gerne anhören.« Er wartete. Stille am anderen Ende. »Es wird nicht lange dauern«, sagte Bernie. »Wir sind gleich bei Ihnen.« Cynthia wollte etwas sagen, das sich wie der Anfang von »Nein« anhörte, aber Bernie legte einfach auf.

Er drehte sich zu mir um. »Damon hat ihr erzählt, dass ich bei einem Autounfall ums Leben gekommen bin.« Er griff nach den Autoschlüsseln, die an einem Haken neben dem Kühlschrank hingen. »Wie er wohl auf die Idee gekommen ist?«

Keine Ahnung. Mussten wir dem gerade jetzt auf den Grund gehen? Wie wäre es erst einmal mit einem kleinen Abendessen?

Kapitel 25

»Light my fire«, krächzte Cap'n Crunch mit seiner grässlichen Stimme. Glaub mir, Bruder, wenn ich könnte, würde ich dir das Streichholz direkt unter die schuppigen gelben Füße halten. Er hockte auf seiner Stange – der Käfig stand jetzt auf der Küchentheke in Cynthias Küche, nicht mehr in Madisons Zimmer – und starrte mich mit seinen boshaften kleinen Augen an. Es kam mir so vor, als wäre sein komischer stachliger Kamm gewachsen, seit ich ihn das letzte Mal gesehen hatte. Inzwischen war er so groß wie der ganze Kopf oder vielleicht sogar noch größer. Er konnte mich nicht leiden, das war nicht zu übersehen, oder? Ganz meinerseits, Amigo.

»Kaffee?«, fragte Cynthia. Sie hatte sich ebenfalls verändert, sah älter aus, dünner, erschöpfter, mit Falten im Gesicht, die mir vorher nicht aufgefallen waren; aber Menschen, vor allem weibliche Menschen, waren in dieser Hinsicht kompliziert – vielleicht fiel es mir jetzt ja auch nur deswegen auf, weil sie ihre Haare zu einem Pferdeschwanz zusammengebunden hatte und kein Make-up trug.

»Ich würde mir lieber gleich den Anruf anhören«, sagte Bernie.

»Natürlich«, sagte Cynthia und ging zu einem Telefon. »Ich kann Ihnen gar nicht sagen, wie glücklich ich war, ihre Stimme zu hören. Wir werden sicher damit fertig.«

»Womit?«, fragte Bernie.

»Na ja, mit allem, was ihr Probleme macht«, sagte Cynthia. Sie nagte an ihrer Lippe – darauf achte ich immer ganz besonders – und fügte hinzu: »Maddy war in einem sehr empfindlichen Alter – das wird mir jetzt klar.«

»Wann?«, fragte Bernie.

Die Falten zwischen Cynthias Augenbrauen wurden noch tiefer. »Als Damon und ich uns scheiden ließen. Damals schien es ihr nichts weiter auszumachen – so viele ihrer Freundinnen sind Scheidungskinder, Sie wissen schon. Aber inzwischen ist mir einiges klar geworden – auch wenn für Kinder eine Scheidung besser ist als unglücklich verheiratete Eltern, ist bei einem Mädchen, das so klug und sensibel ist wie Maddy, vielleicht …« Sie sah zu Boden, ihre Stimme verlor sich.

»Wie unglücklich war die Ehe denn?«, fragte Bernie.

»Sind Sie anderer Meinung?«, fragte sie zurück. »Dass für Kinder eine Scheidung besser ist?«

An Bernies Wange begann ein Muskel zu zucken. »Ich bin weder dieser noch einer anderen Meinung«, sagte er. »Ich erkundige mich nur nach Ihrer Ehe.«

Cynthias Blick verschwamm für einen Moment. »Spielt das im Augenblick eine Rolle?«

»Ich weiß es nicht«, sagte Bernie. »Ich versuche nur, mir ein Bild zu machen. Wir haben noch eine Menge einzelner Puzzleteile.«

»Wie meinen Sie das?«, sagte Cynthia.

Es gab überhaupt nur einzelne Puzzleteile, wenn Sie mich fragen.

»Darüber können wir später reden«, sagte Bernie. »Erst der Anruf.«

Cynthias Finger schwebten über den Tasten der Basisstation. »Er kam gestern. Was für ein Glück, dass ich das

Telefon gehört habe – ich war buchstäblich schon halb aus der Tür.« Sie drückte eine der Tasten.

»Hallo? Hallo? Mom?«

Ich kannte diese Stimme, eine Stimme, die ich sehr mochte: Madisons Stimme. Sie hatte gesagt: *Wehe, Sie tun dem Hund etwas.* So etwas vergaß man nicht so leicht, und ich würde es bestimmt nie vergessen. Darauf können Sie Gift nehmen, was das auch bedeuten mag.

»Mom? Bist du da? Ich bin's, Maddy.«

Bernies Gesicht war völlig unbewegt. Er hatte den Kopf ein wenig auf die Seite gelegt. Ich merkte, dass ich es ihm nachmachte.

Dann war ein Klicken zu hören und Cynthia sagte mit atemloser Stimme: »Maddy? Maddy? Bist du das?«

»Hi, Mom, ich bin's.«

»Maddy! Schätzchen, o Gott! Geht es dir gut? Wo bist …?«

»Mir geht's gut, Mom, ich muss nur …« Es folgte eine kleine Pause, und in dieser Pause hörte ich sie schlucken, so wie es die Menschen machten, kurz bevor sie zu weinen anfingen, aber dann schien sie tief Luft zu holen und sprach weiter. »… ich muss nur über ein paar Sachen nachdenken, das ist alles.«

»Was für Sachen denn? Ich bin vor Angst fast gestorben. Wir haben überall nach dir gesucht, die Polizei, ein Privatdetektiv, alle. Wir sind …«

»Mach dir keine Sorgen, Mom. Mir geht's gut. Deshalb rufe ich ja an. Mach dir keine Sorgen – und verschwende nicht so viel Zeit und Geld damit, nach mir zu suchen. Ich komme bald wieder heim, Mom.«

»Wie bald?«

»Bald.«

»Wann denn?«

»Bald, Mom. Und weißt du was?«

»Was?«

»Ich habe mir überlegt, dass es schön wäre, wenn wir einen Hund hätten.«

»Einen Hund?«

»So einen großen, komisch aussehenden Hund, vielleicht so einen wie den, den ich neulich gesehen hab, mit verschiedenfarbigen Ohren. Oder wie der aus *Ghostbusters*. Geht das?«

Bernie wurde blass, aus seinem Gesicht verschwand alle Farbe. Hatte ich so was schon mal gesehen?

»Natürlich können wir uns einen Hund anschaffen, aber wann …«

»Ich muss los, Mom. Ich hab dich lieb.«

Klick.

Bernie sah erst Cynthia an, dann mich. Er stand reglos da, eine Regungslosigkeit, die ich spüren konnte. Ich wusste, dass er angestrengt nachdachte; aber ich hatte keine Ahnung, worüber. Ich dachte meinerseits über etwas nach: Waren verschiedenfarbige Ohren zwangsläufig etwas Schlechtes?

Bernie ging zum Telefon, drückte auf ein, zwei Tasten. Komische Geräusche von Leuten, die viel zu schnell redeten, ertönten, dann wurden sie langsamer, und ich hörte es noch einmal: »So einen großen, komisch aussehenden Hund, vielleicht so einen wie den, den ich neulich gesehen hab, mit verschiedenfarbigen Ohren. Oder wie der aus *Ghostbusters*. Geht das?«

»Wir haben nie wegen eines Hundes gestritten, falls Sie das meinen«, sagte Cynthia.

»Tu ich nicht«, sagte Bernie.

Cynthia schien es nicht zu hören. »Wissen Sie, sie wollte Cap'n Crunch, und ich habe es ihr sofort erlaubt.«

Ein großer, großer Fehler.

Cap'n Crunch breitete seine Flügel auf eine Art aus, die mich an Graf Dracula erinnerte, und sagte: »Einen Doppelten, bitte.«

»Ist ein Hund eine Art Ersatz?«, fragte Cynthia. »Meinen Sie, das ist so zu verstehen – ein Trostpreis dafür, dass sich die Eltern getrennt haben?«

Ich konnte ihr nicht richtig folgen, aber Trostpreis klang nach Beleidigung, fand ich. Und komisch aussehend? Was sollte das denn heißen?

»Nein, das meine ich nicht«, sagte Bernie. Die Farbe kehrte in sein Gesicht zurück, und er sah wieder mehr wie er selbst aus; einen Moment lang hatte ich mir wirklich Sorgen gemacht.

»Dann erklären Sie es mir«, sagte Cynthia.

»Ihre Tochter ist ein sehr kluges Mädchen.«

Cynthia nickte. »Ja, aber was hat das mit dem Anruf zu tun?« Bernie antwortete nicht gleich. Auf seinem Gesicht lag ein harter Ausdruck, der Cynthia nicht entgehen konnte. »Es stimmt doch, oder?«

»Was?«, sagte Bernie.

»Dass sie bald nach Hause kommt. Wenigstens darin sind Sie doch einer Meinung mit mir, oder? Sergeant Torres jedenfalls ist es.«

»Sie haben ihm das vorgespielt?«

»Er war vor ein paar Stunden hier. Er ist meiner Meinung. Sie kommt bald nach Hause.«

Bernie nickte, ein Nicken, das Cynthia wahrscheinlich für ein Zeichen der Zustimmung hielt, aber ich wusste es besser: Dieses schwache Nicken konnte bei Bernie alles Mögliche bedeuten, alles Teil seines Talents für Befragungen.

»Gut«, sagte Cynthia. »Warum sollte sie sonst auch anrufen? Sie will nicht, dass ich mir Sorgen mache, wobei ich vor Angst fast gestorben wäre.« Ihre Augen füllten sich mit Tränen; sie liefen über und kullerten ihr übers Gesicht.

»Hm«, sagte Bernie, er wirkte verlegen. »Äh.« Er klopfte seine Taschen ab, in der Hoffnung, wer weiß was zu finden. Cynthia ging rasch aus dem Zimmer. Bernie drehte sich zu mir. »Du hast Madison gesehen, stimmt's, alter Junge? Du hast alles aufgedeckt, und ich habe es nicht mal mitbekommen.«

Ich wedelte mit dem Schwanz. Was hätte ich sonst auch tun sollen? Aber hatte ich alles aufgedeckt, hatte ich den Fall gelöst? Nein, weil wir sie nicht hatten. Also hatte ich es vielleicht sogar vermasselt. Mein Schwanz hörte auf zu wedeln.

»Gute Arbeit, alter Junge«, sagte Bernie. »Ausgezeichnet. Aber was immer du mit diesem Vogel vorhast, vergiss es.«

Moment mal. Was sollte das denn jetzt wieder heißen? Na gut, die Entfernung zwischen mir und dem Vogelkäfig schien sich ein bisschen verringert zu haben; um genau zu sein, rückte er allmählich in Schlagweite, falls mir danach der Sinn gestanden hätte, während mir im Gegenteil nichts ferner lag, und das war die Wahrheit und nichts als die Wahrheit.

»Chet?«

Ich entfernte mich unauffällig von der Küchentheke, setzte mich mit dem Rücken zu Cap'n Crunch. Cynthia kam zurück, tupfte sich mit einem Taschentuch die Wangen.

»Entschuldigen Sie bitte«, sagte sie.

»Da gibt es nichts zu entschuldigen«, sagte Bernie. »Ich nehme an, Damon weiß von diesem Anruf.«

»Ja, sicher. Ich habe ihn sofort angerufen.«

»Ist er hergekommen, um es sich anzuhören?«

»Nein. Aber ich habe ihm alles genau beschrieben. Wir kommen nicht besonders gut miteinander aus, obwohl wir schon seit einer Ewigkeit geschieden sind, aber in dieser Hinsicht vertrauen wir einander.«

»In welcher Hinsicht?«, fragte Bernie.

»Was Maddy und ihr Wohlergehen betrifft. Sie ist das Beste, was jeder von uns jemals zustande gebracht hat. Leute, die nicht selbst Eltern sind, können das vielleicht nicht verstehen. Tut mir leid, ich habe vergessen … ich weiß gar nicht, ob Sie Kinder haben.«

Auf Bernies Gesicht erschien wieder dieser harte Ausdruck.

Wirkte Cynthia ein bisschen verängstigt? Ich hatte schon öfter gesehen, dass Bernie das bei Klienten erreichte. »Sieht so aus, als würde der … äh … Schnitt in Ihrem Gesicht ein bisschen bluten«, sagte sie.

»Stumpfe Rasierklinge«, sagte Bernie und wischte sich mit dem Ärmel über den Schnitt. Stumpfe Rasierklinge? Sicher, Bernie schneidet sich beim Rasieren, ziemlich oft sogar, aber an der Stirn? In diesem Moment kapierte ich, dass er absichtlich nichts von unserem Abenteuer auf dieser Bergstraße bei Sierra Verde sagte. Warum wohl? Keine Ahnung. Ich schob mich ein klitzekleines bisschen näher an Cap'n Crunch heran. Der Cap'n turnte nervös auf seiner Stange herum. »Ich hätte gern einen genauen zeitlichen Ablauf«, sagte Bernie.

»Von was denn?«

»Erstens«, sagte Bernie, »wann dieser Anruf einging. Zweitens – wann Sie Damon anriefen. Drittens – wann Sie mich anriefen. Viertens – wann Damon Ihnen von meinem angeblichen Tod berichtete.«

Owei. In solchen Momenten, wenn Bernie ganz schnell

eine Liste mit Fragen runterrasselte, kam ich nicht mehr mit. Cynthia antwortete irgendetwas. Daraufhin stellt Bernie ihr noch mehr Fragen, dieses Mal zählte er sie an den Fingern ab. Die Worte vermischten sich zu einem einzigen Brei, eine Art Hintergrundrauschen, eigentlich gar nicht unangenehm. Ich ertappte mich dabei, dass ich mich langsam an den Cap'n ranschob, vermutlich hatte ich inzwischen den Käfig-Schubs-Bereich erreicht. Cynthias Küchentheke war ziemlich hoch. Wenn ich es schaffte, meine Schnauze über …

»Runter damit«, schrie Cap'n Crunch mit seiner krächzenden Stimme und richtete sich dabei auf seiner Stange ein bisschen auf, die Flügel wieder wie Dracula ausgebreitet. Runter damit? Ich hatte gedacht, er könnte nur drei Sätze sagen: *Einen Doppelten, bitte, Light my fire, Madison ist supercool.* Jetzt kam er mit *Runter damit* an? Ich wollte nur …

»Chet?«

Ich versuchte, unschuldig auszusehen, was mit einer Pfote auf der Küchentheke nicht so einfach war. Ich nahm sie vorsichtig wieder runter. Bernie bedachte mich mit einem freundlichen Tätscheln, zumindest dachte ich das, bis ich merkte, dass er mich fest am Halsband gepackt hatte.

»Eins noch«, sagte er. »Wie kam Damon darauf, dass ich bei einem Unfall ums Leben gekommen sei?«

»Er hat mir erzählt, er hätte es gehört«, sagte Cynthia.

»Wo?«

»Das hat er nicht gesagt.«

»Tun Sie mir einen Gefallen«, sagte Bernie. »Lassen Sie ihn in dem Glauben, dass es stimmt.«

»Zu spät«, sagte Cynthia. »Ich habe ihm schon von Ihrem Anruf erzählt. War das falsch?«

»Nein«, sagte Bernie.

»Aber warum wollen Sie nicht, dass Damon es weiß? Was geht hier eigentlich vor sich?«

»Das erkläre ich Ihnen später«, sagte Bernie. »Ich muss los.«

»Ich verstehe das nicht«, sagte Cynthia.

Ich verstand es genauso wenig, aber es beunruhigte mich auch nicht weiter. Ich war an Bernie und seine Art gewöhnt.

»Was ist denn mit dir passiert?«, fragte Rick Torres.

»Stumpfe Rasierklinge«, sagte Bernie.

»Aha«, sagte Rick.

Wir standen auf dem Parkplatz von Donut Heaven, polizeistilmäßig, Fahrertür an Fahrertür. Bernie biss in einen Doughnut mit Schokoglasur; Rick und ich hielten uns an Doughnuts mit einer hübschen Schicht Puderzucker.

»Hast du das Band gehört?«, fragte Bernie.

»Ja.«

»Ziemlich schlau von Cynthia, dass sie daran gedacht hat, den Anruf aufzunehmen.«

»Worauf willst du hinaus?«, fragte Rick.

»Auf nichts. Ich finde das nur sehr geistesgegenwärtig von ihr, das ist alles.«

»Worauf willst du hinaus?«

»Auf nichts.«

»Hey, Chet«, sagte Rick und sah an Bernie vorbei. »Ich hab hier noch einen extra Doughnut für dich, mein Großer.«

Ja, bitte. In letzter Zeit schienen keine regelmäßigen Mahlzeiten mehr stattzufinden, und ich war am Verhungern.

»Leere Kalorien«, sagte Bernie und hob die Hand. Der

Extra-Doughnut blieb im Streifenwagen. Bernie rührte seinen Kaffee mit dem Finger um. »Das Band«, sagte er.

»Kam mir koscher vor«, sagte Rick.

Koscher: Das Wort kannte ich; es hatte etwas mit Hühnchen zu tun, genauer gesagt mit dem besten Hühnchen, das ich jemals gefressen hatte, bei der Feier nach der letzten Observation für die Teitelbaum-Scheidung. Ich war gespannt, was Hühnchen mit dem Fall zu tun hatten.

»Das Mädchen ist einfach nur ausgerissen, um über ein paar Dinge nachzudenken?«, sagte Bernie.

»Das passiert doch dauernd.«

»Bei Mädchen wie ihr?«

»Wer weiß schon, wie sie wirklich ist?«, sagte Rick.

Hey, ich wusste es: Sie war toll.

»Jedenfalls kriegen wir ein Foto, auf dem sie allein aus irgendeinem Kino in Las Vegas kommt«, fuhr Rick fort, »dann dieser Anruf. Außerdem – keine Lösegeldforderung, das ist für mich entscheidend. Also – da du nicht mehr an dem Fall dran bist, wenn ich es richtig verstanden habe, und man nie was von ehrenamtlicher Arbeit auf dem Privatschnüfflersektor gehört hat, bevor du auf der Bildfläche erschienen bist – warum warten wir nicht einfach ab, ob sie in den nächsten Tagen wieder auftaucht?«

»Was ist mit dir?«, fragte Bernie. »Bist du auch nicht mehr an dem Fall dran?«

»Es gibt keinen Fall, Bernie. Das versuche ich dir die ganze Zeit zu erklären.«

Bernies Stimme wurde schärfer. »Hast du wenigstens den Anruf zurückverfolgen lassen?«

»Lass bitte deine schlechte Laune nicht an mir aus«, sagte Rick.

Bernie schwieg.

»Ja«, fuhr Rick fort, »wir haben ihn zurückverfolgt oder

zumindest haben wir es versucht. Aber er kam von einem Münztelefon, das überall stehen könnte.«

»Was sagt dir das?«, fragte Bernie.

»Das sagt mir, dass das Mädchen ein Münztelefon benutzt hat.«

»Wo findet man denn heutzutage noch ein Münztelefon?«, fragte Bernie.

Rick streckte den Finger aus. Auf der anderen Seite des Donut-Heaven-Parkplatzes stand ein Münztelefon.

»Ich meine«, sagte Bernie, »warum sollte sie sich die Mühe machen, eins zu suchen, wenn sie sowieso vorhat, nach Hause zu kommen?«

»Da, du machst es schon wieder.«

»Was?«

»Zu viel in alles reininterpretieren.«

»Tu ich nicht.«

»Doch, tust du, dauernd. Es passt eben nicht immer alles zusammen. Es gibt Zufälle, Ungereimtheiten, Kleinigkeiten, die nicht ins Bild passen.«

»Nur weil wir nicht schlau genug sind, sie passend zu machen.«

So ging es noch eine Zeit lang weiter. Ich wurde schläfrig.

»Wie wär's denn mit dieser Kleinigkeit?«, fragte Bernie. »Wir haben den blauen BMW gefunden.«

Rick sah Bernie einen Moment lang an, dann schlug er seinen Block auf, blätterte darin herum. »Den mit dem blonden Fahrer?«

»Er saß nicht drin«, sagte Bernie. »Aber der Vorführer.«

»Aus Las Vegas?«

»Er heißt Anatoly Bulganin.«

»Wo?«

»Oben in Sierra Verda.«

»Was für eine Geschichte hatte er denn auf Lager?«

»So weit sind wir nicht gekommen.«

Ricks Blick wanderte zu der Wunde auf Bernies Stirn. »Kennzeichen?«

»Nevada«, sagte Bernie. »C3P 2Z9.«

»Ich lass es durch den Computer laufen«, sagte Rick. »Aber sei nicht überrascht, wenn dabei noch weniger rauskommt als bei allem, was wir schon haben.« Er leckte sich den Puderzucker von den Lippen. Ich machte es ihm nach.

Kapitel 26

Die Hinweise liegen direkt vor unserer Nase«, sagte Bernie, genauer gesagt murmelte er es. »Ist es nicht immer so?« Er hatte auf der Fahrt vom Donut Heaven wohin auch immer sehr viel vor sich hingemurmelt. Es kümmerte mich nicht weiter – auf dem Kopilotensitz zu sitzen und irgendwohin zu fahren genügte mir. Alles in allem war mir der Porsche lieber, aber das Schöne an dem Kopilotensitz im Pick-up war, dass man so hoch saß. Von oben in all die anderen Autos reinzuschauen, machte den Spaß noch größer, ich wusste auch nicht, warum. Ich hielt den Kopf aus dem Fenster. Die Luft wurde immer wärmer – der Sommer nahte, wie Bernie sagte –, aber wir gehörten zur Sorte Fenster runter, Klimaanlage aus, zu der Sorte, wie er manchmal sagte, die den Westen erobert hatte.

»Lass uns das Ganze mal analysieren«, sagte Bernie. Owei: Analysieren – das war nicht gerade meine starke Seite. »Fangen wir mit einer ganz einfachen Frage an. Von allen Leuten, mit denen wir in diesem Fall bisher zu tun hatten, und zwar von dem Moment an, als Cynthia Chambliss unsere Straße entlanggefahren kam, wer ist da am wenigsten vertrauenswürdig?«

Hey. Analysieren war ja ein Klacks. Die Antwort auf die Frage, wer am wenigsten vertrauenswürdig war, lautete ganz klar Cap'n Crunch; ein Blick in seine winzigen boshaften Augen, und man wusste Bescheid. Aber brachte uns das weiter? Cap'n Crunch lebte in einem Käfig, und selbst wenn wir mal annahmen, dass er es schaffte, nachts da rauszukommen und herumzufliegen, wohin konnte er schon groß …?

»Darauf gibt es nur eine Antwort«, sagte Bernie, »Damon Keefer.«

Damon Keefer? Damon Keefer vor Cap'n Crunch? Da war ich mir nicht so sicher. Aber dann erinnerte ich mich wieder daran, wie sehr Keefer nach Katze roch, und ich erinnerte mich außerdem an seinen Kater, diesen Prince mit seiner Hochnäsigkeit, und ich wechselte auf Bernies Seite. Er hatte recht, wie immer. In einem der Autos da unten telefonierte eine Frau hinter dem Lenkrad mit einem Handy, während hinten auf dem Rücksitz eine von meinem Stamm den Kopf in eine Einkaufstüte steckte und wie wild mit ihrem kleinen Korkenzieherschwanz wedelte. Irgendwie gefiel mir dieser Korkenzieherschwanz, ich begann mich zu fragen, wie …

»Und was tun wir, wenn wir auf das schwache Glied einer Kette stoßen?«, fragte Bernie.

Ich zog meinen Kopf wieder zurück. Keine Ahnung, wie die Antwort auf Bernies Frage lautete, aber das Wort Kette erinnerte mich sofort wieder an das Würgehalsband und Mr Gulagow. Er hatte versucht, meinen Namen in Stalin zu ändern! Dabei war mein Name Chet.

Bernie sah mich an. »Ganz genau«, sagte er, und erst da merkte ich, dass ich knurrte. »Wenn wir auf ein schwaches Glied stoßen, dann ziehen wir so lange an der Kette, bis sie irgendwo nachgibt. Bist du bereit?«

Da musste er nicht lange fragen.

Wir spürten Damon Keefer in seinem Haus auf, diesem Riesenhaus mit der Mauer drum herum und dieser seltsamen Hydrantenskulptur auf dem Rasen. Im Moment stand die Skulptur allerdings nicht auf dem Rasen; ein saftig grüner Rasen – ich brauchte Bernie nicht erst anzusehen, um zu wissen, dass er die Stirn runzelte. Stattdessen baumelte die Skulptur in der Luft, sie hing an dem Haken eines Krans, der auf einem großen Lastwagen stand. Ziemlich aufregende Sache, ich konnte es kaum erwarten, aus dem Pick-up zu kommen und auszuprobieren, ob ich hochspringen und das Ding erwischen konnte, aber stattdessen blieben wir sitzen, während Bernie zusah. Der Kran schwenkte die Skulptur auf die Ladefläche des Lastwagens, und der Lastwagen fuhr davon. Die Männer an den Hebeln waren nichts weiter als verschwommene Gestalten hinter den Scheiben des Führerhauses. Es sah fast so aus, als hätten die Maschinen die Arbeit allein machen können. Das gefiel mir nicht. Ich kaute ein bisschen an einem kleinen Büschel von meinem Fell und fühlte mich gleich besser.

Zeit, in Aktion zu treten? Nein, wir warteten weiter – fragen Sie mich nicht, warum. Aber wenn Bernie es für das Beste hielt zu warten, dann warteten wir eben. Unser Auftritt würde schon noch kommen, der von Bernie und mir. Nach einer Weile kam Damon Keefer aus dem Haus, barfuß und im Morgenmantel. Er ging um die Stelle herum, wo die Skulptur gestanden hatte. Mir fielen die weißen Flecken in seinem Ziegenbärtchen auf. Das war eine neue Entwicklung, es passte irgendwie zu den neuen Falten in Cynthias Gesicht, ohne dass ich es genau hätte erklären können. Sollten wir jetzt aussteigen? Ich sah Bernie an: Ja.

In dem Moment, als ich mit der ersten Pfote den Boden berührte, roch ich Keefers Fahne. Ist vielleicht schwer zu glauben, über den ganzen Rasen weg, aber mein Geruchssinn ist wahrscheinlich besser als Ihrer – oder habe ich das schon erwähnt?

Keefer blickte hoch und sah uns. »Was zum Teufel haben Sie hier zu suchen?«, fragte er. Ich erinnerte mich an seine Art, mit leiser, ruhiger Stimme unfreundliche Dinge zu sagen, und es gefiel mir immer noch nicht.

»Wohin fährt denn die Skulptur?«, fragte Bernie.

»Was geht Sie das an?«, sagte Keefer.

»Sie hat mir irgendwie gefallen«, sagte Bernie. »Aber ich kenne mich mit Kunst nicht so gut aus.«

»Kennen Sie sich überhaupt mit irgendetwas aus?«

»Das werden wir ja sehen«, sagte Bernie.

Keefer reckte das Kinn in die Höhe, bei den Menschen eines der Zeichen für Angriff, ein bisschen seltsam, wenn man bedachte, dass sie ihr Kinn dabei womöglich einem hübschen kräftigen Schlag aussetzten, und ich hatte gesehen, was ein hübscher kräftiger Schlag mit einem Menschenkinn anstellen konnte, schon viele Male. »Einen Dreck werden wir sehen«, sagte er. »Hab ich Ihnen nicht erklärt, dass Ihr Auftrag beendet ist? Wie kommt's, dass Sie sich immer noch für beauftragt halten?«

Bernie ging auf ihn zu. Ich blieb an seiner Seite. Die Fahne wurde stärker, vermischt mit dem Geruch von Prince; eine der widerlichsten Mischungen, die mir jemals untergekommen waren, praktisch das Gegenteil von Parfüm. »Ich nehm's Ihnen nicht übel«, sagte Bernie. Keefer sah ein bisschen verwirrt aus, er öffnete den Mund, um etwas zu sagen, aber bevor ein Wort rauskam, fragte Bernie: »Wie viel haben Sie für die Skulptur bekommen?«

»Wie kommen Sie auf die Idee, dass ich sie verkauft habe?«, fragte Keefer.

»Mein Fehler«, sagte Bernie. »Ich wusste nicht, dass es in der Kunstszene Geldeintreiber gibt.«

Das verstand ich, kein Problem: Ein Kumpel von mir namens Bomber arbeitete in der Geldeintreiberbranche, ein ziemlich guter Job, wenn er auch nicht ganz an meinen rankam.

»Sie sind ein richtiger Witzbold«, sagte Keefer. Das war ein bisschen verwirrend, weil er nicht so aussah, als würde er es lustig finden. Er griff in die Tasche seines Morgenmantels, holte eine Schachtel Zigaretten heraus, zündete sich eine an. Ich spürte die Veränderung in Bernies Körper: Er hätte furchtbar gern eine Zigarette gehabt. Keefer nahm einen tiefen Zug, und als er wieder sprach, klang seine Stimme zuversichtlicher, als hätte die Zigarette irgendwie ein Feuer in ihm angezündet. »Ich habe sie verkauft«, sagte er, »nicht, dass Sie das was angehen würde.«

»Wieso?«, sagte Bernie.

»Sie hat mich allmählich gelangweilt«, sagte Keefer. »So wie Sie jetzt.«

»Ich langweile Sie?«, sagte Bernie. »Das überrascht mich.«

Keefer nahm noch einen Zug, musterte Bernie durch eine Rauchwolke hindurch, sagte nichts.

»Und ich dachte«, sagte Bernie, »Sie würden sich freuen, mich zu sehen.«

»Warum sollte ich?«

»Cynthia sagte, Sie dachten, ich wäre bei einem Autounfall ums Leben gekommen – und jetzt stehe ich hier vor Ihnen, ein richtiges Wunder, aber Sie scheinen nicht besonders erfreut zu sein.«

Ein Wunder, ja! Wir hatten an diesem steilen Abhang Wunder vollbracht, Bernie und ich. Dieser Teil unserer Arbeit – der war einfach nicht zu übertreffen. Aber der Ausdruck auf Keefers Gesicht sagte mir, dass Bernie recht hatte: Keefer freute sich nicht, uns zu sehen, Wunder hin oder her.

»Ich will ehrlich zu Ihnen sein«, sagte er. »Ihr Ton hat mir von Anfang an nicht gefallen. Und da durch Maddys Anruf jetzt klar ist, dass sie bald nach Hause kommen wird und dass nichts passiert ist, fällt mir beim besten Willen kein Grund ein, warum ich auch nur noch ein Wort mit Ihnen reden sollte.« Er warf die Zigarettenkippe auf das ausgeblichene Gras, wo die Skulptur gestanden hatte, und marschierte auf das Haus zu.

Mit ein, zwei Schritten hatten wir ihn eingeholt, Bernie auf der einen Seite, ich auf der anderen. »Die beleidigte Leberwurst zu spielen, hat wenig Sinn«, sagte Bernie. »Dafür steht zu viel auf dem Spiel.«

Keefer blieb stehen und drehte sich zu ihm um. »Verschwinden Sie von meinem Grundstück oder ich rufe die Polizei«, sagte er. »Hat das mehr Sinn?«

Bernie nickte. »Für mich schon«, sagte er. »Rufen Sie ruhig die Polizei.«

Keefers Gesicht, sein ganzer Körper schien anzuschwellen. Einen Moment lang dachte ich, er würde Bernie eine verpassen. Ja, tu's, tu's doch! Aber nichts passierte, jedenfalls nichts mit Gewalt, vielleicht weil sein Morgenmantel aufging und er ihn wieder zumachen musste. Ich dachte an die Motorradfahrer und all die Aufregung und das tolle Sägemehl. Was für ein Leben!

Keefers Gesicht und Körper schrumpften jetzt wieder, wie ein Basketball, den ich mal erwischt hatte, nachdem er von einem Schulhof gehüpft war. »Was wollen Sie von mir? Geld? Versuchen Sie mich zu erpressen?«

»Womit sollte ich Sie denn erpressen?«

»Keine Ahnung«, sagte Keefer, »aber Leute wie Sie stehen in einem gewissen Ruf.«

»Was für Leute meinen Sie?«

»Privatdetektive. Es spricht sich herum.«

»Klären Sie uns doch bitte auf – was spricht sich herum?«

»Erpressung«, sagte Keefer.

»Erpressung?«

»Sie nehmen den Auftrag eines Klienten an, schnüffeln in seinem Leben herum, wühlen im Dreck.«

»Welchen Dreck haben Sie denn am Stecken, Damon? Sparen Sie uns doch ein bisschen Zeit.«

Keefers Blick wanderte zu Bernie, dann sah er wieder weg.

»Wie viele Schulden haben Sie?«, fragte Bernie. »Wie tief stecken Sie drin?«

»Da sind Sie auf dem Holzweg«, sagte Keefer. »Ich habe die üblichen geschäftlichen Verbindlichkeiten, die durch die Einnahmen ausgeglichen werden, genau nach Plan.«

»Was für ein Plan?«

»Der für Pinnacle Peak Homes an den Puma Wells natürlich«, sagte Damon. »Eins der Top-Ten-Projekte des Jahres, laut *Valley Magazine* – falls Sie sich für echte Fakten interessieren.«

In diesem Moment stieg mir Katzengeruch in die Nase, so stark, dass mir schwindlig wurde. Ich hob den Kopf und sah Prince auf dem Balkon über der Haustür sitzen. Womit spielte er denn da? Ein toter Vogel? Oder vielleicht noch nicht ganz tot? Ein solches Benehmen war einfach ekelhaft, völlig unvorstellbar für mich, abgesehen davon, dass ich in meinem ganzen Leben noch keinen Vogel gefangen hatte. Warum eigentlich nicht?

»Was ist mit Ihren anderen Investitionen?«, fragte Bernie.

»Welche anderen Investitionen?«, fragte Keefer.

»Im Filmgeschäft zum Beispiel.«

»Ich kann Ihnen nicht folgen.«

»Sind Sie nicht an irgendwelchen Kinos beteiligt?«, fragte Bernie. »In Las Vegas zum Beispiel?«

Keefer schien noch ein bisschen mehr zu schrumpfen. »Ich verstehe kein Wort.«

»Ich denke da an ein ganz bestimmtes Kino«, sagte Bernie. »Das Golden Palm Movie Palace.«

Keefers Gesicht bestand jetzt bloß noch aus Knochen. Ich erinnerte mich an eine Ermittlung, die wir mal in einem Altersheim durchgeführt hatten, irgendwas mit einem gezinkten Canasta-Spiel, ich hatte nie ganz begriffen, worum es eigentlich gegangen war. »Was soll das heißen?«, fragte Keefer.

»Ich stelle Ihnen nur eine Frage. Sind Sie Besitzer des Golden Palm Movie Palace?«

»Das ist eine völlig absurde Frage, und die Antwort lautet nein. Ich kannte es nicht einmal, bevor die Polizei anrief.«

»Irgendeine Idee, wer der Besitzer ist?«

Keefer sackte ein bisschen in sich zusammen, als hätte ihn ein starker Windstoß getroffen. »Woher soll ich denn das wissen?«

»Ich frage ja nur«, sagte Bernie. »Ich versuche, Ihre Tochter zurückzubringen.«

»Was für ein Problem haben Sie eigentlich?«, maulte Keefer. Plötzlich blies er sich wieder auf, sein Gesicht schwoll rot an. Ich wurde einfach nicht aus ihm schlau. »Sind Sie schwer von Begriff? Sie sind raus aus dem verdammten Fall. Es gibt überhaupt keinen Fall – sie ist ausgerissen, um über ein paar Dinge nachzudenken, und jetzt kommt sie wieder nach Hause. Sie haben sich den Anruf doch angehört, oder? Verstehen Sie unsere Sprache vielleicht nicht? Ihre Dienste werden nicht mehr benötigt. Sie haben Ihr Geld bekommen, viel mehr, als Sie verdient hätten. Und jetzt verschwinden Sie.« Keefer, knallrot und aufgeblasen, erhob seine Stimme immer noch nicht, sie blieb leise und unangenehm, was irgendwie schlimmer war. Bernie schwer von Begriff? Das war ja was ganz Neues. Wie sich unter dem Saum von Keefers Morgenmantel zeigte, gehörte er zu der Sorte mit mageren Waden, nicht viel zum Reinbeißen, aber ich hielt mich trotzdem bereit.

»Ja, ich habe mir das Band angehört«, sagte Bernie. »Warum haben Sie es nicht getan?«

»Hä?«

»Ich an Ihrer Stelle wäre sofort zu Cynthia gefahren und hätte mir das Band angehört.«

»Sie sind aber nicht an meiner Stelle, Gott sei Dank«, sagte Keefer. »Cynthia hat mir alles ganz genau erzählt.«

»Das ist eine Erklärung«, sagte Bernie. »Aber sie genügt mir nicht. Klingt ein bisschen gleichgültig.«

»Gleichgültig?«, fragte Keefer. »Das sagt der Richtige. Sie haben doch keine Ahnung, wie das ist.« Was war denn jetzt? Bernie schrumpfte ein bisschen? Hatte Keefer ihn irgendwie getroffen? Ich wusste es nicht. »Sie sind ein blöder Dummschwätzer, wissen Sie das?«, sagte Keefer.

»Vielleicht«, sagte Bernie. »Und hier ist meine Dummschwätzer-Theorie. Sie brauchten sich den Anruf nicht anzuhören, weil Sie bereits wussten, was sie sagt.«

»Sie haben sie doch nicht mehr alle«, sagte Keefer. »Glauben Sie, Madison und ich haben uns das alles ausgedacht?«

»Das wäre noch die beste Variante«, sagte Bernie.

Es folgte eine kurze Pause, vielleicht weil Keefer erst begreifen musste, was Bernie gesagt hatte. Ich begriff kein einziges Wort und behielt stattdessen Keefers magere Waden im Blick. Plötzlich spannten sich seine Muskeln an. Ich sah schnell nach oben: Keefer holte zu einem Schwinger gegen Bernie aus. Bernie bewegte sich kaum, drehte nur ein bisschen den Kopf, und Keefers Faust schoss ins Leere. In diesem Moment machte ich einen Satz nach vorn, schnappte nach einem von Keefers Beinen, erwischte nichts als Luft. Warum? Weil Bernie Keefer schon gepackt und hochgehoben hatte und mit dem Rücken an die Tür drückte.

»Wie sieht die richtige Variante aus, Damon?«, fragte Bernie. »Rücken Sie raus mit der Sprache.«

»Lassen Sie mich los.«

»Zuerst die Wahrheit.«

»Die Wahrheit können Sie auf dem Band hören. Ich weiß nicht mehr als Sie.« Und dann fing Keefer an zu weinen, dicke Tränen und sogar ein paar Schluchzer: ein hässlicher Anblick, fand ich, und Bernie wahrscheinlich auch. Er ließ Keefer los. Keefers Füße landeten auf dem Boden. Er taumelte, wäre beinahe hingefallen. Vom Balkon schwebte eine Feder herunter.

Bernie sah Keefer an. Keefer sah weg, wischte sich mit dem Ärmel seines Morgenmantels über die Augen. »Die letzte Chance, auf die Seite der Guten zu wechseln, Damon«, sagte Bernie. »Wieso dachten Sie, dass ich bei einem Autounfall ums Leben gekommen bin? Lassen Sie sich Zeit – von Ihrer Antwort hängt sehr viel ab, auch wenn Ihnen das vielleicht nicht klar ist.«

Ich stellte mich neben Bernie. Ich hatte keine Ahnung, wovon er sprach, aber ich wusste, wann ich es mit echter Könnerschaft zu tun hatte.

Keefers Mund öffnete sich, schloss sich, öffnete sich erneut. Er fuhr sich mit der Zunge über die Lippen und sagte: »Ich habe einen anonymen Anruf erhalten.« Droben auf dem Balkon leckte sich Prince mit seiner spitzen kleinen Zunge die Pfote.

Wir drehten uns um und gingen. Keefer blieb auf der Seite der Bösen. Ich hatte das gleich gewusst, als ich ihn das erste Mal roch, versteht sich. Manchmal war ich Bernie einfach voraus, Könnerschaft hin oder her.

Kapitel 27

Nixon Panero war einer unserer besten Informanten, was ein bisschen seltsam war, weil wir ihn einmal für ein oder zwei Jahre eingebuchtet hatten. Er besaß eine Autowerkstatt am Ende einer langen Reihe von Autowerkstätten in einem flachen, baumlosen Teil der Stadt, wo an jeder Ecke irgendwelche Typen herumlümmelten, die nichts Gutes im Schilde führten. Mein alter Kumpel Spike lümmelte auch herum – alle viere von sich gestreckt, die Krallen gespreizt –, und zwar neben dem Tor von Nixon, durch das wir gerade fuhren. Er sah mich und hob den Schwanz. Spike, ein Teil Rottweiler, ein Teil Pitbull, ein Teil unbekannt, sah ziemlich furchteinflößend aus und war schon in viele Raufereien verwickelt gewesen, inklusive einer mit mir an dem Abend, an dem wir Nixon zur Strecke gebracht hatten, aber jetzt, da er älter wurde, war er ein bisschen weniger kampfeslustig, und sein Kriegergesicht wurde langsam weiß.

Nixon saß auf einem Stuhl vor der Werkstatt und sah zu, wie einer seiner Arbeiter mit einer Spraydose Flammen auf einen schwarzen Kotflügel sprühte. Die Luft roch durchdringend nach Farbe, süß und scharf zugleich. »Hey, Jungs, länger nicht gesehen«, sagte Nixon. »Wo ist der Porsche?«

Bernie schüttelte den Kopf.

»Hat wohl schließlich doch den Geist aufgegeben, hm?«,

fragte Nixon und klang fröhlich dabei. Seine Augen standen selbst für einen Menschen ein bisschen zu nah zusammen, was mich immer ein bisschen durcheinanderbrachte.

»So in der Art«, sagte Bernie.

Nixon spuckte auf die Erde. »Ich kann dir einen anderen besorgen, der noch fertiger ist.«

»Ach, wirklich?«, fragte Bernie. »Wie viel?«

»Noch hab ich ihn nicht«, erwiderte Nixon. »Ich sage nur, dass die Möglichkeit besteht.«

Oder etwas in der Art. Ich hörte nicht richtig zu, was daran lag, dass Nixon Kautabakkauer war, was seine Spucke ziemlich interessant machte. Ich lief zu der Stelle, wo sie gelandet war. Der Batzen roch wie Bernies Atem am Morgen, wenn er am Abend zuvor geraucht und seine Zähne noch nicht geputzt hatte, nur stärker und bitterer. Bei solchen Gelegenheiten machte ich normalerweise einen kurzen Geschmackstest. Dieses Mal nicht, nein danke.

»Nehmen wir mal an«, sagte Bernie gerade, »jemand muss sich eine Stange Geld leihen.«

»Keine Sorge – wir zwei, du und ich, wir haben doch eine gemeinsame Vergangenheit«, sagte Nixon und fing an zu lachen, ein bisschen zu lang und zu irre und zum Ende hin abgehackt, und dann kam ein weiterer Batzen und landete gleich neben mir. »Kannst es wöchentlich, monatlich oder sonst wie abstottern.«

»Ich spreche von ein paar Hunderttausend«, sagte Bernie. »Vielleicht sogar mehr.«

»Für einen dreißig Jahre alten Porsche?«

»Es geht nicht um den Porsche.« Bernie zog sich einen umgedrehten Mülleimer heran und setzte sich; ich setzte mich auch. »Es geht um einen Bauunternehmer, dem die Banken mitten in einem Riesenprojekt den Geldhahn zugedreht haben und der auf keine andere Geldquelle zurückgreifen kann, zumindest nicht, dass ich wüsste.«

»Es geht nicht um dich?«

»Sehe ich vielleicht wie ein Bauunternehmer aus?«

Nixons eng zusammenstehende Augen musterten Bernie. »Also, wenn du dich ein bisschen schick machst, neuer Haarschnitt, neue Schuhe. Die Schuhe sagen alles, Bernie – dass du das immer noch nicht weißt, also wirklich.« Er öffnete eine flache Dose, steckte sich ein neues Stück Kautabak in den Mund. »Dieser Bauunternehmer braucht also einen kleinen Kredit.«

»So lautet jedenfalls meine Theorie«, sagte Bernie. »Ich würde gerne wissen, wer der Verleiher ist.«

Der zweite Spuckebatzen war größer als der erste und roch noch stärker. Ich lief hin und senkte gerade den Kopf, um daran zu schnüffeln, als mich etwas von hinten anrempelte. Ich drehte mich um, und da stand Spike. Er rempelte mich noch mal an, weg von der Spucke, und schnüffelte selbst daran. Ich rempelte zurück, aber er bewegte sich kaum von der Stelle – Spike war schwer und nach wie vor sehr kräftig. Aber jetzt war ich bei dem Spuckebatzen an der Reihe, und deswegen rempelte ich ihn noch einmal, stärker dieses Mal. Spike sah mich an, fletschte die Zähne, alle ganz gelb und braun, und knurrte. Ich fletschte ebenfalls die Zähne und knurrte zurück.

»He, gebt endlich Ruhe«, sagte Nixon.

Was war das denn? Spike gab tatsächlich Ruhe, nur weil Nixon es sagte? Spike drehte sich einmal im Kreis und legte sich in den Schatten von Nixons Abschleppwagen, sein weißes Gesicht leuchtete regelrecht hervor; aus irgendeinem Grund machte mich das traurig. Ich ging von der Spucke weg.

»Mehr Orange an den Flammenspitzen«, sagte Nixon.

»Die Flammen müssen richtig lodern, Mann.« Der Lackierer nickte, versprühte mehr Orange. Nixon wandte sich an Bernie. »Hat dein Bauunternehmer auch einen Namen?«

»Damon Keefer.«

»Nie gehört«, sagte Nixon. »Und der steht mit ein paar Hundert Riesen bei einem Kredithai in der Kreide?«

»Die genaue Summe kenne ich nicht, aber etwas in der Art«, erwiderte Bernie.

Nixon kratzte sich am Kopf. Meiner fing auch an zu jucken, und ich kratzte mich, zuerst mit der Vorderpfote, dann stärker mit der Hinterpfote, das funktionierte immer.

»Ein ziemlicher Haufen Kohle«, sagte Nixon. »Das macht den Kreis kleiner.« Er fischte einen Bleistiftstummel und einen fleckigen Spiralblock aus seiner Brusttasche und fing an zu schreiben. »Unten in Modena haben wir die Spirelli-Brüder.« Er leckte an dem Stift; unversehens wollte ich auch daran lecken, ganz dringend. »Dann ist da noch Albie Rose, aber es heißt, er geht bald in Ruhestand, daher tut er sich so was wahrscheinlich nicht mehr an. Kennst du Albie?«

»Hab von ihm gehört«, sagte Bernie.

»War achtmal verheiratet.«

»Das wusste ich nicht.«

»Alles Showgirls aus Vegas, jede einzelne, drei von ihnen hießen Tiffany.«

»Las Vegas taucht nicht zum ersten Mal in diesem Fall auf.«

»Dann solltest du es vielleicht mit Albie probieren. Er hat einige Geschäfte in Vegas laufen.«

»Kann es sein, dass er dort auch ein Kino besitzt?«

»Ich würd's ihm zutrauen – er ist einer von diesen Kulturfritzen.«

Bernie sah Nixon fragend an.

»So ein Intellektueller eben«, sagte Nixon.

»Von denen hab ich auch schon gehört«, sagte Bernie. »Sonst noch jemand?«

Nixon zog sein Gesicht zusammen. Das taten manche Menschen, wenn sie versuchten, einen Gedanken aus sich herauszupressen; ich wünschte, sie täten es nicht. »Da ist außerdem Marcellus Clay in Sunshine City. Er hat in letzter Zeit seinen Geschäftsbereich erweitert – Menschenschmuggel, Koks, Identitätsdiebstahl –, aber er ist auch immer noch im Kreditgeschäft.« Nixon öffnete die Augen, blinzelte ein paarmal, schrieb etwas auf den Block, steckte sich den Stift hinters Ohr. Vielleicht könnte ich ihn mir ja schnappen? »Das wär's so ziemlich«, sagte Nixon. Er riss ein Blatt ab und gab es Bernie.

»Irgendwelche Russen?«, fragte Bernie.

»Ich kenne keine Russen«, sagte Nixon. »Ich kenne keine und will auch keine kennen. Soll ich mich nach alten Porsches umhören?«

»Hängt vom Preis ab«, sagte Bernie.

»Ach, das liebe Geld«, sagte Nixon. »Es geht mich ja nichts an, aber vielleicht solltest du mal deine Gebühren erhöhen.«

»Ich werde darüber nachdenken«, sagte Bernie.

Ja, bitte, tu das. Im Moment erhoben wir keinerlei Gebühren. Was für ein Business-Plan sollte das sein?

Albie Rose wohnte in dem größten Haus, das ich je gesehen hatte, eher ein von hohen Mauern umgebener Palast. Ein Typ mit breiten Schultern und einer Pistole an der Hüfte führte uns über einen riesigen grünen Rasen zu einem riesigen Swimmingpool. Dort lag ein fetter, alter Mann in einer winzigen Badehose in einem Liegestuhl.

Seine dunkelbraune Haut glänzte ölig und hatte genau die Farbe und Beschaffenheit des Truthahns, den Leda einmal an Thanksgiving zu lange im Ofen gelassen hatte. Ich versuchte nicht hinzusehen.

»Mr Rose?«, sprach ihn der Typ mit der Pistole an.

Der alte Mann öffnete die Augen, harte Augen, die ich überhaupt nicht mochte. »Sind Sie Bernie Little?«, fragte er.

Bernie nickte.

Albie Rose schickte den Typen mit der Pistole mit einer Handbewegung weg. Er schlenderte zum Ende des Pools und stellte sich neben das Sprungbrett; wahrscheinlich war ihm in dem schwarzen Anzug und schwarzen Hemd viel zu heiß. Mir war auch ziemlich heiß; der Pool sah einladend aus.

»Hab ein paar Erkundigungen eingezogen«, sagte Albie Rose, noch immer flach auf dem Rücken. »Sie haben einen interessanten Ruf.«

Bernie nickte noch einmal.

Albie Rose sah zu mir. »Das ist doch hoffentlich keiner von diesen scharf gemachten Kampfhunden.«

»Keine Sorge.«

Noch nicht, Freundchen, noch nicht. Ich machte einen Schritt auf den Pool zu.

»Ich mag keine Gewalt«, sagte Albie Rose.

»Ich auch nicht, Mr Rose«, sagte Bernie.

»Nennen Sie mich Albie. Nur meine Ehefrauen nannten mich Mr Rose. Aber was Gewalt angeht – es gibt Gelegenheiten, da bleibt einem nichts anderes übrig. Ist es nicht so, Foster?«

»Ja, Sir«, sagte der Mann mit der Pistole.

»Ich bin sicher, dass jetzt keine solche Gelegenheit ist«, sagte Bernie.

»Setzen Sie sich«, sagte Albie.

Bernie zog sich einen Liegestuhl heran, setzte sich auf die Kante. »Wie ich höre, sind Sie eine Art Finanzier.«

»Nicht nur eine Art«, sagte Albie. »Wie viel brauchen Sie?«

»Nichts«, sagte Bernie. »Ich versuche nur in Erfahrung zu bringen, wie das Geschäft funktioniert.«

»Warum?«

»Damit ich meinen Klienten besser helfen kann«, sagte Bernie.

Albie sah Bernie lange an, dann richtete er sich auf. »Foster«, rief er. Foster kam, stellte die Rückenlehne von Albie Roses Liegestuhl hoch und kehrte auf seinen Posten bei dem Sprungbrett zurück. Der Alte wischte sich mit der Handkante den Schweiß von seiner schwabbeligen Brust. Er roch wie dieser alte Käse, den Bernie einmal mit nach Hause gebracht hatte. Eine Zeit lang roch ich nichts anderes als den Geruch von altem Käse, der in Wellen von Albie ausging. »Weiter«, sagte er.

»Nehmen wir einmal an, jemand würde sich Geld von Ihnen leihen wollen, sagen wir mal fünfhunderttausend, nur um eine Zahl zu nennen – was würde als Nächstes passieren?«

»Ich sage ja oder nein.«

»Abhängig wovon?«

»Verschieden.«

»Zum Beispiel?«

Albie zuckte die Achseln. »Er sieht mir nicht in die Augen oder sieht mir zu viel in die Augen. Eine Heulsuse – ich verleihe nichts an Heulsusen. Keine Krawatte.«

»Keine Krawatte?«

»Wenn jemand Geld von mir will, muss er eine Krawatte tragen. Ich bin konservativ.«

»Was ist mit dem Zweck des Kredits – spielt der eine Rolle?«

»Zweck des Kredits?«

»Wofür das Geld sein soll.«

»Überleben«, sagte Albie. »Sie kommen, um zu überleben. Es ist immer dasselbe.«

»Nehmen wir mal an, Sie erklären sich bereit, ihm die fünfhunderttausend zu geben«, sagte Bernie, »und er gerät mit der Rückzahlung in Verzug.«

»Das wäre Stress«, sagte Albie. »Damit befasse ich mich nicht. Das fällt in Fosters Tätigkeitsbereich.«

Foster stand reglos am Sprungbrett.

»Wie geht er dabei vor?«, fragte Bernie.

»Foster war einmal ein vielversprechender Baseball-Spieler«, sagte Albie. »Wurde in der sechsten Runde von den Dodgers unter Vertrag genommen. Er hat immer noch seinen Schläger.«

»Einen Louisville Slugger«, sagte Foster. Er sprach mit normaler Stimme, trotzdem war sie über den ganzen Pool hinweg zu hören.

»So einen hatte ich auch mal«, sagte Bernie. »Irgendwelcher Stress in der letzten Zeit?«

»Nichts«, sagte Albie. »Schon seit Jahren nicht mehr. Ein Mann mit Fosters Begabung – das spricht sich schnell rum.«

Foster verneigte sich. »Dabei ist es eher die Philosophie, die für einen reibungslosen Ablauf sorgt, Boss«, sagte er. »Wenn ich das so sagen darf.«

»Philosophie?«, sagte Bernie.

»Lässt sich in vier Worten zusammenfassen«, erklärte Albie. »Ausschließlich Leute mit Bargeldgeschäften.«

»Zum Beispiel?«

»Zahnärzte«, sagte Albie. »Ich mag Zahnärzte. Sie verdienen gutes Geld, sehen sich ständig nach Investitionsmöglichkeiten um, suchen sich immer die falschen aus, gehen mit fliegenden Fahnen unter.«

»Wie steht es mit Bauunternehmern?«, fragte Bernie.

»Von denen halte ich mich fern.«

»Warum?«

»Wie gesagt – nur Leute, die mit Bargeld arbeiten. Bauunternehmer haben praktisch keinen Bargeldverkehr. Leute, die Luftschlösser bauen, klar, von denen hänge ich ab, aber was brauchen sie noch außer ihren großen, dummen Luftschlössern?«

»Bargeld«, sagte Bernie.

»Schnell erfasst«, sagte Albie. »Diese Lektion war übrigens kostenlos.«

Bernie nickte, was dieses Mal alles bedeuten konnte. Albies harte Augen waren die ganze Zeit auf ihn gerichtet.

»Ich habe auch eine Frage«, sagte er. »Welcher Bauunternehmer bezahlt Sie?«

»Ich arbeite für keinen Bauunternehmer«, sagte Bernie. »Der Fall hat nur mit einem zu tun.«

»Name?«

»Damon Keefer – er hat ein großes Projekt oben an den Puma Wells laufen.«

»Puma Wells«, sagte Albie. »Meine Frau – eine von ihnen, Tiffany könnte es gewesen sein, oder die andere Tiffany, die mit den Titten – ist vor langer Zeit dort oben geritten, meilenweit nichts als freie Natur. Denken Sie jemals über so was nach?«

»Jeden Tag«, sagte Bernie.

Albie nickte. »Zu viele Luftschlösser, zu viele von diesen gottverdammten Träumern«, sagte er. »Mit dem amerikanischen Traum läuft gehörig was schief. Aber was Ihren Bauunternehmer angeht – nie von ihm gehört.«

Ganz unten auf dem Boden des Pools entdeckte ich einen leuchtenden Ring, Plastik oder Gummi, eines von diesen Pool-Spielzeugen. Ich mochte Pool-Spielzeuge. Habe ich schon erwähnt, dass ich ziemlich gut tauchen kann?

»Gehen alle Ihre Kollegen so vor?«, fragte Bernie. »So philosophisch, meine ich.«

»Welche Kollegen?«

»Die Spirelli-Brüder. Marcellus Clay.«

»Die Spirelli-Brüder? Marcellus Clay? Jetzt beleidigen Sie mich aber.«

»Das war nicht meine Absicht«, sagte Bernie. »Würden die mit einem Bauunternehmer Geschäfte machen?«

»Die Spirelli-Brüder bestimmt nicht. Die machen in anderer Hinsicht Blödsinn. Marcellus Clay ist dagegen zu allem imstande.«

Bernie stand auf. »Danke, dass Sie mir Ihre Zeit geopfert haben«, sagte er.

»Weiter nach Sunshine City?«, sagte Albie. »Ich wäre – he! Was zum Teufel macht er da im Pool?«

Bernie sah zu mir her. »Er paddelt«, sagte er. »Er beherrscht keinen anderen Stil.«

Möglicherweise ging es noch ein bisschen hin und her, aber ich bekam nichts mehr davon mit, weil ich nur noch die Blasen hörte, die an meinen Ohren vorbeirauschten, als ich durch das wunderbar kühle Wasser nach unten tauchte und den leuchtenden Ring packte.

Gummi: Ich biss fest zu und schwamm – Schwimmen war wie schnelles Traben, nur im Wasser, keine Hexerei – an die Oberfläche.

Albie lachte über etwas, das Bernie offenbar eben gesagt hatte. »Sie sind ziemlich witzig«, sagte er. »Witzige Männer sind schlau. Ich hab sie gern um mich, wenn Sie verstehen, was ich meine.«

»Ich habe schon einen Job«, sagte Bernie.

»Der Hund ist auch irgendwie witzig«, sagte Albie. »Wie heißt er?«

»Chet.«

»Hübscher Name. Wie viel wollen Sie für ihn?«

»Ihre Witze sind auch nicht schlecht«, antwortete Bernie.

Ich stieg aus dem Pool, schüttelte mich, Wasser spritzte nach allen Seiten. Das war das Beste am Schwimmen.

»Lass den Ring fallen«, sagte Bernie.

Och, musste ich?

»Er kann ihn behalten«, sagte Albie.

Ich ließ den leuchtenden Gummiring am Beckenrand fallen. Albie starrte ihn einen Moment lang an, dann sah er mich an und schließlich Bernie. »Vielleicht gibt es da doch noch jemanden«, sagte er. »Neuling hier, ich kenne ihn nicht. Heißt Gulagow.«

Gulagow? Ich bellte laut. Keiner schien mich zu hören. Ich versuchte es noch einmal.

»Er will den Ring«, sagte Albie.

»Er hat schon genug Spielzeug«, sagte Bernie.

Spielzeug? Ich bellte doch nicht wegen eines Spielzeugs. In solchen Momenten seufzten die Menschen frustriert, aber ich konnte nicht seufzen, leider.

»Russe?«, fragte Bernie gerade.

»Wir haben mittlerweile auch Russen hier«, sagte Albie. »Die ganze weite Welt kommt ins Valley, falls Sie es noch nicht bemerkt haben sollten.«

»Doch, hab ich«, sagte Bernie.

»Ich könnte jemanden wie Sie gebrauchen«, sagte Albie.

»Nein, danke«, sagte Bernie.

Wir drehten uns um, um zu gehen.

»Neunzigtausend zum Einstieg, plus diverse Vergünstigungen und eine hübsche Weihnachtsgratifikation«, rief uns Albie hinterher. »Denken Sie darüber nach.«

Dem Ausdruck auf Bernies Gesicht nach zu urteilen, dachte er nicht darüber nach. Ich auch nicht, trotz unseres finanziellen Engpasses. Jeden Tag in die Arbeit gehen und Albie in dieser winzigen Badehose sehen? Plus der ständige Geruch nach altem Käse? Nicht mit mir.

Kapitel 28

Zurück im Büro, einem kleinen Zimmer neben Charlies, auf der Seite des Hauses, wo der Zaun vom alten Heydrich entlanglief. In einer Ecke stand ein Korb mit Bauklötzchen – das Zimmer wartete auf die kleine Schwester oder den kleinen Bruder, die nie gekommen waren –, und manchmal spielte ich mit diesen Bauklötzchen. Im Übrigen befand sich in dem Büro fast nichts außer Bernies Büchern, auf Regalen, in Stapeln, über den Boden verstreut; dann gab es noch den Schreibtisch mit Telefon und Computer, die beiden Besucherstühle und einen hübschen weichen Teppich mit einem Muster aus Zirkuselefanten – so etwas wie mein ganz privates Zimmer, nur ohne Wände, sehr gemütlich, wenn die Vorstellung von Elefanten mich auch ein bisschen nervös machte.

»Russische Connections, Chet«, sagte Bernie und klapperte auf der Tastatur.

Ich lag auf dem Bauch auf dem Elefantenteppich, die Vorderpfoten ausgestreckt, und kaute auf einem Kaustreifen, während meine Gedanken zu Max' Sparerib-Paradies schweiften. Diese Nimm-zwei-zahl-eins-Coupons – ich hoffte, Bernie würde sich irgendwann an sie erinnern.

Er stand auf und ging zu der an der Wand befestigten weißen Tafel. »Wir fangen natürlich mit Anatoly Bulganin an«, sagte er und schrieb etwas auf die Tafel. »Dann ist da das Messer, das in Zlatoust hergestellt wurde.« Er zeichnete ein Messer, nicht besonders gelungen. »Plus Ms Larapowa, die seit unserem Besuch plötzlich nicht mehr im Büro von Pinnacle Peak arbeitet.« Er zeichnete eine Frau mit einem Tennisschläger, auch nicht besonders gelungen. »Habe ich etwas vergessen? Ach ja – Cleon Maxwell, dessen Papiere von russischen Gangstern geklaut wurden.« Wieder eine Zeichnung: Sollte das vielleicht ein Schwein sein? Bitte, vergiss die Coupons nicht, Bernie, mehr wollte ich ja gar nicht. »Und hier haben wir einen russischen Kredithai namens Gulagow.« Bernie malte ein merkwürdiges Zeichen auf die Tafel – dieses Zeichen hatte ich schon oft gesehen, es könnte für Geld stehen –, und daneben setzte er eine Art Haken mit einem Punkt darunter.

Er ging zurück zum Schreibtisch und klapperte weiter. »Anatoly Bulganin, Filmvorführer in Las Vegas, knipste zufällig ein Foto von Madison, das den Eindruck erweckt, sie wäre allein unterwegs, ein Teenager von vielen, die von zu Hause weglaufen. Knipste *zufällig* das Bild, das den *Eindruck* erweckt – ist dir klar, worauf ich hinauswill, Chet?«

Worum ging es gleich noch mal? Erweckt den Eindruck, blablabla. Das war ein Problem mit der sogenannten Gabe der sogenannten Sprache: Viel zu oft blubberte sie nur so dahin. Abgesehen davon wusste ich ganz genau, dass Maddy nicht von zu Hause weggelaufen war, hatte es praktisch vom ersten Moment an gewusst. Bernie, reiß dich mal am Riemen.

Klapper, klapper. »Warum kehren wir nicht zu der Frage zurück, die bei Albie Rose aufkam – wem gehört das Golden Palm Movie Palace?«

Na klar, und dann können wir gleich noch fragen, wo sie ihr Popcorn herbekommen. Ich für meinen Teil bin ja kein so großer Popcorn-Fan: hauptsächlich Luft, bis auf die Körner, die nicht geplatzt sind und manchmal über

Tage zwischen meinen Zähnen hängen. Apropos, da war irgendetwas zwischen meinen Backenzähnen. Wann war mein nächster Termin im Hundesalon? Die Frau dort bürstete mir immer die Zähne, mit das Schönste, was es auf der Welt gab. Ich schob den Kaustreifen weit nach hinten, hin und her, versuchte das nervige Ding zwischen den Zähnen loszuwerden.

Klapper, klapper. »Da haben wir es, Chet – sieht so aus, als gehörte das Golden Palm Movie Palace der Rasputin Environmental Investments Group. Verstehst du? Rasputin!«

Ja und?

»Interessante Namenswahl.« Er malte einen bärtigen Mann mit wildem Blick auf die Tafel. »Warum nicht Tschechow oder Tschaikowsky oder irgendein ...«

Das Telefon klingelte und Bernie hob ab. »Little Detective Agency«, sagte er. Dann folgte eine Pause, und er sagte mit einer völlig anderen Stimme: »Charlie. Hallo. Seit wann rufst du denn selbst an?« Er lauschte einen Moment und lachte; er saß jetzt nach vorne gebeugt und hielt das Telefon in beiden Händen. »Ja«, sagte er, »die Taste ist für die Schnellwahl.« Weiteres Lauschen, dann: »Es gibt keine Langsamwahltaste in dem Sinn ... Warum es keine Langsamwahltaste gibt? Gute Frage, Charlie. Wahrscheinlich aus demselben Grund, warum es auch keine Riesenameisen gibt – braucht kein Mensch.« Ich hatte keine Ahnung, wovon Bernie da sprach, aber ich hörte Charlie am anderen Ende lachen. Ich brachte Charlie auch leicht zum Lachen – sein Gesicht ablecken funktionierte jedes Mal. Das Lachen von Menschenkindern – davon konnte ich nie genug kriegen. »Jetzt, da du weißt, wie es geht«, sagte Bernie gerade, »kannst du immer anrufen, wenn du ... Charlie? Bist du noch ...« Leise sagte Bernie: »Wiederhören« und legte auf.

Er starrte aus dem Fenster. Bernie hatte eine Art zu starren, bei der seine Augen ganz leer wurden. Das machte er auch jetzt. Was sah er in solchen Momenten? Ich hatte keine Ahnung. Nach einer Weile drehte er sich auf dem Stuhl herum und sah auf mich runter. »Wir müssen dieses Mädchen finden, Chet«, sagte er. »Und zwar bald.«

Er setzte sich wieder vor seinen Computer und klapperte auf der Tastatur, gelegentlich stand er auf und schrieb etwas auf die Tafel. Ich schloss die Augen, der Schlaf nahte mit großen Schritten. Ich hatte auf dem Elefantenteppich, der weich war und gleichzeitig angenehme Noppen hatte, schon des Öfteren wunderbare Nickerchen gehalten. Der Schlaf kam immer näher, aber aus irgendeinem Grund schaffte er es nicht, bei mir anzukommen. Auch in Ordnung: Ein angenehmer Nebel machte sich über dem Elefantenteppich breit, durch den nichts drang außer Bernies Stimme und dieses Klappern, beides gedämpft und weit weg.

»Russen«, sagte er. Und später: »Rasputin Environmental – ich frage mich, was ihnen noch gehört.« Klapper, klapper. »Keefer, kann man ja drei Meilen gegen den Wind riechen, dass mit dem was nicht stimmt.« Da gab ich ihm voll und ganz recht – er stank nach diesem schrecklichen Kater, Prince; wunderte mich nur, dass Bernie das mitbekommen hatte, da Gerüche eher in mein Ressort fielen, wobei sich unsere Aufgaben gelegentlich überlappten – nur fehlte mir im Moment die Energie, ihm Beifall zu wedeln. »Muster, Muster – zuerst wurde sie vor dem Golden Palm gesehen, dann der Anruf. Beides getürkt natürlich, und nicht nur das, Maddy versuchte sogar, uns Hinweise zu geben – ein tolles Mädchen! Sie stehen offenbar unter Druck. Und den scheinen wir auszuüben, alter Junge, was heißt, dass wir ihnen allmählich auf die Pelle rücken und unser Handeln ihres beeinflusst. Wie bei der Heisenberg'schen Unschärferelation, Chet – allein durch die Durchführung eines Versuchs beeinflusst man die Ergebnisse, sodass man sich ihrer nie sicher sein kann – fast ironisch, was? –, selbst wenn … oder war das Max Planck?« Er brummelte weiter vor sich hin. Manchmal machte ich mir Sorgen, dass Bernie ein bisschen zu viel von allem wissen könnte. Wenn er sich an das Wesentliche halten würde, zum Beispiel unsere Finanzen und diese Nimm-zwei-zahl-eins-Coupons von Max' Sparerib-Paradies, würden wir besser dastehen.

Klapper, klapper. »Gulagow. Haben wir auch einen Vornamen? Da ist einer – Dimitri. Und Jewgenij … Anton … Ruslan … wenn einer von denen mit Rasputin Environmental zu tun hat, dann hätten wir eine Verbindung zu der Inszenierung vor dem Golden Palm, und dann …«

Es klingelte. Bernie stand auf, um zur Tür zu gehen. Ich stand auch auf, hatte den Nebel im Nu abgeschüttelt – alles, was mit der Tür in Verbindung stand, war ein Sicherheitsproblem und gehörte damit in mein Ressort. Wir machten auf und: Überraschung! Es war Janie. Janie war meine Friseurin, die beste Friseurin im ganzen Valley. Sie hatte ein tolles Geschäft mit einem tollen Business-Plan: *Janie's Hundesalon – Wir holen Ihren Liebling ab und bringen ihn zurück.* Und da stand auch schon direkt vor dem Haus Janies Transporter, ein silberner Transporter, der im Sonnenschein glänzte.

»Alles bereit zur Abfahrt?«, fragte Janie. Sie war eine starke Frau mit einem breiten Gesicht, großen Händen und schmutzigen Fingernägeln. Ich liebte Janie.

»Haben wir für heute einen Termin?«, fragte Bernie.

Janie zog ein Gerät mit einem winzigen Bildschirm aus ihrer Gürteltasche und hielt es Bernie hin.

»Den habe ich wohl vergessen«, sagte Bernie.

»Ich kann auch wiederkommen.« – Aber warum denn? Nun, da sie schon mal da war, konnte sie mich doch gleich mitnehmen.

»Nein«, sagte Bernie. »Offenbar will er gern.«

Ich ließ mich wieder auf alle viere nieder.

»Ich bringe ihn in zwei Stunden zurück«, sagte Janie. Erstaunlich, meinen Sie? Eben hatte ich noch an den Hundesalon gedacht, und schon war ich tatsächlich auf dem Weg dorthin, aber im Grunde war das gar nicht erstaunlich – so etwas passierte mir ständig. »Chet, beruhig dich, mein Großer«, sagte Janie auf dem Weg zum Transporter. Sie war fast so groß wie Bernie, und ich musste ziemlich hoch springen, um ihr das Gesicht lecken zu können, aber ich schaffte es, kein Problem. Sie lachte genau wie Charlie, ein hohes kleines Lachen, was bei einer Frau ihrer Größe ein bisschen seltsam war. Aber ich fand es toll. Was für ein Leben! Ich konnte es kaum abwarten, bis sie die Zahnbürste auspacken würde.

Janie hatte ein hübsches Geschäft in einer Ladenzeile ganz in der Nähe. Zuerst ging es in den Wannenraum, der praktisch ganz von einer großen Stahlwanne mit schaumigem Wasser eingenommen wurde. Janie schrubbte und schrubbte. Ich presste mich gegen die Bürste – ich wollte, ich könnte Ihnen beschreiben, wie gut sich das anfühlte.

»Wo hast du dich denn herumgetrieben, Chet?«, fragte Janie. »Trägst ja die ganze Wüste mit dir rum.«

Ich dachte an Mr Gulagows Ranch und daran, wie ich durch diese schreckliche alte Mine gekrochen war; aber nur kurz – ich wollte mir meinen Besuch bei Janie nicht verderben.

Wir gingen zur Dusche, eine kleinere Stahlwanne, wo

der ganze Schaum abgewaschen wurde. Janie sprang gerade noch rechtzeitig zurück, sodass sie kaum nass wurde, als ich mich schüttelte – wir kannten uns ziemlich gut. Ich sprang von allein aus der kleinen Wanne, trabte in den Trockenraum, rollte mich auf den Rücken.

Janie lachte erneut. »Du kennst das Prozedere mittlerweile aus dem Effeff, was, Chet?«

Effeff, was war das denn? Egal, fangen wir an. Das mit dem Trocknen mochte ich: Zuerst wurde ich mit Handtüchern abgerubbelt, dann kam, noch besser, der Föhn, den Janie über mir hin und her bewegte und dabei mit einem großen Kamm mein Fell kämmte, ganz langsam, ganz, ganz langsam. Ah, himmlisch. Gab es bei Janie auch diese Nimm-zwei-zahl-eins-Coupons?

»Sieht so aus, als sollte man dich auch mal wieder ein bisschen trimmen«, sagte Janie.

Nur zu, trimm los.

Janie holte die Schere und trimmte mich hier und dort. Danach schnitt und polierte sie mir die Krallen. Und schließlich kam die Zahnbürste dran. Janie sang immer, während sie mir die Zähne bürstete.

»Putz die Zähne mit Colgate
Colgate Za-ha-han-creme
macht den Atem angene-hem
Was kann schöner sein? –
Macht sie alle blitzblank rein.«

Ich liebte dieses Lied; es stand ganz oben auf meiner persönlichen Hitliste. Ich hob den Kopf und heulte ein bisschen in der zweiten Stimme mit, wie ich es am Lagerfeuer gelernt hatte. Janie lachte, ihre Augen leuchteten, und sie tätschelte mich. Manche Menschen hatten etwas für uns übrig, andere nicht; Janie gehörte zur ersten Sorte. Tätschel, tätschel, und dann versiegte das Lachen, und ihre Hand blieb auf meinem Rücken liegen, tastete herum, bewegte sich weg, kehrte zurück, tastete noch ein bisschen herum. »Hast du hier eine kleine Verdickung, Chet?«, fragte sie.

Verdickung? Ich? Sie musste mich mit Bernie verwechseln: Der sprach die ganze Zeit davon, zu dick zu sein, aber dabei deutete er immer auf seinen Bauch und nicht auf den Rücken.

»Okay, Chet, wir sind fertig.« Janie und ich gingen zum Parkplatz, kletterten in den Transporter. Ich fühlte mich fantastisch. Ein Weibchen aus meinem Stamm, das meinen Weg kreuzte, musste mit aller Kraft an seiner Leine weggezogen werden. Wer konnte es ihr verdenken?

Wir fuhren die Mesquite Road hoch und parkten in meiner Einfahrt, hinter dem Pick-up. Janie ließ mich hinten raus – ich durfte bei ihr nicht auf dem Kopilotensitz fahren, irgendetwas wegen der Versicherung. Versicherungen gehörten zu den Dingen, von denen ich keine Ahnung hatte. Ich wusste nur, dass sich die Menschen eine Menge Gedanken darüber machten und dass wir wenig davon hatten, Bernie und ich, was wiederum mit unseren Finanzen zu tun hatte. Ich sah rüber zu Iggy, und da war er an seinem Fenster. Er sah mich auch und fing an zu bellen, ein schrilles Kläff-kläff-kläff, das gar nicht mehr aufhörte. Ich bellte einmal kurz, um Hallo zu sagen. Er kläffte immer wilder, sprang auf und ab, rannte hinter dem Fenster hin und her.

»Dein Kumpel scheint dir ganz offensichtlich etwas sagen zu wollen«, sagte Janie. Sie klopfte an unsere Tür.

Keine Reaktion.

Sie drückte auf den Klingelknopf. Keine Reaktion, was aber auch daran liegen konnte, dass die Klingel nicht mehr funktionierte; hatte etwas mit einer Sicherung zu tun. Eine neue stand schon auf der Liste. Bernie hatte in der untersten Schublade seines Schreibtischs eine Liste und fügte von Zeit zu Zeit etwas hinzu; nach solchen Listen kam oft der Bourbon dran.

Janie klopfte noch einmal, fester. Iggy bellte immer noch. Janie rief: »Bernie?«, ganz laut und versuchte es wieder, klopfte – genau genommen hämmerte sie – mit ihrer großen Faust an die Tür. »Bernie? Bernie?« Sie lauschte. Ich lauschte auch, ohne etwas zu hören. Janie sah sich um. »Wo ist der Porsche?«, fragte sie. Und dann: »Er muss weggefahren sein.« Ihr Gesicht zog sich in der Mitte etwas zusammen, bei Menschen eines der Zeichen für Ärger. He. Die Tür öffnete sich. Schlechte Sicherheitsvorkehrungen. Aber so war Bernie.

Janie sah hinein. »Bernie? Bernie?«

Das Haus war still. Ich ging in die Diele, schnüffelte an Bernies Joggingschuhen, schlabberte ein bisschen Wasser aus einem meiner Näpfe, packte meinen Quietschball, quietschte ein paarmal mit ihm. Hörte sich gut an.

»Wahrscheinlich hat er die Tür für uns offen gelassen«, sagte Janie. »Meinst du, ich kann dich hier allein lassen?«

Ich quietschte mit dem Quietschball. Klar konnte sie das, ich wohnte schließlich hier.

»Ich schreibe ihm nur eine kurze Nachricht, damit er mich anruft wegen …« Ihre Stimme verstummte mitten im Satz. Das passierte öfter, wenn ein Mensch und ich allein waren. Mir kam es dann immer so vor, als ob in ihren Köpfen das Gerede weiterging und sie niemals schwiegen. Unter uns gesagt, und bitte verstehen Sie mich nicht falsch, aber ich möchte wirklich kein Mensch sein.

Janie schrieb etwas auf ein Post-it – Bernie hatte damit das Büro tapeziert, bevor die Tafel auftauchte – und klebte es an die Innenseite der Tür. »Okay, Chet.« Sie tätschelte mich freundlich und ganz sanft. »Pass gut auf dich auf, ja?« Janie machte die Tür hinter sich zu und ging weg. Ich hörte, wie ihr Transporter angelassen wurde, und dann verlor sich das Geräusch. Iggy bellte immer noch.

Ich trabte um die Ecke in die Küche. Nach einem Besuch im Hundesalon war ich oft ein bisschen hungrig, auch außerhalb der Essenszeit. Ich fragte mich, ob in meinem Napf noch etwas vom Frühstück übrig sein mochte – war das schon jemals passiert? –, als ich plötzlich den Geruch von Fremden wahrnahm. Und nicht irgendwelche Fremde, sondern Fremde, die unter anderem nach gekochter Roter Bete rochen. Ich gab ein lautes Bellen von mir, das im ganzen Haus widerhallte und so wild klang, dass ich selbst ein wenig erschrak. Ich bellte ein zweites Mal, noch lauter. Danach lief ich von Zimmer zu Zimmer, weiter bellend, und spürte, wie sich das Fell auf meinem Rücken sträubte.

Alles sah normal aus: die Küche, der leere Fressnapf, das Esszimmer, das nie benutzt wurde, das Wohnzimmer mit dem großen Fernseher, wo wir uns Filme ansahen, Bernie und ich, das große Schlafzimmer, wie immer ein einziges Durcheinander, Charlies Zimmer, wo man angeblich vom Boden essen konnte, wobei man das eigentlich von jedem Boden konnte, wenn denn mal etwas darauf zu finden war. Aber normal, das war der springende Punkt, alles völlig normal. Dann ging ich ins Büro.

Etwas stimmte nicht, und das war nicht nur der Geruch der Rote-Bete-Fremden, der hier stärker als im übrigen Haus war. Was war es, was stimmte nicht? Ich lief hierhin und dorthin, schnüffelte und bellte. Es dauerte eine Weile, aber dann sah ich es: Dort, wo sonst die Tafel an der Wand hing, war jetzt eine leere Stelle, die Farbe heller als die übrige Wand. Ich schnüffelte noch mal, roch Bernies Geruch, versteht sich, der aber beinahe überdeckt wurde von dem der Rote-Bete-Fremden.

O nein. Bernie war weg.

Ich raste in einem fort bellend durch das Haus. Sämtliche Türen waren geschlossen und auch alle Fenster, weil jetzt endlich die Klimaanlage lief, nachdem es richtig heiß geworden war. Ich konnte nicht raus! Bernie! Ich warf mich gegen die Haustür. Ich hatte einmal gesehen, wie Bernie eine Tür eingetreten hatte, aber unsere gab nicht nach, knarzte nicht einmal. Ich versuchte es noch einmal mit aller Kraft. Das Einzige, was passierte, war, dass Janies Post-it von der Tür fiel. Es flatterte auf die Seite und verschwand hinter dem Stapel Altpapier.

Bernie!

Kapitel 29

Nacht. Ich war völlig außer mir. Ich raste durch das Haus, sah in allen Zimmern nach und sah noch einmal nach, blieb nur stehen, wenn ich etwas hörte oder dachte, dass ich etwas hörte, und wenn ich tatsächlich etwas hörte, stellte sich immer heraus, dass gerade ein Auto vorbeifuhr oder hoch oben ein Flugzeug weit übers Haus flog oder Iggy wieder bellte. Schlimmer noch, ich hatte es nicht mehr ausgehalten, trotz aller guten Vorsätze, und mich schließlich zu meiner allergrößten Beschämung neben dem Klo in dem kleinen Bad in der Diele erleichtert.

Bernie. Wo bist du? Irgendetwas Schlimmes war passiert – ich spürte es. Die Rote-Bete-Fremden waren gekommen, und jetzt war Bernie weg und die weiße Tafel auch. Bernie weg – weg und womöglich in Schwierigkeiten –, und ich konnte nicht raus, konnte mich nicht auf die Suche nach ihm machen. Ich, der ich für die Sicherheit verantwortlich war. Plötzlich stand ich wieder vor der Haustür, warf mich dagegen, wieder und wieder, zwecklos. Bernie hatte vor nicht allzu langer Zeit, als wir im Büro arbeiteten, von Ergebnissen geredet. Was hatte er gesagt? Ich hatte keine Ahnung. Ich bellte und bellte, ein wildes Bellen, das durchs ganze Haus hallte, aber es half nichts. Dann – was war das? Ich lauschte mit aufgestellten Ohren.

Aber es war nur Iggy. Kläff, kläff, kläff. Ich bellte nicht

einmal zurück. Was konnte der arme alte Iggy schon tun? Meine einzige Hoffnung war – was? Was war meine einzige Hoffnung? Dann wusste ich es: Sie war, dass Bernie zurückkommen würde, durch diese Tür. Vielleicht jetzt? Ich beobachtete die Tür, wandte keinen Blick davon, bereit, auf ihn zuzuspringen. Die Tür öffnete sich nicht. Nach einer Weile fuhr ein Auto die Straße hoch, ein lautes Auto, das ein bisschen wie der Porsche klang. Aber wir hatten den Porsche doch gar nicht mehr, oder? Ich konnte ihn immer noch vor mir sehen, wie er von dieser Bergstraße segelte und tief unten in der Schlucht verbrannte. Das war höchst verwirrend. Konnte das da draußen trotzdem Bernie sein, der im Porsche angefahren kam? Das laute Auto fuhr weiter, das Motorengeräusch wurde immer leiser, bis es schließlich ganz weg war. Ich erhob mich, fing an, an der Tür zu kratzen. Ich kratzte so laut, dass ich beinahe das Klingeln des Telefons überhörte.

Ich rannte den Flur hinunter ins Büro, stand vor dem Schreibtisch und sah zu, wie das Telefon klingelte. Klingel, klingel, und dann eine Stimme, eine Stimme, die ich kannte und mochte. »Bernie? Suzie hier. Nehmen Sie bitte ab, wenn Sie da sind. Ich muss dringend mit Ihnen reden. Hm … äh … ich habe einen Fehler gemacht, Bernie, und ich hoffe, dass, äh … na ja, rufen Sie mich doch an, wenn Sie Zeit haben, Bernie, bitte.«

Ich sprang hoch und stieß das Telefon vom Schreibtisch. Das ganze Ding – Basisstation, Hörer, Kabel – fiel auf den Boden und landete hinter dem Schreibtisch. Und von dort hörte ich Suzie.

»Bernie? Sind Sie da? Sind Sie das?«

Ich bellte.

»Chet?«

Ich bellte und bellte. Suzie! Suzie!

»Chet? Geht es dir gut?«

Ich bellte immer weiter. Nach einem Moment hörte ich ein Klicken und weg war Suzie. Ich quetschte mich unter den Schreibtisch, kroch auf die blinkenden Lichter des Telefons zu. Jetzt sprach eine andere Frau, nicht Suzie, ihre Stimme war unangenehm, keine Freundin von meinesgleichen, das hörte ich gleich. »Wenn Sie einen Anruf tätigen wollen, legen Sie bitte auf und wählen Sie erneut.« Ich bellte sie an. »Wenn Sie einen Anruf tätigen wollen, legen Sie bitte auf und wählen Sie erneut.« Ich bellte lauter. Sie sagte es noch ein paarmal, das mit dem erneut Wählen, und ich wurde immer wütender. Dann fing das Telefon an zu piepsen, ein schnelles, hohes Piepsen, das mir in den Ohren wehtat. Ich schlug mit meiner Vorderpfote nach dem Telefon, aber es piepste einfach weiter, unerträglich.

Ich verließ das Büro, lief erneut durchs Haus, ein dunkles Haus, kein einziges Licht war an. Ich konnte mich nicht beruhigen, nicht mit diesem Rote-Bete-Geruch in der Luft und dem ständigen Piepsen. In der Waschküche fand ich eine alte Ledersandale von Bernie und zerkaute sie. Ich bellte wieder, dachte, ich würde außer dem Piepsen noch etwas hören, wurde still. War das eine Sirene? Ja, eine Sirene, weit entfernt. Ich wartete darauf, dass sie lauter werden würde, aber das wurde sie nicht. Stattdessen wurde sie leiser, und dann war es wieder still bis auf das Piepsen, und Iggy ein-, zweimal. Dann war auch er still. Iggy war mein Kumpel. Er wollte mir helfen, konnte es aber nicht. Armer, alter Iggy. Ich stand auf und kratzte wieder an der Haustür. Was sollte ich sonst auch tun? Ich kratzte und kratzte, ohne etwas zu erreichen. Dann überkam mich eine vage Erinnerung, eine Erinnerung an einen Film, den ich zusammen mit Bernie gesehen hatte, vielleicht mit Rin

Tin Tin, in dem Rinty ganz allein eine Tür am Türknauf geöffnet hatte. Hatte Bernie nicht sogar gesagt: »Das sollten wir auch mal üben«?

Aber wir hatten es nicht geübt. Wie hatte Rinty das gemacht? Ich ließ meine Pfoten von der Stelle, wo ich gekratzt hatte, bis zum Türknauf gleiten; er schimmerte schwach im Licht der Straßenlaterne an der Ecke. Ich kratzte am Türknauf, zuerst mit der einen Pfote, dann mit der anderen. Nichts passierte. Ein Knauf war dazu da, dass er sich drehte; ich hatte so oft gesehen, wie sie sich drehten, aber der da tat es einfach nicht. Ich kratzte und kratzte, immer schneller, hörte ein Knurren, das mich kurz erschreckte, bis mir klar wurde, dass es von mir kam. Nach einer Weile ließ ich mich auf alle viere nieder, um mich kurz auszuruhen, und ich wollte mich gerade wieder aufrichten und es noch einmal probieren, als ich auf der Straße ein Auto hörte.

Es näherte sich. Ich hörte das Quietschen, das Autos manchmal von sich gaben, wenn sie anhielten. Dann war eine Weile nur der Motor zu hören – erkannte ich diesen ganz speziellen Motor? – und dann Stille. Aber nur einen Moment lang; eine Autotür öffnete und schloss sich, und dann waren Schritte auf dem Weg zum Haus zu hören. Erkannte ich diese Schritte? Ich glaubte schon.

Jemand klopfte an die Tür. »Bernie? Sind Sie da?« Es war Suzie.

Ich bellte.

»Chet?«

Der Knauf drehte sich. Die Tür ging auf. Da stand Suzie mit besorgtem Gesicht. Ich schoss hinaus, an ihr vorbei, lief im Kreis durch den Vorgarten, immer und immer wieder. Vom Canyon kam ein trockener, heißer Wind, der alle möglichen Stadtgerüche mit sich brachte – Fett, Teer,

Autoabgase, insbesondere Autoabgase, massenhaft –, und überdeckte das, was ich suchte, nämlich den Geruch von Roter Bete und Bernie. Schließlich entdeckte ich eine Spur von dem Rote-Bete-Geruch, folgte ihm durch den Garten zwischen unseren Bäumen durch auf die Straße, wo er sich verflüchtigte.

»Chet?«, rief Suzie. »Komm doch besser hierher.« Ich blieb stehen, sah zu ihr hinüber. Sie hatte das Licht an der Haustür angeknipst. Sie sah blass aus, ihre Augen waren groß und dunkel. Dorthin kommen? Ich vergaß es augenblicklich und lief in immer größer werdenden Kreisen um die Stelle herum, wo ich den Rote-Bete-Geruch verloren hatte, und fand ihn endlich wieder. Er führte mich zurück in den Garten, dieses Mal aber nicht zwischen den Bäumen durch, sondern um sie herum und den kleinen gepflasterten Weg entlang, der zwischen unserem Haus und dem Zaun zum alten Heydrich lag. Ein Hauch von Bernies Geruch kam hinzu. Habe ich Bernies Geruch schon erwähnt? Ein sehr angenehmer Geruch, mein zweitliebster – Äpfel, Bourbon, Salz und Pfeffer. Rote Bete und Bernie – die gemeinsame Geruchsspur führte mich zum Bürofenster, wo sie endete.

»Chet?« Suzie tauchte neben mir auf. »Was ist los?«

Ich schnüffelte herum, entdeckte eine Spur des den Kopf leerenden Geruchs der Stifte, mit denen Bernie auf die Tafel schrieb, aber dann trat Suzie vor mich und ihr Geruch – Seife und Zitrone – überdeckte ihn.

»Komm, Chet«, sagte sie. »Lass uns reingehen.«

Ich wollte nicht reingehen; ich wollte Bernie finden, das war alles. Ehe ich mich's versah, war ich wieder auf die Straße gerannt – wo sich der Geruch wie beim ersten Mal verflüchtigte –, nur um dann zurück zum Bürofenster zu rennen.

»Chet? Was ist los? Was hast du?« Suzie legte die Hände auf den Fensterrahmen und schob das Fenster nach oben. »Nicht verschlossen«, sagte sie. »Ist das normal?«

Natürlich nicht. Nichts war normal, wenn Bernie weg war. Ich sah zu ihr hoch.

»Wie lange warst du allein da drin?«, fragte sie.

Ich fing an zu hecheln, nur ein bisschen.

»Komm, ich geb dir Wasser«, sagte Suzie. Sie streichelte mich zwischen den Ohren. Wir gingen zur Haustür und traten ein. Suzie knipste noch mehr Lichter an. Ich war plötzlich furchtbar durstig und trank aus dem Napf in der Diele. Dann rannte ich Suzie hinterher, die von Zimmer zu Zimmer ging, alles absuchte, die Schränke öffnete, sogar unter den beiden Betten, Bernies und Charlies, nachsah. Im Büro entdeckte sie das Telefon und die Basisstation auf dem Boden, stellte sie zurück auf den Schreibtisch, und endlich verstummte das schreckliche Piepsen. Nach einem kurzen Moment zog Suzie ihr Handy aus der Tasche und wählte eine Nummer. Gleich darauf fing ein Telefon an zu klingeln, nicht das große auf dem Schreibtisch, aber nicht weit weg. Suzie öffnete die oberste Schublade und nahm Bernies Handy heraus, das sich ganz leicht an dem Klebeband erkennen ließ, das darum gewickelt war. Bernies Handy klingelte immer weiter. Suzie drückte auf eine Taste und lauschte kurz; ich lauschte auch, hörte Bernies Stimme, die irgendetwas von »eine Nachricht hinterlassen« sagte. War Bernie dort? Ich begriff das nicht. Das Klebeband-Handy war hier, was bedeutete, dass *dort hier* war. Maschinen taten Menschen nicht gut, daran bestand für mich kein Zweifel. Ich kroch unter den Schreibtisch. Suzie sagte: »Wenn diese Nachricht Sie irgendwie erreichen sollte, rufen Sie bitte zurück, Bernie. Hier ist Suzie. Ich bin gerade bei Ihnen zu Hause –

die Tür war offen, und ich glaube, Chet war längere Zeit allein hier. Wenn Sie also … rufen Sie bittc an.«

Von meinem Platz unter dem Schreibtisch konnte ich sehen, dass Suzie das Fenster öffnete und hinaussah – sogar schnupperte, was Menschen manchmal machten, wenn auch meiner Erfahrung nach nie etwas dabei herauskam. »Ist hier etwas passiert, Chet? Hast du etwas gesehen?«

Nichts, aber es war etwas passiert, bestimmt, etwas Schlimmes, es musste schlimm sein, wenn diese nach Roter Bete riechenden Leute, Mr Gulagow und sein …

Das Schreibtischtelefon klingelte, direkt über meinem Kopf. Es klingelte unaufhörlich und brachte die Schreibtischplatte zum Vibrieren, und dann ertönte eine Stimme, die ich kannte: »Hallo, Bernie, Nixon Panero hier. Ich hab vielleicht einen Ersatz für deinen demolierten Porsche. Ruf mich an.« Klick.

Suzie sagte: »Der Porsche ist demoliert?« Ich kam unter dem Schreibtisch hervor. »Was bedeutet das?« Suzies Augen waren jetzt noch größer und noch dunkler. »Der Porsche fährt nicht mehr? Bernie fährt nicht irgendwo damit herum?« Ich drehte mich ein paarmal um die eigene Achse, dann blieb ich stehen und bellte vor der leeren Wand, an der die Tafel gehangen hatte. Suzie sah mich an. Ich spürte, wie sie nachdachte, verzweifelt nachdachte. »Ich rufe die Polizei«, sagte sie.

Wir warteten in der Küche. Suzie streute ein bisschen Trockenfutter in meinen Napf, aber ich fraß nichts. Es dauerte nicht lange, und Rick Torres kam. Er trug Jeans, T-Shirt und Bowling-Schuhe – ich war einmal mit Bernie beim Bowling gewesen, aber es war nicht gut ausgegangen – und war in Begleitung eines Polizisten in Uniform. »Hi, Chet«, sagte Rick und tätschelte mich. Er lächelte, wirkte kein bisschen besorgt. Suzie fing an zu reden, sehr schnell und durcheinander, ich konnte ihr nur schwer folgen. Sie führte die Männer durchs Haus, von Zimmer zu Zimmer. Ich hinterher. Zum Schluss gingen wir ins Büro.

»Wie erklären Sie sich, dass das Fenster offen war?«, fragte Suzie. »Und die Haustür war auch nicht abgesperrt.«

»Wissen Sie«, entgegnete Rick. »Bernie kann ziemlich unberechenbar sein.« Auf dem Gesicht des Uniformierten erschien ein kurzes Lächeln.

»Das finde ich nicht«, sagte Suzie. »Überhaupt nicht. Ich finde, er ist ausgesprochen verlässlich.«

»Da gebe ich Ihnen grundsätzlich recht«, sagte Rick. »Bei wichtigen Sachen. Aber gelegentlich, das heißt seit seiner Scheidung, gehen die Pferde mit ihm durch.«

»Was meinen Sie damit?«, fragte Suzie.

»Wie an dem Abend im Red Onion, oder, Rick?«, sagte der Uniformierte. »War das nicht er mit dem Mädel und der Ukulele? Das Mädchen mit den gigantischen –« Rick hob kurz die Hand, und der Uniformierte verstummte.

»Egal«, sagte Suzie, »aber er würde Chet niemals so lange allein im Haus lassen.«

»Das ist, soweit ich weiß, auch schon ein- oder zweimal passiert«, sagte Rick. »Stimmt doch, mein Großer, oder?« Die Antwort lautete Ja, aber ich verzieh Bernie. Solche Dinge konnten passieren. Ich stand reglos da, verriet nichts.

»Selbst wenn dem so sein sollte«, sagte Suzie, »was ich ernsthaft bezweifle: Warum sollte er sein Handy dagelassen haben?« Sie hielt es in die Höhe.

»Das ist leicht zu beantworten«, sagte Rick. »Er hasst sein Handy, ganz allgemein alles, was mit Technik zu tun hat.«

»Aber er arbeitet doch gerade an einem Fall«, sagte Suzie. »Angenommen, jemand muss ihn dringend erreichen.«

»Welcher Fall?«, fragte Rick.

»Das vermisste Mädchen, Madison Chambliss.«

Rick schüttelte den Kopf. »Es gibt keinen Fall. Das Mädchen ist in Las Vegas gesehen worden, wo sie sich offensichtlich eine schöne Zeit macht. Außerdem hat sie ihre Mutter angerufen und ihr mitgeteilt, dass sie bald wieder nach Hause kommt.«

»Weiß Bernie davon?«

»Ja, aber ob er es glaubt, ist eine andere Frage.«

»Was heißt das?«

»Bernie kann stur sein – einer der Gründe, warum er in seinem Job so gut ist, aber auch eine furchtbare Nervensäge.«

Suzie bedachte Rick mit einem nicht besonders freundlichen Blick. »Vielleicht arbeitet er ja noch an anderen Fällen«, meinte sie. »Ich denke, wir sollten uns seinen Computer ansehen.«

»Um was zu suchen?«

»Irgendwelche Aufzeichnungen, die er gemacht haben könnte, etwas, das uns zu ihm führt.«

»Nein«, sagte Rick.

»Warum nicht?«

»Warum nicht? Weil er jeden Augenblick durch diese Tür kommen könnte und ich keine Lust habe, ihm erklären zu müssen, warum ich in seinen Daten herumschnüffle.«

»Das hat doch nichts mit Schnüffeln zu tun. Wir wollen ihm doch nur helfen. Und wo ist sein Laptop? Hat er nicht auch einen Laptop?«

»Den hat er wahrscheinlich mitgenommen«, sagte Rick.

»Bernie braucht keine Hilfe. Nicht, wenn es darum geht, auf sich selbst aufzupassen. Ich weiß ja nicht, wie gut Sie ihn kennen, aber Bernie ist ein echt harter Brocken.«

»Bernie?«

»Ich schätze mal, Sie haben ihn noch nie in Aktion gesehen«, sagte Rick. Suzie starrte ihn an, ohne etwas zu sagen. »Außerdem ist er erst seit wann weg? Seit ein paar Stunden? Wahrscheinlich zupft er gerade auf irgendeiner Ukulele herum, während wir uns hier unterhalten.«

»Er spielt nicht Ukulele«, sagte Suzie.

»Doch, das tut er«, sagte Rick. »Ziemlich gut sogar.«

Mehr als das – er war großartig, auch wenn ich ihn schon lange nicht mehr spielen gehört hatte. Suzie und Rick starrten einander an; der Uniformierte gähnte und ich gähnte auch, obwohl ich kein bisschen müde war.

»Ich bleibe bei Chet«, sagte Suzie.

»Wie Sie wollen«, sagte Rick. »Wenn er zurückkommt, sagen Sie ihm, ich habe das Kennzeichen, nach dem er gefragt hat, durch den Computer laufen lassen. Das Auto ist auf irgendeine Investmentfirma auf dem Bausektor zugelassen – das ist das allerschlimmste Pack.«

Wir saßen allein in der Küche, Suzie und ich. »Wie macht er nur seinen Kaffee?«, fragte sie. Wenn wir unterwegs waren, holte sich Bernie einen Pappbecher mit Kaffee aus dem nächstbesten Laden, aber zu Hause war es nicht ganz so einfach. Im Kühlschrank standen Tüten mit Bohnen, es gab eine Kaffeemühle, die nur funktionierte, wenn man nicht zu fest und nicht zu sanft darauf drückte, und eine Kaffeemaschine, die leckte, wenn man zu viel Wasser hineinschüttete. Suzie hatte nach einer Weile das System durchschaut, und der Geruch von frischem Kaffee – einer meiner Lieblingsgerüche, auch wenn ich auf den Geschmack keinen gesteigerten Wert legte – erfüllte die Küche. Sie saß am Tisch, nippte an ihrem Becher und starrte ins Leere. Plötzlich sah sie auf ihre Uhr, wobei sie mich ein bisschen erschreckte, dann wandte sie sich zu mir.

»Warum bin ich nach L.A. mitgefahren?«, fragte sie. »Was stimmt nicht mit mir?«

Da fiel mir nichts ein.

Sie goss sich nach. »Magst du dein Futter nicht?«

Nicht besonders, wenn ich ehrlich sein sollte. Meine erste Wahl war immer Steak, wenn es zu kriegen war, und vor Trockenfutter kamen noch viele andere Dinge. Aber aus reiner Höflichkeit ging ich zu meinem Napf und fraß ein bisschen. Ich kaute noch, als Suzie ihren Becher abstellte, und das so heftig, dass der Kaffee über den Rand schwappte. Sie wischte ihn mit ihrem Ellbogen auf und sagte: »Ich halte das nicht aus, rumsitzen und nichts tun.« Sie stand auf, ging ins Büro – ich folgte ihr auf den Fersen – und schaltete den Computer ein. Nur ging er nicht an, der Bildschirm blieb dunkel. Suzie beugte sich nach unten, rüttelte an dem Stecker, versuchte noch ein paarmal, ihn einzuschalten.

»Ist mit dem Computer vielleicht was nicht in Ordnung?«, fragte sie.

Woher sollte ich das wissen? In diesem Moment bemerkte ich einen Hauch – sehr schwach, beinahe nicht da – von dem kopfleerenden Geruch des Stifts, mit dem Bernie immer auf der weißen Tafel schrieb. Ich folgte diesem äußerst zarten Geruchsfähnchen zum Fenster. Ich bellte.

»Willst du raus, Chet?«

Ja.

Suzie ließ mich zur Haustür raus. Ich lief um das Haus herum, zu dem Weg zwischen unserem Grundstück und dem des alten Heydrich. Ich spürte den Stiftgeruch praktisch sofort auf; er führte mich am Bürofenster vorbei zu dem aufgerollten Gartenschlauch, der wegen der Wassersache nie benutzt wurde. Und dort, hinter dem Schlauch, im Schein des Lichts, das aus dem Bürofenster fiel, lag ein Stück der Tafel, nicht sehr groß, die Ränder gezackt, mit Bernies Zeichnung von dem wild aussehenden bärtigen Mann in einer Ecke und irgendetwas Geschriebenem darunter. Ich nahm das Stück Tafel und drehte mich um.

»Was hast du da, Chet?«, fragte Suzie, die nicht weit weg stand. Ich ging zu ihr und ließ mir das Stück Tafel abnehmen. Sie hielt es ins Licht. »›Rasputin‹?«, fragte sie und kniff die Augen zusammen. »›Ghost Mine‹? ›S. V.‹?« Sie drehte das Stück Tafel um, die Rückseite war blank. »Rasputin? Ghost Mine? S. V.?«

Ghost Mine? Ich bellte. Und bellte noch ein bisschen. Aus dem Nachbarhaus ertönte die ärgerliche Stimme des alten Heydrich. »Wann hört dieser verdammte Köter endlich auf zu kläffen?!« Ich knurrte. Der alte Heydrich hatte mir gerade noch gefehlt!

»Komm, Chet«, sagte Suzie leise.

Wir gingen hinein. Suzie setzte sich an Bernies Schreibtisch und starrte auf den Rest der Tafel. »S. V.«, sagte sie. »S. V.« Sie versuchte es noch einmal mit dem Computer, vergebens. Dann holte sie ein Schweizer Messer aus ihrer Handtasche – wir hatten Charlie genau so eines zum Geburtstag geschenkt, aber Leda hatte es ihm weggenommen – und schraubte die Abdeckung des Computers ab. Sie starrte ins Innere, das in meinen Augen leer aussah. War das das Geheimnis eines Computers, dass er innen leer war? »Das Motherboard ist weg«, sagte Suzie. Egal, was das war, damit hatte ich nichts zu schaffen. »Und mir fällt nur eins ein, was S. V. bedeuten könnte.« Ich wartete. »Diese Stadt, in der ich dich gefunden habe, Chet – Sierra Verde.« Ich wedelte mit dem Schwanz. Sierra Verde: das kannte ich. »S. V. – wofür sollte es sonst stehen?«

Da fragst du den Falschen, Schätzchen. Suzie griff nach ihren Autoschlüsseln. Ich war schon auf dem Weg zur Tür.

Kapitel 30

Wir fuhren durch die Nacht. Ich roch Kekse, erinnerte mich, dass Suzie immer eine ganze Schachtel davon in ihrem Auto hatte, aber ich wollte keinen. Ich hatte ein komisches Gefühl im Magen, wie zugeschnürt. Suzie beugte sich vor, ihre Hände umklammerten das Lenkrad. Ihr Gesicht wirkte im Scheinwerferlicht der entgegenkommenden Autos angespannt.

Sie sagte Sachen wie: »Ich glaube nicht an Schicksal.« Und: »Wie konnte ich Dylan nur wieder aufsitzen …?« Ich erinnerte mich an Dylan: Schönling, Knastbruder, Verliertyp. Er hätte mich nie dazu bringen können, mich auf ihn zu setzen, und wenn er sich noch so viel Mühe gegeben hätte. Es war doch so, Menschen erwiesen sich nicht immer als die besten Menschenkenner. Wir, also ich und meinesgleichen, waren da viel besser. Ab und zu mal legte uns einer rein; einige Menschen hatten eine Menge Tricks parat, komischerweise wie Füchse, aber meistens hatten wir diese Typen mit dem ersten Schnüffeln durchschaut.

Nach einer Weile dünnte der Verkehr aus und Suzies Gesicht lag fast die ganze Zeit im Dunkeln. Wir verließen den Freeway, fuhren in die Berge, die Kurven wurden immer enger. Von Zeit zu Zeit kam uns ein Auto entgegen, und ich sah das Wasser in Suzies Augen. Ich legte eine Pfote auf ihr Knie. Sie tätschelte mich. »Spielt er wirklich Ukulele?«, fragte sie. »Das würde ich gern mal hören.« Die Straße war eine Weile leer. »Ich hoffe nur …« Sie verstummte. Ging es bei ihrer Hoffnung um die Ukulele oder um etwas anderes? Bernie spielte sie wirklich, früher jedenfalls, er kannte alle möglichen Lieder wie »Up a Lazy River«, »When It's Sleepy Time Down South«, »Jambalaya« und mein Lieblingslied: »Hey, Bo Diddley«. Bernies Lieblingslied war »Rock the Casbah«. Ich machte meistens eine Pinkelpause, wenn das drohte.

»Das Seltsame dabei ist: Ich bin eigentlich ganz intelligent«, sagte Suzie. »Überdurchschnittlicher IQ, das Studium mit Auszeichnung abgeschlossen – wie kann ich da nur so blöd sein?« Ich konnte ihr nicht ganz folgen. »Und mir hängt diese Widersprüchlichkeit echt zum Hals raus. Ich könnte kotzen.« Owei. Ich rückte von ihr ab, ein bisschen näher zur Tür.

Aber es kam nicht dazu, vielleicht hatte sich Suzies Magen wieder beruhigt. Das passierte manchmal – ich erinnere mich an einen kleinen Anchoviszwischenfall, der viel schlimmer hätte enden können, als er es tatsächlich tat. Die Nacht rauschte vorbei. Einmal sah ich ein Paar golden funkelnde Katzenaugen, nur viel größer. Das Fell auf meinem Rücken stellte sich auf. Ich wusste, was sich dort draußen herumtrieb.

»Stimmt das – dass er ein harter Brocken ist?«, fragte Suzie. »Ich kenne solche Typen – aber die haben mich nie zum Lachen gebracht. Und sie spielen auch nicht Ukulele. Andererseits ist da diese Geschichte mit West Point, seine Kampferfahrung … O Gott.« Sie fing an, auf einem ihrer Knöchel herumzukauen, bei Menschen ein Zeichen größter Besorgnis; ich hatte da auch das eine oder andere im Repertoire. »Wenn wir nur hinter die Fassade schauen könnten«, sagte sie. Ich mochte Suzie, auch wenn sie manchmal Unsinn redete. Hinter Fassaden schauen zum

Beispiel: Wer wollte das schon? Hinter Fassaden riechen, das war etwas anderes, ein Riesenspaß. Und wenn ich mir dann noch vorstellte, dass dort, sagen wir mal, eine Wurst mutterseelenallein unterm Sofa lag, dann könnte ich … Ich verlor mich in meinen Gedanken und rollte mich eine Zeit lang auf meinem Sitz zusammen. Bernie war ein harter Brocken. Ich hatte ihn schon die tollsten Sachen tun sehen, wie das mit den Motorradfahrern. Bernie konnte nichts Schlimmes passieren. Meine Augen fielen zu.

Als ich aufwachte, waren wir auf der Hauptstraße von Sierra Verde. Die Bar mit dem Neon-Martiniglas flitzte vorbei, das Glas leuchtete, dahinter nichts als Dunkelheit, und es standen auch keine Stahlrösser davor. Nicht allzu weit entfernt war ein nervöses, hohes Bellen zu hören, von der Art, wie sie unsereins manchmal während eines unruhigen Schlafs von sich gab; und ich dachte an das Gebäude in der nächsten Seitenstraße mit all den Käfigen und der weißen Rauchwolke. Suzie bog nicht ab, sondern fuhr ein paar Blocks weiter und erreichte den Lebensmittelladen, aus dem Anatoly Bulganin mit einer Tüte voll Essen gekommen war. Keine Autos davor, aber die Lichter brannten, und ein Mann saß mit eingesunkenen Schultern hinter der Theke. Suzie hielt an, zog ihr Handy heraus.

»Hi«, sagte sie. »Lou? Viel los heute?« Sie hörte zu; ich hörte die Stimme eines Mannes am anderen Ende. »Wärst du so nett, für mich eine Recherche zu machen, wenn du Zeit hast?«, fuhr Suzie fort, »und zwar zu ›Rasputin‹ zusammen mit ›Ghost Mine‹.« Weiteres Zuhören. »Wie der verrückte russische Mönch«, sagte sie. Der Mann am anderen Ende hatte eine laute Stimme, aber ich konnte die einzelnen Wörter nicht verstehen. »Nein«, sagte Suzie, »er ist schon vor langer Zeit gestorben, und darum geht es auch gar nicht – es hat nichts mit ihm oder dem Zaren zu tun. Nur ein Name, Lou. R-A-S-P-U-T-I-N … ja, wie Putin, nur mit einem Ras am Anfang … ja, stimmt, Rastafaris sind was komplett anderes.« Sie unterbrach die Verbindung und sah mich an. »Ich hab von einem Job bei der *Washington Post* geträumt, so wie Woodward und Bernstein.« Suzies Traum glitt vorbei, so was war mir völlig fremd. In meinen Träumen ging es immer nur ums Jagen im Canyon, darum, Bösewichte zur Strecke zu bringen, und manchmal um Steaks mit Steaksauce. Ich fand es besonders toll, wenn Bernie ein Gittermuster auf das Fleisch grillte, ohne dass ich hätte sagen können, warum.

Suzie ließ die Fenster runter. Wüstenluft wehte herein, kühl und frisch, das hieß, der Morgen ließ nicht mehr lange auf sich warten. Suzie rieb sich über die Oberarme und zitterte, so, als wäre es ihr tatsächlich kalt. »Als ich klein war, hatte ich einen Hund«, sagte sie. »Dann ließen sich meine Eltern scheiden, und er kam ins Tierheim.«

Ich betrachtete sie in dem Licht, das aus dem Lebensmittelladen fiel. Eine traurige Geschichte, das wusste ich – und ich würde garantiert nicht in einem Tierheim enden wollen –, aber ich fand es trotzdem schön, wie … na ja, eigentlich alles, von Anfang bis Ende.

»Bist ein guter Junge, Chet«, sagte sie und öffnete ihre Tür. »Ich hole mir schnell einen Kaffee.« Sie stieg aus und ging in den Lebensmittelladen. Mein Magen fühlte sich immer noch wie zugeschnürt an, aber ich wusste, dass es dort drin Hundespaghetti gab. Ein paar wenige würde ich vielleicht schaffen.

Im Rückspiegel tauchten Scheinwerfer auf. Ich blickte nach hinten und sah einen Pick-up die Straße entlangfahren, nicht besonders schnell. Beim Näherkommen konnte ich das Gesicht des Fahrers sehen, ein blasser Kreis hinter der Windschutzscheibe. Sehr blass mit langen Schatten, die von breiten, hervorstehenden Wangenknochen geworfen wurden; winzige Ohren und helle Haare, fast weiß, auch wenn er nicht alt war: Boris! Ich erkannte Boris sofort, klar, ich würde sicher niemanden vergessen, der mich mit einem Messer verletzt hatte, niemals. Ich richtete mich auf meinem Sitz hoch auf und hätte beinahe gebellt. Aber ich wusste, dass das schlecht wäre und dass Bernie gewollt hätte, dass ich in diesem Moment still war, eine kleine Bewegung mit der Hand gemacht hätte, unter uns. *Ruhig, Chet, wir werden sie uns ohne großes Aufhebens schnappen.*

Der Pick-up – hell, nicht so groß wie unser – kam immer näher. Als er neben mir war, konnte ich Boris' Gesicht im grünen Schein der Armaturenbeleuchtung ganz genau sehen. Er lächelte. Dieses grüne Lächeln machte mich rasend. Ich dachte nicht nach – das war Bernies Ressort und konnte es von mir aus auch bleiben –, sondern sprang einfach aus dem Fenster und landete auf der Straße hinter dem Pick-up. Der Pick-up fuhr viel schneller, als ich aus dem Inneren von Suzies Auto heraus geschätzt hätte. Ich lief hinterher, rannte schneller und schloss auf, als Boris die einzige Ampel der Stadt erreichte. Rot, aber er fuhr weiter, drückte sogar noch ein bisschen aufs Gas. Letzte Chance. Ich sammelte all meine Kraft und sprang, ein Riesensatz, einer meiner allerbesten, über die Heckklappe drüber, runter auf die Ladefläche des Pick-up, eine sanfte, lautlose Landung.

Oder auch nicht: Durch das schmale Heckfenster sah ich, wie Boris plötzlich den Kopf drehte, und der Pick-up wurde langsamer. Ich duckte mich, völlig reglos, nur ein weiterer Schatten. Der Pick-up nahm erneut Fahrt auf. Ich hob den Kopf, sah, dass Boris wieder nach vorne blickte. Wir fuhren durch die stille Stadt. Aus meiner Perspektive, von ziemlich weit unten, sah ich die Dächer der Häuser und darüber den Sternenhimmel, ein paar rasch darüberziehende Wolken, fein wie ein Schleier. Dann auf einmal keine Häuser mehr: Wir verließen Sierra Verde, fuhren die Bergstraße hinunter in die Wüste, die bis nach New Mexico reichte.

Ich lag auf einer Abdeckplane, mit dem Rücken gegen irgendein zusammengerolltes Seil. Ich roch Benzin und Schießpulver, und ganz schwach meine zweitliebste Mischung: Äpfel, Bourbon, plus ein Hauch Salz und Pfeffer, der sie ein bisschen nach mir riechen ließ. Bernie war hier gewesen, auf dieser Ladefläche! Wenn ich und meinesgleichen wissen, dass wir auf der richtigen Spur sind, dann überkommt uns ein ganz bestimmtes Gefühl, eine Art unterdrückte Aufregung. Genau das spürte ich in diesem Moment; der Teil mit dem Unterdrücken ließ womöglich noch etwas auf sich warten.

Ich wusste, dass wir uns auf der unbefestigten Straße befanden, die mit den vielen Schlaglöchern, auf der Bernie über die alten Zeiten und Kit Carson und andere Bernie-Sachen, an die ich mich gerade nicht erinnerte, nachgedacht hatte. Ich ließ Boris' Kopf hinter dem schmalen Fenster nicht aus den Augen, ein großer Kopf, selbst für einen so breiten Nacken zu groß. Die Scheinwerfer erfassten im Vorbeifahren das eine oder andere, das ich wiedererkannte – ein hoher Kaktus, der mit seinen zwei Armen wie ein Riese aussah, Dornenbüsche, die ich markiert hatte, ein flacher Stein, der auf einem runden Stein lag. Später kamen das ausgetrocknete Flussbett, der niedrige Hügel, die halb verfallene Hütte und die Spur, die ins Nichts geführt hatte. Boris hielt bei den Überbleibseln von dem Lagerfeuer der Motorradfahrer und stieg aus. Ich lag flach da, vielleicht nicht ganz so flach, wie ich gekonnt hätte, da mein Kopf über den Rand der Heckklappe schaute, aber ich musste schließlich etwas sehen, oder nicht?

Boris ging zu der Feuerstelle, trat ein-, zweimal gegen eine Bierdose und pfiff dazu eine hässliche Melodie. Dann folgten das Geräusch eines Reißverschlusses und leises Plätschern. Männer waren in solchen Momenten verletzlich. Ich hätte ihn leicht zu Boden werfen können, kein Problem. Aber dann? Ich wusste es nicht. Boris zog den Reißverschluss hoch, und der Moment war vorbei. Er sah auf, sein Blick ruhte plötzlich auf mir! Und dann wanderte er weiter; seine Augen waren nachts – wie die von jedem Menschen, dem ich bislang begegnet war – praktisch unbrauchbar. Manchmal taten mir die Menschen leid mit ihren offensichtlichen Mängeln, aber Boris nicht. Boris war schlecht, und bald würde er drüben im Staatsgefängnis wohnen, einen orangefarbenen Overall anhaben und unter der heißen Sonne Steine klopfen.

Boris klemmte sich wieder hinters Lenkrad, nach wie vor pfeifend. *Nicht mehr lange, und du hörst auf zu pfeifen, Freundchen.* Genau von dieser Stelle aus waren Bernie und ich ohne irgendeine Spur, der wir folgen konnten, zu Fuß in Richtung jener fernen Berge, damals rosafarben, jetzt unsichtbar, aufgebrochen. Boris nahm einen anderen Weg; er fuhr in einem großen Bogen an dem Lagerplatz vorbei auf einen Haufen Felsen zu, der Wüstenboden war steinig und uneben. Wir holperten dahin, Boris drehte das Lenkrad erst auf die eine und dann auf die andere Seite, die Muskeln an seinem fleischigen Nacken traten hervor. Das Holpern wurde immer schlimmer, der Pick-up hüpfte auf und ab. Ich rutschte von der Abdeckplane und polterte gegen eine Seite der Ladefläche. Boris hatte schon den Kopf gedreht, um zurückzusehen, da fuhren wir in ein noch größeres Loch, und der ganze Pick-up schien vom Boden abzuheben. Er kämpfte mit dem Lenkrad. Ich sprang auf, schlitterte in die Gegenrichtung, hechelte. Bernies Geruch umgab mich. Ich beruhigte mich; es dauerte nicht lange, und die Schlaglöcher hörten plötzlich auf. Ich streckte meinen Kopf zur Seite raus und spähte nach vorne, sah, dass wir uns auf einer langen und geraden Piste befanden. In nicht allzu großer Ferne erhoben sich die Berge, die rosafarben gewesen waren, als Bernie und ich sie das letzte Mal gesehen hatten, sich jetzt aber als dunkles Band gegen einen nicht mehr ganz so dunklen Himmel abhoben. Mein Herz klopfte schneller. *Beruhige dich, Chet, du musst ruhig bleiben.* Ich verkroch mich hinter der Seilrolle.

Weit über mir verblassten die Sterne und verschwanden. Wir fuhren eine Menge Kurven, der Motor klang, als müsste er ziemlich schwer arbeiten. Ich stand auf und sah, dass wir in den Bergen waren, die noch immer dunkel dalagen, außer den Spitzen, die in ein milchiges Weiß getaucht waren. Das milchige Weiß breitete sich aus, ergoss sich langsam über das Land, ein wunderschöner Anblick. Es war ganz früh am Morgen. Wir fuhren um eine Biegung, kamen an ein paar völlig verrosteten Maschinen vorbei, die ich nicht kannte, und dort vor uns standen ein paar heruntergekommene Gebäude – ein langgestrecktes, niedriges Haus, eine Scheune, ein paar Schuppen und gegenüber davon ein steiler Hang mit einem runden Loch an seinem Fuß: Mr Gulagows Mine.

Boris stellte sich neben ein Auto, das ich kannte, der blaue BMW, ganz und gar eingestaubt jetzt, und ging in die Scheune. Ich sah mich um, entdeckte niemanden und sprang von der Ladefläche. Ich schnüffelte an dem BMW, am Tor der Scheune und an der Seite, nahm meine eigene Witterung auf. Sie führte mich zu einem der Schuppen, und dahinter entdeckte ich den Käfig, in dem Mr Gulagow mich gefangen gehalten hatte. *Bleib ruhig, Junge.* Aber ich konnte ein Knurren nicht unterdrücken.

Hinter der Scheune stand das Haus. Ich lief zu einem offenen Fenster, blickte in eine Küche. Mr Gulagow saß seitlich vom Fenster an einem Tisch und stapelte gebündelte Geldscheine übereinander. Ms Larapowa erschien, eine Kaffeekanne in der Hand. Sie waren so nah! Ich hätte mit einem Satz drinnen sein und Mr Gulagow zeigen können, was Sache war. Aber wäre das der richtige Schachzug gewesen? Ich wartete, und während ich wartete, sagte Mr Gulagow: »Ist Boris schon zurück?«

»Ich sehe nach«, sagte Ms Larapowa. Sie goss ihm Kaffee ein und verließ die Küche.

Owei. Ich zog mich schnell vom Fenster zurück. Der beste Schachzug wäre vielleicht …

Rechts von mir ging eine Tür auf – wie hatte ich die nur übersehen können? – und Ms Larapowa trat aus dem Haus. Nur eine kleine Drehung mit dem Kopf, und sie hätte mich gesehen, und was dann? Aber Ms Larapowa drehte ihren Kopf nicht. Stattdessen ging sie in die andere Richtung, auf die Scheune zu, ihre Haare zu einem langen Pferdeschwanz zusammengebunden, der hin und her schwang. In der Nähe war ein Radio zu hören und dann das Räuspern eines Mannes. Jeden Augenblick würden hier überall Leute sein. Ich zog mich zurück, zog mich noch ein bisschen mehr zurück, wartete darauf, dass mir irgendeine Idee kam, und auf einmal, neben einer niedrigen stachligen Pflanze, die ganz allein zwischen dem Haus und der Mine wuchs, nahm ich einen Hauch von Bernies Geruch wahr.

Ich rannte los, erst in die eine Richtung, dann in die andere, schnüffelte hier und schnüffelte dort. Eine weitere

Spur bei einer zerbrochenen Schaufel; und eine in der Nähe einer umgefallenen Lore; und noch eine bei den Gleisen, die in die Mine führten. Bernies Geruch wurde stärker, immer stärker. Ich folgte ihm durch das große runde Loch in die Dunkelheit.

Und da, mit dem Rücken an einen Stützbalken gelehnt, nicht sehr weit vom Eingang entfernt, saß Bernie! Seine Augen waren geschlossen. Schlief er? Ich war so froh, ihn zu sehen, dass ich zuerst überhaupt nicht bemerkte, dass seine Füße zusammengebunden waren; dass seine Hände hinter dem Balken gefesselt waren, dass ein an der Decke der Mine befestigtes Würgehalsband um seinen Hals lag.

Kapitel 31

Ich lief auf Bernie zu. Schlief er oder war es etwas anderes, etwas viel Schlimmeres? Normalerweise roch ich das viel Schlimmere, aber jetzt roch ich nichts. Seine Brust hob und senkte sich, füllte sich mit Luft und ließ sie wieder raus, genau wie meine. Ich hörte ein leises Wimmern und stellte fest, dass es von mir kam. Bernies Augen öffneten sich. Einen Moment lang lag in ihnen ein Ausdruck, den ich noch nie in Bernies Augen gesehen hatte und auch nie mehr sehen wollte, ein Ausdruck der – ich will es nicht einmal sagen – Niederlage. Aber dann sah er mich, und seine Augen veränderten sich. Diesen Blick werde ich nicht so bald vergessen, auch wenn es eigentlich nur Bernie war, der wieder er selbst wurde. »Schön, dich zu sehen, alter Junge«, sagte er mit leiser, müder Stimme. »Die haben mich kalt erwischt.« Sein Kopf war auf gleicher Höhe wie meiner oder sogar ein bisschen tiefer. Ich wollte ihm gerade das Gesicht lecken, als ich die Blutergüsse und Wunden sah. Bernie blickte an mir vorbei zum Eingang der Mine. »Bist du etwa allein unterwegs? Wie kann das sein?«

Eine komplizierte Geschichte, ich konnte mich offen gestanden an den größten Teil davon gar nicht mehr erinnern. Ich wedelte mit dem Schwanz.

Bernie lächelte; nur einen Moment lang, aber ich sah, dass einer seiner Vorderzähne abgebrochen war. »Hol lieber Hilfe, Chet«, sagte er. »Wir haben nicht viel Zeit.«

Ich bewegte mich nicht.

»Nur wie, richtig?«, meinte Bernie. »Fragst du dich das gerade? Du bist mir einfach einen Schritt voraus.«

Unmöglich. Niemand war schlauer als Bernie. Und selbst wenn ich gewusst hätte, wo ich Hilfe hätte holen können, hätte ich ihn nie im Leben hier allein gelassen. Daran dachte ich und an sonst nichts. Ich lief um den Balken herum, besah mir das Seil, mit dem Bernies Arme gefesselt waren – weit unten, an den Handgelenken –, und fing an zu nagen.

Ich habe schon viel in meinem Leben zernagt – da war beispielsweise die Handtasche von Leda gewesen, echtes Leder, obwohl sie grün war, und nicht irgendein Leder, sondern italienisches Leder. Ich hatte nicht einmal gewusst, dass es so etwas überhaupt gab. Es hatte sich aber als das schmackhafteste Leder erwiesen, das ich jemals zwischen die Zähne bekommen hatte. Nicht zu vergessen all die anderen Sachen – Kleidung, Möbel, Spielzeug, Gartenwerkzeuge –, die ich schon in frühester Jugend zernagt hatte. Daher sollte so ein schlichtes altes Seil, selbst wenn es so wie das hier recht dick war, kein Problem darstellen. Habe ich die Schärfe meiner Zähne erwähnt? Wie Dolche und nicht viel kleiner.

Ich arbeitete schnell, bohrte meine Zähne zwischen die Stränge, rupfte und kaute, nahm mir kaum die Zeit zu genießen. Das Seil gab bald nach, Fasern rissen und verteilten sich in meinem Maul. Von Zeit zu Zeit drückte Bernie seine Handgelenke auseinander, einmal so fest, dass der Balken laut krachte. Es war erfreulich, wie viel Kraft er hatte, aber er stellte keine große Hilfe dar, sondern hielt mich im Grunde nur auf. Ein dicker Strang riss, dann noch einer. Das Seil wurde schlaffer. Jetzt würde es nicht mehr lange dauern. Und dann – aufgepasst! Ich grub einen Zahn tief in das, was von dem Seil übrig war, zog daran, während ich gleichzeitig den Kopf heftig hin und her bewegte, immer …

»Chet.« Bernie sprach ganz leise. »Verzieh dich.«

Ich hielt inne, sah zwei Gestalten am Eingang der Mine. Die eine war die große Frau namens Olga, sie trug eine Wasserflasche in der Hand und hatte die Haare zu einem Knoten gebunden. Ich hatte sie schon einmal gesehen, als sie Madison von dem Scheunenfenster weggezogen hatte. Die andere war Harold, der Fahrer, dessen eine dicke Augenbraue ihm etwas Äffisches verlieh. Laut Bernie stammten die Menschen von den Affen ab, während unsereins von den Wölfen abstammte: Mehr muss man dazu eigentlich nicht sagen. Harold trug eine Waffe, kleiner als unsere .38er Special; sie hing locker in seiner Hand. Ich zog mich in den Schatten zurück und verharrte dort reglos.

Olga und Harold gingen auf Bernie zu. Ich konnte sehen, dass er seine Handgelenke bewegte, sie hin und her drehte. Das Seil faserte immer weiter aus, riss aber nicht. »Na, wie geht's unserem Patienten heute Morgen?«, fragte Harold.

Bernie sah zu ihm hoch, ohne etwas zu sagen.

»Patient?«, fragte Olga. »Warum ›Patient‹?«

»Das sagen wir nur so, aus Spaß«, sagte Harold.

»Wir?«, fragte Olga.

»Hier bei uns«, sagte Harold. »In Amerika.«

»Was ist daran lustig?«, fragte Olga. Sie schraubte den Deckel von der Wasserflasche und hielt sie Bernie an den Mund, wollte sie anheben. Er schüttelte den Kopf. Währenddessen kämpfte er weiter mit dem Seil; jetzt kämpften auch die Finger einer Hand mit. »Trinken Sie – Befehl von Mr Gulagow«, sagte Olga. »Sie müssen noch ein bisschen am Leben bleiben.«

»Ich führe keine Befehle von Mr Gulagow aus«, sagte Bernie. Hinter seinem Rücken rutschten die letzten Reste des Seils von seinen Händen. Ich drückte mich auf den Boden, sammelte in meinen Hinterbeinen Kraft zum Springen.

Harold trat vor, stand über Bernie, die Waffe immer noch locker in der Hand. »Gießen«, sagte er.

Olga goss Wasser über Bernies Gesicht. Ich konnte es kaum mit ansehen.

»Trinken, Blödmann«, sagte Harold.

»Erst nach meiner Morgengymnastik«, sagte Bernie.

»Hä?«, fragte Harold.

In Bernies Rücken spannte sich ein Muskel an und dann schossen seine Arme nach vorne. Bernie war schnell, der schnellste Mensch, den ich kenne, nur heute vielleicht nicht, vielleicht nicht dieses Mal. Er schlug nach der Pistole, verfehlte sie. Olga riss die Augen auf. Sie ließ die Flasche fallen, stand einfach nur da, einen Moment lang wie erstarrt. Anders als Harold – der machte rasch einen Schritt zurück und hob die Pistole. Ich sprang.

Möglicherweise nicht zielgerichtet genug: Ich krachte gegen Olga, warf sie um, nahm aber mitten in der Luft eine Korrektur vor, drehte mich ein bisschen, und als ich auf dem Boden landete, riss ich das Maul auf und versenkte meine Zähne in Harolds Handgelenk. Er schrie auf. Die Pistole flog davon und landete zwischen den Gleisen. Olga kroch darauf zu. Ich sprang über sie weg, schnappte mir die Waffe, hielt schlitternd an, machte auf den Hinterpfoten kehrt und raste zu Bernie zurück. Er nahm mir die Pistole aus dem Maul, richtete sie zuerst auf Harold, dann auf Olga und wieder zurück auf Harold. »Ich will eigentlich niemanden umbringen«, sagte er. »Aber ich tu's.« Das ließ sie erstarren. Mit seiner freien Hand löste Bernie das

Würgehalsband an seinem Hals, nahm es ab und machte sich dann über das Seil um seine Fußknöchel her.

Bald darauf lag das Würgehalsband um Harolds Hals, und er fesselte Olga unter Bernies Aufsicht mit den Resten des Seils. »Ich blute«, sagte Harold.

»Ziehen Sie den Knoten ganz fest«, sagte Bernie.

Harold roch plötzlich nach Urin. Olga auch. Das gab mir ein gutes Gefühl. Als Olgas Hände und Füße gefesselt waren, machte Bernie das Würgehalsband von dem Haken los und band Harold damit an dem Balken fest. Das bedeutete, er musste die Waffe ablegen. Ich stellte mich direkt hinter Harold, vielleicht stupste ich ihn ein- oder zweimal an der Rückseite seines Beins. Er versuchte keine Tricks.

Bernie nahm die Waffe wieder auf. »Keinen Pieps«, sagte er.

Wir warteten, wobei ich nicht genau wusste, worauf. Olga lag auf der Seite zwischen den Gleisen und beobachtete uns mit hasserfülltem Blick. Harold saß dort, wo Bernie gesessen hatte, gegen den Balken gelehnt, und wimmerte ein-, zweimal. Tja, Pech gehabt. Bernie und ich gingen um ihn herum und verzogen uns dorthin, wo es dunkel war. Bernie nahm die Wasserflasche, goss etwas von dem Rest Wasser für mich in einen Eimer und trank die Flasche dann aus. Bald darauf hörten wir eine Stimme.

»Harold? Olga?« Es war Boris. Bernie machte eine winzige Bewegung mit dem Finger, von einer Seite zur anderen. »Harold? Olga?« Jetzt konnten wir Boris sehen, der aus Richtung der Scheune auf uns zukam, ein Gewehr in der Hand. »Harold, du Trottel, wo du steckst?« Er erreichte den Eingang der Mine, sah herein. »Harold? Du da drin? Was …« Er hob das Gewehr, nahm es in beide Hände.

Bernie trat hinter dem Balken hervor. »Fallen lassen«, sagte er. Aber Boris ließ das Gewehr nicht fallen, sondern zog stattdessen den Abzug. Eine Kugel prallte von der Felswand hinter uns ab und dann noch ein zweites Mal irgendwo tiefer im Schacht. Bernie feuerte, aus der Mündung kam ein Blitz – immer wieder aufregend, auch wenn Spielereien mit Waffen meiner Erfahrung nach zu den Dingen gehören, bei denen man schnell des Guten zu viel tat – und erhellte für einen Moment die Mine. Boris stöhnte vor Schmerz und stolperte, hielt sich das Bein. Er feuerte noch einmal, dieses Mal einhändig. Die Kugel schlug in den Balken ein, knapp über Harolds Kopf.

»Oh Gott«, rief Harold.

Bernie feuerte noch einmal, traf Boris in die Schulter. Dieser wirbelte herum, ließ das Gewehr fallen, tastete danach. Bernie feuerte noch einmal, Erde spritzte zwischen dem Gewehr und Boris' Hand auf. Boris kroch weg, ließ das Gewehr liegen, stand auf und humpelte auf die Scheune zu. Ein paar Schritte davon entfernt stürzte er erneut und lag da, hob ein-, zweimal den Kopf zur Tür und rief etwas, Worte, die nicht bis zur Mine gelangten. Ich rannte los, holte das Gewehr – ein großes, aber es wog praktisch nichts – und brachte es Bernie. Jetzt hatte er in jeder Hand eine Waffe. Waren wir erst einmal so weit, ging es meistens gut für uns aus.

Stille. Dann drehte sich Olga, die noch immer zwischen den Gleisen lag, zu Harold und sagte: »Daran bist nur du schuld, weil du ihn nicht richtig gefesselt hast.«

»Ich, du dumme Kuh?«, entgegnete Harold. »Ich habe ihn absolut richtig gefesselt. Wenn du jemandem die Schuld geben willst, dann gib sie Stalin.«

Ich stellte mich vor Harold und bellte ihm ins Gesicht, ließ ihn zusammenzucken. So hieß ich nicht.

»Stalin?«, fragte Bernie.

Harold fuhr sich mit der Zunge über die Lippen. »Ich kann das erklären«, sagte er. »Ich kann sogar eine ganze Menge erklären, wenn Sie mich gehen lassen. Ich fahre weg, werfe nicht einmal einen Blick zurück, Sie werden mich nie wieder sehen.«

»Was erklären?«, fragte Bernie.

»Halt die Klappe, du Feigling«, sagte Olga.

»Warum sollte ich?«, fragte Harold. »Es ist vorbei.«

»Da kennst du Mr Gulagow schlecht«, sagte Olga.

»Gulagow hängt mir zum Hals raus«, sagte Harold. Seine Stimme wurde jetzt quengelig und tat mir in den Ohren weh. »Mir hängt die ganze Sache hier zum Hals raus.«

»Was für eine Sache?«, fragte Bernie.

Harold kniff die Augen zusammen. Er wollte gewieft aussehen, das kannte ich. Bernie sagte, wenn man es mit jemandem zu tun hatte, der gewieft auszusehen versuchte, dann konnte man sicher sein, dass er es nicht war. Ich hatte keine Ahnung, was er damit meinte, aber ich mochte es, wenn Bernie solche Sachen sagte. »Lassen Sie mich laufen?«, fragte Harold.

»Durchaus möglich«, sagte Bernie. »Aber zuerst brauche ich ein paar mehr Informationen.«

»Halt die Klappe«, sagte Olga.

»Olga?«, sagte Bernie. Sie sah ihn an. Er legte den Lauf der Pistole auf seine Lippen, wie bei der Geste für Pssst mit dem Finger, nur ein bisschen stärker. Olga sah weg.

»Nehmen wir mal an«, sagte Harold, »ich würde Ihnen erzählen, dass dieses Arschloch Keefer bei Gulagow mit fast einer Million in der Kreide steht. Und seine Zahlungen eingestellt hat, nämlich zwölftausend die Woche. Weshalb Gulagow sich das Mädchen geschnappt hat – als eine Art Geisel, bis ihr alter Herr die Zahlungen brav wieder aufnimmt.«

»Erzählen Sie mir was, was ich noch nicht weiß«, sagte Bernie.

Bernie wusste das alles? Wow. Ich sah zu Boris, der jetzt am Scheunentor lehnte und sich hochzuziehen versuchte. Ich war schließlich für die Sicherheit zuständig.

»Wie wäre es damit?«, fragte Harold. »Es gab noch andere Geiseln – so macht man das in Russland. Am Schluss ist immer alles wieder in schönster Ordnung – das Geld wird zurückgezahlt, die Geisel freigelassen – außer dieses eine Mal.«

»Das wirst du bereuen«, sagte Olga.

Bernie riss einen Streifen von seinem Hemd ab, das schon ziemlich zerfetzt war, ging zu Olga und knebelte sie. Er konnte ziemlich brutal sein, wenn nötig; ich auch.

»Weiter«, sagte Bernie. »Was war dieses eine Mal, als nicht alles in schönster Ordnung war?«

Harold warf Olga einen Blick zu – ihre Augen waren jetzt ganz leer, völlig ausdruckslos, aber irgendwie beängstigender als vorher – und sah weg. »Vor ein paar Jahren, oben in Vegas. Das Geld wurde nicht zurückgezahlt.«

»Und die Geisel?«

Harold schüttelte den Kopf.

»Vergraben?«, fragte Bernie.

Harold nickte.

»Hier?«, fragte Bernie. »In der Mine?«

Harold nickte wieder. »Ich kann es Ihnen zeigen«, sagte er. »Was wäre Ihnen das wert?«

»Einiges«, sagte Bernie.

»So viel, dass Sie mich gehen lassen?«

»Wir werden sehen.«

Harold gehen lassen? Er hatte mir einen Elektroschock verpasst! Vergesse ich so etwas? Niemals. Ich baute mich ganz dicht vor Harold auf und zeigte ihm ein paar Zähne.

»Schaffen Sie das Viech weg«, sagte Harold.

»Sein Name«, sagte Bernie, »ist Chet. Er scheint Sie nicht leiden zu können – wie kommt das?«

»Also …«, begann Harold. Aber wir bekamen seine Antwort nicht mehr zu hören, denn in diesem Moment wurde das Scheunentor aufgerissen, sodass Boris wieder zu Boden ging, und Mr Gulagow, dessen Gesicht zur Hälfte weiß von Rasierschaum war, kam heraus, er schob mit einer Hand Madison vor sich her. Mit der anderen Hand hielt er Madison ein Rasiermesser an den Hals. Ihre Augen waren weit aufgerissen. Ich sah rot, egal, ob ich nun Rot sehen kann oder nicht.

Boris hob die Hand. »Boss«, sagte er.

Mr Gulagow machte einen Bogen um ihn und schob Madison weiter. Sie kamen näher, überquerten die freie Fläche, die zwischen der Mine und den Gebäuden lag. Ein paar Schritte vor dem Eingang blieb Mr Gulagow stehen und zog Madison nahe an sich heran. Olga setzte sich auf, ihre Augen glänzten jetzt; Harold wirkte verwirrt.

»Die Sache ist ganz einfach«, sagte Mr Gulagow. »Legen Sie die Waffen hin und machen Sie Olga los.«

»Nur Olga?«, fragte Harold. »Was ist mit mir?«

Mr Gulagow erwiderte nichts. Seine Augen wichen keinen Moment von Bernie. Bernie ging ganz langsam und ruhig auf den Eingang der Mine zu. Ich ging genauso neben ihm her.

»Keinen Schritt weiter«, sagte Mr Gulagow. Er bewegte das Rasiermesser ein bisschen, jetzt lag die Klinge an Maddys Kehle, berührte sie sogar. Tränen sprudelten aus ihren

Augen und machten ihr Gesicht nass, aber sie gab keinen Laut von sich. Bernie blieb stehen, schon fast draußen aus der Mine, drei, vier Menschenschritte von Maddy und Mr Gulagow entfernt. Ich blieb ebenfalls stehen. »Lassen Sie die Waffen fallen«, sagte Mr Gulagow.

»Geben Sie auf, alles andere macht es letztlich nur schlimmer für Sie«, sagte Bernie.

»Ich brauche niemanden wie Sie, der mir das Denken abnimmt«, sagte Mr Gulagow. »Hoffentlich sind Sie auch schlau genug, um zu wissen, dass ich immer die notwendigen Maßnahmen ergreife, schnell und ohne zu zögern.« An Maddys Hals erschien ein Tropfen Blut.

Bernie ließ die Waffen fallen.

»Und jetzt befreien Sie Olga«, sagte Mr Gulagow.

Bernie drehte sich um und warf mir dabei einen kurzen Blick zu. Mr Gulagow sah immer noch Bernie an, hatte ihn keine Sekunde aus den Augen gelassen. Bernie machte einen Schritt zurück in die Mine und sagte leise, selbst für mich beinahe unhörbar: »Los.«

Zögerte ich? Das hätte mir nicht ähnlich gesehen. Ich machte einen Riesensatz, den größten, den ich jemals gemacht hatte, direkt über Madisons Kopf hinweg. Mr Gulagows Blick, ein bisschen zu spät, schoss von Bernie zu mir, und in seinen Augen stand Angst. Ja, er hatte Angst vor mir und meinesgleichen – das hatte ich schon die ganze Zeit gewusst –, und die Angst überwältigte ihn. Er vergaß Maddy, hatte nur noch sein eigenes Überleben im Kopf und holte mit dem Rasiermesser in der Hand aus. Ich spürte, wie die Klinge die Spitze meines Ohrs aufschlitzte, und dann war ich über ihm, warf ihn rückwärts zu Boden, das Rasiermesser fiel ihm aus der Hand. Dann stieg eine Staubwolke auf, ich im Dreck herumrollend, Mr Gulagow nach dem Rasiermesser tastend. Er erwischte den Griff.

Ich machte mich sprungbereit. Und dann stand Bernie vor mir, zog Madison hoch und trat gleichzeitig auf Mr Gulagows Hand. Ich hörte ein Knacken und Mr Gulagow schrie vor Schmerz auf. Dieser Ausdruck der Verwirrung, den ich in Harolds Augen gesehen hatte – jetzt sah ich ihn auch in Mr Gulagows Augen. Bernie stieß das Rasiermesser mit dem Fuß weg.

In diesem Moment bemerkte ich, dass Ms Larapowa aus dem Haus rannte. Sie sprang in den BMW und wollte wegfahren. Im gleichen Moment kamen Autos aus der anderen Richtung, eines davon Suzies, die anderen mit blinkenden Lichtern auf dem Dach. Bei all der Aufregung und der schluchzenden Maddy in seinen Armen achtete Bernie nicht mehr auf Mr Gulagow. Aber wozu hatte er seinen Partner? Mr Gulagow fing an wegzukriechen, auf die Mine zu. Was hatte er jetzt wieder vor? Keine Ahnung. Ich packte ihn am Hosenbein. Der Fall war abgeschlossen.

Das Schlimmste, was jetzt noch folgte, passierte auf dem Rückweg, als Maddy Bernie bat, ihren Vater aus der ganzen Sache herauszuhalten, und Bernie Nein sagte. Das Beste war Cynthias Gesicht, als wir ihre Tochter heimbrachten, eigentlich die Gesichter von beiden. Das Zweitbeste war das Schlemmerpaket, das Simon Berg, Cynthias Freund, von Rover and Company schickte. Die beiden UPS-Männer konnten den Karton kaum bis zu unserer Haustür schleppen. Gut war auch der dicke Scheck, den Simon ausstellte und mit dem Bernie Nixon Panero den Porsche abkaufen konnte – noch älter und heruntergekommener als der alte, den wir verloren hatten, schlammbraun, bis auf die Türen, die waren gelb –, und es blieb sogar noch etwas übrig, mit dem wir unsere Finanzen zumindest halbwegs in Ordnung bringen konnten. Rick Torres brachte Bernie eine Flasche Bourbon vorbei und entschuldigte sich. Er und Bernie tranken das Ding auf einmal aus. Als es so aussah, als würden sie eine weitere Flasche öffnen und Armdrücken machen, verzog ich mich ins Bett.

Was noch? Die Polizei schnappte fast die ganze Bande von Mr Gulagow. Anatoly Bulganin wurde am Flughafen erwischt, wo er ein Flugzeug nach Russland zu erreichen versuchte. Boris legte auf dem Weg ins Gefängnis eine Zeit lang Zwischenstation im Krankenhaus ein. Der Staatsanwalt erhob gegen Damon Keefer Anklage wegen Verschwörung, und niemand zahlte seine Kaution. Keefer brach weinend vor dem Richter zusammen, sagte, er hätte keine Ahnung gehabt, mit was für Leuten er es da zu tun gehabt hätte, dass er Maddy über alles liebte, Himmel und Hölle in Bewegung gesetzt hätte, um das Geld zusammenzukratzen, das er Gulagow schuldete, nur noch ein bisschen Zeit gebraucht hätte. Der Richter ließ sich nicht beeindrucken. Dann war da noch Harold. Harold machte einen Deal mit der Staatsanwaltschaft und kam frei. Bernie ließ ihn wissen, dass es keine gute Idee wäre, wenn er in unserem Staat bliebe oder jemals hierher zurückkehrte. Wir fuhren bei Mr Singh vorbei, um die Uhr und ein bisschen Lammcurry abzuholen. Ich verlor die Spitze meines einen Ohrs, aber in meinen Augen waren nicht zusammenpassende Ohren nichts Schlimmes – habe ich das schon erwähnt? Wir unternahmen einen langen Spaziergang, Bernie und ich.

Die Monsunregen kamen – die hatte ich völlig vergessen! – und versetzten Bernie in beste Laune. Eines Abends gingen wir zelten, gartenmäßig – Bernie, Charlie, Suzie und ich. Sie kam ziemlich oft vorbei, aber fragen Sie mich nicht, was genau da passierte. Wenn sie bei uns war, bekamen Bernies Augen manchmal einen wachsamen Ausdruck; manchmal einen anderen. An diesem Abend machten wir ein Feuer, grillten Hot Dogs – meine Lieblingssorte, die aus Pute –, und Bernie holte die Ukulele. Er brachte Charlie ein paar Töne darauf bei. Mehr als ein paar Töne, fand ich – der Kleine war ein musikalisches Genie. Sie sangen »Up A Lazy River« und »When It's Sleepy Time Down South«. Bei »Hey, Bo Diddley« fiel ich mit ein. Bald danach brach Suzie auf, und Bernie sagte: »Nacht, mein Großer.« Charlie tätschelte mich, und sie verzogen sich zum Schlafen ins Zelt.

Ich lag am Feuer und sah zu, wie es langsam in sich zusammensank. Ich könnte Feuer stundenlang zuschauen. Um mich herum wurde es still, so still, wie es im Valley nur werden konnte. Ich dämmerte langsam ein, als ich plötzlich ein Bellen hörte, das Bellen der geheimnisvollen Sie. Und nicht nur das, es war auch viel näher als zuvor, viel, viel näher. War das vielleicht Wunschdenken – ein Ausdruck, den Bernie ab und zu gebrauchte – von meiner Seite? Keine Ahnung. Es war einfach nur das, was ich dachte, mehr nicht. Ich stand auf, lief zum hinteren Zaun und sprang drüber, hinein in die Nacht.

Sie fanden den ersten Fall für Bernie und Chet so fesselnd, dass Sie ihn noch gar nicht aus der Hand legen möchten? Dann lesen Sie doch einfach weiter!

Auf den folgenden Seiten finden Sie eine Leseprobe aus Spencer Quinns neuem Roman. In *Auf sie mit Gebell* werden Bernie und Chet als Leibwächter für die Rassehündin Princess angeheuert. Anfänglich nehmen die beiden den Auftrag nicht sonderlich ernst. Doch dann wird Princess tatsächlich entführt, und es geschieht ein Mord. Klar, dass Bernie und Chet sich nun buchstäblich in diesen Fall verbeißen. Vor allem, als bei den Ermittlungen auch noch die Journalistin Suzie Sanchez in Lebensgefahr gerät. Für Chet ist Suzie die tollste Menschenfrau überhaupt, und für Bernie ist sie die heimliche große Liebe …

Auf sie mit Gebell erscheint im Juni 2012
Blanvalet Paperback Verlag (ISBN 978-3-7645-0438-0).

Kapitel 1

Als der Bösewicht sich umsah – was für fiese kleine Augen er hatte! –, wurde ihm klar, dass er in der Falle saß. Wir befanden uns in einer Art Lagerhaus, groß und dunkel, mit ein paar schmutzigen Fenstern unter der Decke und haufenweise Maschinenteilen. Wie wir auf das Lagerhaus gekommen waren, wusste ich nicht mehr, und auch nicht, worum es bei dem Fall eigentlich ging. Aber wegen dieser fiesen Augen und des säuerlichen Ende-der-Fahnenstange-Geruchs, der ein bisschen dem von diesen koscheren Gürkchen ähnelte, die Bernie immer zu seinem Sandwich mit gebratenem Speck aß – ich habe mal ein Gürkchen probiert, das hat vollauf gereicht, wogegen ich zu einem Sandwich mit gebratenem Speck nie Nein sagen würde –, also wegen dieses Geruchs war ich mir hundertprozentig sicher, dass dieser Mann der Bösewicht sein musste. Ich machte einen Satz und packte ihn am Hosenbein. Fall gelöst.

Der Bösewicht schrie vor Schmerz auf, ein hässliches Quieken, bei dem ich mir am liebsten die Ohren zugehalten hätte. Leider kann ich das nicht, aber ich will mich nicht beklagen – ich bin zufrieden mit mir (selbst wenn meine Ohren, wie ich vor einiger Zeit feststellen musste, nicht zusammenpassen, aber dazu komme ich später vielleicht noch). Der Bösewicht quiekte und quiekte, bis mir schließlich dämmerte, dass ich vielleicht mehr als sein Hosenbein erwischt hatte. Das passierte manchmal: Meine

Zähne sind vermutlich länger und auch schärfer als Ihre. Was war das? Ja, schmeckte wie Blut. Tut mir leid – mein Fehler –, aber es schmeckte nicht schlecht.

»Rufen Sie ihn zurück«, schrie der Bösewicht. »Ich geb auf.«

Bernie kam angerannt. »Gut gemacht, Chet«, sagte er keuchend und japsend. Armer Bernie – er versuchte mal wieder, das Rauchen aufzugeben, ohne großen Erfolg.

»Jetzt rufen Sie ihn doch endlich zurück! Der beißt mich!«

»Chet beißt nicht«, erklärte Bernie. »Jedenfalls nicht absichtlich.«

»Nicht absichtlich? Was wollen Sie …«

»Andererseits erwartet er an einem bestimmten Punkt ein Geständnis.«

»Was? Der Köter hier?«

»Wie heißt das Wort?«, fragte Bernie.

Die fiesen Augen schossen wild hin und her. »Der Hund hier?«

»Ja, genau«, sagte Bernie.

Ich wedelte mit dem Schwanz. Und weil ich so gut gelaunt war – gibt es etwas Schöneres, als einen Job gut über die Bühne gebracht zu haben? –, schüttelte ich vielleicht auch ein klein wenig den Kopf.

»Auaaaa! Ich gestehe ja schon! Ich gestehe ja schon!«

»Was?«

»Was? Na, den Juwelendiebstahl in El Camino, was denn sonst?«

»Den Juwelendiebstahl in El Camino?«, erwiderte Bernie ungläubig. »Wir sind aber wegen des Brandanschlags auf die Bar J Guest Ranch hier.«

»Den meinetwegen auch«, rief der Bösewicht. »Aber rufen Sie ihn endlich zurück.«

»Chet?«, sagte Bernie. »Chet?«

Na gut. Aber ich muss schon sagen – dieser Geschmack von Menschenblut … Könnte einen fast süchtig machen.

Ein paar Stunden später hatten wir zwei Schecks erhalten, einen für die Brandstiftung und einen für den Juwelendiebstahl, die uns sehr gelegen kamen, weil unsere Finanzen nämlich ein Desaster waren – Unterhaltszahlungen für Frau und Kind, eine fehlgeschlagene Investition in eine Firma zur Produktion von Hawaiihosen im Stil der Hawaiihemden, die Bernie immer zu besonderen Anlässen trug, und dann noch die schlechte Auftragslage in letzter Zeit, abgesehen von irgendwelchen langweiligen Scheidungssachen. Wir betreiben eine Detektei, Bernie und ich, die sich Little Detective Agency nennt, was mit Bernies Nachnamen Little zu tun hat. Ich heiße Chet, schlicht und einfach Chet. Unser Hauptquartier befindet sich in unserem Haus in der Mesquite Road, ein nettes kleines Häuschen mit einem großen, wunderbar für ein Nickerchen geeigneten Baum davor, während man hinten raus ganz schnell in den Canyon kommt, falls zufällig mal jemand das Tor offen gelassen hat. Dann ab durch die Mitte – ich kann Ihnen sagen …

»Das muss gefeiert werden«, sagte Bernie. »Wie wär's mit einem Kaustreifen?« War die Frage ernst gemeint? Wer sagt schon Nein zu einem Kaustreifen? Er öffnete den Hängeschrank über der Spüle, wo die Kaustreifen lagen – zu einer früheren Zeit, einer sehr schönen Zeit, befanden sie sich auf einem offenen Regal viel weiter unten. »Und wenn wir schon dabei sind …« Owei. Bernie nahm auch die Flasche Bourbon, die neben den Kaustreifen stand.

Wir setzten uns hinters Haus und sahen zu, wie die Sonne unterging und sich das Licht am anderen Ende des

Canyons änderte. Bernie saß am Tisch und nippte an seinem Bourbon, ich lag darunter und versuchte so lange wie möglich an dem Kaustreifen herumzukauen. Das war schließlich nicht irgendein Kaustreifen, sondern ein High-End-Kaustreifen mit Speckgeschmack von einer Firma namens Rover and Company, die unser Kumpel Simon betrieb. Wir hatten Simon bei einem Vermisstenfall kennengelernt, unserer Spezialität. Speckgeruch – von der allerbesten Sorte – stieg in einer dichten Wolke um mich herum auf. Ich sah durch die Glasplatte zu Bernie hoch. Konnte er es riechen? Wahrscheinlich nicht. Nie würde ich mich daran gewöhnen, wie mickrig sein Geruchssinn war – der Geruchssinn der Menschen allgemein.

Er sah zu mir herunter. »Was geht dir durch den Kopf, mein Junge? Ich wette zehn zu eins, dass du daran denkst, wie du diesen Typen zur Strecke gebracht hast.« Falsch, aber in diesem Moment kratzte er mich zwischen den Ohren, genau an der Stelle, die, wie mir erst jetzt klar wurde, dringend gekratzt werden musste, und ich wedelte mit dem Schwanz. Bernie lachte. »Ich kann offenbar Gedanken lesen«, sagte er. Nicht annähernd, aber egal – meinetwegen sollte er glauben, was er wollte, solange er nicht aufhörte, mich zu kratzen, so richtig schön fest mit den Nägeln, ein echter Fachmann. Er hörte auf – zu früh, wie immer zu früh – und sagte: »Wie wär's mit dem Dry Gulch? Ich finde, wir haben es uns verdient.«

Schon war ich auf den Beinen und schluckte den Rest des Kaustreifens runter. Das Dry Gulch Steakhouse and Saloon war eines unserer Lieblingslokale. Davor stand ein riesiger Holzcowboy – ich hatte einmal das Bein daran gehoben; nicht gut, ich weiß, aber was soll man machen? – und hinten raus gab es eine Terrasse mit Bar, wo auch unsereins willkommen war. Wir stiegen in den Porsche – ein altes Cabrio, das unser ein bisschen weniger altes Cabrio ersetzt hatte, nachdem es eines Tages in einen Abgrund gestürzt war, was ich nie vergessen werde. Auch wenn ich mich an den Rest nicht mehr so genau erinnere … braun mit gelben Türen, Bernie hinterm Lenkrad, ich auf dem Kopilotensitz. Gibt es etwas Schöneres, als auf dem Kopilotensitz zu fahren? Ich hielt die Schnauze in den Wind: Gerüche flogen schneller an mir vorbei, als ich sie zuordnen konnte, eine Art Nasenvöllerei, die Sie wahrscheinlich nie …

»He, Chet, mach dich nicht so breit, Kumpel.«

Huch. War wohl zu weit auf Bernies Seite. Ich rückte näher zur Tür.

»Und hör auf zu sabbern.«

Sabbern? Ich? Ich rückte noch ein Stückchen weiter weg und saß den Rest der Fahrt über stocksteif da, Rücken gestreckt, Augen geradeaus, unnahbar. Ich war nicht der Einzige, der hier sabberte, Bernie hatte schon mehr als einmal im Schlaf gesabbert, genau wie seine Exfrau Leda. Menschen sabberten nämlich auch, und das nicht zu knapp. Aber hatte ich mich ein einziges Mal deswegen beschwert oder auch nur schlecht von ihnen gedacht? Nein, wie käme ich denn dazu?

Wir saßen auf der Terrasse des Dry Gulch Steakhouse and Saloon, Bernie auf dem Hocker am Ende des Tresens, ich auf dem Boden. Die große Sommerhitze – ach was, Hitze, eher ein Gewicht wie Blei, das Tag und Nacht auf einem liegt – war vorbei, aber es war immer noch ziemlich warm und die kühlen Fliesen daher sehr angenehm. Bernie deutete mit dem Kinn zur anderen Straßenseite. »Was ist das?«

»Was denn?«, fragte der Barkeeper.

»Das Loch.«

»Eigentumswohnungen«, sagte der Barkeeper. »Zehn, fünfzehn Stockwerke vielleicht.«

Bernie hatte dunkle, buschige Augenbrauen, die eine ganz eigene Sprache sprachen. Manchmal wurden sie merkwürdig krumm, so wie jetzt, und sein Gesicht, normalerweise ein sehr netter Anblick, verfinsterte sich. »Und wenn der Aquifer austrocknet, was dann?«, fragte er.

»Aquifer?« Der Barkeeper hatte keine Ahnung, wovon Bernie redete.

»Wissen Sie eigentlich, wie hoch die Einwohnerzahl im Valley inzwischen ist?«, fragte Bernie.

»Im ganzen Valley?«, entgegnete der Barkeeper. »Ich schätze mal, ziemlich hoch.« Bernie bedachte ihn mit einem langen Blick, dann bestellte er sich einen Doppelten.

Eine Kellnerin mit Cowboyhut kam vorbei. »Ist das nicht Chet? Dich hab ich ja schon eine Ewigkeit nicht mehr gesehen.« Sie ging in die Hocke und tätschelte mich. »Magst du immer noch Steakreste?« Warum sollte sich das je ändern? »Schon gut, mein Großer, schon gut.«

Bernie bekam einen Burger und noch einen Bourbon, ich bekam Steakreste und Wasser. Sein Gesicht sah wieder normal aus. Uff! Bernie machte sich eine Menge Sorgen wegen des Aquifers, und wenn er erst einmal damit angefangen hatte, konnte er meistens gar nicht mehr aufhören. Unser ganzes Wasser kam aus dem Aquifer – das erzählte er andauernd, auch wenn ich diesen Aquifer noch nie gesehen hatte. Mir war das alles ja ein Rätsel: Im Valley gab es genug Wasser – wie sonst sollte man sich das morgendliche und abendliche Besprenkeln der Golfplätze erklären und diese hübschen Regenbogen, die dabei entstanden? Wir hatten Wasser in rauen Mengen. Ich stand auf und presste meinen Kopf gegen Bernies Bein. Er kraulte mich ein bisschen an der Stelle zwischen den Augen, wo ich nicht hinkam. Ah, die reinste Wonne. Dann entdeckte ich zwei Pommes frites unter dem Barhocker neben Bernie und schnappte sie mir.

Ein, zwei Bourbon später kam Lieutenant Stine vom Metro Police Department, ein kleiner Mann in einem picobello sauberen dunklen Anzug. Bernie hatte vor ewig langer Zeit mal für ihn gearbeitet, vor meinen Abenteuern in der K9-Hundeschule (von der ich am allerletzten Tag geflogen war; eine lange Geschichte, aber es ist kein Geheimnis, dass eine Katze beteiligt war), und hatte irgendwie Anteil daran gehabt, dass Bernie und ich zusammenkamen, wobei die Einzelheiten ein bisschen nebulös sind.

»Hab gehört, dass Sie den El-Camino-Fall gelöst haben«, sagte Lieutenant Stine. »Gute Arbeit.«

»Das war vor allem Glück«, meinte Bernie.

»Und obendrein ein umfassendes Geständnis.«

»Dank Chet.«

Lieutenant Stine warf einen Blick zu mir nach unten. Er hatte ein schmales Gesicht und schmale Lippen, die meiner Erfahrung nach nicht oft lächelten – jetzt aber schon, was irgendwie gefährlich aussah. »Er kann gut mit Verdächtigen«, sagte er.

»Sehr gut sogar«, bestätigte Bernie.

Ich wedelte mit dem Schwanz.

»Hab gehört, dass es eine kleine Belohnung gab«, bohrte der Lieutenant weiter. Ein paar Barhocker weiter blickte ein Typ in einem Hawaiihemd auf.

»Kann mich nicht beklagen«, sagte Bernie zu Lieutenant Stine. »Wie wär's mit einem Drink?«

Ungefähr eine Minute später stießen Bernie und der Lieutenant an. Ich hatte mittlerweile den Überblick verloren, das wie vielte Glas es für Bernie war; zählen ist nicht meine Stärke, jedenfalls nicht weiter als zwei.

»Übrigens gut, dass ich Ihnen über den Weg laufe«, kam Lieutenant Stine zum Eigentlichen. »Ich hätte da einen Job, der genau Ihre Kragenweite haben dürfte.«

»Nämlich?«, horchte Bernie auf.

Lieutenant Stine sah zu mir runter. »Wenn ich's mir recht überlege, hat er ganz genau Ihre Kragenweite«, meinte er. »Und lukrativ könnte er auch sein.«

»Wir sind ganz Ohr«, sagte Bernie.

Lieutenant Stine senkte die Stimme, aber doch nicht so sehr, dass ich ihn nicht mehr hätte hören können. Habe ich schon erwähnt, wie scharf mein Gehör ist, oder ging es da um meine Zähne? In diesem Moment jedenfalls konnte ich hören, wie eine Frau am anderen Ende der Bar in ihr Handy flüsterte: »Sie haben meine Dosis erhöht.« Das klang so spannend, dass ich den Anfang der Ausführungen des Lieutenant nicht mitbekam und mich erst wieder auf ihn konzentrierte, als er sagte: »... die Great Western.«

»Nie davon gehört«, sagte Bernie.

»Das kann doch nicht sein«, erwiderte der Lieutenant. »Das ist eine der wichtigsten Hundeschauen im Westen, und die ganze Stadt ist mit Plakaten zugepflastert.« Bernie zuckte die Achseln. Ich habe eine Schwäche für dieses Achselzucken. Wenn ich das nur auch könnte! Ich habe es versucht, aber mehr als gekräuseltes Fell auf meinem Rücken ist dabei nicht rausgekommen. »... findet Ende nächster Woche in der Arena statt«, sagte der Lieutenant gerade. »War früher immer in Denver, aber der Bürgermeister hat sie hierhergelockt.«

»Warum?«

»Weil es Geld fürs Valley bringt, natürlich.«

»Wie das denn?«

»Hotelzimmer, Restaurantbesuche, der ganze Touristenquatsch eben«, erklärte Lieutenant Stine weiter. »Allein die Blumen belaufen sich auf eine Viertelmillion.«

»Blumen?«, fragte Bernie.

»Ja, Blumen. Die Besucher der Great Western haben nun mal eine bestimmte Klasse, und das ist zufällig die Lieblingsklasse unseres Bürgermeisters.«

»Ich dachte, er steht für Reformen.«

»Da sind Sie nicht allein.«

»Und welche Rolle hat er mir bei der Sache zugedacht?«, fragte Bernie und kippte den Inhalt seines Glases. »Soll ich etwa die Begrüßungsrede halten?«

Lieutenant Stine lachte, was irgendwie metallisch klang und tief in meinen Ohren ein unangenehmes Gefühl hervorrief. »Nicht ganz«, sagte er. »Er hat auch nicht an Sie im Speziellen gedacht – womöglich hat er sogar noch nie von Ihnen gehört, auch wenn das kaum zu glauben wäre –, er braucht nur einfach jemanden wie Sie.«

»Wofür?«

Der Lieutenant senkte seine Stimme noch mehr. »Als Leibwächter.«

»Nein.«

»Nein? Einfach so?«

»Wir übernehmen keine Leibwächter-Aufträge.«

»Und was war das im Junior-Ramirez-Fall?«

»Eben deshalb.«

»Das hier ist etwas anderes. Erstens kriegen Sie zweitausend am Tag. Zweitens ist dieser Klient neben einem Irren wie Junior Ramirez der reinste Spaziergang.« Lieutenant Stine lachte wieder sein metallisches Lachen. »Wörtlich zu verstehen.«

»Zweitausend?«, fragte Bernie.

»Ein Bonus wäre am Ende wahrscheinlich auch noch drin.«

»Wer ist der Klient?«, fragte Bernie. Ich erinnerte mich zwar an die Bewachung von Junior Ramirez – insbesondere an den Vorfall mit der Eiscreme und der Rasierklinge –, aber ich war trotzdem froh. Unsere Finanzen waren ein Desaster, und zweitausend waren zweitausend und eine ganze Woche mit zweitausend am Tag waren … also, das überlass ich lieber Ihnen.

Lieutenant Stine griff in seine Jackentasche und zog ein Foto raus.

»Wer ist das?«, fragte Bernie.

»Auf der Rückseite steht ihr richtiger Name«, sagte der Lieutenant. »›Kingsbury's First Lady Belle‹. Aber ich glaube, im täglichen Umgang nennen sie sie Princess.«

»Der Klient ist ein Hund?«

Ich setzte mich auf. Bernie betrachtete das Foto. Ich betrachtete es auch. Da war eine von meinem Völkchen auf dem Foto? Wo denn? Und dann entdeckte ich sie: ein winziger Flauschball mit riesigen dunklen Augen auf einem Satinkissen. Ich kannte Satinkissen. Leda hatte mal eins gehabt, das allerdings in einer Art Rausch zerkaut wurde, die Einzelheiten dieses Vorfalls sind mir entfallen. Der Satingeschmack war mir jedoch noch lebhaft in Erinnerung: ausgesprochen fremd und interessant. Ich sah mich in der Dry Gulch Bar um: kein Satin weit und breit.

»Doch nicht irgendein Hund«, sagte Lieutenant Stine. »Princess ist ein echter Star. Sie hat in Balmoral den ersten Preis gewonnen.«

»Balmoral?«

»Sie kennen Balmoral nicht? Im Sportkanal bringen sie jedes Jahr eine Live-Berichterstattung darüber, Bernie – da findet die größte Hundeschau des ganzen Landes statt.«

»Nie gehört«, sagte Bernie.

Lieutenant Stine warf Bernie einen Blick von der Seite zu. Den Blick hatte ich auch bei anderen von Bernies Freunden schon gesehen. Bei Sergeant Torres von der Vermisstenabteilung zum Beispiel oder bei Otis DeWayne, unserem Waffenexperten – allerdings hatte ich keine Ahnung, was er bedeutete. »Dann wollen Sie den Job also nicht?«, fragte der Lieutenant.

Job? Welchen Job? Dafür sorgen, dass ein Flauschball auf einem Satinkissen nicht in Schwierigkeiten geriet? Das war kein Job, das war geschenktes Geld. Komm schon, Bernie.

»Wer ist der Besitzer?«, fragte Bernie.

»Eine Frau namens Adelina Borghese.«

»Wo kommt sie her?«

»Italien, schätz ich mal. Ihr gehört eine große Ranch drüben in Rio Loco.«

»Rio Loco?«, fragte Bernie. »Ich werde mit ihr reden.«

Der Lieutenant nickte. »Dachte ich mir doch, dass Sie bei einer solchen Menge Kies nicht Nein sagen würden.«

Der Hawaiihemd-Mann sah wieder zu uns rüber.

Bernies Augenbrauen wurden ein bisschen krumm. »Ich rede mit ihr, mehr nicht. Ich kann immer noch Nein sagen.«

Lieutenant Stine ging. Ich fraß meine Steakreste auf, streckte mich auf den kühlen Fliesen aus und entspannte mich ein bisschen. Was für ein Leben! Der Schluss der Jagd durch das Lagerhaus lief noch mal vor meinem inneren Auge ab. Und noch mal. Und auf einmal merkte ich, dass der Mann im Hawaiihemd plötzlich neben Bernie saß und ein Gespräch mit ihm angefangen hatte. Zuerst ging es um Hawaiihemden, dann um etwas anderes.

»Was ich anbiete«, sagte er gerade, »ist eine Art Hedgefonds für den kleinen Mann.«

»Kleinen Mann?«, fragte Bernie.

»Nicht klein in Bezug auf Körpergroße oder Verstand, natürlich«, fügte der Hawaiihemd-Mann schnell hinzu. »Ich meine damit ehrliche Bürger, die zufällig keine Börsen-Insider sind. Ich habe gerade ein paar nette Geschäfte auf dem Warenterminmarkt gemacht. Kennen Sie sich mit Zinn-Futures aus?«

Bernie gab dem Barkeeper ein Zeichen, dass er noch einen Drink wollte, und warf dabei den Salz- und Pfefferstreuer um. »So kompliziert kann das nicht sein«, sagte er.

»Stimmt«, erwiderte der Hawaiihemd-Mann. Und zum Barkeeper, als er Bernies Drink brachte: »Der geht auf mich.« Dann folgte ein längeres Hin und Her über Zinn, Verkaufsoptionen, Kaufoptionen, Bolivien und andere rätselhafte Dinge. Meine Augenlider wurden schwer, so schwer, dass ich sie unmöglich offen halten konnte. Sie fielen zu, und ich döste weg. Das war nur irgendwelches Gerede. Solange das Scheckbuch in Bernies Hosentasche blieb, konnte nichts passieren.

Irgendwann wachte ich wieder auf. Ich fühlte mich tipptopp, stand auf, schüttelte mich ausgiebig und sah mich um. Bis auf mich, den Barkeeper, den Mann im Hawaiihemd und Bernie war das Lokal leer. Ich war als Einziger völlig nüchtern. Dann kam der Barkeeper, dann der Mann im Hawaiihemd und als Letzter Bernie. Und dann kam auch noch das Scheckbuch heraus.

ca. 352 Seiten ISBN 978-3-7645-0938-0

Meg Cabot gehört in jeden Koffer!

480 Seiten. ISBN 978-3-442-37567-7

... arbeitet für die SBT (Schreckliche Büro-Tyrannin, auch bekannt als Amy Jenkins, Leiterin der Personalabteilung beim *New York Journal*),
... schläft derzeit auf der Couch ihrer besten Freundin, weil ihr (inzwischen) Exfreund noch nach 10 Jahren Angst hatte, JA zu sagen,
... findet keine neue bezahlbare Wohnung in New York City,
... denkt, dass es nicht mehr schlimmer werden kann.
... irrt sich damit gewaltig. Denn dann kommt Mitch, ein Anwalt, der einen sehr kreativen Spieltrieb entwickelt, um nicht nur Gerechtigkeit, sondern auch Liebe walten zu lassen ...

Lesen Sie mehr unter: **www.blanvalet.de**

Tatort Schweinestall – ein »Charakterschwein« ermittelt!

368 Seiten. ISBN 978-3-442-37479-3

Kim führt ein recht unbekümmertes Leben auf dem Hof von Robert Munk, einem gefeierten Maler, und dessen Freundin und Muse Dörthe. Doch dann, mitten in der Nacht, fällt Munk Kim buchstäblich vor die Füße: In seinem Rücken steckt ein Messer, und er schafft es eben noch, ihr ein letztes Wort – Klee – zuzuhauchen, bevor er stirbt. Ein Mord in ihrem Stall? Kim ist erschüttert. Zusammen mit dem verwegenen Lunke, der Kim seit Tagen schöne Augen macht, folgt sie ihrem Riecher – und wühlt dabei einen allzu menschlichen Bodensatz aus Habgier, Erpressung und Mord auf …

Lesen Sie mehr unter: **www.blanvalet.de**